Coole Katzen im Kasino

ECON **Krimi**

Im ECON Taschenbuch Verlag sind von
Carole Nelson Douglas außerdem lieferbar:

Nachts sind alle Katzen grau (TB 25051)
Montags kommt der Katzenjammer (TB 25102)
(aus der Temple Barr & Midnight Louie-Reihe)

Rätsel um Amberleigh (TB 25062)
(aus der Reihe Historischer Kriminalroman)

Zum Buch:

PR-Spezialistin Temple Barr soll das anrüchige Image von Las Vegas aufpolieren, was sich jedoch als nicht ganz ungefährlich herausstellt: Zwei Mordanschläge werden auf sie verübt. Gemeinsam mit Midnight Louie geht Temple der Sache auf den Grund und stößt dabei auf einen Mord und einen Goldraub großen Stils …

Zur Autorin:

Carole Nelson Douglas war Journalistin und lebt heute als freie Schriftstellerin in Texas. Von der *Romantic Times* wurde sie als eine der First Ladies der Krimiszene bezeichnet. Dieses Buch ist nach »Neun Leben sind nicht genug«, »Nachts sind alle Katzen grau« und »Montags kommt der Katzenjammer« ihr vierter Temple Barr & Midnight Louie-Krimi.

Carole Nelson Douglas

Coole Katzen im Kasino

Ein Temple Barr & Midnight Louie-Krimi

Aus dem Amerikanischen
von Angelika Naujokat

ECON Taschenbuch Verlag

Veröffentlicht im ECON Taschenbuch Verlag
Deutsche Erstausgabe

First published by Tom Doherty Associates, Inc., New York
Titel des amerikanischen Originals: CAT IN A CRIMSON HAZE
Aus dem Amerikanischen übersetzt von Angelika Naujokat
Umschlaggestaltung: Init GmbH, Bielefeld
Titelabbildung: Reiner Tintel
Lektorat: Gisela Klemt
Gesetzt aus der Baskerville
Satz: ECON Verlag
Druck und Bindearbeiten: Elsnerdruck, Berlin
Printed in Germany
ISBN 3-612-25137-6

Für Ed Gorman,
dem Weisen von Cedar Rapids,
Paten der Krimi-Szene
und Wohltäter für Autoren
und Leserschaft aller Genres und Geschlechter

Prolog:
Löwen-Louie

Eins möchte ich von Anfang an klarstellen. Millionen haben im Fernsehen die Werbung mit einem riesigen, goldfarbenen Artdéco-Löwen gesehen, der durch eine völlig versandete Las-Vegas-Szenerie stolziert. Wenn er sich streckt und hinkauert verwandelt er sich in eine Art High-Tech-Sphinx. Mit Hilfe einer Computergraphik-Zauberei entfaltet sich dann das neue *MGM Grand Hotel* und der Freizeitpark wie ein grün verglaster Pfauenschwanz aus seinen Hinterläufen.

Nur zu Ihrer Information: Das beeindruckt mich nicht im geringsten.

Es gibt nur einen wahren Pussykater in dieser Stadt, und sein Name lautet Midnight Louie.

Im Moment habe ich die Pinnwand in der Küche genau im Auge, wo meine PR-bewußte Mitbewohnerin mein jüngstes Zeitungsphoto aufgehängt hat.

Es ist allerdings nicht gerade schmeichelhaft: Ich sehe aus wie etwas, das der Hund hereingeschleppt hat. Meine Ohren kleben platt am Kopf, die Augen sind auf Halbmast, und ich werde von etwas bedroht, das einem UFO ähnlich sieht, in Wahrheit aber eine durchsichtige Atemmaske ist. Dieses Photo verewigt den Moment, in dem ich angeblich bei meinem letzten Abenteuer aus den Fängen eines Katzenquälers gerettet wurde. Der Feuerwehrmann, der die Plastikmaske schwingt, sollte mir lebensrettenden Sauerstoff in meine lufthungrige Visage blasen, nachdem man mich mit einem chloroformgetränkten Tuch betäubt und in einen Jutesack gesteckt hatte.

Dieses Photo ist keine tausend Worte wert, meiner Ansicht nach nicht einmal einen dreitägigen Gig auf dem Boden eines Finkenkäfigs.

Es sollte genügen, wenn ich Ihnen versichere, daß ich mich selbst aus diesem Sack befreit habe. Ich war sogar kurz davor, einen Katzenaufstand zu organisieren, um Miss Temple Barr vor einem verfrühten Rösten zu retten, als sich auch schon die unbeholfenen Feuerwehrmänner einmischten. Ich brauchte ebensowenig Sauerstoff wie ein Fisch einen Luftschlauch, aber diese höchst überflüssigen Feuerwehrleute mußten ja irgend etwas unternehmen, um in den Medien gut dazustehen. Auf diesem Schnappschuß bin ich also *kein* Opfer – wenn man einmal von dem denkbar ungünstigen Zeitpunkt absieht, zu dem auf den Auslöser gedrückt wurde.

Aber selbst eine Katze wie ich ist in der Lage, die Zeichen der Zeit zu erkennen. Ich kann sehr wohl die Hieroglyphen an der Wand lesen: Dieser muskelbepackte Fernsehlöwe aus *Virtual Reality City* posiert wirklich für den Slogan Die-Zeiten-ändern-sich.

Das *MGM Grand Hotel* ist nicht nur weit entfernt von der Asche seines ehemaligen Standortes auf dem *Strip* (wo sich jetzt *Bally's* befindet) wiederauferstanden, sondern kam zudem mit 5 005 Zimmern ins Leben zurückgedonnert, ein absoluter Weltrekord. Mit dem MGM bestimmen das neue *Luxor* und das *Treasure Island Hotel* diese heiße neue Szene. Und wissen Sie was? Las Vegas – die Hauptstadt krasser Dummheit, das Hauptquartier der Chuzpe, das Nervenzentrum der Wollust – ist ausverkauft.

In dieser vor sich hinzockelnden Stadt geht es heutzutage um zwei Worte, die selbst eine Stripperin in voller Aktion innehalten lassen würden. Sie vermögen vermutlich sogar die

Seele eines Buchmachers an der Stelle mit kalter Faust zu ergreifen, wo sie sich für gewöhnlich befindet – nämlich in seiner Gesäßtasche mit dem Rest des Bargelds.

Das Schlagwort des Tages lautet »familiäre Werte«.

Nennen Sie mich ruhig zynisch, aber aus meinen Beobachtungen schließe ich, daß familiäre Werte immer erst dann mit sehr viel Enthusiasmus ins Spiel gebracht werden, wenn die Grenze fast schon überschritten worden ist. Und die ist zur Zeit in Vegas nicht länger die dünne weiße Linie, die ein Tanga-Bikini hinterläßt.

Grenze bedeutet in diesem Fall, daß das Glücksspiel zu einem Nationalsport geworden ist. Las Vegas ist längst nicht mehr *die* Stadt der Sünder. Heutzutage gibt es Atlantic City und die staatlichen Lotterien. Außerdem gibt es die Version der amerikanischen Ureinwohner von Umzingelt-die-Kavalerie und Nehmt-Rache-durch-Spielmarken, auch unter dem Namen Reservats-Bingo bekannt. All diese legalen Formen des Glücksspiels gibt es heutzutage in mehr Bundesstaaten, als auf der Flagge der Konföderierten zu finden waren. Das Mekka der Mojave muß sich inzwischen ganz schön abstrampeln, um noch die gleiche Menge wie in alten Zeiten anzuziehen. Es muß in den Augen einer völlig neuen Klientel Gefallen finden.

Was soll ich sagen? Las Vegas – der unbestrittene Star der Glitzerparade – ist zu einer Familienserie verkommen. Das reicht, um einen gestandenen Hauskater dazu zu bringen, in seinen *Snapple Juice* zu schniefen.

Gott sei Dank rühre ich derzeit kaum etwas anderes an als Wasser, sonst würde ich meinen Augen nicht trauen. In dieser Stadt gibt es viel, was sich herunterzuputzen lohnt, aber ich habe mir für gewöhnlich nicht die Mühe gemacht, meinen Atem daran zu verschwenden. Ich habe schon genug Probleme. Ein Stockwerk über mir residiert eine rabenschwarze Kleine mit dem Namen »Caviar«. Ihr Straßenname lautet Midnight Louise, und nur ich weiß, was *das* zu bedeuten hat.

Gott sei Dank hat sie bisher noch nicht meinen eigenen

Spitznamen herausbekommen, sonst wäre ich längst Hackfleisch. Ich muß gestehen, daß ich diese streitlustige, federgewichtige Lady mehr fürchte als jeden drei Stockwerke großen Löwen-Typen in hautengem Goldlamé.

Ein Stockwerk über dieser Caviar-Puppe lauert Karma mit dem goldenen Fell, eine Kreatur mit einsiedlerischen Gewohnheiten, die ebenfalls Gefallen daran findet, Midnight Louie zu reizen. Ob es wohl jemals einen Kerl gegeben hat, der so von allen Seiten bedrängt wurde wie ich?

Und als hätte ich nicht schon genug am Hals, ist mein eigenes Püppchen, meine Wohnungsgenossin Miss Temple Barr in letzter Zeit dauernd unterwegs, um ihre Public-Relation-Geschäfte abzuwickeln.

Kümmert es denn niemanden, daß diese Stadt vor die Hunde geht? Kümmert es niemanden, daß Midnight Louie schwerwiegende persönliche Probleme hat? Kümmert es niemanden, daß die lustigen, frivolen und verrückten Achtziger sich in die nüchternen Neunziger verwandelt haben? Daß sich alles ändert, wohin man auch blickt?

Die Antwort ist natürlich ein schallendes *nyet.*

Mit einem einsam zitternen Schnurrbarthaar lege ich meine Visage still auf meine gefalteten Pfoten und beginne zu dösen.

Gesegnet seien Tierchen und Kinderchen

»Wie alt ist –?« Temple starrte auf den glatzköpfigen, munter brabbelnden Säugling hinab und suchte verzweifelt nach dem richtigen Synonym für »es«.

Und versagte.

Sie würde sich festlegen müssen.

Selbstmord.

»Er/sie?« stieß sie schnell hervor.

»Cinnamon ist fünf Monate.« Van von Rhine, die sonst so kühle Managerin des *Crystal Phoenix Hotel* und des Kasinos, sprach voll mütterlicher Zuneigung.

»Cinnamon«, wiederholte Temple wie betäubt. »Dann können Sie sie ja … Cinny nennen.«

Temple wand sich innerlich, während sie sich selbst so reden hörte, aber sie hoffte, daß sie zumindest das Geschlecht richtig hinbekommen hatte. Bei dem heutigen Trend, Kindern Namen zu verpassen, die auf beide Geschlechter paßten, konnte man ja nie sicher sein. Aber Unsicherheit war nicht der richtige Weg, ihre Chefin zu beeindrucken. Ihre potentielle Chefin.

Glücklicherweise machte mütterliche Vernarrtheit nicht nur taub, sondern – ganz offensichtlich – auch blind.

»Ist sie nicht niedlich, wenn ich das so sagen darf?« Van, eine zierliche Blondine, die nichtsdestotrotz vom gesamten

Hotelpersonal gefürchtet wurde, lehnte Cinnamon gegen ihre Schulter, um sie für ein Bäuerchen auf den Rücken zu tätscheln. »Nicky wollte sie ›Nicole‹ nennen, aber ich habe ihn überzeugt, daß französische Namen heutzutage nicht mehr *in* sind. Männer sind ja so eitel.«

Während Van von Rhine angesichts des verständlichen Wunsches ihres Mannes, ihrem ersten Kind einen Namen zu geben, der dem seinen ähnelte, die Stirn runzelte, erinnerte sich Temple an ein Gerücht, wonach »Van« angeblich die Abkürzung von »Vanilla« war. Das würde die kleine Cinnamon zu einer Ergänzung im Gewürzregal ihrer Mutter machen. Männer waren nicht die einzigen, die unter blinder Eitelkeit litten.

»Wie geht es Louie?« erkundigte sich Van in einem Tonfall, der für die Nächsten und Liebsten eines Gastes angemessen schien.

»Wie bitte?« Temple ließ sich selten von plötzlichem Themenwechsel aus der Fassung bringen, aber so zu tun, als bewundere sie ein Baby, verwandelte ihren normalerweise scharfsinnigen Verstand in, ehem, Brei. Eine PR-Expertin haßt nichts mehr, als wenn sie es mit etwas zu tun bekommt, von dem sie absolut keine Ahnung hat.

»Übrigens, möchten Sie sie einmal halten?« Van von Rhines Tonfall ließ inzwischen darauf schließen, daß sie ein ernsthaftes, zwischenmenschliches Versäumnis begangen hatte.

»Eh, nein danke. Louie? Oh, Sie meinen den Kater?«

»Ja.« Vans madonnenhaftes Lächeln paßte zu ihrer verbindlichen, blonden Gelassenheit. Prinzessin Grazia war nicht tot, sondern pünktlich zu den Abendnachrichten wiederauferstanden. »Aber Louie würde es sicher gar nicht gefallen, als ›der Kater‹ bezeichnet zu werden. Midnight Louie hat nichts Gattungsmäßiges an sich.«

Yessir, that's my baby ..., diese Zeile wollte Temple einfach nicht aus dem Kopf gehen. »Louie ... geht es gut. Es tut mir leid, daß er einfach so aus dem *Crystal Phoenix* hinausspaziert ist –«

Van nickte einem lauernden Kindermädchen zu, das selbst noch ein Teenager war und Cinnamon schnell wegholte, bevor das Baby Gerber's Erbsensuppe auf Mutters makellose champagnerfarbene Versace-Kostümschulter aufstoßen konnte. Der Gedanke an »Der Exorzist V« drängte sich auf.

»Wir vermissen ihn.«

»Das tue ich auch«, stimmte ihr Temple zu, noch bevor sie sich wieder ganz gefangen hatte. »Das heißt, er kommt und geht nun einmal, wie es ihm gefällt.«

Van von Rhine nickte. »Louie hat eben seinen eigenen, pelzigen Kopf. Nicky hat mich am Ende davon überzeugt, daß es keinen Sinn hat, einen Wanderer aufzuhalten. Ich bin erstaunt, daß Louie sich dazu herabgelassen hat, sich bei Ihnen auf unbestimmte Zeit niederzulassen.«

»Free-to-be-Feline«, erwiderte Temple in einem vertraulichen Tonfall.

»Wie bitte?« Van von Rhines blasse Augenbrauen hoben sich wie höfliche, gespenstische Raupen in die Höhe.

»Louie würde niemals sein *Free-to-be-Feline* verlassen«, erklärte Temple mit bewundernswertem Selbstvertrauen, »besonders, da ich es nun mit Shrimp Créole serviere. Jede Menge Shrimps sogar. Gläserweise. Es ist gut für ihn – also, das *Free-to-be-Feline*, nicht notwendigerweise die Shrimps.«

»Ich verstehe.« Seit Cinnamon fort war, drückte Vans Stimme einen Anflug von Langeweile angesichts irgendwelcher Futterrezepte aus. Sie seufzte. »Also, Sie sind heute hier, weil Nicky darauf besteht, daß es höchste Zeit sei, das Hotel einmal zu überholen. Wahrscheinlich hat er recht, wenn man bedenkt, wie erschütternd kurz die Aufmerksamkeit der amerikanischen Öffentlichkeit zu fesseln ist. In Europa sind die Hotels stolz auf ihr unverändertes Aussehen, nicht auf ihr jährliches *Facelifting.*«

Temple erinnerte sich an den leicht gebräunten italienischen Romeo, der seine Frau vor einigen Wochen zum Büro des Kongreßzentrums begleitet hatte, um Louie zurückzufordern. Glücklicherweise war dies von wenig Erfolg gekrönt gewesen. Louie, der in einer silberfarbenen Corvette weggetragen worden war, kehrte allein und auf allen vieren zurück, und das war das Ende seines inoffiziellen Aufenthalts im *Crystal Phoenix* gewesen. Temple fragte sich warum und nahm gleichzeitig einen leichten Geruch nach Säugling wahr, der in der Luft hing – zusammengesetzt aus Johnson & Johnson Babypuder, Pampers und Erbsen. Vielleicht war Louie gegen etwas anderes noch viel allergischer als gegen unverfälschtes *Free-to-be-Feline.*

»Ist das *Crystal Phoenix* nicht erst vor ein paar Jahren vollkommen renoviert worden?« erkundigte sich Temple.

»Genau mein Punkt.« Van von Rhine nahm, befreit von Baby und Biest, ihre Geschäftsführerinnenhaltung ein und faltete ihre blassen, manikürten Hände auf ihrem eleganten, glasbedeckten Schreibtisch. »Las Vegas verändert sich vor unseren Augen, Miss Barr. Als Nicky und ich das renovierte *Crystal Phoenix* vorstellten, war ›Klasse‹, oder wie auch immer Sie es nennen wollen, eine absolute Neuerung in Las Vegas. Inzwischen ..., nun ja, ich möchte nicht gerade behaupten, daß die Stadt *sophisticated* geworden ist, aber der Marketing-Schwerpunkt hat sich verlagert. Man muß mit der Zeit Schritt halten. Das *Crystal Phoenix* beabsichtigt nicht, sein Image als Hotel erster Güte aufzugeben, aber wir müssen uns auch den modernen, ökonomischen Zwängen beugen. Wir sind gezwungen, etwas für die *Familie* anzubieten.«

Temple nickte ernst. Sie hatte sich nie wirklich mit Las Vegas anfreunden können, obwohl sie seine anspruchslosen, beknackten Ansichten manchmal bewunderte. Aber diese streitlustige, geldscheffelnde Stadt, die sich Bugsy Siegel in den Vierzigern ausgedacht hatte, die in den Fünfzigern explodiert war, sich in den Sechzigern ausgebreitet hatte, in der es in den Siebzigern tobte und wo in den Achtzigern geprotzt wurde, war in den Neunzigern wie ein alter Gaul erlahmt.

Las Vegas benötigte mehr als ein *Facelifting*, um mit Disney World und *Dial-a-Lottery* zu konkurrieren. Es mußte mehr bieten als Mädels, Wetten und flimmernde Lichter, sogar mehr als computerisierte einarmige Banditen und die gelegentliche Dosis an Klasse. Es mußte Unterhaltung für die ganze Familie sein.

»Johnny Diamond, unser Sänger«, fuhr Van fort, »lief immer hinter dem Trend her und war deshalb irgendwann seiner Zeit voraus. Die Ausstattung des Hotels, die ich selbst überwacht habe, ist bis ins kleinste verbessert worden.«

Temple zuckte bei dieser letzten Äußerung aus persönlichen Gründen zusammen.

»Unsere Show«, setzte Van mit ausgesprochener Zufriedenheit hinzu, »erinnerte stets mehr an den Lido in Paris, als an das *Lace 'n' Lust* in der City. Aber ich gebe zu, daß dem *Crystal Phoenix* der proletarische Touch fehlt. Wir müssen uns für die Klientel, die Las Vegas heutzutage ansprechen will, zugänglich machen, und das ist die Familie. Können Sie ein Programm für uns entwerfen, Miss Barr, das ›Klasse‹ in ›Familien-Klasse‹ verwandelt?«

»Eine große Herausforderung«, erwiderte Temple, um Zeit zu gewinnen. »Vielleicht sollte ich die Sache erst mal genauer unter die Lupe nehmen.«

»Eine hervorragende Idee.« Van von Rhines sorgfältig gefeilter, zu einem rosigen Glanz polierter Fingernagel preßte sich auf einen Knopf auf ihrem Schreibtisch.

Unverzüglich klopfte es an der Tür, und ein junger Mann betrat das Büro. »Du hast geläutet? Dein Sklave ist augenblicklich abwesend, und ich kam zufällig vorbei und dachte, ich schaue mal rein und frage, was läuft.«

»Ralph«, sagte Van und sah dabei nicht besonders erfreut aus, »Miss Barr benötigt eine Führung durch das Hotel. Ist Nicky in der Nähe?«

»Nicky ist immer in der Nähe.«

Ralphs träges Grinsen kam Temple irgendwie bekannt vor, nicht nur wegen seiner ungezwungenen Intimität, sondern in seiner ganzen Art.

Ralph war kein passender Name für einen höflichen, dunkelhaarigen Kerl Ende Zwanzig, der ein Nino-Cerutti-Eiscreme-Jackett trug, das garantiert alle weiblichen Herzen im Umkreis von fünfzig Metern zum Schmelzen brachte. Temple hätte ihn für den Lounge-Sänger Johnny Diamond gehalten, wenn Van von Rhine nicht »Ralph« zu ihm gesagt hätte.

»Mit anderen Worten«, sagte Van stirnrunzelnd, »er ist wieder mal nicht da, wenn man ihn braucht. Ich fürchte, daß du Miss Barr selbst herumführen mußt.«

Ralph zuckte mit seinen hervorragend gepolsterten Schultern. »Kein Problem.« Temple, die erst kürzlich die Dreißig überschritten hatte, fand den ersten Blickkontakt mit ihm sehr schmeichelhaft. Immerhin war sie für ihn doch eine »ältere Frau« ...

»Einer von Nickys Brüdern«, erklärte Van von Rhine trocken. »Ich denke, Sie werden bei ihm in sicheren Händen sein.«

»Wirklich?« trällerte Temple interessiert.

Die Fontana-Brüder waren in Las Vegas berüchtigt für ihre unanständige Anzahl (neun oder zehn von ihnen gab es, soweit sich Temple erinnerte), ihre todschicken, maßgeschneiderten Klamotten und ihre latent vorhandenen Kontakte zum Mob. Nicky war natürlich dank seines Kaufs und der Restaurierung des *Crystal Phoenix* und dank seiner Heirat mit Van, der Tochter eines deutschen Hotelmanagers, zum makellosen, respektablen Geschäftsmann in dem ganzen Haufen geworden. Der Rest des Fontana-Clans war unverheiratet und ging anscheinend keiner – legalen – Tätigkeit nach. Temple hatte außer Nicky noch keinen der Fontana-Brüder in Fleisch und Blut gesehen, doch sie fand die Spezies trotz ihrer unleugbaren Attraktivität zu amüsant, um sie ernst zu nehmen.

Ralph schaffte es, vor ihr an der Bürotür zu sein, ohne eine erkennbare Bewegung gemacht zu haben, und riß sie für sie auf. Normalerweise haßte Temple galante Gesten, besonders auf der großen Leinwand, aber ein Fontana-Bruder war eine lebende Legende, die man nicht so ohne weiteres vor den Kopf stieß.

Sie segelte auf ihren klassischen Evan-Picone-Pumps durch die Tür, in der Hoffnung, einen ebenso forschen und geschäftsmäßigen Eindruck zu machen wie Van von Rhine, wenn sie zu ihrer teutonischsten Form auflief. Einen Auftrag von einem Hotel am Strip an Land zu ziehen war eine große Sache, beinahe mehr, als Temple es sich bei ihrem eher bequemen Lebensstil wünschte.

Doch wenn sie sich ein Lieblingshotel in Vegas aussuchen müßte, so würde ihre Wahl auf das *Crystal Phoenix* fallen. Die Gründe dafür waren nicht ausschließlich sentimentaler Natur, wie beispielsweise, weil das Hotel Midnight Louies ehemaliges Hauptquartier war oder weil Max Kinsella dort mit ihr in der Fontane Lounge diniert und den Kauf einer gemeinsamen Wohnung in dem Apartmenthaus *Circle Ritz* angekündigt hatte.

Temple runzelte die Stirn. Man sollte nie zulassen, daß einem vergangene Enttäuschungen die Gegenwart vermiesten.

»Kennen Sie das Hotel, Miss Barr?« erkundigte sich Ralph mit einem Lächeln, das beinahe schüchtern wirkte. Vielleicht waren die Junggesellen der Fontana-Brüder daran gewöhnt, immer nur im Haufen aufzutreten.

»Ich kenne die meisten Räumlichkeiten, die den Gästen zugänglich sind«, erwiderte Temple, »aber nicht die kleinen Ecken und Schrullen, die jedes Hotel hat.«

»Schrullen sind meine besondere Spezialität«, versprach Ralph und streckte die Hand aus wie ein Reiseführer, was einen besseren Blick auf seinen goldenen, ovalen Römerring erlaubte. Ein echter Römerring.

Woher stammte das Geld der Fontana-Jungen? Bestimmt nicht von ihrem berühmten Onkel, Macho Mario Fontana. Zumindest hieß es in der Öffentlichkeit nicht so. Temple begann, sich über sich selbst zu ärgern. Welch ein Unsinn, auch nur mit dem Gedanken zu spielen, jemals mit solch zwielichter Gesellschaft zu tun zu haben. Das *Crystal Phoenix* und Nicky und Van besaßen einen makellosen Ruf, die Brüder jedoch nicht. Natürlich war Temples eigene Vergangenheit, was zwielichte Gesellschaft anging, nicht ganz eins a, was sie Max (Mr. Interpol Pinup) zu verdanken hatte.

Ralph entpuppte sich als fähiger Reiseführer. Er ließ weder die Highlights aus – die mit einem Wassergarten bestückte Lobby, die samtbedeckten Spielflächen und die palmengesäumte Swimmingpool-Anlage – noch die schrulligen Besonderheiten.

»Der Midnight Louie-Gedächtnis-Teich«, sagte er mit ernstem Gesicht, kreuzte die Hände und senkte seinen dunklen Schopf neben einigen Calla-Lilien.

Temple blickte in den von Schatten gesprenkelten Pool, in dem große Fische mit glänzenden Schuppen wie wütende Piranhas herumschwärmten.

»Tolle Goldfische!« sagte Temple bewundernd.

»Die Privatzüchtung von Chefkoch Song. Und nennen Sie sie in seiner Gegenwart bloß nicht Goldfische. Oder Karpfen. Mein Bruder Armado nannte sie einmal Karpfen und hat beinahe ein Ohr an ein Hackmesser verloren, als Song davon erfuhr. Die richtige Bezeichnung lautet ›Koi‹. Aber man spricht es so, als hätte es ein ›w‹. K-w-o-i.«

»Kwoi«, wiederholte Temple, die sich über Ralphs ausführliche Erklärung amüsierte. Sie kannte die Bezeichnung bereits, entschloß sich aber, ihm dies nicht zu sagen. »Warum ist das hier Louies Gedächtnis-Garten? Er ist doch noch nicht tot.«

»Und das trotz Songs Hackmesser. Dieser alte, schwarze Kater ist zu schnell für ihn, aber er hat die Koi in diesem Teich schon einige Male genauer unter die Lupe genommen, das können Sie mir glauben.«

Das tat Temple ohne weiteres. Sie folgte Ralph wieder hinein, um Song und dessen Küchenpersonal und das Hackmesser kennenzulernen, die sich alle in der mit rostfreiem Stahl ausgestatteten Hotelküche aufhielten.

Sie wurde außerdem ins tiefliegende Untergeschoß geführt, wo sie einen Blick auf sämtliche Räumlichkeiten werfen durfte, von den Ankleideräumen der Sängerinnen – an denen Ralph ein großes Interesse bekundete – bis zu den riesigen Aufzügen unter der Bühne, die Bühnenbilder und Dekorationen zum wartenden Publikum nach oben beförderten.

»Das hier erinnert mich an meine Zeit am *Guthrie Theatre* in Minneapolis«, bemerkte sie in der widerhallenden Stille des Bühnenunterbaus. »Wie sieht denn die Bühne aus?«

Ralph geleitete sie zu einem Dienstaufzug, der sich in einer verlassenen Ecke des Untergeschosses befand. Ihr erster Halt war auf der Theateretage, wo Temple unter den kalten, toten Scheinwerfern über die leere Bühne wanderte und auf die leeren Sitze starrte.

Ralph, der offenbar kein Liebhaber des Dramaturgischen war, blieb in der Nähe der Lichtschaltanlage hinter der Bühne stehen.

Temple hatte schon seit vielen Jahren auf keiner Bühne mehr gestanden. Der ewige, unsichtbare Zauber des Theaters lauerte in der Dunkelheit, so wie der »Mysteriöse Max«, der ein nichtsahnendes Publikum mit einem seiner Zaubertricks überrascht. Ihre hohen Absätze hallten auf dem Holzboden der Bühne wider und warfen das forsche Klackern bis in die letzte Reihe.

Ralph schaltete das Licht hinter der Bühne an und aus,

um ihr zu signalisieren, daß er weitergehen wollte. Temple gesellte sich wieder zu ihm.

»Johnny Diamond ist der Star, seit ich hier in Vegas bin, aber ich habe seine Vorstellung noch nie gesehen«, sagte Temple.

Ralph rollte seine Augen mit scheinbar widerwilligem Neid. »Dieser Kerl! Was für eine Stimme! Reißt das Publikum von den Stühlen von Mittwoch bis Sonntag.«

»Also bleiben montags und dienstags die Lichter dunkel?«

»Ja. Außer, wenn eine besondere Gruppe hier übernachtet, wie zum Beispiel in einigen Wochen, wenn hier die Gridiron-Show stattfindet. Muß sich um irgendwas mit Sport handeln.«

»Die Gridiron-Show? Die wird in diesem Jahr hier veranstaltet?«

Auf Ralphs verblüfftes Nicken hin ließ sie es sich nicht nehmen, ein wenig mit ihrem Wissen zu prahlen. »Das Gridiron ist die jährlich stattfindende Satire-Show der ortsansässigen Journalisten. Ich schreibe normalerweise einige Nummern dafür und lasse mich auch ab und zu überreden, eine Rolle zu übernehmen. Himmel, ist es wirklich schon wieder Zeit für die Gridiron-Show? Komisch, ich habe noch gar nichts davon gehört, daß Manuskripte eingereicht werden können.«

»Soll das etwa heißen, daß diese Gridiron-Sache nicht mehr ist als ein Treffen von Zeitungsfritzen?« Ralph klang tief enttäuscht.

»Na, egal. Jedenfalls sollten Sie sich diesen Laden einmal ansehen, wenn Johnny seine Stimmbänder strapaziert ... Frauen werfen sich ihm zu Füßen, und auch sonst landen dort einige Sachen, wie beispielsweise Zimmerschlüssel oder andere persönliche Dinge, die wir –«

»... Aufmerksamkeiten nennen?« ergänzte Temple diplomatisch. Ralph runzelte die Stirn. »Nein, Nachtwäsche wollte ich sagen, die allerdings eher Reizwäsche ist. Johnny ist so gut verheiratet wie Queen Elizabeth, aber das ist ihnen egal. Er trägt sein Haar jetzt so lang wie Michael Bolton, und das haut sie förmlich um. Ich habe selbst schon mal mit dem Gedanken an einen Pferdeschwanz gespielt. Was halten Sie davon?«

Ralph drehte sich um und präsentierte einen hübschen Nacken mit lackschwarzem Haar.

»Eh, es könnte Ihre Kragenlinie unterbrechen.«

»Stimmt. Und ich verstehe auch nicht, wir ihr Mädels all dieses Zeug durchkämmen könnt.« Er warf einen Blick auf Temples wilde rote Locken, die sich um ihr Gesicht kräuselten, und runzelte erneut die Stirn. »Vielleicht doch der Ohrring.«

Sie griff automatisch an ihr nacktes Ohrläppchen. War ihr etwas entgangen?

»Nicht Sie. Ich. Was meinen Sie?«

»Ich denke, Ihr Ring reicht vollkommen aus.«

Auf dem Dach, vierzehn Stockwerke höher, befand sich die zuvor erwähnte Fontana Lounge. Sie machte einen schäbigen Eindruck. Bei Tageslicht entpuppte sich ihr verschwenderisches Neonlicht nur als eine Aneinanderreihung grauer Röhren, wie man sie in den Schwarzweißfilmen der Vierziger sieht, in denen irgendein verrückter Wissenschaftler im Mittelpunkt steht.

Ralph führte Temple an den Hindernissen auf dem Dach vorbei. Er hielt ihre Hand, damit sie auf dem weichen Kies nicht umknickte.

»Was ist denn nun so Tolles an diesem Ort hier oben?« fragte sie.

Ein breites Grinsen erschien auf Ralphs Gesicht. »Nickys und Vans Penthouse.«

»Ich glaube nicht, daß wir hier einfach so eindringen sollten –«

»Warum nicht? Sie sind doch nicht da. Sehen Sie, das da drüben ist die *Hot Tub*. Schick, was?«

»Mr. Fontana, ich würde wirklich lieber die öffentlicheren Räumlichkeiten des Hotels sehen –«

Ralph Fontana hob plötzlich seine Hände und schob seine Ohren wie ein Elefant nach vorne. Er streckte seine Zunge raus und gab grunzende Geräusche von sich.

Temple war sprachlos. Sie kam zu der Einsicht, daß Wahnsinn in der Fontana-Familie in extremer Form vorkommen mußte.

Ralph lachte, als er sich vom Fenster wegdrehte und über das Haar an den Schläfen strich. »Das Baby hat geweint. Das habe ich wieder in Ordnung gebracht. Habe sie einfach überrumpelt. Diese Kleine da, Vans Oh-Pär ist ein nettes Häschen, nicht wahr? Van hat sie aus England. Das Mädel hat Klasse, wie das *Crystal Phoenix.*«

Temple kam sich wie eine neugierige Katze vor, als sie auf Zehenspitzen auf das Fenster zuschlich. Glücklicherweise stand das Au-pair-Mädchen mit dem Rücken zu ihnen, aber der unruhige Säugling, den sie über ihre Schulter gelegt hatte, grinste nun wie ein Honigkuchenpferdchen.

»Wir sollten uns aus dem Staub machen, bevor man uns verhaftet«, murmelte Temple und lief zurück über das Dach, ohne sich noch einmal umzudrehen.

Ralph Fontana holte sie schnell ein. Die Führung war beinahe beendet, bis auf einen kleinen Abstecher in den siebten Stock. Dort führte Ralph sie mit stolzgeschwellter Brust zu einer Tür, die die Nummer 713 trug.

»Dies ist ein stinknormales Zimmer«, bemerkte Temple.

»Hey, es ist in keiner Weise stinknormal. Es ist eine Suite«, widersprach Ralph.

»Schön, es ist also eine Suite. Na und? Viele Hotels haben Suiten.«

»Aber nicht so eine wie die hier.« Ralph zog einen passenden Schlüssel aus seiner Brusttasche.

Dies war offensichtlich sein großer Moment bei dieser Führung. Er drehte den Schlüssel, öffnete die Tür und zog

Temple dicht hinter sich her, als wolle er sie vor dem, was sie drinnen erwartete, beschützen.

Was ging hier vor sich? Wollte er etwa eine unbefugte Drogenrazzia bei einem ahnungslosen Gast veranstalten? Ralph schob sich langsam in die Dunkelheit vor und verschwand dann plötzlich.

Temple fragte sich, wessen Privatsphäre sie wohl nun verletzen mochten. Sie hoffte aufrichtig, daß es sich nicht um einen ehemaligen Vertragskiller der Mafia handelte, der hier ruhig mit Hilfe des Zeugenschutzprogrammes des FBI residierte und eine Uzi immer noch als einen angemessenen Begleiter im Ruhestand ansah.

Drinnen ertönte ein Krachen. Ralph fluchte derartig blumig, daß Temple die Bedeutung der Worte kaum übersetzen konnte. Ein Licht – aber kein sehr helles – wurde eingeschaltet.

»Kommen Sie näher«, forderte sie Ralph auf und fluchte immer noch leise vor sich hin.

Temple machte einige Schritte und bemerkte, daß ihre schmalen Absätze in einen rosageblümten Teppichboden versanken. Ringsum war viel zuviel grün, dazu heruntergekommene, aber ehemals elegante Möbel und Satinvorhänge, die zu phantastischen Formen drapiert waren.

»Die Geistersuite«, verkündete Ralph mit dem Stolz eines Besitzers. »Hier ist seit den Vierzigern alles unverändert. Nicht ein einziges Laken wurde ausgetauscht.«

Temple rümpfte die Nase.

»Alles original. Irre, was?« Ralph öffnete eine weitere Tür, die noch tiefer in die Dunkelheit hineinführte. »Hier ist das Schlafzimmer. Stellen Sie sich nur mal vor, Jersey Joe Jackson hat hier geschlafen!« Seine Stimme hatte einen tiefen, ehrfurchtsvollen Tonfall angenommen. »Das war ein Kerl! Rangierte ganz oben neben Bugsy Siegel und Howard Hughes. War allerdings bankrot als er starb – das heißt nicht ganz.«

»Ich habe schon von Jersey Joe Jackson gehört«, erwiderte Temple. »Eine Legende hier in der Gegend. Aber ich wußte nicht, daß er in diesem Hotel eine Suite hatte.«

»Damals war das hier noch das *Joshua Tree Hotel*. Mann, dieser Kerl hatte wirklich überall seine Finger drin – Immobilien, Glücksspiel. Hat einen Haufen Geld gemacht. Keiner wußte so recht, warum er derart arm gestorben war – bis Johnny Diamond der kleinen Lady, mit der er jetzt verheiratet ist, in diesen Räumlichkeiten den Hof machte. Was glauben Sie, was sie im Inneren der Matratze gefunden haben?«

»Inneren Frieden?« wagte Temple zu fragen. Sie hatte langsam die Nase voll davon, in die Schlafzimmer anderer Leute zu spähen. Wahrscheinlich, weil niemand einen Blick in ihr eigenes werfen wollte, jetzt, wo Midnight Louie der einzige männliche Besucher dort war.

»Nein.« Ralph verlor keine Zeit. »Silberdollar. Diese großen runden, die einen halben Kennedy-Dollar wie einen BB aussehen lassen. So groß wie … Jo-Jos«, prahlte er. »In der guten alten Zeit machten sie wirklich das Geld noch so, und das hier waren echte, alte Münzen, von der *Glory Hole Gang* geraubt und solange in diesem Versteck gelagert, bis Johnny und Jill sie einige Jahre später rausholten.«

»Nicht gerade eine familientaugliche Geschichte«, bemerkte Temple.

»Wie? Für meine Familie ist sie gut genug. Schauen Sie nur, ich habe eine der Münzen als Glücksbringer bekommen. Wir haben alle eine gekriegt.«

Ralph zog etwas aus seiner Hosentasche und warf es in die Luft, wo es sich wirbelnd auf die Decke zubewegte.

Temple beobachtete, wie sich die dünne Silberscheibe wie ein UFO an der Leine wieder auf Ralphs wartende Hand zubewegte, und fragte sich, warum ausgerechnet sie immer derart durchgeknallte Kunden abbekommen mußte.

Ralph klatschte die Münze auf den Rücken seiner freien

Hand und warf einen kurzen Blick darauf. »Kopf. Mein Glückstag. Wetten?«

»Ich wette nur auf halbe Kennedy-Dollar«, entgegnete Temple, ohne bei dieser Notlüge mit der Wimper zu zucken. Diese Münzen waren heutzutage so rar wie ein Mysteriöser Max oder ein vernünftiger Kunde.

Ralph schenkte ihr eine weitere seiner freundlichen Schulterzuckungen und geleitete sie zur Tür hinaus.

»Was glauben Sie?« fragte er in dem friedlichen, endlosen Flur, der zu den Aufzügen führte. »Ob Sie sich eine Kampagne ausdenken können, die das *Crystal Phoenix* in einen Laden verwandelt, der auch den Kids gefallen würde?«

»Ohne einen Vergnügungspark anzubauen, der mehrere Millionen Dollar verschlingen würde? Ich weiß es nicht, aber ich werde darüber nachdenken«, versprach sie.

Ralph nickte verständnisvoll, bestand darauf, daß sie den Aufzug zuerst betrat, und schritt dann auf sein schlankes Spiegelbild im rostfreien Stahl zu. Er ignorierte sie, während sie die sieben Stockwerke nach unten schwebten.

»Vielleicht werde ich es doch bei dem Ring belassen«, sagte er schließlich.

»Gute Idee.«

»Ich könnte ihn durch meine Nase ziehen lassen.«

Oh, Mann!

Noch mehr gesegnete Tiere und Kinder

Obwohl es Samstagmorgen war, quoll der Spielplatz mit umherrennenden, lachenden, kreischenden Kindern über.

Temple studierte das erstaunliche Durcheinander aus herumtollenden, bellenden, schnatternden und kreischenden Tieren.

Tiere waren offensichtlich eine besondere Attraktion für Kinder, aber sie konnte sich ein solches Gewühl nicht recht auf dem eleganten, sorgfältig angelegten Grundstück des *Crystal Phoenix* vorstellen. Sie wußte nicht einmal, warum sie hierhergekommen war, außer, daß sie selbst diese Idee gehabt hatte.

»Limonade?« zwitscherte Schwester St. Rose of Lima neben ihr und hielt ihr einen riesigen Pappbecher hin.

Als Temple zögerte, fügte die kleine Nonne hinzu: »Das geht auf den Haushalt.«

»Ich glaube, Sie meinen ›aufs Haus‹, Schwester«, verbesserte sie Temple und nahm das Getränk entgegen.

»Wie auch immer.« Schwester St. Roses ältliche Augen nahmen hinter den dicken Brillengläsern, die von einem Plastikgestell gehalten wurden, einen sanften Ausdruck an. »Oh, wie schön, daß sich die Gemeinde nach dieser schrecklichen Angelegenheit mit der armen Miss Tyler vor der Welt wieder in einem solch feinen Aussehen präsentiert.«

In ihrer Nähe standen etliche Behälter aus rostfreiem Stahl mit Zapfhähnen und Schildern, auf denen zu lesen war: »Unterstützt *Unsere Liebe Frau von Guadalupe* – kauft Limonade.« Eine Reihe von Leuten umringten durstig die Tische.

Temple blies sich etwas Luft unter den Pony. Manchmal kam ihr die ganze Stadt wie eine Fata Morgana vor, die sie durch ein schimmerndes Hitzekraftfeld betrachtete. Selbst Ende September noch köchelte Las Vegas mit Wüstenhitze, was der Grund für das wenig delikate Bouquet aus Tiergerüchen war, das über dem Spielplatz hing.

»Rose!« Ein Nonnenzwilling eilte herbei. Auf den ersten Blick schien es sich um das gleiche Wesen in praktischer, pastellfarbener Baumwollbluse und einem dazu passenden Rock zu handeln, aber bei genauerem Hinsehen entpuppte sich Schwester Seraphina O'Donnell als größer, breiter, etwas jünger und wesentlich lebhafter. »Möchten Sie wohl meinen Platz am Limonadetisch einnehmen? *Channel Twelve* ist gekommen, um einen Beitrag zu filmen«, fügte sie begeistert hinzu, ganz so, als verkünde sie einen Auftritt von Tom Cruise oder – in ihrer eigenen Welt wohl eher – des Erzengels Gabriel. Temple konnte allerdings zwischen diesen beiden Kreaturen keinen so großen Unterschied feststellen.

»Das ist ja wundervoll, Schwester«, sagte sie. Sie war stolz, wie schnell es ihr gelungen war, die richtige Form der Anrede hier in *Unsere Liebe Frau von Guadalupe* zu finden. Nicht schlecht für eine abtrünnige Unitarianerin, die schon seit vielen Jahren keine Kirche, welchen Glaubens auch immer, mehr betreten hatte.

»Und das verdanken wir nur Ihnen, meine Liebe.«

Temple erlaubte es nur zwei Menschen auf dieser Welt, sie mit »meine Liebe« anzureden. Die eine war ihre energiegeladene Vermieterin, Electra Lark, die andere Schwester Seraphina. Beide waren über Sechzig, und beide waren Kandidatinnen für ein Gehorchen-Sie-dieser-Frau-T-Shirt, obwohl keine von beiden aus unterschiedlichen Gründen jemals ein solches Stück tragen würde.

Schwester Seraphina drehte sich um, um einen Blick über den geschäftigen Spielplatz gleiten zu lassen. Sie schob ihre rutschende Brille hoch.

»Eine Tiersegnungszeremonie mit einer Verschenkaktion von Miss Tylers Katzen zu kombinieren, war wirklich eine grandiose Idee. Aber ich bin froh, daß Sie die *Humane Society* überreden konnten, die Unterbringung der Katzen zu übernehmen.«

Temple blickte zu einer weiteren Reihe stoffbedeckter Klapptische hinüber, hinter denen Freiwillige des ortsansässigen Tierschutzbundes Platz genommen hatten.

»Eine eherne Regel der PR-Arbeit lautet: Schlage zwei Fliegen mit einer Klappe, wann immer du kannst.«

»Ich möchte bezweifeln, daß die Leute von der *Humane Society* den Ausdruck in diesem Zusammenhang oder in einem anderen gutheißen würden, aber er trifft den Punkt. Auf diese Weise bringen wir nicht nur die Wohltätigkeitsveranstaltung der Gemeinde an die Öffentlichkeit, sondern finden auch ein Zuhause für die zahlreichen Katzen der verstorbenen Miss Tyler.«

»Das wollen wir zumindest hoffen«, sagte Temple vorsichtig.

»Ein Heim für Dutzende von Katzen zu finden ist nicht leicht.«

Sie blickte erneut wie eine erfahrene Regisseurin über die Szene hinweg, die sich ihr darbot. Eklige Echsen! Aber seid gesegnet, dachte sie aus sicherer Entfernung und warf dem Technicolor-bunten, gut sechzig Zentimeter langen Iguana, der auf der Schulter eines ungefähr zwölfjährigen Jungen hockte, einen billigenden Blick zu. Ihre publicityerfahrenen Augen verharrten danach für einen Moment freundlich auf einer Bilderbuchsiebenjährigen mit Zöpfen, die eine Ziege an der Leine führte und auf einer alten Frau spanischer Herkunft, die einen wahrlich prächtigen Hahn auf dem Arm trug, dessen lange, pechschwarze Schwanzfedern einem Chorgirl im *Bally's* alle Ehre gemacht hätten.

All diese Kreaturen, ob groß oder klein, mit Federn oder Schuppen oder Fell – und ihre liebevollen Besitzer, ob alt und jung – gaben erstklassiges Material für die ewigmahlenden Mühlen der Kameras ab. Wer konnte schon Tieren und Kindern widerstehen – zumindest aus sicherer Entfernung?

Und dann die Krönung der Dramaturgie ... Temple betrachtete Pater Rafael Hernandez in seiner langen, schwarzen Soutane mit dem kürzeren Überding aus weißer Spitze. (Temple wußte, daß es einen Namen für dieses Kleidungsstück gab, aber sie würde bei Schwester Seraphina noch einmal nachfragen müssen.)

Zwei entzückende elfjährige Jungen, beide gleich gekleidet, klebten an seiner Seite, während er sich von Gruppe zu Gruppe bewegte, ein Hirte mit Silberhaar, der die hilflosen Tierchen segnete, um sie vor Krankheit und Unglück zu bewahren.

»Was für ein Durcheinander! Ich nehme an, daß Sie dafür verantwortlich sind«, trompetete eine Stimme an Temples rechter Schulter. »Sind Sie im Besitz einer Erlaubnis für eine solche Parade?«

Temples Kopf fuhr herum, und sie erblickte, womit sie gerechnet hatte: Lieutenant C. R. Molina vom Las Vegas Metropolitan Police Department.

»Ist das etwa Ihr Ernst?« erkundigte sich Temple.

Molina zuckte die Schultern. »Leider nicht. Ist es denn so schwer zu erkennen, daß ich nicht im Dienst bin?«

Temple betrachtete das weite Denim-Hemd, hier und da mit einem Straßsteinchen besetzt, die Jeans und – allmächtiger Fuß – die perlenbesetzten Mokassins an Molinas Füßen, Schuhgröße 41. Welch ein Glück, daß sie ihre unauffälligen khakifarbenen Shorts mit einem rot-weißen Top kombiniert hatte und dazu ihre Stuart-Weitzmann-Schuhe mit den Plexiglasabsätzen und den roten, grobgerippten Plastikbändern angezogen hatte! Wenn Molina glaubte, sich wie eine Angeberin aufführen zu müssen, wollte sie nicht danebenstehen und wie eine aussehen.

»Unterstützen Sie auch die Wohltätigkeitskampagne der Kirchengemeinde?« erkundigte sich Temple, die wußte, daß Lieutenant Molina hier in der Gegend wohnte.

Molina blickte über ihre glitzernde Schulter zu dem langen Tisch ohne Limonade hinüber. »Die *Humane Society*. Ich nehme zwei von Miss Tylers Katzen.«

»Mögen Sie Katzen?«

»Ich habe keine große Wahl«, erwiderte Molina trocken.

Temple konnte sich beim besten Willen nicht vorstellen, daß die hünenhafte Mitarbeiterin der Mordkommission jemals etwas gegen ihren Willen tat, daher blickte sie mit zusammengepreßten Augen zu dem Tisch hinüber, wo die Tieradoptionen abgewickelt wurden. Ein Paar halb ausgewachsener Katzen mit Tigerstreifen miaute in einem Käfig, während ein Mitarbeiter einige Formulare ausfüllte. Sie erblickte gerade ein junges Mädchen in Jeans und *L.A.-Gear*-Turnschuhen, die an dem Käfig herumspielte, als Molina rief: »Mariah! Hast du mal eine Sekunde Zeit?«

Mariah. Tempels Rücken streckte sich, als Lieutenant Molinas Tochter, die noch nicht das Teenageralter erreicht hatte, mit einer Fügsamkeit herüberspaziert kam, die in ein paar Jahren, wenn die Hormone sich erst einmal bemerkbar gemacht hatten, mit Sicherheit verschwunden sein dürfte.

Ein Zusammentreffen mit einer Mini-Molina bewirkte allerdings nicht, daß Temple sich erwachsen und überlegen fühlte. Mit ihren zehn oder elf Jahren war Mariah bereits so groß wie Temple (genau ein Meter zweiundfünfzig) und übertraf sie mit gut zwanzig Pfund an Gewicht.

Temple fand sich also einem pummeligen Mädchen mit

ernsten, dunklen Augen gegenüber, die so vollkommen anders waren als die unheimlichen, stahlblauen von Lt. Molina. Und eine Spange war auch noch mit im Spiel, fiel Temple auf. Sie wand sich innerlich, wenn sie daran dachte, daß dieser Beinah-Teenie noch mindestens vier Jahre und höchstwahrscheinlich eine Reihe von Ego-beutelnden Akne-Attacken hinter sich bringen mußte, ehe irgendwelche Anzeichen einer seidigen Schicht unter dem rauhen Denim zum Vorschein kamen. Angesichts des mütterlichen Weiblichkeitsquotienten, der sich in ihrem biederen Kleidungsstil bemerkbar machte, hatte Mariah allerdings nicht gerade ein großes Vorbild, um sich von einer Motte in einen hübschen Schmetterling zu verwandeln.

Aber Gott sei Dank war Mariah Molinas und nicht Temples Problem.

»*Du* bist also die Katzenliebhaberin?« erkundigte sie sich.

Mariah nickte schüchtern. Kein Lächeln. Wahrscheinlich bemühte sie sich, ihre spangenüberzogenen Zähne zu verbergen.

»Und ein Fan von Meerschweinchen und Hamstern«, fügte Molina mit einer Geduld hinzu, die sowohl mütterlich als auch väterlich sein konnte. Bei Molina war es immer schwer zu sagen, ob gerade der autoritäre Cop sprach oder die Frau – falls dies überhaupt jemals der Fall war.

»Ich werde die Katzen wohl besser für ihre offizielle Taufe vorbereiten«, murmelte sie jetzt und ging zum Käfig und den Papieren hinüber.

»Man kann Katzen nicht taufen«, bemerkte Mariah mit einem zweifelnden Kichern. Ihre Augen wurden rund, und sie war halb versucht, ihrer Mutter Glauben zu schenken, während sie gleichzeitig Temple hilfesuchend anblickte.

Temple hätte sich gerne hinabgebeugt, um das Kind zu beruhigen, aber es gab verdammt noch mal keinen Größenunterschied.

Schließlich senkte sie ihre Stimme und sagte: »Am besten

erwähnst du nichts von einer ›Katzentaufe‹, wenn Pater Hernandez in Hörweite ist. Er hat sich wegen genau dieser Sache mit der verstorbenen Besitzerin der Katzen ziemlich gestritten.«

»Miss Tyler war verrückt.« Mariah tat den Geisteszustand ihrer Gönnerin mit typisch präteeniehafter Geringschätzung ab.

Wartet nur, bis sie dreizehn ist! dachte Temple. »Miss Tyler war verrückt nach Katzen, das ist alles.«

»Und das ist in Ordnung?«

»Klar, solange man nicht zu viele hat.«

»Haben Sie welche?«

»Darüber läßt sich streiten.« Temple blickte zu zwei Katzenkäfigen hinüber, die im Schatten eines Oleanderbusches standen, der in eine Baumform getrimmt war. »Ein Kater scheint *mich* zu haben. Sein Name ist Midnight Louie.«

»Haben Sie ihn mitgebracht, um ihn segnen zu lassen?«

»Ja.« Temple seufzte. »Er ist nicht besonders erfreut darüber, um die Wahrheit zu sagen.«

»Ist er denn kein katholischer Kater?«

»Er ist nicht einmal ein gezähmter Kater. Aber da das Ganze hier meine Idee war, dachte ich, ich sollte mich auch beteiligen.«

»Warum sind denn da zwei Käfige, wenn Sie nur eine Katze haben?« fragte Mariah. Alle Kinder unter zwölf demonstrieren allzu gerne, daß sie zählen können.

»Die andere Katze gehört mir nicht. Sag mal, sind das diese *L.A.-Gear*-Turnschuhe mit den roten Lichtern an der Ferse, die jedes Mal blinken, wenn man auftritt? Laß mal sehen! Cool!«

Mariah hatte sich umgedreht, um ihr Schuhwerk vorzuführen. Ihre dunkelbraunen Augen nahmen angesichts von Temples Interesse einen lebhafteren Ausdruck an. »Woher wußten Sie das?«

Bevor Temple antworten konnte, daß kein Paar ungewöhnlicher Schuhe auf den Markt kam, ohne daß sie davon wußte und wahrscheinlich Himmel und Hölle in Bewegung setzen würde, um daran zu kommen, hatten sich Molina und auch Pater Hernandez mit seinen Meßdienern genähert, um die Zeremonie zu vollziehen.

Pater Hernandez' asketisches und ein wenig abgehärmtes Gesicht überzog sich mit einem Lächeln, das so warm war wie der Tag selbst. »Carmen, Mariah, ihr habt zwei von Miss Tylers Katzen genommen? Damit habt ihr ein gutes Werk getan.«

Temple kämpfte gegen das Verlangen an, direkt durch den Asphaltboden des Spielplatzes zu versinken. Lieutenant C. R. Molinas Vorname war Carmen? Wie die Sängerin? Ei, jei, jei, jei ...

Molina bedachte Temple mit einem Blick, den man nur als dreckig bezeichnen konnte. Scheinbar hatte sie ihre Gedanken erraten. »Sie mögen es ein gutes Werk nennen, Pater«, erwiderte sie dem Priester, »aber ich nenne es schlichtweg Notwehr.«

»Und Sie, Miss Barr?« Pater Hernandez wandte sich mit einem verstohlenen Lächeln Temple zu. »Sie haben in letzter Zeit so viel für *Unsere Liebe Frau von Guadalupe* getan, daß ich Sie wohl zu einem Gemeindeglied ehrenhalber machen muß ... Was kann ich für Sie tun?«

»Oh, nichts! Das heißt, Sie könnten etwas für meine Katze tun. Das heißt, Sie könnten sie segnen. Denke ich.«

Stammelnd eilte Temple auf den braunen Plastiktragekäfig zu, beugte sich hinab, um den Metallverschluß zu öffnen, und zog einen sich sträubenden Louie hervor.

»Komm schon, du bist doch ein großer Junge. Ich weiß, wie sehr du es haßt, eingesperrt zu sein. Aber ich bin hier die Kavallerie. Es hat keinen Zweck, gegen mich anzukämpfen.«

»Er hat ganz schön was auf den Rippen«, bemerkte Pater Hernandez.

»Das stimmt, Pater.« Schwester Seraphina war zu ihnen herübergekommen. Sie hatte einen Kameramann im Schlepptau. »Sie hätten ihn einmal in der Nacht sehen sollen, als der Feueralarm losging. Dieser arme Kater hätte beinahe das gleiche Schicksal erlitten wie der bedauernswerte Peter.«

»Nein!« Pater Hernandez war schockiert, wie jeder es gewesen wäre, den man daran erinnert hätte, wie die Katze des Klosters an Miss Tylers Hintertür genagelt worden war. Peter hatte überlebt, aber Temple bezweifelte, daß der Klerus von *Unsere Liebe Frau von Guadalupe* jemals über einen solch perversen Ausdruck von Gewalttätigkeit hinwegkommen würde. »Dann soll er einen besonderen Segen erhalten.«

Pater Hernandez streckte seine Hand aus, um sie auf Louies Stirn zu legen, der sich jedoch in Temples Armen hin und her wand.

»Ich werde ihn halten.«

Matt Devines Stimme ertönte wie ein Wunder aus dem Nichts. Obwohl er mit Temple hergefahren war, hatte er sich nach ihrer Ankunft verzogen. Sie hatte angenommen, weil er sich mit Pater Hernandez beraten wollte.

Aber jetzt war Matt da, und zwar beinahe ebenso überraschend aufgetaucht wie der »Mysteriöse Max«, wenn er zum Erstaunen aller plötzlich auf der Bühne erschien. Matt nahm Midnight Louie wie ein schreiendes, vierfüßiges Baby in den Arm und hielt ihn Pater Hernandez hin.

Mariah Molina starrte Matt an. Aber nicht, weil er wie ein Filmstar aussah und ebenso blond war wie sie dunkel, sondern weil sie ihn nicht kannte. Mariah war noch nicht alt genug, um sich auf das eine oder das andere Attribut zu konzentrieren. Aber sie bemerkte – und das wurde Temple plötzlich klar und erfüllte sie mit Mitgefühl –, daß Matt alt genug war, um ihr Vater zu sein. Ihr Vater, der scheinbar ständig auf unbezahltem Urlaub war.

Temple war ein wenig stinkig, als sie beobachtete, daß

sowohl Mutter als auch Tochter Matt wie gebannt anstarrten. Lieutenant *Carmen* Molina war eigentlich alt genug, um sich zu benehmen.

Pater Hernandez begann zu murmeln und vollführte eine Bewegung mit der rechten Hand. Louie wand sich umsonst im Griff des Meisters asiatischer Kampfkunst und setzte mit angelegten Ohren einen finsteren Blick auf, als würde er verflucht statt gesegnet.

Wenn Tiere reden könnten …

Aber nicht einmal Midnight Louie konnte das. Matt verfrachtete ihn wieder in den Tragekäfig, ohne daß mehr als ein Miauen zum Abschied passierte. Dann öffnete Matt einen schmalen, himmelblauen Tragekäfig und zog ein kleineres Abbild von Louie hervor.

»Midnight Junior?« witzelte Hernandez.

»Midnight *Louise*«, sagte Temple. Sie war immer schnell, wenn es um komische Einfälle ging.

Dieser hier erntete von allen das, was er verdiente: das obligatorische Verziehen der Lippen.

»Die Leute von der *Humane Society* haben sie Caviar genannt.« Matt streichelte über das feine, flauschige Fell der Katze.

»Willkommen, Caviar«, intonierte Pater Hernandez mit hohenpriesterhafter Feierlichkeit, bevor er sich wieder der lateinischen Litanei zuwandte, mit der er alle Tiere bedachte.

Schwester Seraphina beugte sich zu Temple hinüber. »Er sollte es in Englisch machen. Er könnte es auch in Spanisch. Aber er ist altmodisch. Er behauptet, das alte Latein würde die Tiere beruhigen.«

Zumindest beruhigte es Temple, die die langen, lateinischen Namen der heilenden Kräuter und Arzneien gerne hörte. Pater Hernandez' lateinischer Segen hatte den ganzen Nachmittag über um die Versammlung herumgesummt. Hinter ihm richtete sich jetzt das Zyklopenauge der Kamera auf Katze und Begleitung.

Schließlich löste sich die Vignette auf. Matt brachte Caviar in ihren Tragekäfig zurück. Pater Hernandez und die beiden Meßdiener gingen zu der alten Dame mit dem Hahn hinüber. Die Fernsehkamera hielt sich dicht hinter ihnen, ihre Linse blickte über die weißgewandete Schulter des Paters hinweg.

»Wir sollten machen, daß wir nach Hause kommen, Mariah«, sagte Molina schroff, wuchtete den schweren Käfig auf den Tisch der *Humane Society* und reichte ihrer Tochter eine junge Katze, während sie die andere nahm.

Tigerstreifen. Wer hätte gedacht, daß Molina sich für Kätzchen in Häftlingskleidung entscheiden würde.

Molina und ihre Tochter gingen mit ihren Katzen davon. Matt blieb allein bei den beiden Tragekäfigen zurück und beobachtete Pater Hernandez mit einem Ausdruck, den Temple nicht so recht deuten konnte: Es schien eine Mischung aus Wachsamkeit, Wut und unverhohlenem Verlangen zu sein.

Matt hatte auch einmal eine solche Robe getragen und wenn auch nicht Tiere, so doch Menschen gesegnet, zwar nicht in Latein, aber in Englisch. Temple selbst hatte gesehen, wie er Miss Tyler gesegnet hatte, als sie krank wurde. Was mochte das für ein Gefühl sein, eine solch unsichtbare Macht auszuüben, eine Position innezuhaben, bei der man zwischen Gott und Mann oder Frau den Schiedsrichter spielte? Oder hatte sich Matt eher als Vermittler gesehen?

Temple beobachtete ihn besorgt. Auch er hatte seine Fehler begangen. Ob er sie wohl immer noch machte?

Schwere Pilgerfahrt

Matt war an die Inneneinrichtung von öffentlichen Gebäuden gewöhnt – einfach, funktionell und immer schmuddelig, egal wie sorgfältig sie auch geschrubbt worden war.

Das Gefängnis von Las Vegas besaß noch eine weitere Eigenschaft: ein rätselhaftes Flair schäbiger Machenschaften, das man einfach nicht greifen konnte.

Matt setzte seine Unterschrift in das Buch und ließ sich von einer blauuniformierten Wärterin ein Plastikkärtchen an den Kragen seines Sporthemdes stecken, das ihn als Besucher auswies. Sie war klein und pummelig und trug das blondgefärbte Haar raspelkurz. Trotz der Pistole, die in ihrem Halfter auf der gutgepolsterten Hüfte steckte, sah sie nicht gefährlicher aus als eine Friseuse, die mit einem schwarzen Fön bewaffnet war.

Äußerlichkeiten konnten täuschen, ermahnte sich Matt. Er selbst war ein Paradebeispiel dafür.

»Lieutenant Molina hat ihr Okay gegeben«, bestätigte die Frau. »Der Gefangene hat bisher noch keinen Anwalt, der ihm die Ehre erweist.«

»Soweit ich informiert bin, vertritt er sich selbst.«

Sie blickte ihn interessiert an. »Sie kennen doch das alte Sprichwort –«

»Jeder, der sich bei Gericht selbst vertritt, hat einen Narren zum Klienten.«

Sie nickte. »Sind Sie Anwalt?«

Matt breitete die Arme aus, um sein bequemes Sporthemd und die Khakihosen zu präsentieren. »Sehe ich etwa aus wie einer?«

Ihre Lippen verzogen sich zu etwas, das einem Lächeln nahekam – mehr Gefühlsregung konnte sie sich wohl in ihrem strengen, bürokratischen Job nicht leisten. Sie winkte ihn vorbei.

Alle Personen jenseits des kleinen Eingangsbereichs waren entweder bewaffnet oder trugen ein Besucherschildchen wie er. Matt wurde zu dem nackten und neutralen Raum geleitet, den er als jahrelanger Kenner von Fernsehserien erwartet hatte. Er hatte im stillen auf eine High-Tech-Glaswand und zwei Telefonhörer gehofft, weil ihn das von der vor ihm liegenden Aufgabe abgelenkt hätte. Er sprach mit Hunderten von Leuten am Telefon, ohne jemals ihre Gesichter zu sehen.

Statt dessen präsentierte sich ihm die klassische, klischeehafte Szenerie: harte Stühle, dazwischen ein langer Tisch, Maschenbarrieren. Das Ganze erinnerte ihn an einen ausgebombten Beichtstuhl, wo die schlichten Möbel einsam stehengeblieben waren und die Wucht der Explosion die schützenden Wände wahren Vertrauens weggerissen hatte.

Das Wort, das ihm nicht mehr aus dem Kopf ging, war *nackt.* Ein gelangweilter, aber aufmerksamer wachhabender Officer in Uniform half auch nicht, diesen Eindruck zu mildern.

Matt setzte sich auf den ihm zugewiesenen Platz und wartete.

Nach einigen Minuten öffnete sich eine Tür hinter der Barriere. Sein Opfer erschien in einem weiten grell-orangenen Gefängnisoverall.

Er war ein schmächtiger Mann, der in diesem Outfit beinahe jungenhaft wirkte, aber als er Matt erblickte, lag in seinem Gesichtsausdruck nichts Jugendliches mehr: Widerwillen verwandelte sich in tiefe Verachtung. Und Matt kannte den Mann nicht einmal.

Verachtung machte Matt immer nervös, als habe er etwas falsch gemacht, was er schon längst vergessen hatte. Konditionierung. Im Augenblick bemühte er sich verzweifelt, etwas richtig zu machen, nur wußte er leider nicht ganz, wie er dies anstellen sollte. Wer war hier der Lügner? Der verbitterte Erpresser im Gefängnis oder der aufrichtige Gemeindepriester? Während seiner Kampagne, mit der er die Kirchengemeinde von *Unserer Lieben Frau von Guadalupe* schikanieren wollte, hatte Burns damit gedroht, Pater Hernandez des Kindesmißbrauchs zu beschuldigen. War dieser Vorwurf aus der Luft gegriffen oder die reine Wahrheit, die nur aus einer ungewöhnlichen Quelle kam? Matt war der einzige, der außer den beiden direkt beteiligten Männern von dieser Erpressung wußte. Hernandez bestritt die Anschuldigungen natürlich. Aber leugnen war für diejenigen, die sich solch scheußlichen Beschäftigungen hingaben, eine Lebensart. Ob Matt nun die Sache der Diözese mitteilte oder nicht, er würde in jedem Fall ein Monster begünstigen. Um seines eigenen Gewissens willen mußte er also die Wahrheit herausfinden. Der Erfolg würde davon abhängen, inwieweit es ihm gelänge, diesen launischen Mann richtig zu behandeln. Matt konnte gut mit Menschen umgehen, aber für gewöhnlich waren es wohlmeinende Menschen. Peter Burns war das Paradebeispiel für das Gegenteil. Er war ein streitlustiger, reueloser Mörder.

»Schau an.« Burns ließ sich auf den Stuhl gegenüber von Matt fallen. »Einer der heiliger-als-Heiligen. Bisher hat mich keiner von *Unserer Lieben Frau von Guadalupe* besucht.«

»Ich bin nicht von *Unserer Lieben Frau von Guadalupe.*«

»Das überrascht mich jetzt aber. Sie haben doch kürzlich

’ne Menge Zeit in der alten Gemeinde verbracht. Was haben Sie denn da getrieben?«

»Schwester Seraphina aus dem Kloster hatte mich gebeten, sie hinsichtlich der obszönen Telefonanrufe zu beraten.«

»Arbeiten Sie etwa für die Telefongesellschaft?«

Matt widerstand seinem Zynismus. »Ich bin Telefonseelsorger bei einer Hotline.«

»Na, das ist ja ’ne tolle Nonne. Kriegt es mit einem obszönen Anrufer zu tun und bittet einen Telefonseelsorger um Hilfe.«

Matt machte sich nicht die Mühe, ihm zu erklären, daß noch eine ganze Menge mehr dahintersteckte. »Haben Ihnen diese Anrufe Spaß gemacht?«

»Mir? Mir hat nichts mehr Spaß gemacht, seit ich vier bin. Dafür hat die Kirche schon gesorgt.«

»Was war mit der Katze, die Sie an die Tür genagelt haben?«

»Ehrlich gesagt –« Burns lehnte sich in seinem Stuhl zurück.

Matt, der hörte, wie seine Füße gegen die Barriere zwischen ihnen traten, wäre beinahe aufgesprungen. Die einzigen Barrieren, denen er hier vertraute, waren psychologischer Natur.

Burns beobachtete ihn mit einem Lächeln, das sich zusehends vertiefte und schließlich zu einem breiten Grinsen wurde. Voller Spott. »Ehrlich gesagt«, fuhr er fort, »hatte ich an allem, was ich getan habe, Spaß – an den Katzen, den alten Nonnen, der alten Hexe in ihrem Katzenhaus. Es war wie eine Genehmigung, nach Lust und Laune *Halloween* zu feiern, verstehen Sie? Sehr befreiend.«

»Nicht ... ganz.« Matt blickte sich in dem kühlen Raum um.

Burns zuckte die Schultern. »Wie heißen Sie?«

»Matt Devine.«

»Wow!« Burns Grinsen verwandelte sich in schrilles

Kichern. »Perfekt. Ich wette, Sie waren der Liebling aller Lehrer im St. Mary-zum-Heiligen-Schielenden-Hallelujah-Chor. Wenn die alte Schwester Mary Malaria rief, sind Sie sicher wie ein guter Junge angelaufen gekommen, um die Tafel abzuwischen und den bösen Kleinen zu finden, der die unartigen Anrufe macht. Was wollen Sie hier? Mir Kreidestaub ins Gesicht schütteln? Sparen Sie sich die Mühe. Ich bin stolz auf das, was ich getan habe. Keiner von euch Heiliger-als-Heiligen wird mich vom Gegenteil überzeugen. Was führt Sie also hierher, Mr. Matthew Dee-vine?«

Matt machte sich nicht die Mühe, den Kerl bezüglich seines Vornamens zu korrigieren. »Es sind weder die Anrufe noch die Katzen.«

Burns rutschte erneut wie ein unruhiger Zwölfjähriger auf seinem Stuhl herum. »Okay. Es geht also um die große Sache. Den Mord. Was wollen Sie wissen?«

»Sie würden es mir sagen?«

»Sicher. Wir sind ja nicht vor Gericht. Und im übrigen bin ich wahnsinnig, wußten Sie das noch nicht? Warum sonst würde eine aufrechte Stütze der Gemeinde, wie ich es bin, eine nette alte Dame töten, die zudem noch die eigene Großtante ist? Nichts, was ich sage, wird gegen mich verwendet werden können, da ich in zwei Sekunden schon wieder etwas anderes von mir geben werde.«

»Ich bin auch nicht wegen Blandina Tylers Tod hier.«

Burns verzog seine Lippen zu einem nicht ernstgemeinten, enttäuschten Schmollmund. »Warum dann?«

»Sie haben nicht nur im Kloster angerufen.«

»Oh, richtig ..., meine kleinen anonymen Briefchen ans Pfarrhaus.« Burns beugte sich begeistert nach vorne. »Hat Pater Rafael Hernandez Sie geschickt? Ich nehme an, er schwitzt immer noch Silberkugeln aus. Der gute Pater hat sich nach meinen Briefen bestimmt erst mal einen angesoffen, richtig?«

»Niemand hat mich hergeschickt.«

»Sie sind ein richtiger Wichtigtuer, Matthew. Das Ganze geht Sie gar nichts an.«

»Und ob es mich was angeht. Ich bin auch katholisch erzogen worden.«

»Oh, armer Junge. Ich wette, Sie waren Meßdiener.«

Matts Nicken kam selbst ihm steif vor.

»Hey, das ist schon in Ordnung, Matthew. Einer muß ja all die goldenen Sternchen bei den Schulaufgaben bekommen. Einer muß ja diesen kleinen goldenen Heiligenschein tragen.«

Matt preßte die Lippen aufeinander. Er haßte seinen Namen schon genug in der korrekten Form. Die gebräuchlichere Form ständig wie eine tote Schlange ins Gesicht geschleudert zu bekommen, war nervenaufreibend. Vielleicht war Burns gar nicht so verrückt, sich selbst zu verteidigen. Er würde im Gerichtssaal bestimmt phantastisch sein.

»Sie schaffen ein Extrem, gegen das Sie rebellieren können«, sagte Matt plötzlich und ließ damit seine eigene Waffe los. Psychogeschwätz. »Manche Leute dämonisieren die Menschen und Institutionen ihrer Vergangenheit. *Sie* haben sie von allen Sünden gereinigt. Ich bin kein Vorbild, das sie erst schaffen müssen, um es dann zu demontieren.«

»Sie sind doch hier, oder etwa nicht? Oder tun Sie Ihre gute Tat heute etwa für jemand anderen? Sie haben nichts mit der ganzen Sache zu tun, Devine. Warum also machen Sie sich die Mühe?«

Matt entschloß sich, es mit Offenheit zu versuchen. »Schauen Sie. Ich bin katholisch erzogen. Genau wie Sie hatte ich kein perfektes Leben oder perfekte Eltern. Ich hatte meine Probleme mit der Vergangenheit. Ich möchte einfach die Wahrheit über Ihre Anschuldigungen erfahren.«

Burns beobachtete ihn mit wachen, cleveren Augen. »Sie haben also meine ganze traurige Geschichte im Büro dieser Polizistin gehört.«

»Ich stehe Ihnen wohlwollend gegenüber«, sagte Matt. »Sie

gerieten als uneheliches Kind an eine Pflegefamilie, die Sie ständig an Ihre wertlose Abstammung erinnerte. Sie hatten eine schwere Kindheit. Ich sage nicht, daß das richtig gewesen ist. Wir sind beide das Produkt einer wenig erleuchteten Zeit.«

»Hören Sie sich doch mal selbst zu! ›Produkte.‹ ›Wenig erleuchtet.‹ Sie intellektualisieren, Mr. Telefon-Seelenklempner. Sie weichen der Kugel aus, die ich zwischen meinen Zähnen gefangen habe und wieder in die Welt hinausspuckte. Ich wette, Sie beneiden mich.«

Matt konnte sich gerade noch davon abhalten, auf seinen Stuhl zurückzurutschen, als wolle er Spucke ausweichen. »Sie wissen zumindest, was Sie hassen«, räumte er ein.

Burns nickte zufrieden. »Die meisten Leute lassen sich von dem ganzen idiotischen Kram, den man ihnen in der Kindheit beigebracht hat, so durcheinanderbringen, daß sie nicht einmal das wissen. Sie haben mich als Bastard bezeichnet, und ich sah sogar wie einer aus. Ich bin einfach nie richtig gewachsen. Vielleicht wollte ich ja klein bleiben, damit mich niemand bemerkte und beschimpfen konnte. Aber dann war es noch schlimmer, als sie nicht einmal das taten. Mein Pflegemonster schrie immer: ›Du da! Komm her‹, und dann deutete sie mit ihrem beschissenen Gehstock auf mich wie der Finger Gottes. Und es tat so verdammt weh, wenn sie mich damit in die Seite stieß, mich damit verprügelte. Immer und immer wieder. Sie überhäufte mich dabei mit religiösen Sprüchen und Schimpfworten. Ja, das hat mich dann wohl dazu gebracht, mich häßlich und wertlos zu fühlen.« Er blickte auf, die Augen so hart und kalt wie Trockeneis. »Ein solches Gefühl hat Ihnen niemand gegeben.«

»Seien Sie da mal nicht so sicher.«

»Das klingt sehr ernst.«

Matt antwortete nicht.

»Besuchen Sie immer noch den Gottesdienst?«

»Nicht ... oft.«

»Vom Glauben abgefallen, aber nicht in der Lage, die Schürzenbänder der Mutterkirche zu kappen, was? Warum scheren Sie sich dann darum, ob meine Anschuldigungen gegen Pater Hernandez wahr sind oder nicht?«

»Wenn Sie wahr sind, muß er dafür zur Rechenschaft gezogen werden.«

»Wahrheit ist das letzte, um das sich irgend jemand schert, besonders die Person selbst.« Burns schob seine Lippen wieder vor. Sein Zeigefinger zeichnete ein unsichtbares Muster auf den düsteren Resopaltisch. »Warum sollten die Vorwürfe nicht wahr sein? *Warum* nicht?«

»Sie haben die ganze Gemeinde schikaniert. Sie waren kein echter obszöner Anrufer, Sie haben lediglich einen imitiert, um die Nonnen aus der Fassung zu bringen. Eine Menge Ihrer Tricks dienten lediglich der Ablenkung, damit niemand darauf kam, wer Ihr wirkliches Opfer war: Blandina Tyler. Also könnte Ihre Erpressung von Pater Hernandez auch nur ein weiterer Vernebelungsversuch sein. Sie hatte immerhin den gewünschten Effekt – sie hat ihn von Tylers Haus ferngehalten.«

»Er ist damit aber nicht zur Diözese gerannt, stimmt's? Das stimmt einen schon bedenklich. Und Sie ganz besonders, Matthew.«

Matt zuckte die Schultern. »Wenn es wahr ist, und wenn Sie *Unserer Lieben Frau von Guadalupe* und der Kirche gegenüber wirklich so verbittert sind, frage ich mich, warum Sie bisher noch keine Beweise aufgetrieben haben.«

»Ich habe im Moment ein paar andere Dinge um die Ohren.«

»Oder Sie haben wieder nur geschauspielert, den Erpresser gespielt, wie Sie schon den obszönen Anrufer gespielt haben, und wie sie einen Satananhänger imitierten, als Sie die Katze kreuzigten.«

»Sie glauben also, daß ich das nur gespielt habe, was?«

»Sagen Sie es mir.«

»Das muß ich nicht, Matthew. Ich bin frei. Sie sind nicht mein Staatsanwalt, nicht mein Bewährungshelfer, nicht mein Therapeut und nicht mein Beichtvater. Ich muß Ihnen nicht einen einzigen, klitzekleinen Hinweis geben. Außerdem, was würden Sie machen, wenn Sie einen Beweis in der Hand hätten?«

»Ich würde dafür sorgen, daß eine Untersuchung eingeleitet wird.«

»Von wem? Der Kirche? Sie wissen doch, wie sie all die Jahre alles unter den Teppich gekehrt haben. Jahrelang wurden unschuldige Kinder mißbraucht, und ihnen fiel nichts anderes ein, als den Pater in irgendein Kloster zu schicken, wo er Buße tun und Gebete vor sich hinmurmeln durfte.«

»Jetzt räumen sie aber richtig auf.«

»Weil sie es müssen! Das Thema ist ja ständig in den Nachrichten. Bücher werden darüber geschrieben. Es ist eine Sache, die eine lange, lange Geschichte hat. Ich weiß, warum Sie hier sind. Nicht, um etwas aufzudecken, sondern um es zu vertuschen. Sie machen mich krank. Egal, ob es ein unbequemes Kind ist, das im Weg steht, oder ein unbequemer Kinderschänder, Ihr steckt doch alle unter einem Hut, um die Sache unter den Tisch fallenzulassen. Ihr scheinheiligen, miesen, kleinen Tugendbolde könnt Eure Nasen nicht aus anderer Leute Angelegenheiten lassen, aber Ihr wacht niemals auf, um die Scheiße zu riechen, die Ihr in Eurem eigenen Garten vergraben habt. Und Frauen sind die schlimmsten.«

»Möglicherweise liegt es daran, daß die Frauen keine Macht besitzen, sondern lediglich die Aura der Überlegenheit, die ihnen die Kirche zugesteht.«

»Eine Aura ist doch das gleiche wie ein Heiligenschein, nicht wahr? Die heilige Mutter-Blaustrumpf-Maria mit ihren gesenkten Augen, die so blind ist wie die alte Dame Justitia. Das Gesetz ist genauso unehrlich, und es versteckt sich doch tatsächlich hinter dem Rock irgendeiner Frau für sein Symbol der Integrität. Oh, ja. Die Kirche ist Männersache, und die Kirche kennt Macht, aber die Kirche wird langsam in einen Strudel hinabgezogen, genau wie Sie auch, denn sie weiß nie, was für ein häßlicher Skandal als nächstes in den Reihen ihrer Priester aufgedeckt wird. Also halten Sie die Augen auf, und warten Sie ab, Devine. Und was Pater Rafael Hernandez angeht, und ob meine Drohungen, ihn zu entlarven, irgendeine Grundlage haben … na, da dürfen Sie gerne mal raten!« schloß er triumphierend.

»Sie sind verbittert, und Sie haben Grund dazu.«

»Halten Sie jetzt bloß nicht noch die andere Wange hin. Als ich das versuchte, habe ich links und rechts eine abbekommen. Genau das haben sie alle immer getan, die Religion als Schläger, als Stock benutzt. Vor Weihnachten wurde immer viel über das Jesuskind erzählt und eifrig Türchen im Kalender geöffnet. Wir hörten endlose Geschichten über die jungfräuliche Geburt aus jedem Blickwinkel, selbst aus der Sicht des verdammten Esels. Wer war denn das Kind, das außerhalb der Gesellschaft geboren wurde? Ich war das Jesuskind, aber für mich war kein Platz im Gasthof.«

Matt hätte sich früher einmal angesichts solch blasphemischer Äußerungen geschüttelt, aber nun mußte er zugeben, daß Burns nicht völlig unrecht hatte.

»Ihr loyalen Anhänger mit Eurer Gipsheiligen-Geduld«, brummte der Häftling und schien sich ein wenig zu beruhigen. »Unterschätzen Sie mich nicht. Ich bin das Produkt katholischer Schulen, ich war ... mein ganzes Leben in der Kirche involviert.«

»Na, dann haben wir ja etwas gemeinsam, nur daß ich nie hineingepaßt habe. Ich war immer das lebende Zeichen der Sünde. Scheinheiligkeit ist das herausstechende Merkmal der Kirche. Schauen Sie sich doch all diese irregeleiteten Priester an, die die Messe lesen und am selben Sonntagmorgen die Meßdiener verführen.«

»Aber Sie sagen es doch selbst, sie sind irregeleitet. Sie müssen sich auch an gute Priester und hingebungsvolle Nonnen aus Ihren Schultagen erinnern.«

Burns schnaufte verächtlich. »Gibt es denn nichts, das so schlimm ist, daß es Ihnen den Magen umdreht und sie die Vergangheit am liebsten auskotzen würden? Womit kann man unseren kleinen Goldjungen denn wütend machen?«

Matt antwortete ohne zu zögern. »Glauben Sie mir, das wollen Sie in Wahrheit gar nicht wissen.«

Burns blickte ihm in die Augen und hielt endlich den Mund.

Midnight Louie rettet seine Seele

Wenn meine Ohren den Namen »Crystal Phoenix« vernehmen, richten sie sich auf.

Tatsache ist, daß ich von den Leuten, die in der *Circle-Ritz*-Wohnanlage herumhängen, im Augenblick nicht sehr angetan bin. Nicht etwa, daß ich Streit mit meiner entzückenden Mitbewohnerin, Miss Temple Barr, hätte – abgesehen von dem allabendlichen Gerangel um den besten Schlafplatz. Ich habe ja bereits andere, weniger zugängliche Mieter genannt, die sich unter den Bewohnern des *Circle Ritz* befinden. Ich habe den Verdacht, daß eine davon mich mit etwas bombardiert, was man als Katzenäquivalent zu »positive Schwingungen« bezeichnen könnte. Oft, wenn ich vor mich hindöse, empfinde ich ein Schnurren, das nicht von dieser Welt ist. Der Auslöser dieser psychischen Statik ist meiner Vermutung nach diese hochtrabende Katzenpriesterin oben im Penthouse, die allwissende (zumindest ihrer Ansicht nach, was sie damit begründet, daß diese Fähigkeit durch einen Vorgang, den sie Reinkarnation nennt, von Generation zu Generation weitergereicht wurde) Karma. Kein Wunder, daß sie eine solche Einsiedlerin ist. Ich würde mich auch nicht gerade aufdrängen, wenn meine kleinen grauen Zellen hauptsächlich aus ausrangierten Teilen verstorbener Benutzer bestünden.

Und was die irritierende Geschichte mit der jungen Dame

namens Caviar im Stockwerk über mir angeht, auch bekannt unter dem Namen Midnight Louise, so habe ich die Befürchtung, daß ich zwischen den Schwingungen von ganz oben und meinem eigenen Gewissen Gefahr laufe, ein unnötiges Geständnis abzulegen, das meiner Gesundheit abträglich sein könnte. Bisher ist es mir gelungen, das muschelrosafarbene Innere von Caviars feinen, kleinen Öhrchen von jedwedem Geflüster über meinen Spitznamen, Midnight Louie, freizuhalten.

Wie es scheint, besitze ich also doch väterliche Neigungen, zumindest genetisch betrachtet.

Wie dem auch sei, diese kleine Puppe, die Miss Temple in einem schwachen Moment aus einem Käfig der *Humane Society* gerettet hat, besitzt ein wildes Naturell, das besonders auf den Stromer, der sie gezeugt hat, gerichtet ist. Wenn ich ihre todschicke Ebenholzfärbung und ihr vergleichsweise jugendliches Alter betrachte, so kommt mir durchaus der Verdacht, daß ich einmal ein Techtelmechtel mit ihrer Mutter hatte. Im Grunde kann ich mich sogar an ihre Mama erinnern – eine elfenbeinfarbene Lady, die vom Pech verfolgt war und meinen Weg vor ungefähr einem Jahr kreuzte, was ihre Pechsträhne nicht gerade beendete. Man könnte mir also eine Vaterschaftsklage um die Ohren hauen – und noch viel mehr, wie zum Beispiel eine attraktive Pfote, die vier tiefe Kratzer hinterlassen würde –, sollte Miss Caviar jemals meinen richtigen Namen erfahren.

Ich lebe also in der Angst, daß man herausfindet, wer ich bin, eine dumme Lage, in die ich für gewöhnlich andere bringe, besonders, wenn es sich um Übeltäter handelt. Krallen tun besonders weh, wenn sie sich an der Pfote des Gegenübers befinden.

Außerdem bin ich mit meiner Rolle bei gewissen, kürzlich erfolgten religiösen Zeremonien unzufrieden. Es mag wohl stimmen, daß ich in der letzten Zeit oft in der Gegend von *Unserer Lieben Frau von Guadalupe* und dem Kloster gewesen bin, aber dies geschah lediglich in Ausübung meiner üblichen Pflichten – der Verfolgung von Verbrechern und Mördern, zum Schutz meiner naiven Wohnungsgenossin und zur Rettung der Haut meiner Artgenossen all überall. Es hatte nichts mit einem möglichen religiösen Konvertieren zu tun.

Und plötzlich war es passiert, ich wurde wieder einmal in meine tragbare Zelle geschoben und gegen meinen Willen in eine Umgebung geschleppt, die mir absolut nicht behagte: eine Ansammlung kleiner und großer Viecher, inklusive einer für meinen Geschmack viel zu großen Menge unreifer kleiner Menschen. Zwischen dem Papageien- und Ziegenkot war ich dem Geschrei eines einsamen Esels und dem Gekläffe und Gejaule einer ganzen Hundeherde ausgesetzt.

Plötzlich wurde ich von Mr. Matt Devine, der mir viel verdankt, kurzzeitig aus meinem Käfig gezerrt. Er ist mir einige erstklassige Mahlzeiten schuldig für all die beruflichen und persönlichen Dienste, die ich ihm erwiesen habe.

Während die Sonne auf meinen ungeschützten Kopf herunterknallte, war ich das Ziel ungeladener Bittgebete. Ich nehme an, daß ich einer »Segnung« unterzogen wurde, aber ich überlasse es Ihnen, zu bewerten, ob das eine gute oder schlechte Sache war.

Zum einen bin ich nicht katholisch. Wenn ich überhaupt ein Christ bin, dann ein überzeugter Copt. Dieser Ausdruck hat nichts mit der Polizei zu tun, trotz all der Dinge, die in meiner Vergangenheit vorgefallen sind. Ein Copt ist eine moderne christliche Version eines Anhängers alter ägyptischer Riten. Tatsächlich bin ich nicht einmal ein richtiger Copt, da ich keine andere Gottheit als die obskure ägyptische Göttin und Gönnerin einer längst untergegangenen Stadt namens Bast anerkenne, die ihren Namen trägt. Der Kopf dieser kleinen Puppengöttin war meiner Ansicht nach außergewöhnlich hübsch und besaß einen ausgesprochen weisen Ausdruck. Man findet ihn noch heute bei jeder Kreatur meiner Art. Ich habe keine Ahnung, ob Bast auch solch beeindruckende Schnurrbarthaare wie ich besaß, aber diese hochgestellten ägyptischen Wesen waren sehr selbstbewußt und hätten sich wahrscheinlich notfalls falsche Haare angeklebt, um ihrer Erscheinung mehr Autorität zu verleihen. Zumindest wußten sie, was zählt.

Ich weiß nicht, was Bast (mögen ihre Schnurrbarthaare wachsen und gedeihen) gedacht hätte, wenn sie einen ihrer loyalen Anhänger dabei beobachtet hätte, wie er in der heißen Sonne mit heiligem Wasser besprüht wird, und menschliche Kreaturen dabei eine seltsame Sprache murmeln.

Ich werde an die Ufer des Nils pilgern müssen, um diese erzwungene Taufe – wenn man sie denn so nennen kann – wieder auszulöschen. Wie es scheint, hat sie keinen bleibenden Schaden hinterlassen, aber ich bin es leid, so viel Zeit in der Nähe von *Unserer Lieben Frau von Guadalupe* zu verbringen, wo ich doch gar kein Glied der Gemeinde bin. Ehrlich gesagt, das Kirchenambiente läßt mich kalt. Ich ziehe eine düstere Szenerie vor, wo ich meine Nase auf den Boden legen und Diebstahl, Habsucht, Lust und Mord erschnüffeln kann. Und auch Karpfen.

Zufällig höre ich, wie Miss Temple am Telefon ein Treffen im *Crystal Phoenix* verabredet, und denke, daß es an der Zeit ist, ein neues Revier zu erkunden – in diesem Fall ein altbekannter Schauplatz.

Es ist richtig, daß ich meine behagliche Situation im *Crystal Phoenix* wegen eines Eindringlings dort aufgegeben habe – ein krabbelndes, kreischendes, brabbelndes Babybündel, ein Ableger zweier Menschen, die ich viel zu sehr mag, als daß ich ihren Sprößling kritisieren würde, Mr. Nicky Fontana und seine Frau, Miss Van von Rhine. (Als Karrierefrau schätzt Miss Van von Rhine die Anrede »Mrs.« nicht.)

Aber andererseits besitzt menschlicher Nachwuchs keine Krallen, die der Rede wert wären, und seine Zähne benötigen ausgesprochen lange, bis sie wachsen, und sind zudem ausgesprochen stumpf.

Im Moment bin ich allerdings der Ansicht, daß eine Rückkehr ins *Crystal Phoenix* Midnight Louie vor häuslichen Dissonanzen schützen könnte. Außerdem hatte ich immer schon eine Vorliebe für Vögel, ob berühmt oder nicht. Und für Fisch.

Ein Temple zuviel

»Das ist um einiges mehr, als wir erwartet haben, Miss Barr«, sagte Van von Rhine mit verblüfftem Tonfall.

»Temple«, erwiderte Temple mit einem Lächeln, das Brokkoli an George Bush verkauft hätte und vielleicht sogar grüne Bohnen an Hillary Rodham Clinton. »Ja, ich weiß, daß Sie lediglich auf eine Marktneuorientierung aus waren, aber angesichts der riesigen Konkurrenz auf dem Strip kam ich zu dem Schluß, daß sie etwas Konkretes benötigen, das sie den Leuten anbieten können.«

Nicky beugte sich über die blaßgekleidete Schulter seiner Frau und stützte eine Hand auf dem Schreibtisch auf, um Temples Vorschlag zu lesen.

»Sie haben sich nicht für ›Konkretes‹ entschieden, sondern für Glas«, bemerkte er. »›Phoenix unter Glas.‹ Das gefällt mir.« Er warf Temple ein Lächeln zu, dessen Wattstärke ihrem eigenen gleichkam.

»Aber ... der Bau! Die Kosten!« Van von Rhine warf ihrem Mann und Temple einen stirnrunzelnden Blick zu, als verdächtige sie die beiden einer Verschwörung unter Verschwendern. »Wir haben bereits ein Vermögen investiert, als wir das *Crystal Phoenix* renovierten. Und wo soll überhaupt –?«

»Hinter den Pool«, sagte Temple schnell. »Das wäre ein geeigneter Platz, nicht zu nahe am Hotel. Sehen Sie, das hier ist ein erster Entwurf, aber ich möchte bezweifeln, daß es die Welt kosten wird. Allein publicitymäßig wäre es einige Hunderttausend wert.«

»Und würde Millionen kosten«, fügte Van hinzu. »Okay, beschreiben Sie dieses ... Terrarium noch einmal genauer.«

Temple lächelte erneut. »Ich arbeite keine Details aus. Ich präsentiere lediglich Ideen für Projekte. Wie auch immer, jedenfalls schwebt mir eine riesige Glaskuppel vor, die sich über einen exotischen Kakteengarten wölbt, mit viel Neon. Nachts erleuchten kleine Lämpchen auf den Kakteen und das Ganze wird zu einer exotischen Szenerie, wo man das Abendessen einnehmen kann – nennen Sie es meinetwegen ›Al Fresco's‹.«

Nicky zuckte zusammen.

»Stimmt etwas nicht?« erkundigte sich Temple.

Van schüttelte den Kopf. »Der Name kommt Nickys düsteren Vorfahren ein wenig zu nahe, das ist alles.«

»Aber was ist bei der ganzen Sache das Anziehende für die Kids?« fragte Nicky.

»Das ist schließlich der Anlaß dieser ganzen Kampagne«, rief Van Temple in Erinnerung, und ihre kühlen blauen Augen starrten sie unter gewölbten pastellfarbenen Brauen an.

Temple grinste. »Zuerst einmal können die Kids tagsüber an Führungen durch den Kakteengarten teilnehmen, das ist von erzieherischem Wert. Und zum anderen beherbergt die Kuppel auch noch einen Streichelzoo. Kinder lieben das.«

»Streichelzoo?« Der ungläubige Ton in Vans Stimme war beinahe schon komisch. »Was für einen Streichelzoo?«

»Einen erstklassigen mit Angestellten, die die Kinder unterweisen und sich um die Tiere kümmern. Und es werden ausschließlich entopische Tiere sein.«

»Das sind sie für gewöhnlich immer«, murmelte Nicky und rümpfte die Nase.

»Entopisch ist kein schmutziges Wort, Mr. Fontana. In diesem Fall bedeutet es lediglich, daß die Tiere in Nevada beheimatet sind. Kreaturen, die immer schlecht wegkommen, wie Echsen und Spinnen und Schlangen –«

Dieses Mal verzog Van von Rhine das Gesicht.

»– aber auch pelzige Tierchen wie Kaninchen, Füchse und Kojoten, vielleicht sogar ein Esel.«

Nickys dunkler Haarschopf nickte. »Was hältst du davon?« fragte er seine Frau.

Sie zuckte elegant mit ihren Armani-bedeckten Schultern. »Eine interessante Idee. Mir ist klar, daß die anderen Hotels, insbesondere die neuen, den Einsatz am Strip in die Höhe getrieben haben.« Sie warf Temple einen kurzen Blick zu. »Mein Problem ist nur, daß ich nicht weiß, wie ich Sie bezahlen soll, Miss Barr. Ein Konzept für eine Attraktion dieser Größenordnung zu entwerfen ist mehr, als ich eigentlich von Ihnen erwartet hatte.«

»Überdenken Sie die Idee. Falls sie sich umsetzen läßt, können Sie sich später immer noch Gedanken über meine Vergütung machen. Einen Honorarvorschuß habe ich ja bereits erhalten. Und mein Name ist Temple.«

Dieses Mal war Vans Lächeln wie heißes Karamel, das den Mandelzuckerguß ihres Auftretens zum Schmelzen brachte. »Temple. Von der Schreibweise einmal abgesehen ganz wie Temple Bar, am Lake Mead. Haben Sie jemals daran gedacht, dort einen Vergnügungspark mit Ihrem Namen zu eröffnen?«

»Wirklich? Gibt es tatsächlich am Lake Mead einen Ort namens ›Temple Bar‹?«

»Leider nur mit einem ›r‹ im ›Barr‹«, erwiderte Van.

»Ich hatte keine Ahnung, allerdings weiß ich wohl von einem Temple Bar in England.«

»Eine Sekunde.« Nickys dunkler, italienischer Blick spielte Pingpong zwischen den beiden Frauen. »Was sind das für Orte, und warum habe ich noch nie von ihnen gehört?«

»Dieser Ort am Lake Mead liegt ausgesprochen abseits und ist eine Anlegestelle für Boote. Boote gehören ja Gott sei Dank nicht zu deinen Schwächen, Nicky.«

»Und in England ist es der Name eines Torwegs, der den Eingang zur City of London von der ›Strand‹ aus schloß, nahe dem Temple, Sitz zweier Rechtskollegien, wo britische Rechtsanwälte seit Jahrhunderten ihren Beruf praktizieren. Das habe ich nachgeschaut, und auch dieser Name schreibt sich mit einem einfachen ›r‹.«

»Warum haben Ihnen Ihre Eltern wohl diesen Namen gegeben?« erkundigte sich Van ein wenig nachdenklich. »Ein Anfall von Humor?«

»Weil es ihnen ging wie Nicky«, erwiderte Temple gequält. »Sie hatten keine Ahnung von den anderen Temple Bars. Es war Ignoranz, nicht Humor.« Als Nicky ein wenig zusammenzuckte, fügte sie hinzu: »Aber die meisten Leute haben davon keine Ahnung, daher stört es mich nicht. Und ich wußte ja selbst nicht, daß es auch hier ein Temple Bar gibt –«

»Ich kann förmlich hören, wie sich ihre PR-Rädchen drehen«, sagte Nicky lachend an seine Frau gewandt. »Du hättest es nicht erwähnen sollen.«

»Wo wir gerade von Dingen sprechen, die ich nicht erwähnen sollte. War das etwa Midnight Louie, den ich heute hier auf dem Gelände gesehen habe?«

Temple verzog ihr Gesicht zu einer Grimasse. »Oh, dieser Louie. Er ist mit im Auto hergekommen und wartet am Tor auf mich. Ich fand es gemein, ihn im Wagen zu lassen. Ich hoffe, es ist in Ordnung, wenn er sich noch mal sein altes Revier anschaut.«

»Vielleicht kann er schon mit der Ausschachtung für ›Phoenix unter Glas‹ beginnen.«

Sunday Cadeaux war groß, dünn, blond und wartete an einem Fenstertisch, als Temple den vierzehnten Stock erreichte, der die Fontana Lounge beherbergte.

Sunny hätte es selbst im Hades geschafft, dem Oberkellner einen guten Tisch abzuluchsen.

Temple winkte den Maitre d' beiseite, umkurvte die Tische und Stühle, ohne mit ihrer unförmigen Schultertasche einen allzu großen Schaden zu hinterlassen und schritt auf Sunny zu. Als sie am Tisch angekommen war, hob Sunny ihre Handtasche vom Stuhl – ein waffeldünnes Ding aus kobaltfarbenem Leder, in dem sich höchstens ein Brief und mehrere dünne Zehncentstücke befinden konnten.

Temple ließ sich auf den Stuhl fallen und schob ihre eigene Handtasche in die Lücke zwischen sich und dem Fenster.

»Wir haben dich beim letzten WICA-Treffen vermißt«, sagte Sunny.

WICA stand für *Women in Communications, Associated* und war eine Organisation, in der sich PR- und Medien-Frauen zusammengeschlossen hatten. Sunny arbeitete als Fernsehreporterin für einen Lokalsender. Eine Frau, die so unerschütterlich war, daß sie manche für eine attraktive Leiche hielten. Temple wußte, daß ihre ungerührte Art nicht etwa auf Gefühllosigkeit beruhte, sondern schlichtweg dem Bemühen entsprang, ihre helle, porzellangleiche Haut vor Falten zu bewahren.

»Ich hatte in letzter Zeit ziemlich viel zu tun«, gestand Temple ein.

»Darüber haben wir gelesen. Ist es nicht eigentlich dein Job, deine Klienten in die Zeitung zu bringen statt dich selbst? Oder deine Katze?«

»Kann ich dafür, daß Midnight Louie so verdammt photogen ist? Und wenn es nach mir ginge, hätten sie mich gerne aus diesem Photo von der Feuerrettungsaktion herausschneiden können. Ich sah aus, als hätte man mich gerade aus dem Wäschetrockner gezogen.«

»Du sahst allerliebst zerzaust aus. Ich wünschte, ich könnte einmal so allerliebst zerzaust aussehen.«

Temple beäugte Sunnys blondes, kinnlanges Haar, glatt wie Satin und lediglich an den Spitzen keck nach außen gedreht. »Glaub mir, zerzaust ist nicht dein Stil, selbst nicht in lebensbedrohlichen Situationen.«

»Für die du ja in letzter Zeit ein wenig anfällig bist«, bemerkte Sunny und lehnte sich zurück, um Platz zu schaffen für eine gepolsterte Vinylmenükarte, die groß genug war, um Dame darauf zu spielen.

Temple stemmte ihre Karte auf und spähte darüber weg zu Sunny hinüber. »Das Ding ist ja so gewaltig wie die Zehn Gebote, und das ist nur das Mittagessen. Was präsentieren sie einem denn abends – eine ganze Enzyklopädie?« Sunday klappte den beeindruckenden Band zu. »Ich werde das Übliche nehmen. Warum wolltest du mich sehen?«

»Machst du dieses Jahr etwas für die Gridiron-Show?« erkundigte sich Temple.

Sunnys hellblaue Augen verdunkelten sich, und sie erwiderte vorsichtig: »Vielleicht. Manchmal übernehme ich ja eine kleine Rolle.«

Wenn männliche Schreiber etwas damit zu tun hatten, dann beinhalteten Sunnys Rollen für gewöhnlich, daß sie hauchdünne Unterwäsche trug.

»Ich meinte eigentlich, ob du irgend etwas schreibst«, sagte Temple.

»Nein. Das mache ich äußerst selten.«

»Nun, ich verfasse eigentlich immer irgendwas und mir ist erst jetzt aufgefallen, daß ich keine Aufforderung erhalten habe, ein Manuskript einzureichen. Die letzte Zeit war allerdings ein wenig stressig«, fügte Temple bescheiden hinzu und spielte damit auf ihren Hauch von Ruhm auf Seite vierzehn der *Las Vegas Sun* an.

»Wirklich?« Sunny nippte an ihrem Glas Quellwasser, in dem die obligatorische Zitronenscheibe schwamm.

»Wirklich. Komm schon, Sunny, du hängst doch immer mit irgendwelchen Leuten der Gridiron-Gruppe herum. Was ist denn da los?«

Sunnys lange, bleiche Fingernägel schoben das Besteck hin und her, während ihre Augen das Panorama hinter der Glasscheibe betrachteten, wo sich der vertraute Anblick der Hotels von Las Vegas bot, die wie eine bunte Ansammlung architektonischer Dinosaurier entlang des Strip weideten.

»Sunny!«

Temple wurde endlich mit einem direkten Blick belohnt, der allerdings schnell wieder in neutrales Gebiet abdriftete. »Ich hatte wirklich keine Ahnung, daß man dich nicht informiert hat, Temple. Hand aufs Herz. Aber wenn das so ist, könnte es etwas mit dem diesjährigen Vorsitzenden zu tun haben.«

»Ich habe immer an der Vegas-Gridiron-Show teilgenommen, genauso wie schon bei der in Minneapolis/St. Paul.« Temples Tonfall schwankte zwischen Verwirrung und Murren. »Meine satirischen Songs werden gewöhnlich als Eröffnungs- und Schlußnummern genommen, verdammt noch mal. Warum sollten sie vergessen, mich zu benachrichtigen? Sie brauchen mein Zeug. Wer ist der Vorsitzende?«

Temple war gezwungen, ihre Tirade zu unterbrechen, um Platz zu machen für einen Teller Grünzeug, in dessen Mitte sich eine Anzahl außergewöhnlich geschnittener und verzierter Früchte befanden, die scheinbar direkt aus Hand und Obstmesser des Chef de Sade höchstpersönlich stammten.

»Wir hätten uns einen teilen sollen«, bemerkte Sunny jammernd und blickte auf ihren eigenen, riesigen Haussalat.

»Sunny! Wer ist der Vorsitzende?«

Sunny tat etwas, was sie nur äußerst selten tat, daher wußte Temple, daß die Situation wirklich ernst war. Sie opferte ihre ausdruckslose Miene und ihren Reispapier-Teint und verzog das Gesicht.

»Also, wer ist es?«

»Crawford Buchanan.«

»Was? Wer hat *den* denn zum Vorsitzenden gemacht? Er schreibt ja noch nicht mal für eine richtige Zeitung –«

»Das tue ich auch nicht. Ich bin beim Fernsehen. Und du bist gar nicht mehr in den Medien tätig.«

»Trotzdem bin ich eine Gridiron-Veteranin, und bisher hatte noch nie einer Probleme mit meiner Teilnahme. Also hat Crawford gegen mich gestimmt?«

»Vielleicht ist es gar nichts so Persönliches. Keiner, der gewöhnlich für die Show schreibt, ist bisher aufgefordert worden, seinen Beitrag einzureichen.«

»Niemand? Wann findet die Show denn in diesem Jahr statt?«

»Am achtzehnten Oktober.«

»Aber das ist ja in weniger als einem Monat! Jeden Tag müssen doch die Proben beginnen! Was denkt sich Ätz-Crawford denn nur dabei? Selbst er kann doch nicht so verrückt sein und ... oh, nein!«

Sunny nickte, während sie an einem unangemachten Kopfsalatblatt knabberte. »Doch, er kann. Es geht das Gerücht, daß er die Show selbst schreibt.«

»Was für eine miese Tour«, rief Temple mit Nachdruck. »Dieser egoistische ... Wurm! Er hat vielleicht ein oder zwei Satiren geschrieben, aber wie kommt er darauf, daß er *allein* ein 90-Minuten-Programm auf die Beine stellen kann?«

»Männliches Ego?« schlug Sunny vor.

»Diese Antwort beleidigt sämtliche Männer. Crawford hat wohl das Ego für solch ein Bravourstück, aber seine Qualifikationen in dem anderen Bereich sind doch sehr gering.«

»Temple, ich weiß, daß du dir nichts aus ihm machst, aber vielleicht stellt er doch eine gute Show auf die Beine. Warum lehnst du ihn eigentlich so ab?«

»Es geht ja gar nicht um ihn, Sunny, sondern ums Prinzip. Andererseits, wenn Crawford Buchanan mit einer Sache zu tun hat, dann bleiben Prinzipien gewöhnlich außen vor.« Temple setzte sich zurück, um ihren wirklich überwältigenden Salat aus der Entfernung zu betrachten. Sie hob eine zusammengerollte Kiwischeibe auf und ließ sie wieder auf den Teller fallen. »Buchanan ist inkompetent, überheblich, sexistisch, habgierig und absolut rücksichtslos, kaum ein Kandidat für den ›Mann des Jahres‹.«

»Ich werde mich über diesen Widerling nicht weiter äußern, aber ich gebe dir den guten Rat, dich nicht zu sehr hineinzusteigern.«

»Ich kann nicht anders. Er beleidigt meinen Sinn für Gerechtigkeit. Vielleicht stimmt es, was eine Freundin mir gesagt hat: Ich beneide ihn insgeheim, weil er es immer schafft, mit seiner Nutzlosigkeit davonzukommen. Gott weiß, was die Themen der diesjährigen Satiren sein werden, von ihrer Qualität einmal ganz zu schweigen.«

Sunny lächelte. »Besonders ohne deine irren Eröffnungs- und Schlußnummern. Darin bist du wirklich unschlagbar.«

»Danke.«

»Ich nehme an, daß du dieses Jahr auch keine Rolle übernehmen wirst, oder?«

»Du meinst, sollte man mich überhaupt fragen? Wird überhaupt eine der WICA-Frauen gefragt? So wie ich Crawford kenne, wird er die Nachtschicht des *Lace 'n' Lust* verpflichten. Um nichts in der Welt würde ich in ›Crawford's Follies‹ auftreten. Ich hasse es, mitansehen zu müssen, wie unter dem übergewichtigen Ego eines Federgewichts wie Buchanan eine gute Tradition begraben wird.«

Temple schob ihren unberührten Teller mit Kiwirolle und allem Drum und Dran weg. »Außerdem habe ich einen dicken Fisch an Land gezogen. Ich habe den Besitzern dieses Hotels gerade einen heißen Plan vorgestellt, wie sie ihre Beliebtheit bei reisenden Familien erhöhen können.«

»Wirklich? Ein ganzes Konzept? Das ist ein Riesenauftrag, Temple.«

Fernsehreporter klangen selten beeindruckt, selbst, wenn sie nicht im Job waren, aber Sunny tat es jetzt.

Temple entschloß sich, Crawford Buchanan in die hinterste Ecke ihres Gedächtnisses zu verbannen, wie einen Skorpion in der Sonne auf eine weit entfernte Mauer, wo er keinen Schaden anrichten konnte.

»Ja, das ist es.« Nun, da sie die schockierende Nachricht über die Gridiron-Geschichte verdaut hatte, gelang es ihr, sich ein kleines Lächeln abzuringen. »Ich werde meine eigene Show über die Bühne bringen müssen, wenn Nicky und Van darauf anspringen.«

»Das ist die richtige Einstellung!« Sunnys Lächeln machte ihrem Namen alle Ehre, bevor sich eine gewisse List einschlich, sie sich über den Tisch lehnte und ihre Stimme senkte. »Ich habe dir gesagt, was du wissen wolltest, egal wie unangenehm es auch war. Und jetzt würde ich von dir gerne erfahren, wer dieser gutaussehende blonde Kerl war, mit dem ich dich vor ein paar Wochen beim Abendessen gesehen habe.«

Temple war selbst eine vehemente Befürworterin des regelmäßigen Austauschs von Informationen, aber dieses Thema unterlag der Geheimhaltung.

»Das«, erwiderte sie mit fester Stimme, »ist eine laufende Sache und absolut vertraulich.«

Vergangene Zeiten

»Wie sind Sie an mich geraten?« fragte der alte Mann.

»Durch einen nicht ganz zufriedengestellten Kunden.« Matt wußte, daß das Lächeln, das seine Antwort begleitete, den Mann verwirren würde, aber Eightball O'Rourke war doch schließlich Privatdetektiv, oder etwa nicht?

Sollte er es doch selbst herausbekommen.

»Die wenigsten Kunden sind zufriedenzustellen«, schoß der Kerl unverzüglich zurück. »Sie denken wohl, Privatschnüffler sind gute Feen in Trenchcoats, die einen Zauberstab – oder ein Schießeisen – besitzen, und daß damit eine Scheidung verhindert oder ihnen geholfen werden kann, sich um Spielschulden oder um Alimente zu drücken? Die meisten Leute wollen im Grunde gar nicht wissen, was ich herausfinde. *Sie* benehmen sich auch nicht gerade so, als läge Ihnen viel daran, diese ›vermißte Person‹ zu finden –«

O'Rourke blickte auf das Notizbuch mit dem Spiralrücken, das auf dem poolgroßen Schreibtisch lag. Die linierten Seiten rollten sich an den Ecken zusammen, als ob das Buch dreißig Jahre vergessen im Schrank gelegen hätte. Vielleicht hatte es das auch.

»Ich bin der einzige, der diese Person vermißt«, gestand er ein.

»– Cliff Effinger«, las Eightball laut und zeichnete einen Kasten um den Namen im Notizbuch. »Das einzige, was Sie über ihn wissen, ist, daß er nach Vegas kam, um zu spielen. Diese Beschreibung muß auf ungefähr sechzehn Millionen Kerle in den letzten dreißig Jahren zutreffen. Vielleicht hat er nicht einmal seinen richtigen Namen benutzt. Sicher nicht, wenn er sich schon mal um eine Spielschuld gedrückt hat.«

»Stammspieler kennt man in der Stadt doch mit der Zeit.«

»Vielleicht, aber das Personal der Kasinos wechselt von Jahr zu Jahr, manchmal von Saison zu Saison. Kennen Sie sein Stammlokal?«

»Nein«, erwiderte Matt.

»Irgendwelche Freunde, die er hier haben könnte?«

»Nein.«

O'Rourke zog mit seinem Kugelschreiber Kringel um den Kasten, der Cliff Effingers Namen umgab. »Teufel, angesichts all der heißen neuen Spielerparadiese, die überall in den USA aus dem Boden sprießen, könnte er Vegas auch schon vor Jahren den Rücken gekehrt haben.«

»Wäre möglich.«

Eightball schüttelte seinen ergrauten Schopf, was seinem Haar nicht das geringste ausmachte. Das bißchen, was er noch übrig hatte, war raspelkurz geschnitten, so daß er eher an eine weiße Spielkugel erinnerte als an die schwarze Billardkugel mit der Nummer acht, die ihm seinen Spitznamen verliehen hatte.

Er war ein sehniger, kleiner Kerl gut über Siebzig, dessen Gesicht die Zeit – und ein ganzes Leben in der Wüste – scheinbar mit dem Sandstrahler behandelt hatte. Das bedeutete, daß er während der Jahre, die er auf der Flucht gewesen war, nichts mit dem Strip zu tun gehabt hatte und bei Null hatte anfangen müssen. Aber das war Matt nur recht. Er wollte jemanden für diesen Job, der sich unauffällig im Hintergrund halten konnte, und es gab niemanden, der besser dafür geeignet war als Eightball O'Rourke.

»Noch eine Sache«, sagte Matt.

Eightball zog seine weißen Augenbrauen in die Höhe, die ebenso außergewöhnlich buschig waren wie sein Haar rar. Mutter Natur verhielt sich launenhaft, wenn es um alte Männer ging.

»Ich möchte nicht, daß Temple Barr hiervon erfährt.«

»Hören Sie, meine Fälle behandele ich vertraulich.«

»Sicher, aber wenn Ihnen meine Bedingungen nicht bekannt sind, könnten sie aus Versehen etwas verlauten lassen.« Eightball grinste. »Diese Kleine ist verdammt gut darin, den Leuten etwas zu entlocken, was sie eigentlich für sich behalten wollten, nicht wahr?«

»Das können Sie laut sagen«, bestätigte Matt.

»Sie erinnert mich an meine Enkeltochter Jill. Wenn so viel Willenskraft in einer so kleinen Verpackung daherkommt, geht es hoch her. Sie wissen doch von mir und Jilly, oder?« Seine beiläufige Art bat Matt, nein zu sagen, so daß Eightball es ihm erzählen konnte.

»Das eine oder andere«, erwiderte er.

»Nun, aber Sie kennen doch die Geschichte über mich und die *Glory Hole Gang* und unser Silberdollarversteck?«

»Es waren gestohlene Silberdollar, wenn mich nicht alles täuscht.«

»Hm, wir waren damals noch jung, die Jungs und ich. Es war nur ein Jux. Doch wir haben unser halbes Leben damit verbracht, uns in der Wüste zu verstecken, was gar nicht nötig gewesen wäre. Meiner Frau ist es schließlich gelungen, dieses Haus für sich und unsere Tochter zu kaufen.«

Er blickte sich in dem einfachen Raum um und schaute voller Nostalgie zu den hohen, horizontalen Fünfzigerjahre-Fenstern hinüber.

»Als meine Frau starb, war unsere Tochter schon tot, daher ging das Haus an Jilly, denn ich war ja aus dem Verkehr gezogen worden. Jill schenkte mir das Haus, nachdem die Silberdollarsache aufgeklärt war. Ich lebe gern hier. Ich finde es schön, in einer Stadt mit vielen Leuten zu wohnen. Es gefällt mir, nach all den Jahren, in denen ich in der Wüste mein Geld irgendwie zusammenkratzen mußte, endlich einen Job zu haben. Es macht mir sogar Spaß, Leute aufzuspüren, Mr. Devine, aber ich weiß auch immer ganz gerne, warum ich es tun soll.«

»Vielleicht weiß ich es selbst gar nicht«, erwiderte Matt vorsichtig. »Schauen Sie einmal zu, was Sie ausgraben können, dann sehen wir weiter.«

Eightball hob den einfachen, blauen Scheck in die Höhe, der vor ihm auf dem Schreibtisch lag. »Es ist Ihr Geld.«

»Und –«, begann Matt.

Eightball verzog sein Gesicht, als erwarte er, daß ihm Spucke ins Gesicht fliegen würde. Jetzt kommt er also, sagte sein Blick, der Haken an der Sache.

»Ich bin selbst an einer Sache dran. An etwas, was sogar noch ... vertraulicher ist. Möglicherweise können Sie mir dabei von Zeit zu Zeit einen Rat geben.«

»Klar. Geht es um eine weitere vermißte Person?«

»Nein, aber vielleicht ist ein Teil der Vergangenheit dieser Person verlorengegangen.«

»Darüber gibt es Bücher in der Bücherei, Mr. Devine. Kennen Sie *Verstecken leicht gemacht* und *Der einfachste Weg, etwas über jemanden herauszufinden*?«

»Nein«, erwiderte Matt und setzte sich gerader hin. »Das wußte ich nicht. Unter welchem Stichwort muß ich da nachsehen?«

»Fragen Sie am besten die Bibliothekarin. Ich bin kein Freund von Selbsthilfebüchern. Ich schreibe meine eigenen.«

Matt nickte, aber er nahm sich vor, in der Bibliothek nachzusehen. Irgendwo mußte er ja anfangen.

»Dieser Effinger ...« Eightball machte seinem Unglücksnamen alle Ehre, trotz all seiner Nörgelei mochte er hoffnungslose Fälle.

»Ja?«

»Er ist ein bißchen jünger als ich, zehn Jahre oder so. Daher habe ich vielleicht die richtige Nase, wenn es darum geht, herauszufinden, wo er war und wo er sich heute aufhält. Vegas Veteranen haben so ihre Angewohnheiten.«

»Das dachte ich mir.« Matt erhob sich und streckte seine Hand aus.

Eightball O'Rourke drückte sie, bis die Haut brannte.

»Viel Glück in der Bücherei.«

Matt ging nicht direkt zur Bücherei. Er ging zum Kloster. Was für eine Route! Gefängnis. Armenhaus. Frauenhaus. Was für eine Besetzungsliste! Mörder. Schnüffler. Nonne.

Was für ein Tag, dachte Matt. Nur gut, daß sein Tagesjob bedeutete, daß er Nachtschicht schieben mußte.

Er stand vor der Eingangstür des weitläufigen Gebäudes im spanischen Stil. In der Hand hatte er eine Schachtel mit Ethel-M-Pralinen. Er hielt sie in den Schatten, damit sie nicht schmolzen.

Las Vegas näherte sich langsam der Kühle des Herbstes und des Winters, aber die Sonne war immer noch warm genug, um Karamel durch eine Pappschachtel zum Schmelzen zu bringen.

»Ja?«

Matt neigte sich unwillkürlich zu dem greisen Gesicht hinunter, das wie ein altes Kind durch die Türritze spähte. Schwester Mary Monica war neunzig und ziemlich taub.

»Ich möchte mit Schwester Seraphina O'Donnell sprechen«, sagte er laut und deutlich in das sichtbare Ohr mit dem beigefarbenen Hörapparat.

Bevor die alte Nonne deutlich machen konnte, ob sie ihn verstanden hatte oder nicht, meldete sich von hinten eine Stimme.

»Schwester«, sagte sie in freundlichem, aber zurechtweisenden Tonfall, »Sie sollen doch die Tür nicht öffnen. Es könnte sich um jemanden handeln, den wir nicht –« Die Tür wurde weit aufgerissen, und Seraphina sichtbar, bereit, einen möglichen Schutzgelderpresser mit ihrem wütenden Blick anzufunkeln. »Oh, Matt!« Die Änderung ihres Tonfalls, der von angriffslustig zu entzückt umschlug, hätte Matt wohl geschmeichelt, wenn er in entsprechender Stimmung gewesen wäre. »Komm herein.«

Sie scheuchte Schwester Mary Monica wieder in den Aufenthaltsraum zurück, wo ein Fernseher plärrte, in dem ausgerechnet eine Seifenoper lief. Neunzigjährige Nonnen waren auch nicht mehr das, was sie einmal waren.

Weiter unten am Flur befand sich das Besucherzimmer. Es war immer noch derselbe ordentliche Zufluchtsort mit blassen Stuckwänden, dunklem Holzboden und spanischen Holzmöbeln, die mit Schnitzereien verziert waren. Sie nahm auf einem der äußerst förmlichen Stühle Platz und bedeutete ihm, sich ebenfalls zu setzen.

Heute hatte sie zu ihrem schweren Holzkreuz, dem täglichen Schmuck, noch ein Paar hölzerne Knopfohrringe angelegt. Es brachte ihn immer noch aus der Fassung, Nonnen mit Dauerwelle und Schmuck und einem Hauch Lippenstift oder Rouge zu sehen. Ihm war klar, daß er auf eine altmodischere Weise reagierte, als es seinem relativ jungen Alter entsprach, aber altvertraute Traditionen waren nur schwer wegzudenken, und Nonnen stellten nun einmal den zuverlässigen Anker des katholischen Glaubens dar.

Matt erinnerte sich an die längliche Schachtel, die in weißes Papier verpackt war, und reichte sie Seraphina wie einen Apfel, der für die Lieblingslehrerin bestimmt ist. Genau das war sie für ihn gewesen, und zudem manchmal eine überaus gefürchtete.

»Oh, Matthias, das wäre doch nicht nötig gewesen, wie nett von dir! Schau einmal an, Ethel M., Schwester Rose of Limas Lieblingspralinen. Du warst immer schon ein aufmerksamer, junger Mann ...« Sie zog das weiße Papier ab und legte es auf einen Tisch, dann hob sie den Deckel der Schachtel mit theatralischer Geste. »Wunderbar! Möchtest du –? Nun ja, dann werde ich sie später mit den anderen teilen.«

Das Lächeln auf ihren Gesichtern wurde unbehaglich. Die Jahre und ihre gegenwärtigen Rollen erhoben sich wie eine Wand zwischen ihnen, ein Wall, den keine auch noch so große Zahl an Pralinenschachteln überwinden konnte.

»Wie läuft denn inzwischen alles hier?« erkundigte er sich.

»Wieder normal. Die Katze erholt sich ganz wunderbar. Schwester Mary Monica hat die obszönen Anrufe ganz vergessen – das ist die Glückseligkeit des Alters: Gelobt seien die Vergeßlichen. Rose und ich sorgen uns nicht mehr um Pater Hernandez. Er ist ausgesprochen solide, seit man Peter Burns als den Wurm entlarvt hat, der am Herzen unserer Gemeinde fraß.«

»Also keine Trinkerei mehr?« hakte Matt nach, obwohl er es haßte, so explizit zu werden.

»Ich weiß, daß du dich sorgst, Matt. Ich weiß, daß du eine enorme Verantwortung verspürt hast, als du erfuhrst, daß der Pater ... nicht mehr er selbst war, aber nein, Matt, mittlerweile rührt er nichts anderes mehr an als Sakramentswein. Erstaunlich. Mir ist noch niemals jemand untergekommen, der so schnell von dieser Sucht befreit wurde.«

Er schwieg und dachte, daß es nie wieder eine Nonnengeneration wie die ihre geben würde.

Sie waren eine aussterbende Art, genauso wie Priester. Seine Gedanken wanderten zurück zum Priesterseminar. Er sah die eifrigen, jungen Frauen vor sich, die selbst schon zu seiner Zeit zehn Prozent der Studentenschaft ausgemacht hatten. Sie sehnten sich danach, Priesterinnen zu werden, obwohl man ihnen diese Rolle versagte.

Nun, da die Priesterschaft selbst befleckt war, könnte es diesen ernsten, feministischen, jungen Theologinnen vielleicht gelingen, sie zu retten – sollte es die Kirche schaffen, Jahrhunderte männlicher Vorherrschaft zu überwinden und

Frauen als vollanerkannte Mitglieder des Klerus zuzulassen. Die Motive der Frauen waren natürlich reiner, denn sie würden eine Art Pionierinnen sein. Was nicht unbedingt heißen mußte, daß sie nicht in die gleichen Fallen laufen würden. Er fragte sich, ob es überhaupt noch jemanden gab, der die notwendige charakterliche Größe besaß, um einer religiösen Berufung zu folgen.

»Matt? Du machst dir doch jetzt auch keine Sorgen mehr um Pater Hernandez, oder? Es geht ihm wirklich wieder gut, glaub mir.«

Sie kennen eben nicht die ganze Geschichte, die hinter der letzten Zecherei des Paters steckt, Schwester, dachte Matt.

Hier saß er nun und benötigte eine weitaus heiklere Information von Schwester Seraphina O'Donnell als über Pater Hernandez' Verhältnis zum Alkohol. Und zudem mußte er sein wahres Ansinnen verbergen.

Ihm wurde klar, daß er wie Molina geworden war, einer ahnungslosen Zeugin Informationen zu entlocken versuchte. Als Expriester war er daran gewöhnt, vertrauliche Mitteilungen für sich zu behalten und nicht etwa sie aus dem anderen Menschen herauszubekommen. Darin war Temple gut, da hatte Eightball O'Rourke recht gehabt. Aber Matt konnte es ebenso gut, besonders hier und jetzt, denn Schwester Seraphina vertraute ihm. Sie war der Ansicht, daß sie dieselbe Sprache sprachen und ging daher davon aus, daß sie auch dieselben Ziele verfolgten.

Und das taten sie schließlich auch. Es ging ihnen um Erlösung. Um ihre eigene. Und die anderer Seelen.

»Ihren Worten entnehme ich, daß Sie sich mit Alkoholismus auskennen, Schwester.«

»Überrascht dich das, Matthias? Obwohl du weißt, daß ich all die Jahre unterrichtet habe? Oh, wir Nonnen sollten eigentlich absolut unschuldig sein, aber ich habe mehr gesehen, als mancher glaubt. Wir wußten immer, warum gewisse Väter nie zu den Elternsprechtagen kamen, warum manche Mütter diesen traurigen, unterwürfigen, gebrochenen Blick hatten, ganz wie ihre Kinder.« Sie schüttelte den Kopf, und ihr Mund verzog sich, als habe sie verdorbene Milch probiert. »Besonders die Kinder.«

Matt bemühte sich, diese Information zu verdauen. »Sicher, die Kinder wußten immer, was zu Hause vor sich ging, aber wir anderen haben über diese Dinge nie viel nachgedacht«, sagte er vorsichtig. »Wir verstummten einfach, wenn gewisse Eltern erwähnt wurden, als handele es sich um so etwas wie den ›schwarzen Mann‹, aber wir haben uns nie gefragt, warum das so war. ›Mr. Johnson‹ war einfach ›so‹. Vielleicht war er gemein, vielleicht unberechenbar, auf jeden Fall war es sicherer, ihn zu meiden. Begriffe wie Alkoholismus oder Mißbrauch waren uns fremd. Wir dachten einfach, daß das Leben eben so sei. Für uns war es normal.«

»Aber das ist doch gerade das Schlimme!« Schwester Seraphina schlug mit der Handfläche auf die reich verzierte Stuhllehne. »Es gibt nichts Normales an Alkoholismus und Mißbrauch, egal wie verbreitet diese Dinge sein mögen. Kinder akzeptieren das Unakzeptable, weil sie es nicht anders kennen. All diese Kinder. All die Jahre. Wenn wir – wir alle ... ich! – besser informiert gewesen wären, wenn wir ehrlicher mit uns selbst und den anderen gewesen wären, über die schrecklichen Auswirkungen aller Süchte unterrichtet worden wären, dann hätten wir einschreiten können.«

Matt erkannte, daß ihr Bedauern aufrichtig war, nicht gespielt. Er hatte genug formelle Beichten gehört, obwohl immer weniger Gläubige dieses Sakrament praktizierten. Der große, angenehme Raum war plötzlich zu den klaustrophobischen Dimensionen eines altmodischen Beichtstuhls zusammengeschrumpft. Seraphinas Sorgen parfümierten die Luft wie ein Weihrauchgefäß. Sie gab sich die Schuld an etwas, das viele Jahre überdauert hatte. Und nun blieb ihr nichts anderes übrig, als die goldene Zeit zu verwünschen.

Er kam sich unnötig grausam vor. Es war nicht seine Absicht, die Dämonen alter Schuld heraufzubeschwören. Er kannte ihre zahlreichen Verkleidungen nur zu gut, denn sie waren ihm in mancher schlaflosen Nacht erschienen. »Heilige Unschuld.« Das zu sein, dazu hatte man Seraphina und ihn selbst ermutigt, jeden auf seine Weise und in der eigenen Generation. Als heilige Unschuld entdeckte man oft erst Jahre später, daß man weder das eine noch das andere gewesen war.

»Heute spricht man plötzlich davon, daß die Familie sich auflöst«, sagte sie. »Das ist Blödsinn. Diese versteckten Schwächen waren immer da. Wir haben sie nur verleugnet und ignoriert.«

»Wie die Probleme mit den Priestern«, warf er lächelnd ein.

Ihre Stimme wurde scharf, sogar angstvoll. »Was für Probleme hast du mit der Priesterschaft gehabt, Matthias?«

»Keine«, erwiderte er mit einem erleichterten Lachen. »Ich hatte Probleme mit mir selbst, mit den Gründen, warum ich mich in der Priesterschaft versteckte. Ich muß zugeben, daß ich mich von dieser ›heiligen Unschuld‹, die Sie erwähnten, buchstäblich einwickeln ließ. Manchmal denke ich, daß ich mich danach sehnte. Ich war noch schlimmer dran als Sie. Ich habe nie gesehen, welche Probleme schon im Priesterseminar im Keim vorhanden waren. Die Kirche war so hingerissen von dem Ideal des Priestertums, daß niemand sich die Mühe machte, darüber nachzudenken, ob manche junge Männer, die es in einer modernen, säkularisierten Zeit vorzogen, ein Leben ohne Sex zu führen, vielleicht aufgrund einer natürlichen Hemmschwelle kein gewöhnliches Leben mit Frau und Kindern führen konnten.«

»Ich habe noch nie zuvor mit einem ehemaligen Priester gesprochen. Das zeigt dir, wie abgeschirmt mein Leben in Wahrheit doch ist, also entschuldige dich nicht, Matt. Und mach mir bitte keine Vorwürfe, weil ich so neugierig bin.

Was war denn so … faul an den Methoden der Abschirmung, die die Kirche bei ihren Priestern anwandte, daß all diese schrecklichen Fälle nun in den Zeitungen auftauchen?«

»*Unheilige* Unschuld. Im Priesterseminar lag die Betonung auf der Unterdrückung des Sexualtriebs, auf der Desexualisierung, sogar der Dämonisierung von Frauen. Niemand war weltklug – oder ehrlich genug –, die Existenz anderer sexueller Präferenzen oder anderer Wege, Sexualität zu leben, zuzugeben. In gewisser Weise gelang es sogar Päderastenpriestern und homosexuellen Priestern, die nicht zölibatär lebten, sich beinahe davon zu überzeugen, daß sie mehr wert waren als heterosexuelle Priester, die nicht zölibatär lebten.«

»Hast du dich nicht zumindest über homosexuelle Seminaristen gewundert?«

»Nein. Wir waren alle so jung und gaben uns so fieberhaft der Vision einer religiösen Berufung hin, waren so entschlossen geschlechtslos. Ich habe einige Memoiren von ehemaligen Priestern gelesen. Einige drücken darin ihre Angst aus, homosexuell zu sein, aber nicht einmal diese Furcht habe ich verspürt. Wir mögen uns hin und wieder mal rüde Zölibatswitze erzählt haben, aber das wirklich Wesentliche, was unsere eigene Sexualität betraf, haben wir mit unserem spirituellen Führer besprochen. Wie ist das bei den Nonnen?«

Schwester Seraphina fuhr zurück. »Das hat mich noch nie jemand gefragt. Nun sind wir hier inzwischen alle älter geworden, und Menschen in unserem Alter erreichen einen geschlechtslosen Zustand auf natürliche Weise, zumindest wir Nonnen. Und Frauen mißbrauchen Kinder weitaus weniger als Männer, was möglicherweise eher daran liegen mag, daß unsere Erziehung mehr auf Gesetzestreue ausgerichtet ist und weniger in einer moralischen Überlegenheit. Aber was weiß ich schon davon? Oder du? Vielleicht narre ich mich ja wieder einmal selbst mit dem Schleier der Unschuld. Und denke trotzdem, daß ich es wüßte. Wir Nonnen leben in einer Gemeinschaft, und durch unsere Erziehung sind wir möglicherweise fügsamer. Wir sind nicht wie ein Priester der Versuchung ausgesetzt. Ein Priester, der sich allein innerhalb der Kirche bewegt und einsame Entscheidungen treffen muß.«

»Oh, Pastöre mögen den Eindruck erwecken, als herrschten sie über ihre Schäfchen, aber glauben Sie mir, Priester sind nicht die frei Handelnden, für die Sie sie halten. Und Bischöfe auch nicht. Nicht einmal der Papst.«

»Hast du deinen Glauben verloren, Matt?«

Die Frage kam zaghaft, aber sie berührte den bedeutungsvollsten Punkt überhaupt. Er zögerte, bevor er antwortete.

»Ich denke nicht. Mir ist klar, daß ich eine echte, religiöse Berufung hatte. Mir ist auch klar, daß es meine Rettung gewesen ist, sie überhaupt zu erkennen. Ich werde niemals den Respekt gegenüber den zahlreichen, hingebungsvoll religiösen Menschen verlieren, die ich kenne, egal, welche Schlagzeilen auch in den Zeitungen auftauchen. Ich werde niemals einen Bruder oder eine Schwester verurteilen.« Er spürte, wie seine Lippen zu lächeln versuchten. »Was mich wirklich frustriert, ist Bürokratie, Scheinheiligkeit, fehlende Toleranz, und manchmal sind die Gänge der Mutter Kirche mit allen dreien verstopft. Mir sind all die modernen Konflikte bewußt: Die Kirche ist patriarchalisch, ihre institutionalisierte Sexphobie hat im Leben der Geistlichkeit und zölibatären Kleriker endlose Krisen heraufgeschworen. Ich habe mir keine feste Meinung zu sämtlichen Schattierungen dieser Themen gebildet. Es ist gut möglich, daß mich mein Gewissen letztlich in eine isolierte Position bringt. Aber das wird sich zeigen.«

Seraphina schüttelte sich. »Welche ... welche Fragen du dir da stellst! Ich bin nur froh, daß ich pensioniert bin und darauf warte, an den Ort zu gelangen, wo es nur Antworten gibt. In der Zwischenzeit will ich mich nur noch so nützlich wie möglich machen. Ich verstehe allerdings immer noch nicht so ganz, warum du gegangen bist.«

»Um das zu begreifen, müßten Sie erst einmal verstehen, warum ich in die Priesterschaft eingetreten bin.«

»Und –?« Ihre Augenbrauen hoben sich unbeherrscht und fragend wie die eines alten, furchtsamen Terriers.

Matt hatte Schwester Seraphina noch nie so gesehen. Es ließ sie sehr alt erscheinen.

Er antwortete hastig, wie ein siebenjähriger Junge, der zum ersten Mal zur Beichte geht. Er war überrascht, wie einstudiert alles klang.

»Ich trat in die Priesterschaft ein, um so perfekt zu werden wie mein himmlischer Vater. Ich trat ein, um der perfekte Vater zu werden. Um Sex und Heirat und Kinder zu vermeiden, denn ich fürchtete all das. Keine Sorge, ich habe niemals einen priesterlichen Schwur gebrochen, aber nicht etwa wegen meines Glaubens oder meiner Stärke. Wie hätte ich von etwas versucht werden können, das ich fürchtete? Ich bin nach dem Apostel benannt, der an Judas Stelle trat, nachdem dieser seinen Verrat begangen hatte und Christus tot war. Und doch wuchs ich im Alter seines Todes – mit dreiunddreißig – aus den Schuhen des Fischers heraus.«

»Aber warum, Matt? Du warst ein vorbildlicher Student und schon ein frommer Junge, ein makelloser Meßdiener. Du warst doch … makellos, oder?« Ein plötzlicher Verdacht ließ das Schwarz ihrer Pupillen anwachsen. Ihre Stimme wurde zu einem Flüstern. »Matt, du bist doch als Meßdiener nicht … nicht mißbraucht worden, oder? Von Pater –?«

Er schüttelte den Kopf. »Das wäre vermutlich einfacher zu überwinden gewesen.«

»Einfach! Großer Gott, Matt, was war es dann? Ich bin wie gelähmt. Ich war deine Lehrerin. Ich war so stolz, als ich hörte, daß du Priester geworden warst, und nun erklärst du mir, daß diese Entscheidung eine Flucht war, die schon als kleiner Junge begonnen hatte, als ich dich bereits kannte. Was habe ich wahrzunehmen versäumt?«

»Machen Sie sich keine Vorwürfe. Katholiken geben sich zu oft selbst die Schuld. Ich habe Ihnen doch bereits erklärt, daß keiner von uns sich damals unserer eigenen Situation bewußt war. Erinnern Sie sich noch an Mary Lou Zyskowski?«

»Oh, dieser unmögliche kleine Rotschopf? Sie steckte ständig in irgendwelchen Schwierigkeiten und war störrisch und dickköpfig, wenn es ums Lernen ging.«

»Ich bin ihr noch einmal begegnet – in einer Therapiegruppe. Sie wurde während der gesamten Grundschulzeit von ihren älteren Cousins sexuell mißbraucht.«

Schwester Seraphina war wie betäubt. Sie schüttelte den Kopf.

»Keiner von uns hat es je bemerkt, weder Mitschüler noch Lehrer«, versicherte ihr Matt. »Sie hat damals selbst nicht verstanden, was da vor sich ging.«

»Wir hätten uns nie träumen lassen, was manche Familienmitglieder einander antaten. Die Familie, der Vater, waren heilig. Man ... mischte sich nicht ein.«

»Auch heute geht es noch vielen Menschen so. Sie hat übrigens nur gute Erinnerungen an Sie.«

»An mich? Wie kam es denn, daß mein Name in diesen Therapiesitzungen auftauchte?«

»Erinnern Sie sich noch daran, daß Sie nach der sechsten Klasse solange gebohrt haben, bis sie zustimmte, in den Sommerferien im Kloster am Leseunterricht teilzunehmen? Sie hat geschrien und getobt, aber im nachhinein sagt sie, daß sie die High-School niemals geschafft hätte, wenn sie im Lesen nicht gut genug geworden wäre.«

»Tja, wir haben uns wirklich Mühe gegeben. Manchmal brachten wir den Kindern aus großen Familien, die ignoriert oder oft ausgezankt wurden, besonders viel Aufmerksamkeit entgegen. Und ich nehme an, daß selbst wir hinter der Fassade eine unerträgliche, häßliche Wahrheit vermuteten. Manche Kinder schienen besonders unfallgefährdet zu sein, hatten immer blaue Flecken, schienen sich ständig selbst zu verletzen. Wir aber haben uns nur gewundert und uns bemüht, so freundlich wie möglich zu sein.«

»Was ist aber mit den Kindern, denen man nie etwas ansehen konnte?« fuhr Matt fort. »Deren Eltern viel zu vorsichtig waren, um sie körperlich zu verletzen? Eltern, denen man physisch nicht nachweisen konnte, daß ihre Art, ›Liebe‹ zu zeigen, falsch war? Wenn diese Kinder irgendwann endlich damit herausrückten, daß sie mißbraucht worden waren, glaubte ihnen niemand mehr.«

»Du hast recht, manche Kinder haben ein schreckliches Leben und sagen trotzdem nichts. Und sind womöglich selbst noch ein Muster an Tugendhaftigkeit.« Seraphina schüttelte traurig den Kopf. »Wer hätte gedacht, daß Mary Lou Zyskowski mit ihrem störrischen Wesen und ihrer Dickköpfigkeit die häuslichen Qualen zu kompensieren versuchte? Es gibt natürlich auch Kinder, die genau andersherum reagieren. Ordnungsliebend und brav sind, ein untadeliges Leben führen wollen. Man sollte meinen ...«

Sie schaute zu Matt hinüber. Blickte ihn wirklich an.

Er war hierhergekommen, um etwas von Schwester Seraphina zu erfahren. Statt dessen hatte *sie* etwas entdeckt. Etwas, das sie schon immer geahnt, sich aber nie eingestanden hatte. Sie bedeckte ihre Hände mit dem Mund, selbst während sie sprach, als wolle sie ihre Worte und das Bewußtsein, das so lange benötigt hatte, an die Oberfläche zu dringen, verleugnen.

»Oh, Gott – nun sehe ich, was ich all die Jahre nicht habe sehen wollen. Oh, Gott.«

Daran bestand kein Zweifel, dachte Matt mit der Art von sarkastischer Erleichterumg, die Ehrlichkeit zwischen Freunden immer mit sich bringt. Er hatte das Zeug zu einem guten Priester, aber er war ein lausiger Detektiv.

Koi Sera, Sera

Es gibt ja Typen, die angeblich niemals ein Gesicht vergessen.

In meinem Geschäft kommen und gehen die Gesichter. Aber einen Ort vergesse ich nie.

Ich spaziere also wieder einmal durch die nachgeahmten tropischen Gärten des *Crystal Phoenix Hotel,* und es umgibt mich eine solche Aura von Nostalgie, daß man sie in Flaschen abfüllen und an Wandertauben verkaufen könnte. (Wenn es noch Wandertauben gäbe. Aber soweit ich informiert bin, sind diese außergewöhnlich nützlichen Tiere inzwischen ausgestorben. Ich – und ich bin stolz, dies sagen zu können – hatte nichts damit zu tun, und der Karpfenbestand scheint auch recht groß zu sein.)

Ah, Karpfen. Welch ein wohlklingendes Wort. Egal, ob man »Karpfen« sagt oder den ausgefallenen orientalischen Namen »Koi« benutzt, für mich sind sie beide Goldfische und ein wunderbares Mahl.

Ich umzirkele den Teich, um den ich auch einst schon wanderte und nachdachte, so einsam wie eine im Meer treibende Eisscholle. Mein Walden. Meine Quelle. Mein schwimmendes Büffet.

Niemand kann mich beschuldigen, es auf die Hilflosen abgesehen zu haben. Einige dieser farbenfrohen Fische haben die

Größe von Pitbull-Welpen. Wenn sie an der Wasseroberfläche auftauchen, kann man erkennen, wie muskulös sie sind.

Eine solche Schönheit zu erhaschen ist für Midnight Louie so, als wenn ein Millionär vor Florida einen Schwertfisch fängt. Aber ich habe nicht die geschmacklose Angewohnheit, mir meinen köstlichen Fang an die Wand zu hängen, ich verspeise ihn immer. Ich stelle mir gerade Miss Temple Barrs Reaktion vor, wenn ich mit der glitzernden Haut meiner Jagdtrophäe nach Hause käme. Sie würde sich mindestens schütteln und mich abartiger Gelüste beschuldigen, aber das wäre nicht das erste Mal, daß man mich in dieser Weise anklagt, und es wird auch nicht das letzte Mal sein, nehme ich an.

Ein leichter Wüstenwind bringt die großen, glänzenden Blätter der Calla-Lilien ringsum in Bewegung. Das erinnert mich an Haremfächer, die langsam hin und her schwingen – nicht etwa, daß ich jemals in einem Harem gewesen wäre, aber ein Kerl darf ja wohl Aspirationen haben.

Zu meinen Füßen vollführt ein großer, blau-weißer Karpfen eine schnelle Drehung und entkommt meinen Krallen inmitten aufspritzender Wassertropfen. Anmaßende Fische, diese Koi.

Ich lasse mich ruhig im Schatten der Calla-Lilienblätter nieder. Laßt sie doch wie die Orcas in der *Marine-World-Show* herumtollen. Ich habe das Lied der Fischjungfrau vernommen, und schließlich geht es hier um *mein* Abendessen, nicht um das ihre.

Aber bis zum Abendessen ist es noch eine Weile hin, und ich kann es mir leisten, zu warten. Ich döse in Gesellschaft einer kreisenden Biene hoch oben über meinem Kopf vor mich hin. Selbst das Gekreische von Kindern in dem weit entfernten Swimmingpool kann meine nachdenkliche Gemütsverfassung nicht stören.

Meine Nase saugt den Geruch kürzlich besprengter Erde und das leicht fischige Karpfen-Bouquet auf.

Dann fällt ein Schatten über mein Gesicht. Meine Augen blitzen so weit und rund auf wie das grüne Licht einer Verkehrsampel. Weg da!

Der Schatten bleibt. Er bewegt sich träge zwischen mir und dem Karpfenteich. All meine Gelassenheit ist dahin, als ich meine faulenzende Form in einen gereizten, sprungbereiten Haufen verwandelte, dessen Zorn jedes vernünftige Wesen besser nicht wecken sollte.

Aber der Eindringling ist kein vernünftiges Wesen. Es ist die Kleine von oben, bekannt als Caviar.

»Was machst du denn hier?« zische ich.

»Das gleiche wie du«, erwidert sie gelassen, verwegen genug, in naseschnüffelnde Nähe zu kommen. »Den Ausblick genießen.« Sie beugt ihren hübschen kleinen Kopf, um ins unruhige Wasser zu blicken.

»Überreif«, erwidert sie naserümpfend. »Diese Fische sind toll anzusehen, haben aber keinen Geschmack. Der beste Karpfen sollte nicht länger sein als der Stutzschwanz einer Katze.«

»Seit wann bist du denn Expertin auf diesem Gebiet?«

Sie zuckt die Schultern, eine Bewegung, die ihre wohlgeformten Schulterblätter betont. Die Kleine hat eine anständige Mahlzeit nötig, aber sie hat ein Problem: Sie ist zu versnobt für gutgefütterten Fisch.

»Was machst du wirklich hier?« erkundige ich mich und zeigte meine Zähne.

»Dasselbe könnte ich dich fragen. Ich habe gehört, daß sich mein sogenannter Vater oft in dieser Gegend aufhielt.«

Ich schlucke. »Warum suchst du ihn denn?«

»Oh ...« Sie streckt sich, biegt ihren schlanken Bauch und hebt ihr keckes Hinterteil in die Luft.

Diese Zurschaustellung wäre wesentlich verführerischer gewesen, hätte ich nicht das Fehlen eines gewissen Duftes bemerkt. Seit unserem letzten Treffen hatte man sie scheinbar zur Sterilisation zum Haus von Dr. Death gebracht.

Ich seufze angesichts der Dinge, die niemals sein werden. Glauben Sie mir, wenn ich sage, daß es heutzutage unglaublich schwierig geworden ist, auf Angehörige des anderen

Geschlechts zu treffen, die überhaupt noch ein Geschlecht besitzen. Ich bin absolut dafür, Bemühungen zu unterstützen, die verhindern, daß ungewollte Kätzchen in die Welt gesetzt werden, aber es will mir scheinen, daß der simple Akt der Reproduktion inzwischen ausgesprochen schwierig geworden ist.

»Er sieht dir sehr ähnlich.«

Der nachdenkliche Tonfall in ihrer Stimme saust wie das Fleischmesser eines japanischen Chefkochs in Aktion an mir vorüber, und das Blut gefriert mir auf eine Weise in den Adern, wie es nur bei einer Temperatur von 28 Grad im Schatten möglich ist.

»Das tun eine Menge Kerle«, brumme ich zurück.

Sie zwinkert mit ihrem karpfengoldenen Augen. »Oh, keine Sorge, Opa. Du bist zu alt und viel zu sehr aus der Form, um mein niederträchtiger Vater zu sein, der sich einfach aus dem Staub gemacht hat, ohne sich um seinen Nachwuchs zu kümmern. Meine Mutter hatte noch lange eine Schwäche für den Strolch und beschrieb ihn uns Kindern ad nauseam: Fell, so schwarz und glänzend wie Teer, ein langer, muskulöser Körper, Schnurrhaare und Augenbrauen weiß, nicht etwa vom Alter, sondern schon seit der Geburt, grasgrüne Augen, scharfe, saubere weiße Zähne. Offensichtlich Playcat des Monats. Ich bin sicher, daß dieser Ladykiller nicht so weit hinabgesunken ist, daß er altersschwache Fische, die zu langsam sind, eine Flosse zu bewegen, aus Hotelteichen herausholen muß.«

Ich weiß nicht, ob ich angesichts dieser Fehleinschätzung erleichtert oder erbost sein soll. Angesichts Caviars jugendlichem Alter müßte sich mein Techtelmechtel mit ihrer Mutter erst vor einem Jahr zugetragen haben. Ein Kerl kann unmöglich innerhalb so kurzer Zeit auf diese Weise verfallen. Offensichtlich wich Caviars Meinung über meine Wenigkeit wesentlich von der ihrer älteren, weiseren Mutter ab.

»Wo ist denn deine Mutter im Moment?« frage ich. Vielleicht

sollte ich mich noch einmal bei dem alten Mädchen blicken lassen.

Caviar streckt ihre Pfote aus und taucht sie in das fischgefüllte Wasser. Ich schwöre, daß ein Lächeln auf ihrem Gesicht erscheint, als die lieben Tierchen mit wedelnden Flossen wegeilen und das Wasser in Bewegung versetzen.

»Ich habe gehört, daß sie von der Tierfängerpatrouille aufgegriffen wurde, also ist sie entweder tot oder domestiziert.«

Ich schüttel den Kopf. Beide Schicksale sind schrecklich. Sollte sie domestiziert sein, hat man sie auch »in Ordnung gebracht«. Was hat das eigentlich zu bedeuten, wenn sie davon reden, »safer sex« zu praktizieren (nicht etwa, daß ich in dieser Richtung irgendwelche Praxis benötigen würde), wenn »kein Sex« für Kerle meiner Wesensart immer häufiger an der Tagesordnung ist? Allein bei dem Gedanken daran, wie lange ich schon kein amouröses Abenteuer mehr gehabt habe, wird mir übel. Ich erinnere mich allerdings noch sehr gut an meine letzte Partnerin, denn das war ein Treffen, das aus mehr bestand als Küßchen und Lebwohl. Das Bild der »göttlichen« Yvette schleicht sich in mein Gedächtnis. Das war eine Lady! Nicht nur hübsch, sondern auch liebevoll. Neben ihr ist Caviar … Hundefutter. Nicht etwa, daß ich einem meiner nächsten Verwandten ein solches Schicksal wünschen würde. Trotzdem muß das Mädchen lernen, ältere Leute zu respektieren.

»Ich werde ihn irgendwann finden«, sagt sie, und ihre goldenen Knopfaugen ziehen sich zu schmalen, metallisch harten Schlitzen zusammen.

»Das bezweifele ich nicht«, erwidere ich hastig. »Und was wirst du dann anfangen?«

»Ich werde ihm sagen, was ich von ihm halte.«

»Das klingt, als könne es einen therapeutischen Effekt haben, wenn man meinen Lieblings-Talk-Shows mit Phil und Oprah und Sally Jesse im Tagesfernsehen glauben darf. Geraldo war ein großartiger Typ, aber sie haben ihn auf die Abendstunden verbannt, daher sehe ich ihn nicht mehr, wenn Miss Temple fernsieht. Miss Temple Barr hat wirklich viele gute Seiten, aber sie ist schrecklich uninteressiert an Bildungsfernsehen. Sie würde nicht einmal ›Inside Edition‹ einschalten. Sie hält meine Vorlieben immer für ›süß‹ und wechselt dann den Kanal.«

»Ich interessiere mich nicht im geringsten für deine Beziehung zu deiner Betreuerin«, erwidert Caviar schnippisch. (Sie zeigt einem Karpfen, der so verwegen ist, seine Visage auf der Suche nach Futter aus dem Wasser zu strecken, ihre Beißerchen. Diese Caviar hat ein gewisses Potential. Wenn sie doch nur ihre Besessenheit vergessen könnte, nach ihrem Vater zu suchen! Ich selbst bin zum Glück frei von solchen Komplexen.)

»Miss Temple Barr ist nicht meine Betreuerin, sondern meine Wohnungsgenossin«, korrigiere ich sie gelassen. Alter hat eben doch seine Vorteile. »Und wie ist dein neues Leben mit Mr. Matt Devine?«

»Oh, er ist recht anspruchslos, außer den gelegentlichen Gesprächen, die er mit mir führt und dem unvermeidlichen herablassenden Kopftätscheln. Zumindest ist es mir gelungen, mir die gleichen Badezimmerfenster-Privilegien zu erkämpfen, die du hast.«

Ich nicke. Caviar ist eine Straßenkatze, wie ihr alter Herr, dessen Identität sie niemals herausfinden möge. Wahrscheinlich kann sie sich aus jedem Loch, das nur so breit ist wie ihre Wangenknochen, herauswinden und sich in jedes Menschenherz einschmeicheln, wenn es ihr gefällt. Mr. Matt Devine hat, wenn es sich um Frauen jedweder Musterung und Färbung handelt, nicht den Hauch einer Chance.

»Also, was machst du hier?« fragt sie noch einmal.

»Mich in der Sonne aalen«, erwidere ich. »Miss Temple Barr verhandelt drinnen mit den Hotelbesitzern. Sie ist wegen eines Wahnsinnsauftrags hier.«

»Zumindest hat sie mich aus diesem lausigen kleinen Käfig herausgeholt«, sagt Caviar. »Zu schade, daß du dich schon bei ihr niedergelassen hattest. Ich bin sicher, daß ich deine Wohnungsgenossin um meine Schnurrhaare wickeln könnte.«

»Möglich. Aber die meisten tendieren dazu, Miss Temple Barr zu unterschätzen, angefangen bei Lieutenant Molina bis zu dem einen oder anderen Mörder, der nun hinter Gittern sitzt.«

Ich strecke die Nägel meiner rechten Pfote aus und bewundere das schwache, karmesinrote Glitzern des Blutes, das durch ihre perligen Längen hindurchscheint. Ich kann nicht verstehen, warum Miss Temple Barr ihre eigenen Nägel mit Deckfarbe bemalt. Seit neuestem benutzt sie einen anämischen Rosaton, mit dem ich nichts anfangen kann – im Gegensatz zu dem Blutrot, das ihr so gut steht und ihr hellrotes Fell betont, so spärlich es auch sein mag.

Caviar gähnt. »Also, wenn du etwas von einem gutaussehenden schwarzen Typen hören solltest, der sich im letzten Jahr hier in der Gegend herumgetrieben hat, laß es mich wissen. Ich werde mich jetzt auf den Weg machen. Ich habe noch eine Menge zu tun.«

Der Seitenhieb ist mir nicht entgangen, und ich schaue zu, wie sie sich herumdreht und davonstolziert. Was für eine Verschwendung! Diese Prozedur des Veterinärs – an einer engen Verwandten vorgenommen!

Mir ist auch nicht entgangen, daß die kleine Miss Caviar mich nicht für gutaussehend genug hält, um ihr Vater zu sein. Diese Kätzchen heutzutage! Sie haben noch eine Menge zu lernen. Ich hoffe nur, daß sie bei all den noch zu lernenden Dingen nichts von unserer Verwandtschaft erfährt.

Was mich angeht, so ist mein Vater auch nicht lange genug geblieben, um zu sehen, wie ich das erste Mal meine Nase kratzte. Aber deshalb verachte ich ihn nicht. Typen von unserem Schlag lassen sich keine häuslichen Pflichten aufbinden und sind besser dran, wenn sie den Tatort so schnell wie möglich verlassen, bevor sie gezwungen sind, ihre Zeit im Kinderzimmer abzusitzen.

Also bleibe ich an meinem schönen Plätzchen, obwohl mein Vergnügen, einen Karpfen zu erwischen, durch meine Begegnung mit meinem eigenen Fleisch und Blut seltsam gedämpft worden ist. Trotz meiner beeindruckenden Größe bemerkt man mich nur sehr schwer, wenn ich still sitze, und ganz besonders, wenn ich mir Mühe gebe, mit meiner Umgebung zu verschmelzen.

Von meiner Stelle sehe ich, wie sich Song mit seinem Hackmesser und der Schürze mit den rötlichen Flecken (deren Natur mich zu wilden Spekulationen verleitet) auf seinen täglichen Gang zum Teich macht, um die Karpfen zu zählen. Ich bin stolz, sagen zu können, daß dieses Ritual meiner häufigen Anwesenheit hier zu verdanken ist. Ich bin dagegen nicht so stolz darauf, daß er heute mit einem zufriedenen Nicken wieder ins Hotel verschwindet.

Caviars Gegenwart und ihre irritierende Mission hat das Undenkbare vollbracht: Ich habe meinen Appetit verloren.

Ich fühle mich weiter indisponiert und beobachte mit säuerlichem Blick, wie die Karpfen nach Lust und Laune herumtanzen. Als die Schatten schließlich länger werden, beginne ich, an den Heimweg zu denken. Miss Temple könnte sich Sorgen machen, und es würde mir nicht gefallen, das Wesen, das meinen Futtertrog füllt, zu beunruhigen.

In diesem Augenblick bemerke ich zwei große, offensichtlich ruchlose Typen, die auf Zehenspitzen durch die Calla-Lilien schleichen.

»Vielleicht sollten wir sämtliche Karpfen köpfen«, schlägt der eine vor.

Ich erstarre und nehme sofort Anstoß. Was meine Jagdtechnik angeht, so benötige ich in dieser Hinsicht keine Hilfe.

»Jede Wette, das würde die Managerin bestimmt umhauen«, erwidert der andere.

»Ganz zu schweigen von den Gästen, die morgen früh herkommen, um ihre Zehenspitzen in den Teich zu halten. Hey, wir könnten die kaputten Viecher doch in den Whirlpool schmeißen!«

»Toter Fisch ist toter Fisch«, schnaubt der andere. »Wir müssen uns noch nicht mit solch einer Drecksarbeit abgeben. Wir sind Profis. Laß uns einen Blick auf den Rest des Schuppens werfen und uns dann etwas wirklich Übles ausdenken.«

»Wenn das einer kann, dann du, Vito.«

Von meiner unbeobachteten Stelle aus stimme ich ihm zu. Auch Vitos Mutter hat sich vor langer Zeit etwas wirklich Übles einfallen lassen.

Am liebsten hätte ich in mich hineingeknurrt, aber ich habe keine Lust, diese beiden Knalltüten auf mich aufmerksam zu machen.

Es ist mal wieder passiert. Offensichtlich hat es Miss Temple Barr erneut geschafft, mitten in eine bevorstehende böse Sache hineinzugeraten. Welch ein Glück, daß Midnight Louie gerade rechtzeitig ins *Crystal Phoenix* zurückgekehrt ist, um die Lage zu retten. Wieder einmal.

Es ist wirklich eine Schande, daß Miss Caviar meinen Fähigkeiten gegenüber so blind ist, aber so ist dieses junge Gemüse heutzutage eben. Ich werde mir den Respekt meines Töchterchens wohl dadurch verdienen müssen, daß ich ihr zeige, was für ein verbrecherjagender Mordskerl ihr alter Herr ist.

Schwindelei am Telefon

Matt starrte auf sein Telefon im Schlafzimmer. Es war das billigste Modell, das Centel anbot. Die riesigen Druckknöpfe und Ziffern machten es zu einem wirklich häßlichen Objekt. Wie der billigste Sarg im Ausstellungsraum eines Beerdigungsinstituts sollte dieses Telefon wohl eher abschrecken als anziehen. Es war dazu gemacht, den Kunden zu zwingen, seinen Einsatz zu erhöhen. Alles in Las Vegas war darauf ausgerichtet, den Leuten das Geld aus der Tasche zu ziehen.

Aber das Aussehen des Telefons störte ihn nicht. Matts Vergangenheit hatte ihn für die Verlockungen der Konsumgesellschaft und vieles, was im Lebensstil des zwanzigsten Jahrhunderts als selbstverständlich betrachtet wurde, unempfindlich gemacht.

Egal, ob sie gut aussahen oder nicht, Telefone waren seine Freunde … inzwischen beinahe eine Verlängerung seiner Sinne, wie eine künstliche Gliedmaße, die anzuziehen er gewöhnt war. Hier zu Hause gab es allerdings keine Kopfhörer, nur den kalten, nackten Hörer, gegen den sich das Ohr drückte, diese beigefarbene Plastikfaust, die ihn an Schwester Mary Monicas Hörgerät erinnerte.

Kein Wunder, daß seine Handflächen schwitzten. Dieses Mal wartete er nicht auf einen Anruf, sondern mußte selbst einen machen. Er versuchte sich darauf einzustellen, zu lügen, was für jemanden seiner Natur und seiner Ausbildung nicht leicht war.

Schlimmer noch, er würde das Diözesanbüro anrufen müssen, um zu lügen. Lügen. Eine Lüge führte unweigerlich zu einer anderen, genau wie bei den biblischen Patriarchen, die Linien endloser Nachfahren begründeten.

Matt strich die jungfräuliche Seite seines neuen Stenographie-Notizbuches glatt, das auf seinem winzigen Nachttisch lag. Ihm gefiel die leere Seite, deren Papier grün gefärbt war, um die Augen zu schonen, und dünne blaue Linien hatte, um seine Notizen ordentlich und gerade zu halten.

Er griff nach dem Filzschreiber, den er gewählt hatte, weil er besser über das Papier gleiten würde als ein Ballpoint. Er würde den Hörer zwischen Schulter und Ohr einklemmen müssen, während er sich Notizen machte und das Notizbuch dabei mit der linken Hand stützen. Vielleicht sollte er sich für zu Hause auch ein paar Kopfhörer anschaffen. Nun, Devine, du hast also wirklich vor, in dieser Größenordnung zu lügen, was? Immer und immer wieder stellte er sich diese Frage.

Matt beugte sich vor und starrte auf das mächtige Telefonbuch von Las Vegas herab, das aufgeschlagen auf dem nackten Boden lag. Er kniff die Augen zu Schlitzen zusammen und begann gleichzeitig zu wählen. Seine Augen schossen zwischen den winzigen Nummern und den beruhigend großen Ziffern seines Telefons hin und her.

»Diözesanbüro von Reno und Las Vegas«, meldete sich eine forsche weibliche Stimme.

»Hallo«, erwiderte Matt. Seine Stimme klang erstaunlich ruhig. Der schwarze Stift lag diagonal über dem Notizbuch, wie ein Fechtflorett, das darauf wartete, zu einer Übungsstunde aufgenommen zu werden. Matts rechte Hand klammerte sich an den rauhen Stoff seines Hosenbeins. »Wären Sie so freundlich und würden mich mit der richtigen Stelle verbinden? Ich, hm, bin ein Mitglied der Gemeinde von *Unserer Lieben Frau von Guadalupe* –«

»Oh, ja.« Nun, da er sich als ein Gläubiger identifiziert hatte, war die Stimme sanfter geworden, so milde wie eine heiße Apfeltasche.

»Wir wollen ein Fest zu Ehren von Pater Hernandez veranstalten –« Matts Zögern angesichts dieser Lüge klang wie bloße Schüchternheit einer ›Offiziellen‹ gegenüber.

»Ich verstehe. Wohl wegen des Erfolges seiner kürzlich veranstalteten Spendensammlung, nicht wahr? Wie nett.«

»Genau.« Wie nett. Wie nett und einfach es doch war, Menschen zu täuschen, und wie eifrig die Menschen bemüht waren, das Beste anzunehmen. »Ich bin für die Unterhaltung zuständig. Als Überraschung wollen wir ein ›Das ist Ihr Leben‹-Programm zusammenstellen, um Pater Her ...«

»Was für eine wundervolle Idee! Wie kann ich Ihnen dabei behilflich sein?«

»Wir möchten einige Überraschungsgäste aus seinen ehemaligen Gemeinden einladen, die er lange nicht gesehen hat.«

»Oh, das wird ihm gefallen! Und nun müssen Sie seine vorherigen Pfarreien herausbekommen, nicht wahr? Wie weit wollen Sie denn zurückgehen?«

»Am besten bis zum Priesterseminar. Oder ... es wäre auch toll, einen ehemaligen Klassenkameraden aufzutreiben. Wir wollen am liebsten sein ganzes Leben erfassen.«

Stille. Nichts hält den Atem besser an als eine tote Telefonleitung, wenn man weiß, daß jemand am anderen Ende ist. War er zu weit gegangen? Sollte er einlenken und sagen, daß Pater Hernandez' ehemalige Gemeinden reichen würden?

»Das wird wohl einige Nachforschungen erfordern«, sagte die Stimme langsam genug, um zweifelnd zu klingen.

»Wir wären Ihnen wirklich für Ihre Hilfe dankbar«, erwiderte Matt schnell und bereute es sofort.

»Oh, ich kann Ihnen die Informationen besorgen, die Sie haben wollen, aber können Sie es sich leisten, unter Umständen Gäste von weither nach Las Vegas zu holen? Ich kenne Pater Hernandez' Werdegang nicht auswendig, aber ich denke, seine ehemaligen Gemeinden sind im ganzen Land verstreut.«

Soviel also zum Argwohn, dachte Matt. »Einige von uns haben einen speziellen Fonds gegründet, um einige besondere Gäste aus seiner Vergangenheit einfliegen zu lassen«, sagte er mit einem leichten Stammeln, das seinen Enthusiasmus – oder seine Furcht – widerspiegelte. »Wir wollen das Fest zu etwas wirklich Besonderem machen.« Was tat er da nur?

»Wie nett von Ihnen. Natürlich kann ich das nachschauen. Und Ihnen dann eine Kopie seiner Versetzungen zukommen lassen –«

»Nein! Keine Post. Wir wollen auf keinen Fall, daß Pater Hernandez etwas herausfindet und die Überraschung verdorben wird. Es muß alles still und heimlich ablaufen.«

»Dann werde ich Sie also zurückrufen, wenn ich seine Akte eingesehen habe, Mr. –?«

»Peters«, erwiderte Matt mit einem ironisch verzogenen Mundwinkel.

Warum hatte er sich vor dem Wählen nicht einen glaubwürdigeren Namen ausgedacht? Beim nächsten Mal. Welch einen Streich ihm sein Unterbewußtsein gespielt hatte: Peters wie Peter Burns, der Verräter der Gemeinde, Peters wie Simon Peter, der erste Apostel und der erste, der Jesus im Garten Gethsemane verraten hatte.

»Sie können mich hier nicht anrufen. Ich bin im Büro«, fügte er mit leiser, entschuldigender Stimme hinzu. »Ich darf eigentlich keine persönlichen Anrufe machen. Aber ich kann Sie noch mal rufen.«

»Gut. Geben Sie mir fünfzehn Minuten.«

»Und nach wem soll ich mich erkundigen?«

»Oh, ich bin hier die einzige, die die Anrufe entgegennimmt, Mr. Peters. Meine Name ist Madeleine McCafferty.«

Sich regen bringt Arbeit

Heutzutage läuteten Telefone nicht mehr. Sie jodelten.

Temple haßte es, von diesem durchdringenden, mechanischen Gewimmer geweckt zu werden. Sie blickte auf ihre Uhr am Bett, die nahe genug stand, um ohne Brille gelesen werden zu können.

Acht Uhr dreißig am Samstagmorgen? Was dachte sich dieser Anrufer? Daß sie kein Privatleben hatte, keine große Verabredung am Freitagabend? Leider war diese Annahme richtig, aber das mußten unbekannte Anrufer einem ja nicht auch noch extra unter die Nase halten.

Wahrscheinlich hatte sich eh jemand verwählt. Sollte sie sich wirklich nach dem Telefon ausstrecken, wenn sie mit Sicherheit nichts anderes als das dröhnende Freizeichen vernehmen würde?

Aber diejenigen, die vom Telefon leben, müssen nun einmal immer den Hörer abnehmen.

Temple griff nach dem roten Stöckelschuh, drückte den Absatz an ihr Ohr und zwitscherte »Hallo?« in die schmale Zehenspitze. Zu schade, daß Agentin 99 dieses supermoderne Modell nicht in der Spionageserie »Mini Max oder die unglaublichen Abenteuer des Maxwell Smart« benutzen konnte.

»Temple?«

Der tiefe männliche Baß ließ die Telefonleitung schadhaft klingen. Wen kannte sie mit einer solchen Schlafzimmerstimme außer Max Kinsella? Als sie sich aufsetzte, richteten sich die Haare auf ihren Unterarmen mit einem unpassenden – und, schlimmer noch – unvernünftigen Frösteln auf.

»Ja?«

»Ich brauche deine Hilfe.«

»Wer ist da?« Sie haßte es, diese Frage zu stellen, denn die Möglichkeit bestand, daß sie eine schockierende Antwort erhielt.

»Weißt du es wirklich nicht?«

»Also gut, wer unbedingt auf schüchtern machen will, wird mit Auflegen bestraft«, drohte Temple. »Mir reichen die ganzen anonymen Anrufe, die ich in letzter Zeit hatte.«

»Anonyme Anrufe? Wirklich?«

Die tiefe Stimme klang interessiert, fast schon angenehm überrascht. Temple war inzwischen klar, daß es sich nicht um Max handelte. Er war niemals schüchtern. Anstatt enttäuscht oder erleichtert zu sein, war sie verärgert.

»Es ist mein Ernst mit dem Auflegen –«

»Nein, warte! Gott, T. B., du mußt mir einen Gefallen tun.«

Oh. Crawford Buchanan und sein Matinee-Idol-Baß. Sie hätte es wissen müssen. Was um Himmels willen wollte er von ihr?

»Ich brauche dich, um etwas für die Gridiron-Show zusammen zu kriegen.«

»Wieso denn das? Ich dachte, das wäre in diesem Jahr eine One-man-Show.«

»Die Deadline ist in zwei Tagen, und ich habe noch nicht genug Nummern zusammen. Dieses leichtgewichtige Zeug produzierst du doch am laufenden Band wie Zuckerwatte.«

»Hattest du vor, etwas Schweres wie Eugene O'Neil in die Show einzubauen?« erkundigte sie sich mit ironischem Unterton.

»Du weißt schon, was ich meine. Ich brauche etwas mit Pfiff, etwas Treffendes, Satirisches.«

»Bis wann?«

»Die Proben fangen Montagabend an.«

»Das kommt jetzt aber verdammt überraschend, Buchanan. Wenn du nicht versucht hättest, das ganze Ding allein auf die Beine zu stellen, würdest du jetzt nicht in einer solchen Bredouille stecken. Ich sollte dich in deinem eigenen Saft schmoren lassen.«

»Ich weiß, ich weiß! Ich dachte, ich könnte es schaffen und dann ..., mein Herz spielt in letzter Zeit ein wenig verrückt.«

»Wem hast du am Samstagmorgen in aller Herrgottsfrühe sonst noch die Daumenschrauben angelegt?«

»Niemandem«, gab er verlegen zu. »Ich habe nur dich angerufen. Ich brauche unbedingt eine große Schlußnummer für das ganze Ensemble. Etwas, das typisch ist für Las Vegas in diesem Jahr. Danny Dove, der sogenannte Regisseur, behauptet, daß die Show gelaufen sei, wenn wir nicht den richtigen Schlußakt haben.«

Welch ein herrlicher Augenblick, dachte Temple und umwickelte ihre langen, frischlackierten karmesinroten Fingernägel mit der langen, zinnoberroten Telefonschnur. Sollte sie Crawford hängenlassen – sie wickelte sich ein Stück Schnur fest um den Zeigefinger – oder dem Bastard aus der Patsche helfen?

»In Ordnung, aber nur, weil mir die Gridiron-Show am Herzen liegt. Denn sonst könnten sie die Show meinetwegen damit beschließen, dich langsam über einem offenen Feuer zu rösten. Ich werde mir am Wochenende etwas ausdenken und es dir dann am Montag faxen.«

»Nein, nein! Komm bitte zu meinem Büro im *Scoop*, um es zu schreiben, damit ich ..., damit wir es besprechen können. Niemand ist hier, und es stehen genug Computer zur Verfügung. Ich werde den ganzen Tag hier sein und morgen auch.«

»Glaubst du wirklich, daß ich nichts Besseres zu tun habe, als das Wochenende in deiner Gesellschaft zu verbringen?«

»Wir brauchen diese Nummer wirklich«, sagte er.

»In Ordnung«, brummte sie und legte auf, ohne sich zu verabschieden.

Temple parkte ihren frischgereinigten *Storm* vor dem Bürgersteig des *Las Vegas Scoop,* einem Schmuddelblättchen, in dem seitengroße Photos von Mädchen und Jungen erschienen, die ihre »Begleitung« anboten. Sie verharrte vor dem schmalen, beinahe verstohlen wirkenden Eingang und mußte sich förmlich überwinden, den zerkratzten Türknauf zu drehen. Dieser Ort erinnerte sie an ein Pornokino. Man fragte sich immer, wer hier wohl schon gewesen sein mochte und wo er überall seine Finger gehabt hatte.

»Ich muß doch wirklich wahnsinnig sein«, murmelte sie. Aber sie schrieb nun einmal verdammt gute Nummern, und es war zu schön, zu erleben, wie Crawford angekrochen kam und sie um Hilfe anflehte – nicht etwa, daß kriechen für ihn eine unbekannte Beschäftigung war!

Die schmutzige Vordertür war verschlossen. Oh, wirklich Klasse.

Temple knallte sich wieder ihre rotgerahmte Sonnenbrille auf die Nase und blickte zu ihrem Wagen zurück. Sie haßte es, woanders als in ihrem Büro zu Hause zu arbeiten, obwohl sie sich etwas auf ihre Vielseitigkeit einbildete. Was sie am meisten haßte, war eine Zusammenarbeit. Der, der gut schreibt, sollte am besten allein schreiben.

Die Tür öffnete sich, und da stand er. Im Gegensatz zu sonst trug er keinen jener blassen, schlampig geschneiderten Anzüge, die den smarten Look der Fontana-Brüder so begehrenswert erscheinen ließen.

Der Anblick von Crawford Buchanan, der ein ananasgelbes Strickhemd und – igitt! – weiße Bermuda-Shorts trug, genügte, um selbst sonnenbrillengeschützte Augen zu blenden. Der Vergleich mit einer pelzbeinigen Spinne lag verdammt nahe, dachte Temple nach einem schnellen, angewiderten Blick nach unten.

»Du siehst heute aber ... flott aus, T. B.« lautete Buchanans schleimige Eröffnung.

»Zeig mir einfach, wo die Computer stehen«, brummte Temple und eilte an ihm vorbei, bemüht, nicht noch mehr Anstößiges zu berühren, wie etwa den mit Fingerabdrücken übersäten Türrahmen. Man wußte ja nie, ob die Polizei nicht einmal auf Beweise dieser Art angewiesen sein würde.

»Wir können in meinem Büro arbeiten«, sagte er und folgte ihr. Sie durchquerten einen Raum, der mit Schreibtischen, Computer-Terminals, verstümmelten Ausgaben des *Las Vegas Scoop,* überquellenden Aluminiumaschenbechern und leeren Styropor-Kaffeebechern vollgestopft war. Das einzige, was fehlte, war eine ungepflegte Leiche.

»Du hast ein Büro?« erkundigte sie sich hoffnungsvoll. Crawford selbst war zumindest auf eine Weise sauber, die bereits an Waschzwang grenzte. Dort mußte es einfach besser sein.

»Natürlich«, erwiderte er großspurig mit seiner tiefen Diskjockey-Stimme. »Ich bin einer der wichtigsten Kolumnisten des *Scoop.*«

Das Büro hatte sogar eine Tür, was offenbar das Selbstbewußtsein eines *Scoop*-Schreiberlings noch weiter hob.

Temple trat vorsichtig ein, bemüht, mit ihrer prallen Schultertasche nicht gegen den Türrahmen zu stoßen. Die Möbel waren alt, aber abgestaubt. Alles war sauber und ordentlich, sogar die beiden Computer, die Rückseite an Rückseite auf dem Schreibtisch standen.

Temple zog eine feuerwehrrote Augenbraue in die Höhe. Crawfords Schulterzucken betonte nur, wie sehr ihn die Natur hinsichtlich ihrer Breite benachteiligt hatte. »Ich habe einen weiteren Computer hereingeholt, damit wir uns beraten können. Und ich dachte mir, daß du gut auf die verqualmte Luft da draußen verzichten kannst.«

»Danke sehr«, erwiderte Temple und warf einen Blick auf einen ordentlich gestapelten Papierhaufen. »Sind das die Manuskripte für die Show?«

Crawford nickte.

»Taugen sie etwas?«

»Ich habe sie alle selbst verfaßt«, erwiderte er irritiert.

»Deshalb frage ich ja.«

Temple schwang ihre mächtige Handtasche auf einen freien Klappstuhl. Sollte Buchanan irgendwas versuchen, würde er erfahren, welche Selbstverteidigungstechniken ihr Matt Devine in den letzten Wochen beigebracht hatte. Außerdem nahm sie an einer Gruppentherapie teil. Sie war also keine leichte Gegnerin, auch wenn sie kaum größer als ein Knirps war.

»Ich sehe immer noch nicht ein, warum ich hier arbeiten soll«, beschwerte sie sich, drückte den Power-on-Knopf und schaute zu, wie der Computerbildschirm sein übliches Eröffnungsritual abzog. Das gab ihr Zeit, über ihre bevorstehende Aufgabe nachzugrübeln.

Sich auf Befehl eine Schlußnummer für die Show einfallen zu lassen, war nicht so einfach ... Was für Themen waren es denn in diesem Jahr besonders wert, durch den Kakao gezogen zu werden?

»Schreib einfach drauflos. Kümmere dich gar nicht um mich«, empfahl ihr Crawford mit einem gezierten Lächeln von der Kante des Schreibtisches aus, wo er sich hingehockt hatte. »Nette Schuhe, T. B.«

Temple blickte auf. Er beäugte ihre Beine, nicht ihre Schuhe. Jetzt fehlte nur noch, daß er zu sabbern anfing. Ihre konservativen beigefarbenen Van Eli's, die Schuhe, die zur Grundausstattung jeder Geschäftsfrau gehörten, waren einer solchen Aufmerksamkeit sicher nicht wert.

»Ich mag Nuttenschuhe.«

»Das sind keine Nuttenschuhe! Nuttenschuhe haben Absätze, die zehn Zentimeter hoch und kitschig sind. Und billig. Diese Designer-Pumps hier werden dir gleich genau sechseinhalb Zentimeter Eisen ins Schienbein bohren, wenn du dich nicht sofort hinsetzt und dich um deine eigenen Angelegenheiten kümmerst. Tu einfach, was auch immer der alleinige Autor der Gridiron-Show tut, wenn ihm die Ideen für seine Manuskripte ausgehen und er um Hilfe fleht.«

Er befolgte ihre Aufforderung mit aufreizender Langsamkeit. »Kümmer dich nicht um mich. Ich bin lediglich hier, falls Fragen auftauchen sollten, das ist alles. Behandle mich ruhig wie ein Möbelstück.«

Als Temple eine Bildschirmseite mit Ideen gefüllt hatte, war eine halbe Stunde überraschend schmerzlos vergangen. Warum nur benahm sich Crawford so manierlich? Sie warf einen Blick über den Bildschirm zu ihm hinüber. Natürlich tat er gar nichts, außer in dem Schmierblatt zu blättern, für das er schrieb, und ihr beim Arbeiten zuzusehen. Wahrscheinlich tat er den ganzen Tag über eh nichts anderes.

»Wie wäre es, eine Nummer über die großen neuen Hotels und Vergnügungsparks zu machen?«

»Wir haben in den letzten Jahren, als sich diese Entwicklung abzeichnete, immer wieder Satiren darüber gebracht.«

»Stimmt, aber dies wäre die Mutter sämtlicher Sanierungssatiren: ein höllischer Vergnügungspark, riesiger als alles, was jemals am Strip hochgezogen wurde.«

»Es ist in Las Vegas nicht leicht, die Realität zu übertreffen, T. B.«

»Deshalb hast du mich ja in dieser Sache konsultiert, C. B.«

»Schreibe, was du willst. Aber ich habe das letzte Wort.«

»Oh, na toll. Du flehst mich an, etwas beizusteuern, und dann spielst du auf einmal Richter und Geschworene und Impressario in einem.«

»Das ist die Aufgabe des Vorsitzenden. Das Leben bietet nun einmal keine Gewißheiten. Ich bin sicher, du wirst dich der Herausforderung stellen und sie wunderbar bewältigen.«

Er starrte erneut auf ihre Beine.

»Du bist absolut widerlich, hat dir das schon mal jemand gesagt?«

Crawford lächelte. »Das bekomme ich ständig zu hören, aber Schmeicheleien prallen an mir ab.«

»Genauso wie guter Geschmack«, stieß Temple hervor und widmete sich erneut der Arbeit, wegen der sie hierhergekommen war: ein cleveres, witziges, realisierbares Manuskript aus dem Boden zu stampfen und sich dabei von dem schwärzesten Schaf der ganzen Stadt beäugen zu lassen, dessen Tom-Wolfe-Look ihre Geschmacksnerven erzittern ließ.

Ein Spatz im Busch …

»Es tut mir leid«, sagte Matt. »Ich weiß, daß ich dich in letzter Zeit vernachlässigt habe – zumindest habe ich das Gefühl, als wäre es so.«

»Deshalb die Ethel-M.-Pralinen und das ganze hier?« Temple blickte sich im Restaurant um. Das Licht war gedämpft, und die Atmosphäre so gemütlich wie die kleinen Messingleuchten, die jeden Tisch wärmten. Sogar ihr kleines, intimes Modell für zwei. »Als eine Art Entschuldigung?«

Matts Lächeln war sanfter als das Licht der Glühlampe, das durch den gekräuselten, malvenfarbenen Chiffon-Schirm drang. »Und außerdem könnte ich etwas Hilfe gebrauchen«, lautete seine verlegene Antwort.

»Dafür sind Freunde doch schließlich da«, erwiderte Temple munter und rollte die waldgrüne Leinenserviette auseinander, die ihren schmalen Schoß wie eine Rasenfläche bedeckte.

Trotz ihrer Freude über Matts plötzliche Einladung zu »einem gemütlichen Abendessen« und trotz der unbestreitbar romantischen Atmosphäre hatte sie nicht vor, den klassischen »Casablanca«-Fehler zu machen und zu viel zu erwarten. Ein Kuß war schließlich nicht mehr als ein Kuß. Besonders einer, der bei einem High-School-Ball mitten in der Wüste stattgefunden hatte – und das mit fünfzehnjähriger Verspätung.

Das »Blue Dahlia« war eigentlich eine tolle Entdeckung, die außerhalb der Reichweite eines sozialen Novizen wie Matt lag. Wie um Himmels willen hatte Max Kinsella – ungeschlagener Entdecker unterbewerteter Kapitalanlagen – diese Perle nur übersehen können? Möglicherweise war das Restaurant zu neu. Max dagegen war so alt wie die Nachrichten von gestern. Aber Matt gehörte auf die Titelseite – zumindest in ihren Augen. Heute abend trug er einen leichten, elfenbeinfarbenen Blazer, den sie noch nie gesehen hatte, und darunter ein offenes, blaßgelbes Hemd. Sie war froh, daß sie ihr grünes Seidenkleid von Hanae Mori herausgekramt hatte. Heute abend würde sich vielleicht endlich eine Gelegenheit ergeben.

»Nach allem, was ... du für mich getan hast«, sagte er gerade, »kommt es mir so vor, als ob ich dich vernachlässigt –«

»Du bist eben ein schlimmer, absolut pflichtvergessener Mensch, Devine«, unterbrach sie ihn. »Hör zu: Es war nicht nötig, mich mit allen Schikanen auszuführen, um dich für meine behelfsmäßige Ballnacht im Sand zu revanchieren. Das war nur ein Experiment. Ich bin nun einmal etwas verrückt ... und ab und zu kommt meine wilde und impulsive Natur zum Vorschein.«

Ihr dummes Gerede konnte das Eis nicht brechen, denn es gab gar keins, aber es durchbrach die dünne Haut von Selbstrechtfertigung, die Matt wie einen Kokon umgab. Temple haßte Entschuldigungen, besonders, wenn sie unnötig waren.

Vielleicht war ihre Taktik erfolgreich gewesen, denn Matt gab es auf, um den Grund für ihr Zusammenkommen herumzuschleichen wie eine Ente, die um das gefährliche Loch herumwatschelt, das ein Eisfischer hinterlassen hat. Er rückte seinen Löffel ein wenig näher zum Messer hinüber – ob man das als eine Art Freudschen Versprecher auffassen konnte, fragte sich Temple – atmete einmal tief durch und begann.

»Ich bin nicht durch Zufall in Las Vegas gelandet, Temple.«

Sie konnte sich gerade noch verkneifen, »wie schade« zu antworten und hinzuzufügen, daß sie ihn eigentlich immer für ein Mitglied der Anonymen Spieler gehalten hatte, das vor einem Haufen Mafia-Buchmachern aus New Jersey auf der Flucht war.

»Ich ... bin auf der Suche nach jemand«, sagte er.

Sie verkniff es sich auch, zu entgegen, daß das wohl jeder sei.

»Ich ... bin auf der Suche nach einem Mann.«

Oh, nein! War dies etwa der Moment für Geständnisse? Hatte Matt entdeckt, daß er schwul war, obwohl er so lange darauf beharrt hatte, es nicht zu sein? Verdammt, eine durch und durch moderne Frau konnte wohl den einen oder anderen homosexuellen Freund gebrauchen, aber sie mußte doch nicht gerade *ihn* körperlich anziehend finden! Temple nahm einen Schluck aus ihrem Wasserglas und versuchte, die Eiswürfel davon abzuhalten, gegen ihre Zähne zu klacken. Es waren sexy, kristallklare Eiswürfel, wahrscheinlich aus destilliertem Wasser. Tja, das »Blue Dahlia« gab wirklich den geeigneten Ort für ein romantisches Rendezvous ab, aber nun existierte ja kein Grund mehr, sich geschmeichelt zu fühlen.

»Ich bin noch nie hier gewesen.« Matt hatte gesehen, wie sie sich umschaute. »Ich hoffe, es gefällt dir.«

»Es ist toll.« Temple widerstand dem Drang, einen kalten Eiswürfel in ihren Mund gleiten zu lassen und ihn zwischen ihren Zähnen zu zermalmen, um zu sehen, ob ihre Füllungen hielten.

»Er ist mein Vater.«

»Wer?« Temple war überrascht genug, um ihren Blick erneut im Raum umherschweifen zu lassen.

»Der Mann, den ich suche«, erwiderte Matt geduldig.

Temple war stolz, daß man ihr ihre Erleichterung nicht anmerkte, obwohl sich ihre Zehen, die sich gegen das weiche, purpurfarbene Lederfutter ihrer besten Kelly-grünen Stöckelschuhe gedrückt hatten, unter dem Tisch langsam entspannten.

»Warum machst du ein solches Geheimnis um ihn?«

Matt schien ihr gar nicht zuzuhören. »Er ist eigentlich mein Stiefvater.«

Sie nickte. Bei Matts Tempo, mit Informationen in 33 1/3 Geschwindigkeit herauszurücken, würde dies eine komplizierte Nacht werden. Mit einer Laserdisc und Blitzgeschwindigkeit hatte dies wirklich nichts zu tun.

Das bedeutete, daß ihm die Sache wichtig war. Auch die schamhafte Weise, mit der sich das Wort »Stiefvater« aus seinem Mund schlängelte. Das erinnerte Temple an einen dreckbespritzten Hund, der unter der vornehmen Wohnzimmercouch hervorspäht. Und es sagte ihr außerdem, daß dies nicht der romantische Abend werden würde, auf den sie gehofft hatte.

Temple schob ihr Messer zur Seite, bis es eine Linie mit den Zinken von Matts ordentlich plazierter Gabel bildete. »Ist er ein guter oder ein schlechter Stiefvater?« fragte sie vorsichtig.

Matt seufzte erneut, ein kurzes, frustriertes Ausstoßen von Luft. »In den Augen mancher Leute mag er ganz okay sein. In meinen nicht.«

Sie nickte. Das überraschte sie nicht.

Nachdem er so weit gegangen war, beschloß Matt den Sprung ins kalte Wasser. Seine Augen und Finger beschäftigten sich mit dem Gedeck vor ihm, während seine Stimme und sein Mund eine Fülle an schmutzigen Fakten herunterrasselten.

»Mein richtiger Vater – ein seltsamer Ausdruck, nicht wahr? – hat meine Mutter verlassen, als ich noch ein Säugling war. Ich habe keine Ahnung warum, sie wollte es mir nie sagen. Ich kannte sie nur als alleinerziehende Mutter, die den ganzen Tag arbeitete und sich die ganze Nacht sorgte. Ich schätze, einen Mann zu finden, der sich um sie kümmerte, war die Antwort auf die eine Seite dieser glücklichen Gleichung. Natürlich haben sie geheiratet. Ich wünschte, sie hätten es nicht getan, dann wäre er kein offizieller Ersatzvater gewesen. Aber sie haben es getan. Und damit saßen wir alle fest. Für alle Ewigkeit.«

»Du hast es geschafft, wegzukommen«, bemerkte Temple.

»Zu *entkommen,* wäre wohl besser ausgedrückt. Du hast wahrscheinlich recht. Zuerst in die Nachbarschaft und dann später in die Schule. Und schließlich ins Priesterseminar.«

»Was stimmte denn nicht an ihm?«

»Er trank. Nur Bier, wie Mom sagte, aber ›nur Bier‹ kann selbst einen trockenen Alkoholiker ersäufen, und er machte aus seiner Biertrinkerei eine Karriere. Das war so üblich unter den Männern in den armen Arbeitsvierteln von Chicago. Sie tranken. Das tun sie immer noch. Bei ihm kam das harte Zeug allerdings erst später.«

»Hattest du Brüder oder Schwestern?«

Matts Kopfschütteln war eine so kleine Bewegung, daß sie an ein winziges Zittern erinnerte. Gott sei Dank, nein, schien es zu sagen.

»Nachdem mein richtiger Vater verschwunden war, gab es keine anderen Männer. Zumindest glaube ich es nicht –«

Temple wartete. Sie verstand langsam, wie es in früheren Zeiten für einen katholischen Priester gewesen sein mußte, der hinter den dunklen Türen seines Beichtstuhls lauschte und abwartete und sich fragte, wann er reden sollte und wann nicht.

Matt blickte auf. Sein Gesichtsausdruck war zugleich zurückhaltend und abgestumpft. »Ich glaube, als meine Mutter herausfand, wie mein Stiefvater wirklich war, hat sie dafür gesorgt, daß keine Kinder mehr kamen.« Er schloß die

Augen. »Natürlich wäre das eine Sünde gewesen. Eine Todsünde. Sie ist nicht mehr oft zur Beichte gegangen, nachdem er aufgetaucht war.«

»Lebt deine Mutter noch?«

»Gewiß.« Ihre Frage schien ihn zu überraschen, aber sie war nur natürlich, da alles, über das er sprach, aus bitteren, längst vergangenen Tagen zu stammen schien. »Sie lebt immer noch in ihrer Gemeinde. Ist inzwischen pensioniert. Und geht wieder regelmäßig zur Beichte. Er ist vor Jahren verschwunden. Sie war eine ... wunderschöne Frau.«

»Wann genau ist er verschwunden? Wie alt ...?«

»... war ich, als er verschwand?« Matt preßte seine Lippen zu einer schmalen Linie zusammen, bevor er weitersprach. »Sechzehn. Es war, bevor ich ins Priesterseminar eintrat. Ich hätte sie nie mit ihm allein gelassen.«

»Und warum willst du ihn jetzt finden?«

Matt schüttelte den Kopf. »Ich weiß es nicht genau. Ich war damals noch ein Kind. Und vielleicht bin ich es heute in vielerlei Hinsicht immer noch.«

»Wie kommst du darauf, daß er hier in Las Vegas sein könnte?«

»Das war das einzige, woraus er sich etwas machte: Mom und mich allein zu lassen, für einige Tage nach Vegas zu fahren und ihren halben Monatsscheck zu verjubeln. Für eine Weile sah ich in dieser Stadt so etwas wie einen persönlichen Erlöser. Trotz ihres Sodom-und-Gomorrah-Rufes hat sie ihn aus dem Haus und aus unserer Nähe geholt.«

»Aber Matt, das war –« Temple war, was Kopfrechnen anging, nicht besonders begabt, und so gab es eine aufschlußreiche Pause, während sie rechnete und er jede ihrer Grimassen beobachtete.

»Vor siebzehn Jahren«, kam er ihr schließlich zu Hilfe.

»Vor siebzehn Jahren. Seit dieser Zeit hat sich in Las Vegas doch viel verändert, und überall im ganzen Land sind viele neue Orte aus dem Boden geschossen, wo man spielen kann! Dein Stiefvater ist vielleicht nach Atlantic City weitergezogen oder zu den neuen Flußboot-Spielhöllen in der Nähe von Chicago. Oder –«

»Oder er könnte tot sein«, beendete Matt den Satz für sie, sein Ton so grimmig und endgültig wie diese drei Buchstaben.

Sie nickte. »Vielleicht wäre es besser für dich, wenn es so ist.«

»Es wäre besser für mich, wenn ich es *wüßte,* das ist richtig.«

»Hm, was ich so von den Stammgästen hier in Las Vegas mitbekommen habe, bleiben viele der alten Stadt allerdings doch ziemlich treu. Was unternimmst du? Die Kasinos und Hotels nach seinem Namen abgrasen?«

»Ja. Und den Leuten dabei jede Menge Lügen auftischen.«

»Warum?«

»Kann man etwa Informationen aus ahnungslosen Leuten herausbekommen, ohne dabei viel zu lügen?«

Während Temple über diese Frage nachdachte, trat eine Kellnerin in einem Minirock an den Tisch, der nur einen Zentimeter länger war als die obere Kontrollnaht ihrer schwarzen Nylonstrumpfhose. Sie reichte ihnen die Menükarten und nahm die Getränkebestellung entgegen.

Matt vergrub seine Nase in die überdimensionale Karte und starrte auf die Entrees, obwohl Temple bemerkte, daß der Rocksaum der Kellnerin genau die richtige Höhe hatte, um an seiner Nase zu kitzeln, wenn er oder sie es so gewollt hätten.

Temple fragte sich, warum der Rock um so kürzer sein mußte, je größer die Frau war. Ihr selbst würde dieses ebenholzfarbene Läppchen sicherlich bis zum Knie reichen. Sie blickte sich um und sah, daß das gesamte Dienstpersonal in kultiviertes Schwarzweiß gekleidet war. Möglicherweise hatte Central Casting sie von einer Nachtclubszene eines Vierzigerjahre-Films herübergeschickt. Die Männer trugen Smoking und bleistiftdünne Schnäuzer. Die Frauen massenweise kurzes Schwarz mit bleistiftdünnen weißen Spitzenrüschen an all den richtigen Stellen, eingeschlossen den schwarzen Satinpillendosenhütchen, die über der rechten Augenbraue schräg wie Pagenkappen saßen.

Matt tauchte erst hinter seiner Menükarte auf, als die Kellnerin wieder abgeschoben war. Er beugte sich über das schneeweiße Leinentischtuch zu Temple hinüber. Trotz des zunehmenden Stimmengewirrs der anderen Gäste sprach er mit gedämpftem Tonfall.

»Dieses Restaurant soll angeblich ruhig sein und eine nette Atmosphäre haben.« Matt runzelte die Stirn. »Ich hatte keine Ahnung von diesem, ehem, Ambiente.«

»Ich schätze, das ganze Schwarzweiß muß eine ziemlich eigenartige Erinnerung an deine Vergangenheit sein«, konnte sich Temple nicht verkneifen zu sagen.

Matt blieb wider Erwarten gelassen. »Ich habe die meisten Ordensleute, mit denen ich es zu tun hatte, in einer Zeit kennengelernt, als die Tage der Tracht vorbei waren«, sagte er, um ihre dummen Gedanken gleich im Keim zu ersticken. »Ich habe übrigens auf den Geräuschpegel angespielt.«

Erst in diesem Moment bemerkte Temple ein Quartett, das in einer düsteren Ecke mit nadelgroßen Scheinwerferlichtern bestrahlt wurde. Ein Tenorsaxophon vollführte einige flüssige, metallische Läufe, während das Schlagzeug im Hintergrund einen weichen, rhythmischen Rattlesnake imitierte. Die bluesigen Töne eines Pianos unterstrichen all dies wie ein Raucherhusten.

»Ist es nicht seltsam«, sagte sie, »daß all diese Nonnenfilme – wie ›Sister Act‹ – gedreht werden, wo die Nonnen doch inzwischen in Zivilkleidung herumlaufen?«

»Jetzt ist es ungefährlich. Die Chance, heutzutage einem Tracht tragenden Hardliner zu begegnen, sind wesentlich geringer.«

»Ich nehme an, die Menschen waren schon immer von

Priestern und Nonnen fasziniert«, sagte Temple nachdenklich. »Zum einen wegen der Kleidung, die sie von der Masse abhebt, und zum anderen wegen des Mythos, der das Zölibat umgibt.«

»Ich habe noch niemals gehört, daß jemand das Zölibat als Mythos bezeichnet hätte«, erwiderte Matt trocken und lehnte sich zurück, um der Kellnerin und ihrem gefährlich gerüschten Saum Platz zu machen. Sie stellte ein kleines und ein langstieliges Glas vor sie auf den Tisch.

»Was ist das?« Temple starrte auf den dunklen, trüben Drink vor Matt. Sie hatte seiner Bestellung keine große Beachtung geschenkt.

»Ein ›Black Russian‹. Und was hast du?« Er nickte zu ihrem langstieligen Glas hinüber.

»Eine ›White Lady‹. Ich hatte das Bedürfnis nach etwas … Elegantem. Zumindest weichen wir nicht vom Farbmuster ab.«

Sie lachten und hoben ihre Gläser. Dann nahmen sie einen Schluck von ihren Drinks und begannen, sich wieder über wichtigere Dinge zu unterhalten.

Matt hatte noch ein weiteres Geständnis zu machen. »Ich bin froh, daß es dir hier gefällt und daß du heute abend kommen konntest. Ich hatte schon Angst, du könntest denken, ich würde dir aus dem Weg gehen.«

»Ich weiß, daß du Verpflichtungen hast, Matt. Außerdem war ich selbst sehr beschäftigt.«

»Das habe ich bemerkt. Womit eigentlich?«

»Oh, es ist eine phantastische Sache.« Temples optimistisches Naturell liebte es, ein Publikum zu haben, das sie mit ihren Ideen überhäufen konnte. »Das *Crystal Phoenix* hat mich beauftragt, das Hotel für Familien interessanter zu machen. Das ist so, als ob man Tinkertoy mit einer richtigen kleinen Welt spielt, ein Zauberkönigreich ohne Disneys Anfangsbuchstaben oder seine Investitionen. Und dann hat man mich gekapert, einen Sketch für die Gridiron-Show zu erarbeiten, du weißt schon, diese politische Satire-Show, wie sie sie jedes Jahr in Washington veranstalten. Der scheußliche Crawford ist in diesem Jahr der Vorsitzende und hat bei einer der Nummern eine Schreibblockade erlitten, und so habe ich mir die ungeheuerlichste, unglaublichste Höllen-Hotel-Nummer ausgedacht. Las Vegas in den Schatten zu stellen ist eine echte Herausforderung.«

»Das kann ich mir vorstellen, aber warum willst du Buchanan aus der Patsche helfen? Ist er nicht dein *bête noir*?«

»›Schwarzes Biest‹ ist ein guter Ausdruck für diesen Mistkerl!« Temple versuchte, ruhig zu bleiben, denn sie wollte den schönen Abend nicht ruinieren. »Aber meine Nummer ist unheimlich witzig. Vielleicht hättest du Lust, zur Show mitzukommen. Mit mir. Um sie anzusehen, meine ich.«

»Hört sich gut an. Falls meine ... Heldentaten als Amateurdetektiv meine Anwesenheit nicht gerade irgendwo anders erforderlich machen.«

Temple nickte verständnisvoll, aber sie plante bereits, was sie bei diesem großen Anlaß anziehen würde. Sie hatte noch nie zuvor eine Verabredung für die Gridiron-Show gehabt. Weder in Minneapolis noch hier. Letztes Jahr mußte Max am selben Abend bei einer Show am anderen Ende des Strip auftreten, und selbst ein Profizauberer konnte nicht an zwei Orten zur selben Zeit sein. Temple zuckte innerlich bei dem Gedanken zusammen, daß sie vor einem Jahr noch mit Max zusammen gewesen war.

Im Hintergrund erklang die rauchige Stimme einer Sängerin. Temple ließ es zu, daß sich einige verführerische Riffs um ihre trübe Stimmung ringelten. Einen Augenblick später war sie schon wieder zurück in der Gegenwart und freute sich. Hm, dieser Laden war eine echte Entdeckung. So romantisch. Matt machte einen seelenvollen Eindruck und dankte ihr erneut für ihr Verständnis.

»Ich habe solches Glück, daß du auch im *Circle Ritz* wohnst«, sagte er. »Es ist so, als sei ich dorthin geführt worden. Mrs. Lark, Electra, hat mich sehr unterstützt, und du, du bist mein Sesam-öffne-dich –«

Temples Zehen verkrallten sich wieder, dieses Mal aber vor Freude.

»Es ist schon erstaunlich«, fuhr Matt fort, »wie viele Türen du für mich geöffnet hast. In die Vergangenheit ebenso wie in die Zukunft.«

Die Musik hatte einen vertrauten Rhythmus angenommen. *You must remember this* … Denk dran, ermahnte sich Temple. Ein Kuß ist nur ein Kuß. Ein neuer Tag nur, ein weiterer Sonnenaufgang. Verdirb es nicht. Klammere dich nicht an vergangene Dinge.

Die tiefe, dunkle Stimme der Sängerin hatte sich zum seelenvollen Wimmern des Saxophons gesellt. Ein Kuß ist nur ein Kuß, und diese Regel trifft nun einmal zu. Immer. Egal, wie viele Küsse, wie viele versäumte Chancen. Während die Zeit vergeht. Die Zeit vergeht.

»Temple.« Matt beugte sich mit besorgtem Gesichtsausdruck zu ihr hinüber.

Sie sah ihn wie durch getöntes Glas, wie durch die regenüberströmte Fensterscheibe eines Zuges, der die Stadt verläßt, mit dem er oder sie aus der Stadt fortzieht, und niemand kann schnell genug laufen, um ihn noch zu erreichen, niemand den Rhythmus hören, den Beat erfassen, das Lied vernehmen.

Matts Hand bedeckte Temples, die auf dem Tisch lag. Er sah immer noch besorgt aus. Besorgt ist ja ganz nett, aber … ach, verdammt!

Temple rutschte ein Stück zurück, ließ ihre Hand aber in seiner liegen, wie eine lebende Kreatur in der Sicherheit ihrer schützenden Schale. Sie wandte sich der düsteren Bühne zu, dem Graupelschauer der kleinen, stechenden Scheinwerferstrahlen und der ihr so vertrauten Melodie.

Die Sängerin saß beinahe unbeweglich da, ein brauner Schmetterling auf weißem Damast festgesteckt … ihre Haut wie Satin, die Blume in ihrem Haar wie ein dunkles, samtenes Gewächs. Ihre Figur war so düster wie ein El-Greco-Gemälde, ihre Züge wie aus Salz geformt.

Sie sang.

Den alten, wundervollen Bluesklassiker.

Mit einer tiefen, echten Altstimme, die Temples Knochen zum Vibrieren brachten, wie die Saiten eines einsamen Cellos in einem Warenhaus.

Sie wühlte alles auf. Die Vergangenheit. Die Gegenwart. Der dunkelhaarige Mann. Der blonde Mann. Sie war so ... vertraut, genau wie das Lied und der Schmerz.

»Matt –!« stieß sie mit dem letzten, überraschten Atemzug aus, der noch in ihr war.

Da drehte er sich endlich von ihr weg zur düsteren, winzigen Bühne hin, die Temple wie ein perlenbesetztes Netz in einem silbrigen Ozean gefangenhielt.

Der Ansager – wer immer er auch sein mochte – nahm die Gelegenheit wahr, eine glatte Bariton-Koda zum ersten Auftritt des Abends beizusteuern. »Und nun, Ladies und Gentlemen, bitte ich um einen herzlichen Applaus für unsere eigene ›Blue Dahlia‹ – die unvergleichliche Carmen.«

»Carmen«, stieß Temple hervor, die weniger über den Namen überrascht war als sein Vorkommen an dieser Stelle. »Jetzt möchte ich aber verdammt noch mal gerne erfahren, wofür das ›r‹ steht.«

»Carmen?« wiederholte Matt verwirrt. »Ist das nicht – ist das möglich? Ist das Lieutenant Molina?«

… ist besser als Molina in der Hand

»Ich wollte nicht stören.«

Lieutenant C. R. Molina blickte aus einer künstlich herbeigeführten Höhe auf sie herab. »Ich habe Sie beide gleich gesehen, als ich auf die Bühne kam, aber Sie machten einen so … beschäftigten Eindruck.«

Temple blickte auf Molinas Füße hinab. Plateausohlen.

Molina besaß tatsächlich die Nerven, bei ihrer schon einschüchternden Größe auch noch Schuhe mit Plateausohlen zu tragen! Schwarzes Wildleder. Mit Riemen, die über die Zehen liefen und den Absatz verankerten. Mordsmäßige Schuhe aus den Vierzigern, wie die Andrew Sisters sie getragen hatten. Wo waren Molinas Schwestern? War das nicht ein Act für Schwestern? Nein, offenbar trat Molina alleine auf, nahm das Scheinwerferlicht für sich in Anspruch.

»Sie singen wirklich wundervoll«, sagte Matt, dessen Verwirrung sich schlagartig in Überschwenglichkeit verwandelt hatte. »Ich hatte den Eindruck, Radio zu hören oder einer Platte zu lauschen. CD«, korrigierte er sich schnell. Jede Wette, im Priesterseminar hatte es nicht viele CDs gegeben, dachte Temple.

Molina erlaubte sich ein bescheidenes Lächeln. Himmel, dachte Temple, mit dieser blauen Seidenorchidee, die hinter ihrem linken Ohr eingequetscht war, sah sie wirklich albern aus. Bei ihrer Größe könnte man sie glatt mit einem Jacaranda-Baum verwechseln.

»Darf ich mich zu Ihnen setzen? Ich habe gerade meine Zehnminutenpause.«

»Aber natürlich.« Matt sprang auf, um einen Stuhl vom Nebentisch zu kapern.

Molina saß zwischen ihnen und lächelte von einem zum anderen mit der heiteren Gemütsruhe einer altjüngferlichen Tante, die genau weiß, daß ihre Gegenwart bei allen Beteiligten in gleichem Maße unerwünscht wie auch eine Plage ist.

Temple studierte nun, da die Schuhe unter den Tisch verschwunden waren, mit säuerlicher Miene das Kleid der Frau – ein mitternachtsblaues Kleid aus Samt und Seide, wie es in den vierziger Jahren modern gewesen war. Wie alle Kleider dieser Ära war auch dieses sachlich und zugleich auf subtile Weise geschmeidig wie eine Schlange – sprich, es saß hauteng.

»Meine Arbeit erlaubt mir zwar nicht, ein regelmäßiges Engagement anzunehmen, aber wenn ich Zeit habe, komme ich manchmal hierher und gebe eine Vorstellung. Jeder Cop sollte ein Hobby haben.«

»Hobby«, wiederholte Matt und widersprach ihr mit seinem Tonfall. »Sie singen wie ein Profi.«

»Möglich.« Molinas Lächeln gehörte zu der leichten, kaum merklichen Art, die nicht zum Vorzeigen bestimmt ist, sondern für einen selbst. »Es gibt kein sehr großes kommerzielles Interesse an meiner Art von Musik. Ich habe Glück, daß ich einen Laden gefunden habe, der bereit ist, meine verrückten Arbeitszeiten hinzunehmen. Sie haben mich wirklich nicht erkannt, stimmt's?«

»Nun ...« Matt schaute zu Temple hinüber.

»Wir haben gar nicht mit Live-Musik gerechnet«, sagte diese schnell, denn es ärgerte sie, daß sie so unaufmerksam gewesen war. Matt hatte definitiv einen schlechten Einfluß auf sie. Es war ihr unangenehm, daß Lieutenant Molina zu der gleichen Schlußfolgerung kommen könnte – und das würde sie bestimmt. »Wir sind vorher noch nie hier gewesen.«

»Und nun werden Sie bestimmt auch nicht mehr herkommen«, erwiderte Molina mit aalglatter Stimme.

Natürlich protestierten sie beide lautstark und zu lange. Die Vorstellung, sich über irgendwelche Privatangelegenheiten zu unterhalten, während im Hintergrund ein Lieutenant der Mordkommission vor sich hinschmachtete, war ziemlich unangenehm.

»Nur der Manager weiß, womit ich meinen Lebensunterhalt verdiene«, fuhr Molina fort, während ihre langen Finger den schweren Jahrgangsring hin und herschoben, den sie immer trug. Temple bemerkte, daß ihre Nägel beinahe gerade abgeschnitten waren und nicht einmal einen Schimmer Klarlack widerspiegelten. Ihre eigenen karmesinroten Krallen trommelten auf das weiche, weiße Tischtuch.

Molina trug außer dem Jahrgangsring keinen Schmuck, nicht einmal einen Ehering. Bei ihrer physischen Präsenz wäre sogar das zu viel gewesen. Ihr Make-up schien lediglich aus einem Hauch blutroten Lippenstifts zu bestehen, der so dunkel war, daß er im Lampenlicht schwarz aussah. Nun verzogen sich diese Lippen zu einem Lächeln, das Draculas Tochter alle Ehre gemacht hätte.

»Singende Cops sind nicht gut zu vermarkten«, bemerkte Molina, »außer natürlich am St.-Patrick's-Tag. Ich wäre Ihnen dankbar, wenn Sie die Angelegenheit für sich behalten würden.«

Sie schworen beide wie aus einem Munde und viel zu heftig.

Molina runzelte die Stirn und sah dabei wie ein verkleideter Undercover-Cop aus. »Sie beide planen doch wohl nicht schon wieder, sich als Amateurdetektive bei irgendeiner Verbrechensbekämpfung zu versuchen, oder?«

»Wer … wir?« Temple schnalzte empört mit der Zunge. Darin war sie sehr gut. »Natürlich nicht. Telefonseelsorger und PR-Leute müssen sich auch mal von ihrer Arbeit entspannen.«

»Nun denn –« Molina erhob sich langsam, wie es nur eine Frau ihrer Größe tun konnte. Sie lächelte in dem dramatisch düsteren Licht auf sie herab. In dieser Umgebung, in dieser Aufmachung erschien ihre löwinnenhafte Ausstrahlung ebenso feminin wie gefährlich. »Viel Spaß noch.«

Der Mann am Saxophon pustete ein bluesiges Intro in sein glänzendes Instrument. Molina schlängelte sich durch die Tische wie ein Leopard zu der kleinen Bühne.

Temple blickte Matt besorgt an. Er sah immer noch verwirrt aus. Und ein bißchen schuldbewußt. »Sie ist wirklich erste Klasse.« Er schaute zu Temple hinüber und sah ihre gerunzelte Stirn. »Wenn's ums Singen geht, meine ich. Wer hätte das gedacht?«

»Warum nicht? Jeder hat doch seine heimliche, kleine Überraschung«, bemerkte Temple anzüglich.

Er lächelte entwaffnend. »Und was ist deine?«

»Ich habe mich noch nicht entschieden. Aber erwarte nur nicht, daß ich anfange, ›Melancholy Baby‹ zu singen. Ich könnte nicht einmal einen Ton in einem Violinenkasten halten.« Sie erinnerte sich an Matts hervorragendes Orgelspiel bei Electras Hochzeitszeremonie. »Und du?«

»Nur im Kirchenchor«, erwiderte er ein wenig zu leichthin.

Temple hätte sich am liebsten mit einem ihrer Schuhe einen übergezogen. Sie hatte erst einmal in ihrem Leben eine katholische Messe besucht, und das bei der Hochzeit einer Cousine. Der Priester hatte damals mehrere Teile selbst angestimmt – sogar gesungen. Natürlich konnte Matt singen, es hatte einmal zu seinen Karriereanforderungen gehört. Und nun sang Lieutenant Molina – oder ihr überraschendes alter ego, Carmen – wieder.

Und nun, da sie genau wußten, wer für die Unterhaltung sorgte, klebten Temple und Matt förmlich wie zwei brave, kleine Kinder auf ihren Stühlen: die Hände gefaltet, die Köpfe aufmerksam zur Seite geneigt, unfähig, den Blick von der Bühne zu lösen oder ein mißbilligendes Wort aneinander zu richten.

Ihr Essen traf endlich ein, eine Ablenkung, in die sie mit Messer und Gabel hineintauchten, als handele es sich bei den harmlosen Utensilien aus rostfreiem Stahl um Hammer und Zange.

Molinas sarkastisches »Viel Spaß noch« hatte genau den gegenteiligen Effekt.

»Es ist einfach tödlich«, murrte Temple, nachdem sie ihr gebratenes Katzenfisch-Filet zerstückelt hatte, »festzustellen, daß man die Sängerin, die man zu ignorieren versucht, kennt. Und sobald man weiß, daß man sie kennt, ist es noch schwieriger, sie zu ignorieren.«

»Und es ist besonders schwierig, wenn man weiß, daß es sich dabei um einen Detective der Mordkommission handelt«, fügte Matt hinzu und machte sich über seine beiden Koteletts her, als handele es sich um abtrünnige Wildschweine.

Da sie nur die Hälfte ihrer Portionen aßen und das Dessert ausfallen ließen, waren sie in genau zwanzig Minuten fertig.

Zu der Zeit widmeten eine Menge Gäste Molina ihre Aufmerksamkeit. Sie saß auf einem Hocker inmitten des Scheinwerferlichts, das ihre Haut zu einer leuchtenden Maske verblassen ließ. Nur ihre Joan-Crawford-Augenbrauen und der braune Mund hoben sich hervor: dunkel, klar umrissen, wie die leeren Züge einer Tragödienmaske.

Veni, Vidi, Vito

Häßliche Kunden sind mir generell erst einmal suspekt, und dieser Vito war der häßlichste Kerl, den ich je gesehen hatte.

Aber man soll ja niemanden nach seinem Äußeren beurteilen. Nehmen wir zum Beispiel einmal siamesische Kampffische. Gegen die ist Godzilla eine wahre Schönheit, und doch werden sie sehr geschätzt und sind äußerst kostspielig, von ihrem köstlichen Geschmack ganz zu schweigen.

Trotzdem sind mir häßliche Kunden höchst verdächtig, wenn sie all ihre Zeit in einem Spielcasino verbringen und nicht zur zahlenden Kundschaft gehören. Was diese seltsame Beschäftigung angeht, so ist dieser Vito darin ein wahrer Meister.

Ich verbringe viele Stunden damit, ihm im *Crystal Phoenix* zu folgen, was mich aus dem unheilvollen Wirkungskreis der bezaubernden Caviar fernhält. Vito zeigt eine bemerkenswerte Vorliebe für düstere Ecken und entlegene Orte, wobei er sich derart bedeckt hält, daß er in dem Gedränge eines Spieletablissements so unsichtbar ist wie ein Erdwurm.

Glücklicherweise ist Vito so damit beschäftigt, sich im *Crystal Phoenix* umzusehen, daß er meine Gegenwart dabei völlig übersieht. Wenn er mich dennoch bemerkt, so gleitet sein hinterlistiger Blick über mich hinweg, als sei ich nichts weiter als ein Möbelstück.

Das Untergeschoß hat es Vito angetan, und das kann ich ihm nicht einmal übelnehmen.

Während das Phoenix immer und überall darum bemüht ist, seine Kundschaft davor zu bewahren, die Hitze zu spüren oder den Gebern an den Tischen Gelegenheit zu verschaffen, die Leute schwitzen zu sehen, ist das Untergeschoß nicht nur so kalt wie eine Gruft, sondern tagsüber auch gesegnet ruhig. Ich selbst durchstreife gerne die leeren Umkleideräume, beobachte, wie der Straußenfederkopfschmuck der Showgirls auf den hohen Regalen verführerisch im eisigen Strom der Klimaanlage zittert. Die leicht flatternde Bewegung der krausen Federn in heißem Pink ist ein sinnlicher Genuß, der nur noch von den silbernen Haaren der göttlichen Yvette übertroffen wird, wenn sie mit einem kehligen Schnurren erzittern.

Auch Vito scheint großes Interesse an diesem feinen Federschmuck zu haben, denn er klettert auf einen Stuhl und verrenkt sich den Hals, um über die Prachtexemplare hinwegzuspähen und in die Zwischenräume zu blicken, bis sein fettiges, schwarzes Haar über das pockennarbige, verschwitzte Gesicht fällt wie Michael Jacksons Strähnen in dem »Bad-Video«.

In mir wächst der Verdacht, daß Vito ein Perversling ist, denn er wühlt auch in den Kostümen herum, die an Haken an den Flurwänden hängen. Er läßt sich sogar auf die Knie sinken, um in die schäumende Masse paillettenbesetzter Seide und grellbunter Federn einzutauchen.

Einfach widerwärtig! Ich selbst finde Federn sehr anziehend, aber das ist eine natürliche Affinität, genau wie meine Leidenschaft für den Geruch und den Geschmack von Leder. Man kann es wohl kaum einen Fetisch nennen, genausowenig wie man Miss Temple Barrs unschuldige Vorliebe für ultramoderne Stöckelschuhe als Fixierung bezeichnen kann. Es gibt nun einmal erlesenen Geschmack und waschechte Macken.

Bei einer Kreatur wie Vito allerdings kann man sicher sein, daß jeglicher Geschmack auf ein absolutes Minimum reduziert ist.

Was bei dem bedauerlichen Vito allerdings nicht einmal der Fall zu sein scheint.

Wenn er nicht gerade in die einsamen Mülleimer oder in die verschwitzten Kostüme abtaucht, treibt er sich im Kasino des *Phoenix* herum. Ich beobachte Vito dabei, wie er die Blackjack- und Craps-Tische im Auge behält. Ich sehe zu, wie er die Gänge entlangschleicht, wo die einarmigen Banditen stehen und mit hungrigen Augen, die die Größe von Minikorinthen haben, auf die ahnungslosen Spieler und Hausangestellten starrt. Aber niemals opfert er auch nur einen Nickel, um ihn in einen der Automaten zu stecken, oder schiebt auch nur einen Zehner über die harte Marmorplatte zum Kassierer hinüber oder setzt einen Chip auf die gespannte, gepolsterte Veloursoberfläche.

Was für ein Geizhals! Offensichtlich führt Vito nichts Gutes im Schilde, aber was genau führt er eigentlich im Schilde?

Das herauszufinden, will mir einfach nicht gelingen, und das macht mich wahnsinnig. Genauso wie der Geruch nach alten Bananen und Zigarren, der diesem Mann anhängt. Vielleicht raucht er ja alte Bananenhäute als Zigarren. Das würde ich ihm glatt zutrauen. Nachdem ich ihn nun einige Tage überwacht habe, bin ich derart neugierig geworden, daß ich mich, als er morgens gegen drei Uhr aus dem *Crystal Phoenix* watschelt, wo die ganze Action gerade erst so richtig in Fahrt kommt, entschließe, ihm zu folgen.

Glücklicherweise erledigt er alles zu Fuß. Ich glaube nicht, daß Vito der Typ ist, der Wert darauf legt, zu dieser Zeit und an diesem Ort mit einem bestimmten Autokennzeichen in Verbindung gebracht zu werden.

Und wo Vito hingehen kann, ohne die Pferde zu verschrecken, da kann ich auch hingehen. Wenn mir der Sinn danach steht, bin ich ein Schatten auf der Pirsch, der mit der Nacht verschmilzt. Und mir steht der Sinn danach, denn Vito bleibt immer mal wieder stehen, dreht sich um und hält Ausschau nach verdächtigen Typen.

Zu denen gehöre ich nun wahrlich, aber er sieht mich nicht ein einziges Mal. Und selbst wenn er mich bemerken würde, täte er mich gleich ab als irgendeine stumme, heimatlose Kreatur, die ihm nichts anhaben kann. Das ist eben das Tolle an meinem Futteral: alle unterschätzen mich. Und ich bin bekannt dafür, daß ich die Klappe halten kann.

Wie auch immer, jedenfalls spazieren wir die kühlen Straßen in Richtung Südseite der Stadt entlang, wo die Mieten niedriger werden und die Klientel sich diesem Niveau anpaßt. Bald schon sind wir ganz unten angekommen: am Parkplatz des *Araby Motel*.

Was läßt sich über das Araby sagen? Vor vierzig Jahren war es einmal eine todschicke kleine Motorlodge, der letzte Schrei, was Unterkünfte für Reisende im Westen anging, die die USA mit ihren Chevrolets erkunden wollten.

Heute ist es ein Laden, an dem wohl nur noch Bette Davis Gefallen finden könnte. Ein Abfallhaufen erster Güte. Selbst die streunenden Hunde vermeiden die Müllcontainer hinter dem *Araby,* aus Angst, den einen oder anderen unappetitlichen Kadaver zu finden. Manchmal handelt es sich dabei sogar um menschliche Überreste.

Nicht viele Wagen stehen dort herum, aber denen, die da parken, fehlen meist Auspuff, Farbe, diverse Fensterscheiben, Bremslichter, Türgriffe und andere Ausstattungsteile, die für ein sicheres Fahren unerläßlich sind. Vielen fehlt zudem auch ein gültiges Nummernschild.

Das *Araby Motel* ist wie ein Ausrufezeichen angelegt: Eine lange, einstöckige Reihe von Zimmern erstreckt sich hinter der Anmeldung, die sich unter einem Turm aus müdem Neon befindet. »Araby Motel« steht in pinkfarbenen Neonzeichen über einem flackernden grünen Minarett.

Meine Beute macht gar nicht erst halt in dem sogenannten Büro, um dort einen Schlüssel zu holen, sondern marschiert zielstrebig auf den verdreckten Gehweg zu, der vor der Zimmerreihe entlangläuft. Jedes Zimmer besitzt eine Tür und ein großes, rechteckiges Fenster, das mehr oder weniger durch einen sackigen Vorhang in diversen Dreck-, Staub- oder Krankheitsstadien bedeckt ist.

Unser Federnschniefer bleibt vor Nummer vier stehen und klopft dort an.

Die Tür öffnet sich weit genug, um den Blick auf einen weiteren, appetitanregenden Kerl freizugeben, einen großen, schlampig gekleideten Mann, dessen Gesicht und Körper sich in einem Zustand des fortschreitenden Verfalls zu befinden scheinen. Die beiden unterhalten sich einen Augenblick, und der Tonfall will mir von meinem Aussichtspunkt unter einem für die Ewigkeit dort geparkten Siebziger-irgendwas-Opal mit einem Ölleck, das die Exxon Valdez vor Neid hätte erblassen lassen, nicht sehr freundlich vorkommen. Ich beginne zu keuchen und bemühe mich, durch die chemischen Dämpfe hindurch zu atmen, wobei ich einen Teil des Dialogs verpasse.

Dann betritt Vito widerstrebend das traute Heim des anderen Mannes. Durch einen Schlitz in den ausgebeulten Vorhängen erhasche ich einen Blick auf heimeligen Kerzenschein und könnte zweifellos, wenn ich meine Ohren in die entsprechende Richtung wenden würde, vernehmen, wie der Dorftroubadour auf seiner Laute zupft. Ganz gewiß ist das Aussehen des Zimmers in meiner Phantasie wesentlich angenehmer als die grausame Realität, die zu sehen ich nicht das geringste Verlangen habe.

Ich krieche an einem platten Reifen entlang, den Bauch eng auf den Boden gepreßt und gebe mir Mühe, die ölige Schweinerei zu vermeiden, als ich einen anderen Verfolger im Schatten eines woodstockmäßig psychedelisch angemalten Volkswagens bemerke.

Auf leisen Pfoten schleiche ich mich näher, um ihn genauer unter die Lupe zu nehmen.

Ich bin in keiner Weise beruhigt, als ich den Typen erblicke, der unwissentlich die Überwachungspflicht mit meiner Wenigkeit teilt. Ich weiß, was mich an diesen ungewöhnlichen Ort gebracht hat: das verdächtige Verhalten des wenig liebenswerten Vito, der wahrscheinlich Kontakte zur Mafia unterhält.

Aber welche noch ungewöhnlicheren Gründe mögen den Liebling *Unserer Lieben Frau von Guadalupe* und der Damen des *Circle Ritz* um halb vier in der Früh zu diesem heruntergekommenen Schuppen verschlagen haben?

Mr. Matt Devine ist wohl kaum geneigt, meine bescheidene Frage zu beantworten, und die Situation scheint im Moment in einer Sackgasse zu enden, daher schleiche ich mich wieder davon.

Mörderisches Spiel

Temple kannte sich inzwischen im *Crystal Phoenix* beinahe genausogut aus wie einst im *Guthrie Theatre* in Minneapolis – und zwar bis in den letzten Winkel, von oben bis unten, von vorne bis hinten. Es gefiel ihr, mit dem Kommen und Gehen eines großen, öffentlichen Gebäudes vertraut zu sein, das einen gewissen Glamour besaß. Jeder hat Spaß daran, ein Insider zu sein, aber niemand ist mehr darauf angewiesen als eine Reporterin, die auf PR-Spezialistin umgesattelt hat.

Trotz des Hochglanz-Images des *Crystal Phoenix* im Vergleich zu einer bewußt zurückhaltenden Kunstinstitution wie dem *Guthrie*, waren Theater und Hotel hinter ihrer unterschiedlichen Fassade doch gar nicht so verschieden: beide besaßen eine Lobby, eine Bar, eine Bühne und ein zahlendes Publikum.

Und im Bauch beider Bestien befand sich ein faszinierendes, unter der Bühne verlaufendes Labyrinth von Lager- und Umkleideräumen, Requisiten und Kostümen und Bühnenaufzügen.

Diese riesigen, halb verlassenen Räume hatten einen geheimnisvollen Touch, und zwar besonders während der Dämmerung. Sie flüsterten und raschelten mit den Geistern des Hauses um die Wette.

Temples hohe Absätze forderten die widerhallende Stille heraus, als sie dort unten herlief. Ihre mächtige Schultertasche schwang gegen ihre Hüfte wie ein Metronom, das einem unhörbaren Rhythmus zu folgen schien. Sie spähte in leere Ankleideräume hinein. Wie konnte nur irgend jemand der geheimnisvollen Faszination eines solchen Ortes in den Pausen zwischen den Vorstellungen widerstehen?

Hier unten ist aber niemand, sagte sich Temple, nicht hier im *Crystal Phoenix*, wo nicht einmal der Geist von Max Kinsella herumstreifte. Kein umherschleichender Fiesling – und kein ahnungsloses Opfer, ganz bestimmt nicht sie. Nie wieder.

Dann vernahm sie plötzlich widerhallende, aufgeregte Stimmen. Ihr Schritt beschleunigte sich. Es befand sich wohl doch ein Fiesling hier unten, aber kein unerwarteter. Leider hatte sie eine Verabredung mit ihm. Die einen spaltbreit geöffneten Türen zum unbenutzten Bühnenbereich waren hoch genug, um King Kong mühelos Zutritt zu gewähren. Temple trat hindurch und folgte den Stimmen, die hinter einer Wand aus vertikal gestapelten Kulissen herzukommen schienen. Ungefähr fünfzehn Leute lungerten um einige Metallklappstühle herum, die wahllos auf dem mit Farbklecksen beschmutzen Boden verteilt standen.

Auf diesem Boden war mit Klebeband eine Fläche in Form eines Vierecks gekennzeichnet worden, die den Dimensionen der zweiten Hotelbühne im Stockwerk darüber entsprach. Ein Piano, das einmal glänzend weiß gewesen sein mußte, nun aber nur noch ein gesprungenes, geflecktes Elfenbein vorwies, stand allein an der Stelle, wo das Orchester sein würde. Ein schmächtiger Mann in einem mandarinefarbenen Strickhemd lehnte mit einem Ellbogen auf dem Piano und entlockte mit einer Hand einzelne, vertraut klingende Töne.

O-kla-hom-a, erklangen die Silben in Temples Kopf, doch sie hatte sie erst kürzlich umgeschrieben zu *Oh, Las Ve-gas* …

Crawford Buchanan hatte also nicht gelogen. Es war nicht irgendein mieser Trick gewesen, um sie allein ins Hoteluntergeschoß zu locken, sondern eine echte Probe ihrer Nummer für die Gridiron-Show.

Nachdem ihre Skepsis verschwunden war, erlaubte sich Temple ein Gefühl der Befriedigung. Autoren war es traditionell untersagt, bei den Proben mitzumischen. Sie sahen ihr Werk genau wie die zahlenden Zuschauer nur bei der einen Vorstellung am Abend der Veranstaltung. Sie erfuhren nicht einmal, welche ihrer eingereichten Beiträge überhaupt akzeptiert worden waren.

Temple hatte sogar einmal gehört, daß es Frauen vor zwanzig Jahren grundsätzlich nicht erlaubt gewesen war, die Gridiron-Shows zu besuchen. Sie waren gezwungen gewesen, ihre Stücke blindzuschreiben, ohne eine Vorstellung vom Publikum oder der Atmosphäre zu haben. Sie hatte auch noch etwas anderes über frühere Shows gehört: Vulgäre, zotige, sexistische, rassistische Übungen seien es gewesen, die ein noch größeres Verbrechen gegen die Menschheit begingen, da sie nicht im mindesten witzig waren. Kein Wunder, daß zur damaligen Zeit so wenig Frauen etwas für diese Shows geschrieben hatten oder auch nur den Wunsch äußerten.

Aber das war damals. Heutzutage wurden nicht mehr viele Gridiron-Shows veranstaltet. Der Grund war hoffentlich nur die mäßige Qualität der meisten Nummern, die bei den Veranstaltungen aufgeführt wurden. Die Mutter aller Gridirons in Washington war immer schon eine große, todschicke Sache gewesen. Auch Las Vegas stellte jedes Jahr eine große Show auf die Beine. Schließlich erstickte die Stadt förmlich in Veranstaltungsräumlichkeiten und Talenten, die teilweise Top-Acts aus Hollywood und Nashville waren.

Und einer dieser Superstars kam nun auf Temple zu.

Sie hatte Johnny Diamond bisher immer nur auf großen Photos der Hotelplakate gesehen. Nun, da er ihr in Fleisch und Blut gegenüberstand, war er beinahe ebenso imposant wie die Koloß-von-Rhodos-Figur am Eingang des *Goliath Hotel.* Er war blond und groß und kräftig, mit breiten Schultern, ohne dabei stämmig zu wirken.

Das schulterlange Haar, das zu einem Pferdeschwanz zurückgebunden war, unterstrich diesen Eindruck des »alten« Westens ebenso wie sein fester Händedruck, mit dem er Temple begrüßte.

Das gefiel ihr. Nichts ärgerte sie mehr, als wie eine Porzellanpuppe behandelt zu werden.

Johnny Diamonds Stimme war so mächtig wie sein Körper. »Sie sind also das PR-Genie, das Nickys und Vans magisches Hotel in ein Himmelreich für Familien verwandeln soll«, dröhnte er durch das Hoteluntergeschoß, dessen Wände den Schall wie ein mächtiges Bergecho reflektierten. »Sie haben übrigens auch eine ziemlich gemeine Schreibe. Ich werde Spaß haben an diesem Gig. Erfreut, Sie kennenzulernen.«

Da alle Beteiligten an der Gridiron-Show grundsätzlich ehrenamtlich arbeiteten, hätte Temple beinahe einen Purzelbaum geschlagen, als sie hörte, daß ihr Vorschlag, den Sänger des »Las Vegas Medley von 1994« für die Rolle zu nehmen, Gnade vor Crawfords Augen gefunden hatte. Und dem Hotel – Temples gegenwärtigem Kunden – würde es auch nicht gerade schaden, sein Zugpferd in der größten Nummer der Show zu haben.

Als sie sich umdrehte, sah sie sich einem nahenden Buchanan gegenüber, der noch die Reste eines Lächelns auf den Lippen hatte, die sich allerdings schnell verzogen. Er hatte seinen Geschäftsanzug mit seiner Vorstellung von einem lässigen Probenoutfit getauscht: Er trug Jeans, die ungefähr sechs Schattierungen zu neu waren (selbst für Beaver Cleaver aus *Mein lieber Biber*), und ein Golf-T-Shirt in einem abscheulichen Limonenton. (Ob es wohl noch andere Limonentöne für Kleidungsstücke gibt? überlegte Temple. Dieser Frage mußte sie demnächst unbedingt einmal nachgehen.)

»Wie läuft's?« zwang sie sich zu fragen.

»Gut.« Crawford schien irgendwie geistesabwesend. Er gönnte seinem Gaststar kaum einen Blick, obwohl Johnny Diamond doch nun wirklich schwerlich zu übersehen war. »Der Regisseur ist hier. Er will dich sehen.«

Auch der Regisseur war ein Gaststar: der Hauschoreograph des *Phoenix,* Danny Dove. Sein gewelltes dunkelblondes Haar war so dick wie die Perücke eines englischen Rechtsanwalts und umrahmte ein freundliches, etwas unscheinbares Gesicht. Temple war überrascht, daß Dove einen so zarten Eindruck machte. Die meisten Tänzer mußten oft wahre Kraftmeier sein, um das weibliche Pendant stemmen und herumwirbeln zu können. Temple stellte sich vor, wie Danny Dove Carmen Molina durch Schwanensee manövrierte, und mußte sich beherrschen, um nicht zu kichern.

»Nette Nummer haben Sie da verzapft«, erklärte Dove, nachdem Crawford Temple vorgestellt hatte, und schob sich die Ärmel seines schwarzen Gene-Kelly-Rollkragenpullovers bis zu den knochigen Ellbogen in die Höhe.

Danny Dove trug auch Jeans, allerdings waren sie schwarz und so abgetragen, daß sie an manchen Stellen wie mit Kreide bestäubt aussahen, obwohl sie enger saßen als die Haut am Kinn nach einem Zehntausenddollar-Facelifting. In einem Hosenbein war ein horizontaler, ausgefranster Schlitz, durch den ein ebenfalls knochiges Knie schimmerte. Danny Dove war ein hagerer Mann, dessen Gesten größer waren als er selbst. Aber das mußten sie auch sein, um Dutzende von Tänzern zu kontrollieren, inklusive der giraffengroßen Showgirls.

»Ich werde eine Karikatur der ›Broadway Melody‹-Shows der Dreißiger auf die Beine stellen«, sagte er und hielt seine Hände auseinander, um den Rahmen eines Proszeniums anzudeuten. »Der Hintergrund wird mit Chorgirls tapeziert, die ihre kleinen Hintern vor einem großen, weißen Set in die Luft strecken. Sie wissen schon, kaleidoskopische Knie und so weiter. Das war doch Ihre Absicht, nicht wahr? Eine überzogene Darstellung. Tanzen Sie?«

Danny Doves dunkle Augen richteten sich in einer solch professionell abschätzenden Weise auf Temples Beine, daß sie einfach nicht beleidigt sein konnte, obwohl ihr Crawford Buchanans Blick, der Doves Augen folgte, überaus unwillkommen war.

»Ja«, sagte sie. »Das heißt nein, ich tanze nicht, aber ich habe mir eine maßlos übertriebene Nummer vorgestellt.«

»Noch etwas.« Danny Dove kratzte über einen Pickel zwischen seinen Fünfuhrstoppeln. »Es wäre klüger, einige Sachen rauszulassen.«

»Ach ja?« Temples Stimme nahm eine kühle Neutralität an. Sie hatte nicht vor, Danny Dove zu erklären, wie man ein Ballett inszenierte, und sie hoffte, daß er ihr nicht etwa vorschreiben wollte, wie man eine Revue schreibt.

»Ist dieses Mafiazeug nicht schon ziemlich überholt?«

»Aber das ist doch gerade der Clou. Es führt zur ›Das-Glück-muß-eine-Dame-sein‹-Nummer.«

»Offen gesagt, ist es mir scheißegal, wohin es führt, es ist ein solch fauler Zauber, diese Mafia. Ich bin nun schon seit zwanzig Jahren in Vegas, und der einzige Mafioso, der seither in dieser Stadt aufgetaucht ist, ist dieses Aushängeschild von *Little Caesar's* Pizzakette.«

»Die Nummer parodiert all die legendären Kräfte, die Las Vegas geformt und versucht haben, es zu kontrollieren«, erwiderte Temple geduldig, bemüht, nicht herablassend zu klingen. »In der Anfangszeit waren die Verbrechersyndikate keine lächerliche Angelegenheit. Natürlich haben heutzutage die Gangster, die aus einem Musical entsprungen scheinen, die Stadt nicht mehr in der Hand. Genausowenig, wie sich unter der neuen *Luxor*-Pyramide ein geheimer Regierungssitz von Außerirdischen befindet. Lassen Sie uns einfach Spaß haben und so tun, als seien all diese Klischees wahr.«

Danny Dove zuckte mit den Schultern. »Es ist Ihre Show, aber mir gefällt es nicht, daß ich meine Tänzer in diese schäbigen, abgedrehten braunen Anzüge mit den weißen Krawatten stecken soll.« Sein gelangweiltes Gesicht hellte sich ein wenig auf. »Die Damen könnten ja nur die Jacketts anziehen, ohne die ausgebeutelten Hosen und eine bluesige Kelly-Nachtclub-Nummer abziehen.« Seine Mimik kam einem Lächeln so nahe, wie es einem Choreographen, der eine Mischung aus Tinker Bell und General Patton war, gelingen konnte. »Genau. Das würde gut rüberkommen.«

Danny Dove zog sich zufrieden nickend zurück. Wie schade, daß Crawford Buchanans Laune nicht die gleiche Veränderung erfahren hatte.

»Vielleicht hat er recht.« Crawfords tiefe Stimme explodierte neben Temples linkem Ohr wie eine Bombe, die schlechte Neuigkeiten brachte.

Sie konnte sich gerade noch beherrschen, nicht zusammenzuzucken und mußte sich noch mehr zusammenreißen, um nicht eine Verteidigungshaltung einzunehmen, die Crawfords ärgerliche Einwände sicherlich noch zementieren würde.

»Das finde ich auch«, erwiderte sie mit zuckersüßer Stimme. »Seine Idee für die schweren Jungs und die Gangsterbräute klingt umwerfend.«

»Klar, jede Menge Bein ist immer gut, aber vielleicht sollten wir den ganzen Mafiakram nicht zu sehr in den Vordergrund rücken, eher ein wenig abschwächen.«

»Warum? Es sind sich doch alle einig, daß es hier keine Mafiosi gibt, richtig?«

»Sicher, aber –« Crawford beugte sich unangenehm weit zu ihr hinüber. »Vielleicht sollten wir niemanden verärgern. Vorsichtshalber.«

»Das ist eine *Satire*-Show!« Temples Stimme nahm eine Lautstärke an, die ihre steigende Verärgerung widerspiegelte. »Ihr *Ziel* ist es, *alle* zu verärgern! Vielleicht sollte ich den Teil über die Enklave der Außerirdischen streichen, denn schließlich könnte er ja ET dazu bringen, nach Hause zu telefonieren und sich über klischeehafte Falschdarstellungen zu beschweren.«

Crawford schien tatsächlich darüber nachzudenken und nickte dann. »Diese UFO-Leute nehmen ihre Sache ziemlich ernst. Und das *Luxor* könnte verärgert sein. Von der Regierung einmal ganz zu schweigen.«

»Das *Luxor* wird über die Publicity Freudensprünge veranstalten. Die UFO-Leute werden sich bestätigt fühlen. Die Regierung kann nichts gegen Verschwörungstherorien ausrichten, da sie im wirklichen Leben überall zu finden sind. Das hier ist nur eine *Show*, Crawford. Nimm Sie um Helen Hayes willen nicht so ernst.«

»Du hast leicht reden. Aber ich bin für diese Show verantwortlich. Du bist ja nur eine Handlangerin.«

»Oh, vielen Dank, daß du die Wahrheit so offen aussprichst. Habe ich deine Erlaubnis, ein wenig hier zu bleiben und zuzusehen?«

Er blickte sich um, als halte er nach Speichelleckern der Regierung Ausschau, die ihre Bitte erst absegnen mußten. »Ich denke, das geht in Ordnung, aber du mußt mir versprechen, daß du dich nicht einmischt.«

Temple kreuzte ihre Arme vor der Brust, auf die sich Crawford ihrer Ansicht nach eh zu sehr konzentrierte. »Wenn du es nicht tust, tue ich es auch nicht«, versprach sie.

Und in dieser wenig vielversprechenden Tonart begann die Probe.

Temple benutzte die Hintertreppe zum Erdgeschoß des Hotels, nur um das ärgerliche Geklappere ihrer hohen Absätze auf dem harten Zement zu hören.

Sie hatten bei den Proben kaum mehr als zwei Sätze ihres Manuskripts geschafft. Aber damit hatte sie in einem so frühen Stadium gerechnet.

Womit sie nicht gerechnet hatte, war, daß Crawford sich neben sie setzen und über jedes einzelne Wort jammern würde. Wie um Himmels willen wollte er eine Satirerevue auf die Beine stellen, wenn er Angst hatte, jemandem auf die Füße zu treten? fluchte sie in sich hinein. Und warum machte sich Crawford erst jetzt darüber Sorgen, irgendwelche Leute eventuell zu beleidigen? Vorher hatten seinem kleinen Spatzenhirn doch solche Bedenken nie Kopfschmerzen bereitet.

Temple schnaufte vor sich hin, als sie endlich die Stufen hinter sich gebracht hatte und mit einer weiteren Wahrheit konfrontiert wurde, die ihrem Naturell zu schaffen machte, das wiederum mit ihrem roten Haar korrespondierte: Sie war nicht daran gewöhnt, Treppen zu steigen.

Und wer anderes sollte sie oben erwarten als eine Abordnung der Fontana-Brüder.

Temple blies sich einige feuchte Strähnen aus der Stirn. Und Crawford behauptete, daß es keine Mafiosi mehr in der Stadt gäbe. Wofür hielt er diese Jungs denn, für Vertreter von *31 Flavors?*

»Miss Barr«, sagte Fontana-Bruder Nummer eins mit einem freundlichen Lächeln.

»Ralph?« erkundigte sie sich vorsichtig.

Als er seinen dunklen Haarschopf schüttelte, blitzte zwischen den Haaren ein goldener Ohrring auf. Das mußte wohl der Grund sein, warum Ralph darüber nachdachte, sein Ohrläppchen zur Ader zu lassen. Der große Bruder hatte es bereits getan.

»Emilio. Aber das macht nichts. Wir werden immer verwechselt, nicht wahr, Rico?«

Er warf einen Blick auf seinen dunkelhaarigen Klon, der in einem hellen Anzug nickend neben ihm stand. Kein Ohrring. Als er Temples forschenden Blick bemerkte, stieß sich Bruder Nummer zwei einen Finger in die Seidenkrawatte, die an Monets Wasserlilien erinnerte. »Rico. Van sagte, wir sollten einmal nachschauen, ob Sie Hilfe benötigen.«

»Welche Art Hilfe sollte ich wohl benötigen?«

Die Brüder blickten sich an. »Keine Ahnung«, gestand Emilio schließlich, »aber wir sind hier, um sie zur Verfügung zu stellen.«

Temple seufzte. Diese Dobermann-Dandies würden erst dann von ihr ablassen, wenn sie getan hatten, was sie als ihre Pflicht erachteten.

»Ehrlich gesagt, habe ich noch nicht viel vom Spielbereich gesehen. Ich bin relativ neu in Las Vegas, und all diese Craps- und Bakkarat-Regeln verwirren mich. Ich könnte also einen Crash-Kursus gebrauchen.«

»Sie brauchen nichts weiter zu sagen.« Rico hielt mit dem Aplomb und der Autorität eines Schülerlotsen, der ganz in Nino Cerutti gekleidet war, die Hand hoch. »Emilio und ich sind Experten, wenn es ums Glücksspiel geht.«

»Wunderbar, zeigen Sie mir alles, von den einarmigen Banditen bis zu den Craps-Tischen. Ich möchte bei Adam und Eva anfangen.«

»Hey«, erwiderte Rico, »wenn Sie Eva sind, hätte ich nichts dagegen, Adam zu sein, Miss Barr.«

Temple seufzte in sich hinein. Wie gut, daß sie nach Crawford Buchanan nichts mehr erschüttern konnte.

Eins mußte Temple den Fontana-Brüdern lassen. Sie waren überaus großzügig und griffen tief in ihre eigenen Taschen, um ihr die Risiken der einarmigen Banditen, des Video-Pokers, des Black Jacks und anderer Glücksspiele zu demonstrieren.

Temple hatte dem Durcheinander von Geräuschen und menschlichen Gestalten, das im Kasinobereich herrschte, nie viel Aufmerksamkeit geschenkt. Natürlich hatte sie auch einmal den einen oder anderen Nickel in irgendeinen Schlitz gesteckt. Aber das war auch alles, was sie jemals herausbekommen hatte: einige Nickel, die aus irgendeinem Schlitz herausfielen, nicht einmal ihren Einsatz wert.

Sie war froh, daß die Fontana GmbH an diesen Geräten ebensoschnell aufgab wie sie.

»Abzocker-City«, gestand Emilio. »Wenn Sie vorhaben sollten, an den einarmigen Banditen zu spielen, dann benutzen Sie die Vierteldollar- und die Dollarschlitze. Die zahlen sich besser aus.«

Sie sah zu, wie Rico in zwei Minuten einhundertvierzig Dollar beim Black jack verlor. Für dieses Geld hätte sie sich ein echt scharfes Paar Weitzmans kaufen können. Sie beobachtete, wie Emilio etwas am Craps-Tisch machte – ohne genau zu wissen, was er da tat –, aber auch ihm gelang es nicht, zu gewinnen. Und diese Jungs waren Experten.

Die Brüder zogen sich widerstrebend aus dem Trubel zurück, um ihr einige Spielregeln zu erklären. Sie alle blickten auf, als plötzlich die Leute um den Craps-Tisch, wo die Würfel rollten, laute Oohs und Aahs ausstießen. Dann gab es einen unglaublichen Knall, der so heftig war, daß er die ganze unmittelbare Umgebung zu erschüttern schien, und alle begannen zu schreien.

Möglicherweise waren ja die Würfel heiß geworden, aber selbst die Decke schien Rauchwolken auszustoßen. Eine Frau gab einen schrillen Schrei von sich, der nicht enden wollte und die ganze Tonleiter ihrer Panik hinauf- und hinabglitt.

Temple verstand, warum: Der Craps-Tisch war vollkommen durcheinandergeraten. Es war nicht mehr auszumachen, wessen Chips wo lagen, und Temple war auch nicht imstande, zu sagen, wer gewonnen oder verloren hatte, denn auf dem Tisch lag der Körper eines Mannes, der alles bedeckte, da seine Gliedmaßen in alle vier Ecken ausgestreckt lagen.

Die Leute wichen zurück, während die unerschrockenen Mario-Brüder – hoppla, Fontana-Brüder – sich mit einigen bewaffneten Wachleuten in beigefarbenen Uniformen, die aus dem Nichts aufgetaucht waren, zum Tisch vordrängelten.

Irgend jemand rief »Weg da, Leute« und wies sie an, beiseite zu gehen. Es habe einen Unfall gegeben, und sie benötigten Platz.

Die Leute hinter Temple zogen sich artig zurück, aber das unbewegliche Objekt vor ihr war schließlich nichts weiter als ein privater Sicherheitsmann, und sie war klein genug, sich unter seinem Arm hindurchzuducken. Immerhin war sie eine offizielle Hotelangestellte, eine PR-Spezialistin, und sie verspürte den unwiderstehlichen Drang zu erfahren, was dort vorgefallen war ... Sie schob sich also weiter nach vorne, während alle anderen zurückwichen.

Die Brüder waren nicht im mindesten überrascht, als sie sich zwischen sie quetschte, um einen Blick auf den Craps-Tisch zu werfen.

»Es ist im Augenblick ein bißchen schwierig, den Spielverlauf auszumachen«, entschuldigte sich Rico, »weil die Leiche ein wenig ungünstig liegt.«

Temple blickte in das aufmerksame, zuvorkommende junge Gesicht. »Dobermann« kam ihr in den Sinn.

»Sind Sie sicher, daß er ... tot ist?« erkundigte sie sich. Emilio nickte traurig. »Jetzt werden wir niemals wissen, wie die Würfel gelandet wären.«

Der Mann, der von der Decke gefallen war, lag bewegungslos da, ohne etwas preiszugeben, nicht einmal die Würfel.

Temple kam zu dem Schluß, daß Craps nicht ihr Spiel war.

Seltsamer Zeuge

»Sie haben auch gesehen, wie das Opfer auf den Tisch gestürzt ist, Madam?«

Temple blickte den Lieutenant des Morddezernats benommen an.

Nicht Molina. Es war nicht Molina. Sie konnte ihr Glück nicht fassen. Zu schade, daß sie sich aus Glücksspielen nichts machte. Heute wäre sicher ihr Glückstag.

Lieutenant Hector Ferraro war nicht nur *nicht* so groß wie Molina, sondern er bekam offensichtlich auch eine Glatze – was nicht zu Molinas Schönheitsproblemen gehörte. Ferraros Hautfarbe war allerdings ebenso dunkel wie ihre, und sein Verhalten war genauso ungehobelt. Vielleicht hatte es etwas mit der Frischwasserversorgung der Polizeizentrale von Las Vegas zu tun, dachte Temple.

»Ja, Lieutenant«, zwang sie sich zu antworten, nachdem sie bemerkte, daß sie schon viel zu lange nachgedacht und nichts gesagt hatte. »Wir haben alle seinen Sturz gesehen.«

»Sie und die … äh, Fontana-Brüder?« Die stumpfe Bleistiftspitze des Polizisten deutete ruckartig auf die Ansammlung von Maßanzügen, die einen knappen Meter entfernt stand. Die Fontana-Brüder grinsten routiniert wie bei einem Jongleurakt, Emilio winkte sogar.

»Das ist richtig.«

»Man sagt, daß sie als freiberufliche PR-Agentin tätig sind.« Lieutenant Ferraro klang, als glaube er das nicht ganz. Aber Menschen und Umständen nicht zu trauen, gehörte schließlich zu seinem Job. »Was machten Sie hier mit den Brüdern?« So wie er die Frage formulierte, hätte er Temple ebensogut fragen können, warum sie in Begleitung einer Horde Kakerlaken ertappt worden war.

»Sie haben mir die Feinheiten des Craps beigebracht.«

»Und? Was dabei gelernt?« stieß er aus einem Mundwinkel hervor.

»Null. Der Ärmste krachte schon runter, bevor ich gerade und ungerade auszählen konnte. Wie ... starb er?«

»Nicht durch den Sturz, so viel ist sicher. Sie wissen, was da oben ist?«

»Überwachungsmonitore«, antwortete Temple spontan und eifrig darum bemüht, ihre Kenntnis von anderen Einzelheiten des täglichen Lebens von Las Vegas zu beweisen, wenn sie schon von Glücksspielen keine Ahnung hatte. Als ihr auffiel, daß sie wie ihre Inkarnation als frühere TV-Nachrichtensprecherin klang, verbesserte sie sich schnell. »Also, natürlich kein Verkehrshubschrauber, aber eben die Art Überwachungseinrichtungen, die jedes Kasino über seinen Spieltischen installiert.« Sie wand sich um die furchterregende Bauchfülle des Lieutenants – die den ehemals weißen Wollpullover wie ein windgeblähtes Segel wirken ließ –, um den Toten in Augenschein zu nehmen. »Ist das da nicht ein ... Loch an der Schläfe des Opfers?«

»Zweifellos sind Sie eine Expertin, was das anbelangt«, antwortete er süffisant.

Sie blickte auf und entschied, daß er sie entweder veralbern oder mit ihr flirten wollte

»Natürlich. Ich habe schon mal einen Toten gesehen. Ein Mordopfer.«

»Wo und wann?«

»Vor einigen Jahren als Fernsehreporterin in Minnesota.

Und … ich war für die PR verantwortlich, als der Striptease-Wettbewerb vor ein paar Wochen stattfand.«

»Ach, Sie sind das.« Lieutenant Ferraros Betonung war unverschämt.

»Ich kann mir nicht helfen, ich bin einfach aufmerksam.«

»Ich auch, sonst werde ich gefeuert. Nun denn, geben Sie mir Ihre Adresse und Telefonnummer, dann kann ich auch in diesem Fall weiterhin aufmerksam sein.«

Temple zögerte gerade lange genug, bis sein kläglicher Bleistiftstummel sich vom Notizbuch erhob und auf sie deutete. »Madam, Information ist gefordert.«

Sie machte ihre persönlichen Angaben und versuchte dabei weiterhin, einen Blick auf die Ermittlungsbeamten zu erhaschen, die sich am Craps-Tisch zu schaffen machten.

Auch die anderen Augenzeugen waren gezwungen, der Polizei bei ihrer Arbeit zuzusehen, ansonsten aber war der Bereich abgesperrt worden, und zwar mit den tragbaren Trennwänden aus dem Ausstellungsfoyer.

Außerhalb dieser burgunderfarbenen Leinenbespannung warteten Van von Rhine und ihr Mann Nicky sicher ungeduldig auf Nachrichten, dachte Temple. In der Überzeugung – Hoffnung –, daß sie entlassen war, schlüpfte sie durch einen Vorhangspalt. Das schnelle Geld und die Neugierigen hatten sie wieder.

»Was passiert da?« fragte Nicky hastig.

Van warf ihm einen warnenden Blick zu. »Temple möchte sich vielleicht einen Moment hinsetzen und ausruhen. Es muß ein schrecklicher Schock für sie gewesen sein.«

»Mir geht's prima«, entgegnete Temple, Veteranin in Sachen plötzliche Todesfälle. Komisch, daß ihre Knie ein bißchen zitterten. »Die Polizei ist mächtig interessiert an Ihren Brüdern«, erzählte sie Nicky.

»Die Polizei interessiert sich immer für meine Brüder. Sie können damit leben. Also, ist der Tote irgendein verrückter Turmspringer, oder hat ihn jemand gestoßen?«

»Wenn er nicht bereits mit diesem riesigen, häßlichen Mal geboren wurde, dann hat jemand eine Kugel in seine linke Schläfe geschossen. Ich durfte allerdings nicht nahe genug herangehen, um das rauszufinden.«

»Also wirklich«, meinte Van. »Ihr beiden sprecht von Mord, als wäre so etwas hier an der Tagesordnung. Wenigstens haben sie diese Trennwände aufgestellt. Ich hätte niemals gedacht, daß die Polizei so feinfühlig ist.«

»Ist sie auch nicht«, sagte Temple. »Das Personal hat sie in Lichtgeschwindigkeit aufgebaut.«

Van nickte zufrieden. »Je eher das ... diese unselige Angelegenheit ... vorüber ist, um so besser. Der Tod ist immer ein ungebetener Gast in Hotels, besonders ein gewaltsamer Tod.« Sie zuckte die Achseln. »Dieser arme Mann. Er heißt Cliff Effinger. Aber wer sollte ihn auf der Empore erschossen haben? Es muß Selbstmord gewesen sein.«

»Da oben ist genug Platz«, entgegnete Nicky. »Nicht im gesamten Bereich, aber da, wo die Wachtposten stehen und bei den verschiedenen Zugängen zu den Kameras. Allerdings ist da oben selten jemand. Der Kerl könnte schon vor einer Woche erschossen worden sein und wäre bis nächste Ostern nicht entdeckt worden. Wir können von Glück reden, daß die Paneelen nachgegeben haben.«

»Bitte.« Van sah mittlerweile so aus, als bräuchte sie einen Stuhl. »Ich kenne mich aus mit Hotelmanagement, aber nicht mit solch schäbigen Angelegenheiten, wie hinter Kunden oder Angestellten herzuspionieren. Ich kann nur hoffen, daß dieser Mann nicht schon so lange tot ist, wie Nicky glaubt.«

»Keinesfalls«, sagte Temple. Allerdings erwähnte sie den leicht süß-säuerlichen Geruch lieber nicht, den sie wahrgenommen hatte. Der Tod war ein schneller Geselle, aber die makabre Blässe des Mannes hatte auf eine frühere Todeszeit hingewiesen als den Moment seines Sturzes. »Aber warum hat die Decke nachgegeben?« fragte sie sich laut. »Ein

Mann wiegt nicht mehr, egal ob er tot oder lebendig ist. Es hat ihn also vermutlich jemand gestoßen, okay, aber *nachdem* er bereits tot war.«

»Warum?« Nicky war skeptisch. »Er wäre doch Gefahr gelaufen, entdeckt zu werden, und hätte da oben schleunigst verschwinden müssen.«

»Jeder war durch den spektakulären Sturz viel zu abgelenkt, um schnell genug zu reagieren. Der Sicherheitsdienst schickte später ein paar Burschen hoch, aber die haben natürlich niemanden gefunden. Du kannst darauf wetten, daß auch die Polizei erfolglos ist.«

»Sie finden vielleicht heraus, auf welche Weise die Decke manipuliert wurde«, warf Van von Rhine ein. Ihre kobaltblauen Augen verengten sich zu Schlitzen. »Ich habe jeden Schritt bei der Renovierung dieses Hotels überwacht. Ich kann beschwören, daß es unmöglich ist, daß eine Decke in dieser Form nachgibt, und zwar auch noch ausgerechnet in der Sicherheitszone!«

Temples nachdenklicher Gesichtsausdruck entsprach Vans Stirnrunzeln. »Wissen Sie, diese Art Todesfall ist nicht neu in Las Vegas.«

»Was meinen Sie damit?« fragte Nicky.

Temple zuckte die Achseln. »Vor einigen Monaten wurde im Sicherheitsbereich über dem Casino des *Goliath Hotel* ein Toter gefunden.«

»*Im* Sicherheitsbereich?« fragte Nicky.

Temple nickte ernst. »Er fiel zwar nicht auf einen der Spieltische, aber er starb unter genauso mysteriösen Umständen wie dieser Kerl hier. Ermordet.«

»Weiß man, warum?« Vans Stimme klang bestürzt.

»Der Fall ist, soweit ich weiß, immer noch ungeklärt«, sagte Temple. Und, fügte sie für sich selbst hinzu, Max Kinsella ist immer noch der Hauptverdächtige.

Während sie noch über ihre eigene Vergangenheit nachdachte, verschoben sich die Trennwände hinter ihnen und gaben einen Schwarm aufgeregter Polizeispezialisten, Lieutenant Ferraro, uniformierte Beamte und schließlich die dunkle Plastikumhüllung mit der Leiche frei.

»In diese Richtung, bitte.« Van trat Lieutenant Ferraro in den Weg, um seiner Truppe den schnellsten, wenn auch nicht höflichsten Weg nach draußen zu zeigen. Nicky hielt sich dicht hinter ihr.

Temple, die jetzt niemand mehr beachtete, schüttelte ihren Kopf und ging auf eine Reihe einarmiger Banditen zu. Sie beobachtete, wie das Sicherheitspersonal des Hotels die Trennwände abbaute, die den verhängnisvollen Craps-Tisch umgeben hatten.

Währenddessen krachte unter heillosem Getöse ein Katarakt von Münzen in die rostfreie Stahlauffangschale hinter ihr. So selten wie Temple spielte, konnte sie dem Klang des Geldes nicht widerstehen. Sie wandte sich dem immer noch geldspuckenden Automaten zu und entdeckte eine unscheinbare Gestalt, die auf dem Stuhl davor kauerte. Er hielt seinen Frank-Sinatra-Strohhut unter den Münzregen, als dieser die Auffangschale überflutete und auf den Boden strömte.

Temple bückte sich schnell, um die Münzen aufheben zu helfen. Dann erhob sie sich, um zwei Hände voll in den Hut zu werfen.

»Sieht so aus, als hättest du 'ne Glückssträhne, Eightball.«

Der alte Mann rieb sich mit einer Hand über seinen fast kahlen Schädel und zog die Nase kraus. »Ich wollte mich hier eigentlich unauffälig hinsetzen, damit die Polizisten nicht auf mich aufmerksam wurden. Dann warf ich ein paar Pfennige in den Automatenschlitz, und jetzt stehe ich im Mittelpunkt des Interesses.«

Temple bemerkte, daß ringsum Spieler mit weit aufgerissenen Augen verfolgten, wie Eightball die Münzen in leere Pappbecher unterbrachte.

»Oje«, beklagte er sich. »Wenn meine Kumpels erfahren,

daß ich den einarmigen Banditen gesprengt habe, bin ich in dieser Stadt erledigt. Geldspielautomaten sind was für Touristen und alte Knauser.«

»Warum hast du dann überhaupt eine Münze reingeworfen?« fragte Temple und fügte im Geiste den Rest eines alten Liedes hinzu: *in die Mu-sic-bo-o-ox, alles, was ich will, bist du, und Mu-sik, Mu-sik, da-zu.*

Eightballs Antwort überraschte sie.

»Ich mußte vor den Cops untertauchen.«

»Warum? Du bist doch ein ehrenwerter Privatdetektiv, oder nicht?«

»Grundsätzlich schon«, meinte er säuerlich. Nachdem sein Geld feinsäuberlich in einer Reihe von Pappbechern untergebracht war, setzte er sich sein Markenzeichen, den Strohhut, wieder auf seinen Kopf. »Der Tote da ...« Er deutete mit dem Kopf in Richtung des verhängnisvollen Craps-Tisches.

»Ja?«

»Ich denke, das war jemand, den ich suchte.«

»Und wer?«

»Ein gewisser Cliff Effinger.«

»Wer ist das?«

»Nur ein Typ, den irgend jemand finden wollte.«

»Welcher Irgend jemand?«

»Du solltest wissen, daß ich es dir nicht sage. Ein Auftraggeber eben.«

»Es freut mich zu hören, daß du die Grundregeln der Schweigepflicht gegenüber deinen Kunden einhältst.«

Eightballs schiefes Lächeln zeigte ebensolche Zähne. »Nun ja, kleine Lady, manchmal bleibe ich meinen Grundsätzen treu, auch wenn mich das Fell juckt.«

Er stand auf. »Ich tausche das jetzt besser um, bevor mich hier noch irgendein Bekannter mit dem ganzen Kleingeld sieht.«

»Ich helfe dir, sie zur Kasse zu tragen«, bot sich Temple an.

»Du bist eine wirkliche Lady«, sagte Eightball mit einer spöttischen Verbeugung.

»Hähä«, ertönte ein fröhliches Gackern von den Geldautomaten gegenüber.

Eine weißhaarige Frau in mintgrünem Strickanzug zur wildgemusterten Bluse mit Veilchenaufdruck wandte sich ihnen grinsend zu. Ihre Finger verharrten auf dem Knopf, der die sich aufbäumende Früchtegalerie eines Gemüsehändlers in Bewegung hielt. »Sieh an, sieh an, Eightball O'Rourke hat sich dazu herabgelassen, an Geldspielautomaten zu spielen, Warte nur, bis ich das der *Glory Hole Gang* erzähle.«

»Hester Polyester«, konterte er ebenso genüßlich, »wenn du auch nur einen Ton über meine heutigen Aktivitäten rausläßt, werde ich dir mit einer Stricknadel die Lippen so fest zusammennähen, daß du nie wieder ›Bingo!‹ brüllen kannst.«

Die Frau nahm einige Münzen aus der Auffangschale und warf sie, ohne ihren Rhythmus zu verlieren, wieder in den unerbittlichen Schlund der Maschine: füttern, füttern, füttern … drücken … zusammenkratzen, kratzen, kratzen … drücken.

»Du behauptest also, daß du zu etepetete für die Geldspielautomaten bist, he? Ist wohl dein geheimes Laster, O'Rourke. Und was anderer Leute Lippen anbelangt, du bist doch so fertig, daß du selbst den Straßenmittelstreifen nicht nachzeichnen könntest.«

Eightball zuckte die Achseln, sagte aber nichts. Hester Polyester wandte sich wieder ihren Automaten zu.

»Ich wünschte, ich wüßte, wer dein Auftraggeber war«, seufzte Temple. »Ich wette, die Polizei würde das auch gerne wissen.«

»Ein Kunde«, sagte Eightball mit einem so abweisenden Blick, als könnten Zahnstocher in seinen Augäpfeln auch keine weiteren Details aus ihm herausholen. »Ein Kunde, der mächtig enttäuscht sein wird, wenn er erfährt, daß seine Suche in einer Sackgasse endet.«

»Er?«

»Du bist schnell, Lady, aber so sind Grünschnäbel nun mal. Denen würde ich nicht mal die Uhrzeit sagen.«

Seine schwieligen Fingerspitzen berührten kurz seinen Strohhut, dann ging er, ein reicher und armer Mann zugleich.

»Cliff Effinger.« Temple stieß gedankenverloren die einzelnen Silben aus.

Es war ein unbedeutender Name, der zu dem nichtssagenden Körper paßte, den sie kurz gesehen hatte. Sie stellte sich vor ihrem inneren Auge das Bild des Mannes noch einmal vor: ein Spieler im kurzärmeligen Hemd mit geschmackloser Polyesterkrawatte, mittleres Alter, schlank, schütteres Haar. Ein Gesicht, das vom Leben gezeichnet war, von Alkohol und wenig Schlaf. Irgendein kleiner Gauner, vermutete Temple. Vielleicht auch ein Gelegenheitsspieler, der zuviel verloren hatte.

Plötzlich erfaßte sie eine große Neugier, was die Identität jenes toten Mannes im *Goliath Casino* anbelangte. Niemand hatte ihr jemals den Namen oder seinen Beruf zugeflüstert. Verdammt. Sie wünschte sich fast, daß Molina den Fall betreute, damit sie sie fragen konnte. Obwohl Molina vermutlich nichts preisgegeben hätte. Nicht, solange Temple Molina nicht mit irgendwelchen Interna über Max versorgte, doch Temple war taubstumm, wenn es um Max ging.

Temple starrte auf den Craps Tisch. Menschen, hauptsächlich Männer, lehnten bereits wieder an der abgeflachten Tischkante. Sie redeten auf die Würfel ein, die über den marinefarbenen Velours mit den rätselhaften roten Zeichen rollten. Sie flehten die Naturgesetze an und verfluchten das »Schlangenauge«.

Temple hatte eine andere Art von »Schlangenauge« auf der weichen, einladenden Spieloberfläche wahrgenommen.

Ein Einschußloch. Sie fragte sich, ob die Kugel den Kopf des Mannes durchdrungen hatte oder ob sie noch in dem toten Gewebe eines ehemals lebenden menschlichen Hirns eingebettet lag.

Vielleicht hatte der Mann ein gutes Herz besessen. Vielleicht hatte er eine Mutter, die jeden seiner Babyschritte angebetet, oder ein kleines Kind, das ihn »Papa« genannt hatte. Oder einfach nur einen Hund, der gekommen war, wenn er gerufen wurde. Vielleicht war er früher einmal ein angesehenes Mitglied der Gesellschaft gewesen, das vor langer Zeit alles in Vegas verloren hatte.

Vielleicht.

Vielleicht war Cliff Effinger ein Mensch, den jemand vermissen würde.

Vielleicht vermißte ihn sogar Eightballs Auftraggeber.

Wenn Temple sich ihren ersten Eindruck von dem Mann ins Gedächtnis rief, mußte sie daran allerdings stark zweifeln. Märchen werden selten Wirklichkeit, und wenn doch, ist man kaum daran beteiligt. Jedenfalls Männer, die so aussehen wie er.

Haustyrann

Temple arbeitete sich durch eine Ethel-M-Vanillepraline, lutschte die dicke Schokoladenhülle, bis nur noch ein Hauch köstlicher Erinnerung blieb, und ließ dann die weiche, süße Füllung auf ihrer Zunge zergehen.

Hmm. Sie gab ihren Gelüsten auf Süßes selten nach, die Ärmste. Die einzige Ausnahme zu nahrhaften Kohlenhydraten wie Obst, Gemüse und fettarmem Joghurt genehmigte sie sich, wenn sie sich *Mystery* auf PBS ansah.

Die heutige Folge zeigte Inspektor Morse, eine Sendung, die ihren hohen kriminalistischen Ansprüchen sehr entgegen kam, die sie allerdings in einer Weise verwirrte, welche die Skriptverfasser wohl kaum beabsichtigt hatten. Sie hatte noch nie einen Mann gesehen, der so permanent von Frauen angezogen wurde und der so permanent unfähig war, irgend etwas Produktives daraus zu machen. Man sollte annehmen, daß ein so scharfer Spürhund wie Morse es besser wußte!

Temple griff nach der Fernbedienung, die unter Louies Vorderpfote hervorlugte. Er zappte nur zu gerne durch alle Fernsehprogramme und belegte die Fernbedienung mit Beschlag, während er seine Krallen zufrieden und besitzergreifend ein- und ausfahren ließ.

Temple hob seine Vorderpfote, achtete auf die Krallen und nahm das Gerät wieder an sich. Ein dreimaliger Druck auf den entsprechenden Knopf veränderte die Lautstärke auf »etwas besser hörbar«. Warum klangen britische Filme immer so, als wären sie während eines Gewitters in einer Regentonne aufgenommen worden? Und die Schauspieler nuschelten, als würden sie unisono Trockenbohnen kauen …

Ein Geräusch irgendwo im Gebäude lief einer von Morses hartnäckigen Observierungen den Rang ab. Verflucht. Morses hartnäckige Observierungen lieferten normalerweise wichtige Hinweise. Temple legte ein zweites Stück Ethel M wieder zurück in die Schachtel und beugte sich nach vorn. Mit beiden Händen richtete sie das Gerät auf den Bildschirm, als hielte sie eine Feuerwaffe, und erhöhte die Lautstärke um zwei weitere Punkte.

Ein weiterer lauter und dumpfer Schlag ertönte über ihr. Was passierte da oben? Rückte jemand Möbel? Hoffentlich gerade beim Auszug. Sie runzelte konzentriert die Stirn, aber … nein, nein! Morse und Lewis hatten eine Szene in Morses blutrotem Rolls Royce. Jetzt übertönten die übersteuerten Wagengeräusche den Dialog.

Knirsch.

Nicht auf dem Bildschirm. Oben. Ehrlich. Temple stand auf und zielte mit ihrer Fernbedienung ein letztes Mal. Damit zappte sie Morse, Lewis und den erlesenen Straßenkreuzer in den Äther.

»Jetzt reicht es allmählich«, erklärte sie Louie, der in ehrwürdiger Zustimmung blinzelte. »Und das ausgerechnet an einem Donnerstagabend. Was machen die da oben? Am Punchingball arbeiten? Seilhüpfen? Bowling? Ich werde mein Mißfallen in deutlich artikulierter Guthrie-Theater-Diktion vorbringen, und zwar persönlich.«

Sie blickte noch einmal auf die jetzt leere, graue Mattscheibe, nickte Louie zu, klaubte ihren Schlüsselbund aus ihrer Tasche und stürmte in Richtung Tür.

Dann stand sie allein in dem schwach beleuchteten Flur. Immer noch wutschnaubend bemühte sie sich, ihr emotionales Vorhaben mit Verstand anzugehen.

»Es klang wie die Wiederauferstehung Christi genau über meinem Kopf«, murmelte sie. Huch! Was für sie vielleicht wie unglaubliches Chaos klang, war für die Gegenseite vielleicht einfach herrlicher Spaß. Wie peinlich, irgendeine Tür zu stürmen und dann zu entdecken, daß sie einen romantischen Augenblick während der Nahkampfphase zerstört hatte! Trotzdem bestand kein Anlaß dazu, irgend etwas mit einer solchen Begeisterung zu tun, daß es die anderen Mitbewohner aus der Fassung brachte.

Statt sich zu lieben, hatten sich besagte Mieter vielleicht auch gestritten. Jemand konnte einen anderen zusammengeschlagen haben. Und sie hatte es gehört. Noch ein Mord? Genau über ihr?

Jetzt hatte sie Angst, an eine der Türen zu klopfen, egal an welche. Ihr Leben war im Moment reichlich mit Leichen gesegnet.

Sie schlich ein Stockwerk höher und blickte in den kurzen Durchgang, der zu einer Tür führte, die exakt ihrer Eingangstür entsprach. Im Augenblick war um sie herum alles stiller als an einem Sonntagmorgen. Zu still. Wenn das, was den Lärm verursacht hatte, ein normaler Vorgang war, hätte es doch jetzt … nicht einfach aufgehört. Oder?

Auf Zehenspitzen ging sie durch den engen Flur. Die matte Lampe neben der kassettierten Holztür beleuchtete eine Nummer elf.

Temple schlug sich mit der Hand vor den Kopf. Jetzt wußte sie, wo sie war! Nummer elf befand sich genau über ihrem Apartment, und im Augenblick war es Matt Devines Unglückszahl.

Oh, Junge, sie würde wahrscheinlich alt aussehen, aber was, wenn ihm irgend etwas zugestoßen war? Sie schaute auf ihre Armbanduhr, überlegte. Benutze deinen Verstand, ermahnte sie sich. Donnerstagnacht. *Mystery* kommt um 22 Uhr. Matt *konnte nicht* zu Hause sein. Seit 7 Uhr abends war er zum Dienst bei *ConTact.* Temple biß sich auf die Lippe. Okay. Und wenn während seiner Abwesenheit irgend etwas mit seinem Apartment passiert war? *In* seinem Apartment passiert war?

Es war ihre Pflicht, der Sache auf den Grund zu gehen. Aber wie? Sie hatte keinen Schlüssel. Sie sollte besser ...

Temple beäugte den Klingelknopf und schrak dann davor zurück, die weiche, altmodische Glocke in Gang zu setzen. Das klang schrecklich in einem leeren Apartment, und Matts Wohnung wirkte noch leer, selbst wenn er zu Hause war, so erbärmlich war ihre Möblierung. Wie war dann aber der ganze Lärm möglich gewesen?

Temples erhobene Faust donnerte entschlossen gegen die Tür. Autsch! Vierzig Jahre altes Mahagoni war hart und unnachgiebig. Sie mußte ihre Fingerknöchel bemühen, um ein passableres Klopfen hinzukriegen.

Kein Geräusch. Keine Antwort. Aber sie hatte eigentlich auch keine erwartet.

Klopf noch mal, länger und lauter. Temple schüttelte ihre schmerzenden Fingerknöchel und wartete auf die Antwort, von der sie wußte, daß sie nicht kommen würde.

»Hallo?« versuchte sie es. »Ist da jemand?«

Während sie unschlüssig dastand, fiel ihr auf, daß sie das Naheliegendste noch nicht versucht hatte: die Tür zu öffnen.

Keinc neuen Widersprüche in ihrem Kopf duldend, ergriff sie den großen Messingknauf, drehte ihn und ... machte einen Schritt in das unverschlossene Apartment.

Blöde Aktion. Blöde und fatal. Wenn nicht abgeschlossen war, dann ...

Das Licht war ausgeschaltet, aber der schwache Schein der Straßenbeleuchtung schimmerte durch die Glasscheiben der Balkontür.

Er umriß die Person, die genau vor ihr stand.

Zu Tode erschrocken, tastete Temple nach dem Schalter für das Flurlicht – an der gleichen Stelle wie in ihrer Wohnung. Sie drückte ihn und hoffte, daß er funktionierte.

Er funktionierte so gut, daß sie aufgrund der plötzlichen Helligkeit blinzeln mußte. Schließlich gewöhnten sich ihre Augen daran und fixierten sich auf den Anblick eines überwältigenden Chaos'. Matt Devine stand mit dem Rücken zu ihr und starrte stumm auf die zersplitterten Überreste seiner Orangenkisten-Bücherregale. Seine Bücher lagen bis in die hintersten Ecken seines Wohnzimmers verstreut, als wären sie von einem besessenen Kritiker durch den Raum geschleudert worden.

»Matt. Warum bist du nicht bei der Arbeit?«

Beim Klang ihrer Stimme drehte er sich um, aber er schien durch sie hindurchzusehen.

Dann schüttelte er den Kopf, und seine Augen zwinkerten in der Helligkeit, als er sich wieder umwandte, um den Schaden zu betrachten.

»Gehen lassen«, sagte er schließlich, wobei er Temple nicht ansah. »Nicht gefeuert.« Zumindest hatte er also ihre Nachfrage erwartet. »Sie brauchten mich heute abend nicht.«

»Deshalb kamst du früher nach Hause und hast ... das hier vorgefunden?«

Matt zuckte stumm mit den Schultern. Temple schob sich weiter in den Raum. Er war okay, sie war okay. Was immer geschehen war, hatte ein Chaos verursacht, aber sie war schließlich Expertin darin, das Chaos anderer Leute zu bereinigen.

»Sieht nicht so aus, als wäre ernsthaft etwas beschädigt.« Kleine Optimistin. »Keine Fenster oder Türen zerbrochen. Und du hattest nicht viel moderne Kunst zum Zerschlagen. Wenn sie was zum Klauen gesucht haben, hatten sie hier kein Glück«, meinte sie. »Vielleicht haben sie deshalb verrückt gespielt und wurden zu Vandalen. Hast du schon dein Schlafzimmer inspiziert?«

Matt schüttelte wieder den Kopf. Sein Gesicht war immer noch ausdruckslos.

Sie klapperte über die nackten Holzdielen und hielt an einer Türschwelle, die ein Stockwerk tiefer zu ihrem Schlafzimmer führen würde. »Ist es hier?«

Er nickte, und sie griff nach dem Lichtschalter. Und wieder eine blöde Aktion, belehrte sich Temple. Was wäre, wenn ein Eindringling sich bei ihrem Kommen hier versteckt hätte? Wer würde ihr helfen? Im Augenblick sah Matt so nützlich aus wie die David-Statue im *Caesar's Palace.*

Ihre Finger hatten den Schalter bereits nach oben bewegt. Die zentrale Deckenbeleuchtung verströmte trübes Licht über einer Landschaft, die ebenso trostlos wie das Wohnzimmer, allerdings in schönster Ordnung war.

Zufrieden nickend löschte Temple das Licht und klapperte wieder zurück in das andere Zimmer. Dabei fühlte sie sich wie eine Innenarchitektin auf einer Wohltätigkeitsmission.

»Alles in Ordnung da drinnen«, sagte sie zu Matt.

»Wo ist Caviar?«

»Sie, eh, war nicht hier. Schon länger ... nicht mehr.«

Er sprach immer noch stoßweise, wie jemand, der schlecht Luft bekam. »Also, ... muß hier gewesen sein ... aber ... scheinbar wieder gegangen.«

»Es tut mir so leid«, sagte Temple aus einem plötzlichen Gefühl der Hilflosigkeit heraus.

Er saß auf der Lehne seines umgestürzten Sofas. Die Kissen lagen wie gewaltige Spielkarten auf dem Boden verteilt.

»Wer könnte so etwas getan haben?« Temples allzeit bereite Empörung wuchs wieder einmal, und dieses Mal aus einem ernsthaften Anlaß. »Jugendliche, die nach Elektrogeräten suchten, die sie gegen Drogen verkaufen wollten? Aber wie sind sie hereingekommen? Hast du die Schlösser der Verandatüren untersucht? Wir sind hier im dritten Stockwerk!«

Temple stapelte einige Bücher kniehoch. Ohne einen Platz dafür schien das Ganze jedoch müßig. »Du besitzt doch gar nicht viel. Warum sollte also jemand ...? Außer ...« Matt beachtete sie kaum. Sie drehte sich plötzlich wie elektrisiert zu ihm um.

»Außer ... Matt! Mein Apartment ist genau unter diesem hier!«

Er schaute mit glanzlosen Augen zu ihr auf.

»Verstehst du nicht? Das hier könnte eine Verwechslung gewesen sein. Vielleicht suchte jemand meine Wohnung. Oder mich. Vielleicht die Männer, die mich überfallen haben. Ganz klar. Das macht einen Sinn. Niemand ist hinter dir her. Warum auch? Es geht um mich. Sie suchen immer noch nach Max. Vielleicht sind sie durchgedreht, als sie glaubten, ich wäre nicht zu Hause. Vielleicht wollten sie mich nur warnen. O Gott, ich saß unten mit Louie und habe mir *Mystery* angesehen ...!«

Sie schlug sich die Hand vor den Mund, als wolle sie sich vor weiteren schrecklichen Aussagen bremsen.

Matt erhob sich und reagierte auf etwas, das sie gerade gesagt hatte. Er schüttelte wieder den Kopf. »Nein.«

Seine Stimme klang rauh, als hätte jemand versucht, ihn zu würgen. Irritiert fragte sie sich, ob er die Eindringlinge gestört *hatte* und verletzt worden war.

Sie sah ihn eindringlich an »Matt! Bist du okay?«

»Nein.« Seine Stimme klang jetzt kräftiger und noch rauher.

Temple blinzelte nervös. »›Nein‹ dafür, daß der Einbrecher hinter mir her war, oder ›nein‹ dafür, daß es dir nicht gutgeht?«

Er streckte seinen Rücken. »Nein, niemand hat versucht, an dich heranzukommen, Temple. Bitte denke das nicht. Nein, es geht dabei nicht um dich.« Seine Arme breiteten sich aus, als wollte er das Chaos umfangen. »Es geht um mich. Mich. Mich. Mich. *Mea culpa, mea maxima culpa.*«

Sie schluckte angesichts dieses plötzlichen Ausbruchs und fühlte sich verwirrt und halb betäubt. Was hatte sie Falsches gesagt?

Matts Arme breiteten sich noch weiter aus. Dabei bemerkte Temple seine wunden Knöchel. »Du brauchst nirgendwo anders nach dem Schuldigen zu suchen. Er ist hier. Ich war es.«

»Du?« Sie starrte wieder auf das Werk der Zerstörung. »Was ist passiert?«

Er blickte ihr ins Gesicht, erkannte ihr Unverständnis oder auch ihr Entsetzen. Dann setzte er sich wieder, seine Arme umschlangen die Knie, und seine Augen waren auf den von Büchern übersäten Boden gerichtet.

»Jemand ist heute gestorben«, sagte er.

Oh. Der Tod war nicht immer nur ein Problem, das Fremden widerfuhr, dachte Temple. Zum Beispiel einem unbekannten Mordopfer. Manchmal wählte der Tod einen Nahestehenden aus und zeichnete so das Leben der Anverwandten wie ein Blitzeinschlag. Seine Mutter? Aber warum dann eine solche Wut?

»Es tut mir leid, Matt.«

»Muß es nicht. Es war nicht irgend jemand ... Nahestehendes.«

»Aber ...«

Er blickte auf und lachte freudlos. »Du sieht aus wie der kleine Foxterrier, den ich als Kind eine Zeitlang hatte. Verfloht. Wenn der Hund sich nicht gerade kratzte, neigte er seinen Kopf und sah genauso verwirrt aus. Gott weiß, er hatte allen Grund dazu.«

»Ich versuche, zu verstehen.«

»Das ist nichts, was du verstehen könntest. Ich tu's auch nicht.« Matt blickte auf die Deckenbeleuchtung, als versuche er, in die Sonne zu starren. »Ironie ist keine Sache, die einfache Erklärungen zuläßt.«

»Kannst du mir wenigstens sagen, wer gestorben ist?«

Er starrte immer noch auf das fahle weiße Milchglas, als untersuchte er ein an der Decke klebendes UFO. »Ein Mann. Mein Stiefvater.«

»Oh. Dann hast du ihn doch gefunden, in gewisser Weise.«

»Aber nicht lebend. Er war gerade gestorben, Temple. Jetzt. Heute. Gerade, als ich ihn gefunden hatte.« Matts rechte Hand ballte sich zur Faust.

»Also wirst du nie mehr die Möglichkeit haben, dich mit ihm auseinanderzusetzen.«

»Das habe ich vor langer Zeit einmal getan.«

»Und ...«

»Er ging und ich blieb.«

»Also hast du gewonnen.«

Er schüttelte den Kopf. »Er hat gewonnen. So wie es seine Art war, hat er immer gewonnen, und auch jetzt wieder. Er ist entkommen.«

»Wie entkommen?«

»Mir«, sagte Matt.

Mir, mir, mir, hallte das Echo in Temples Kopf. »Du weißt jetzt, warum du ihn finden wolltest? Finden mußtest?«

Er nickte. »Jetzt, wo es zu spät ist.«

»Und warum hast du ihn gesucht?«

Matt ließ seinen Blick durch den Raum schweifen. »Um ihm die Seele aus dem Leib zu prügeln. Wenn ich könnte, würde ich ihm die Seele herausprügeln, sobald er beerdigt ist.«

Solche Heftigkeit aus dem Munde von Matt Devine war ebenso schockierend wie eine Faust in der Magengrube, und Temple wußte seit kurzem, wie sich das anfühlte.

»Warum«, flüsterte Temple und fühlte sich hilflos. »Warum bist du so maßlos zornig?«

»Es ist mir genauso neu wie dir. Ich habe mich unter einem Haufen von Scheinheiligkeiten, endlosen Beichten und Bußen, sogar hinter den frömmlerischen Ausflüchten der Psychotherapie verborgen. Ich war auf einer rationalen Ebene angelangt, so daß ich den Berg verdrängten Zorns, der unter meinen Füßen schwellte, nicht bemerken konnte. Bis er tot war.«

»Warum? Warum das alles?«

Matt befeuchtete seine Lippen und rieb sich die Nase wie ein verwirrter Kämpfer, der sich erhebt, um weitere Schläge einzustreichen. »Er verletzte uns, als wir uns nicht wehren konnten. Ich glaubte immer, daß ich verstehen wollte warum, daß ich seine Geschichte hören wollte, aber in Wirklichkeit wollte ich nur meine eigene zu Ende bringen. Ich wollte ihm die Seele aus dem Leib prügeln, und er flüchtete. Er hat mich betrogen. Er hat den Tod vorgezogen.«

Temple ließ sich auf den Fußboden nieder. Alles, was sie tun konnte, war, behutsam Fragen zu stellen und dabei zu hoffen, daß seine Antworten vielleicht auch ihm selbst etwas beantworteten. Wie verstand man einen anderen Menschen? Man hörte zu und versuchte, nicht zu werten. Temple vermutete, daß Matts Stiefvater nicht in der Lage gewesen war, andere zu verstehen, und daß er deshalb auch selbst nie Verständnis gefunden hatte.

»Verletzte uns?« frage sie leise nach.

»Meine Mutter und mich. Es war der Alkohol, sagte sie, aber das war es nicht allein. Es war Gemeinheit, es war nackter, unaussprechlicher Haß. Es waren viele häßliche, unbeschreibliche Dinge. Eines Tages schließlich habe ich ihn zusammengeschlagen. Und er verließ uns. Wenn er seine Wut nicht mehr an uns auslassen konnte, mußte er einen anderen finden. Einmal war aber nicht genug. Ich dachte, daß es so wäre, redete mir ein, es zu glauben. Während ich ihn suchte, redete ich mir ein, daß ich nur die ganze Vergangenheit verstehen wollte, sein Handeln nachvollziehen können wollte. Doch dann spielte er seine letzte hinterhältige Karte gegen mich aus. Er starb und machte mir damit klar, wie vorgeschoben meine Motive doch waren. Ich wollte ihn finden und ihn töten, Temple. Und jemand ist mir zuvorgekommen.«

»Er wurde … umgebracht? Heute?«

Er nickte »Ja. Am Tag, nachdem ich erfahren hatte, wo er sich aufhielt, war er tot. Einfach getötet. Ich hatte noch nicht einmal die Chance, edelmütig zu sein und ihn *nicht* zu töten. Also hat er wieder gesiegt … diesmal für immer.«

»Matt.« Temple überkam ein scheußliches Gefühl, im poetischen Sinne Prophetin einer besonderen Art zu sein. »Wie hieß dein Stiefvater?«

»Ich hasse es sogar, den Namen auszusprechen. Wenigstens werde ich ihn bald in einer Todesanzeige geschrieben finden. Effinger. Cliff Effinger.«

Das gefallene Mädchen

»Was machen Sie denn hier?«

Nur jemand mit einer Stoppuhr hätte entscheiden können, wer von beiden diese Worte zuerst ausgesprochen hatte: Temple oder Lieutenant Molina.

Es war keine Preisfrage, wer zuerst antworten würde. Molina stand da wie ein Indianer auf Kriegsfuß, gnadenlos schweigsam, bis sie ihre Antwort bekam.

Um sie herum strömten Menschen in die kühle, vornehm ausgeleuchtete Halle des *Crystal Phoenix*, und wie ein Fels stand mitten drin die kostbare Lalique-Glasskulptur eines Phönix, der sich mit ausgebreiteten, mattgläsernen Schwingen erhob.

Temple und Molina waren an seinem Plexiglassockel aufeinandergetroffen, als wäre das vorher so abgesprochen gewesen, dabei passierte es rein zufällig.

»Ich arbeite hier«, sagte Temple in einem lässig forschen Ton, von dem sie wußte, daß er Molina ärgerte. »Außerdem schreibe ich für den Gridiron, der hier einstudiert wird. Und Sie, Lieutenant?«

»Sie wissen, warum«, antwortete Molina mit gesenkter, monotoner Stimme, die Temple als dunkel charakterisieren würde.

»Nun, ich vermute, wegen des toten Mannes.«

»Warum sollte ich mich für einen lebenden interessieren?« fragte Molina lakonisch. »Wie kam es, daß Sie Zeugin dieses neuerlichen Mordfalles waren?«

»War ich gar nicht. Ich war nur dabei, als der Tote entdeckt wurde.«

Molinas Handbewegung deutete an, daß solche Feinheiten unwesentlich waren. Temple erlaubte sich noch eine spitze Bemerkung.

»Beschäftigt sich nicht Lieutenant Ferraro mit diesem Fall?«

»Das tut er. Es kann Ihrer Aufmerksamkeit jedoch nicht entgangen sein, daß der Fundort der Leiche eine gewisse Ähnlichkeit mit dem einer meiner ungelösten Fälle aufweist.«

Temple nickte zustimmend, änderte dann ihre Taktik und schüttelte den Kopf. »Ja. Ich meine ... nein, das ist mir *nicht* aufgefallen. Oder ... sicher! Was mag das bedeuten?«

Molina schüttelte ihren Kopf, nicht im mindesten außer Fassung gebracht. Ihr Haar war wie immer hinten zusammengebunden, und ihre Augenbrauen wie üblich ungebändigt. Temple fragte sich, ob sie sie so natürlich beließ, weil sie zum Vierzigerjahre-Image ihres singenden alter egos Carmen paßten.

»Sagen Sie«, wollte die Polizistin wissen, »kannten Sie das Opfer?«

»Ich habe ihn nie zuvor in meinem Leben gesehen – oder in seinem«, antwortete Temple mit Bestimmtheit und kreuzte im Geiste vorsichtshalber ihre Finger. Sie kannte jemanden, der Cliff Effinger gekannt hatte, aber danach hatte Molina bislang nicht gefragt. Hoffentlich würde sie das auch nie tun. »Sie können es glauben oder nicht, ich weiß auch kaum etwas über den Mann, der im *Goliath* ums Leben kam. Geschah es auf ähnliche Weise?«

»Wenn Sie mit ›ähnlich‹ das Kaliber der Kugel meinen, dann ja.«

Temple zuckte mit keiner Wimper. »Heißt das, sie wurden mit der gleichen Waffe getötet?«

»Könnte sein. Wenn wir sie nur fänden. Beide Fälle sind allerdings gleich rätselhaft. Warum sollte sich ein Mann in einem winzigen Verschlag über den Spieltischen verbergen? Und wer sollte sich dorthin durchschlängeln, um ihn zu töten? Außerdem hatten beide Opfer Schläge eingesteckt, bevor sie erschossen wurden. Ich bezweifle, daß das in der Sicherheitszone des Casinos passierte.«

»Eine Schlägerei?« Temple fielen Matts demoliertes Apartment und seine wunden Hände ein. Hatte er etwa gelogen? Hatte er Cliff Effinger doch vor dessen Tod gefunden? Hatte er Angst, zu gestehen, daß er einen Mann angegriffen hatte, der sich dann so schnell in einen leblosen Körper verwandelte?

Molina nickte. »Ich glaube, Sie besitzen bei dieser Art von Angriff Erfahrung aus erster Hand.«

»Sie glauben, daß die Männer, die hinter mir her waren ...?«

»Wir haben die Ganoven nie gestellt, auf die Sie im Fahndungskatalog gezeigt haben. Wir wissen noch nicht mal, ob Sie die Richtigen identifiziert haben.«

»Ich dachte, in dieser Stadt wären die Syndikate unter Kontrolle.«

»Das ist kein Hindernis für Möchtegerngangster und billige Imitationen. Denken Sie an den Tod von Elvis.«

Temple wußte keine treffende Retourkutsche auf diesen geschmacklosen Vergleich, außer vielleicht, daß ihre Angreifer bestimmt nicht so aussahen, als hätten sie singen können.

Sie wollte Molina nicht daran erinnern, wo sie sich zuletzt begegnet waren und wer Temple begleitet hatte. Solange Matt seine mitgenommene Psyche kurierte, mußte sie ihn so gut wie eben möglich aus dieser Sache heraushalten. Hör ihr zu! ermahnte sie sich. Sie war dabei, Matt in Schutz zu nehmen, aber wer würde sie beschützen? Bestimmt nicht Molina.

»Sie haben immer noch nichts von Ihrem Ex gehört?« fragte die Polizistin gerade mit zusammengekniffenen Augen, als könne sie damit jede offensichtliche Lüge entlarven.

Temple schüttelte ihren Kopf. »Noch mal zurück zum *Goliath:* Was deutet denn – außer der Tatsache, daß Max dort aufkreuzte und in dem Augenblick wieder verschwand, als die Leiche auf der Empore gefunden wurde – darauf hin, daß er irgend etwas mit der Sache zu tun hatte? Die einzige strafrechtliche Akte, die Sie über ihn finden konnten, ist diese alte IRA-Geschichte von Interpol. Warum sollte Max also fünfzehn Jahre später in Las Vegas Männer umbringen?«

»Las Vegas ist immer ein Paradies für ambitionierte und clevere Gauner gewesen, und die IRA braucht ständig Geld.«

»Ich würde darauf wetten, daß Max' IRA-Beteiligung eine Jugendsünde war. Als wir uns kennenlernten, war er weder politisch ambitioniert noch bereit, derart skrupellos zu sein. Falls er es jemals war, ist er der Sache entwachsen.«

»Vielleicht ist er dem Nervenkitzel nicht entwachsen, irgend etwas Illegales zu tun. Gegen das System zu arbeiten oder so etwas. Ein Illusionist ist bestens dafür geeignet, eine Menge Schaden dieser Art anzurichten. Er kommt überallhin. Er ist auf den richtigen Gebieten geschult. Er weiß, wie man die Aufmerksamkeit von sich ablenkt und wie man verschwindet.«

»Max war nicht geldgierig. Er verdiente genug auf die altmodische Tour.«

»Aber er war sehr geltungsbedürftig, oder?«

Temple konnte diese Frage nicht so schnell beantworten, wie sie es gerne gewollt hätte. Molina hatte eine Eigenschaft von Max angesprochen, die sie immer verwirrt hatte: sein ständiges Bedürfnis zu verblüffen, zu überraschen, zu manipulieren. Wenn die Zauberkunst nun zur Routine geworden wäre ...

»Mag sein«, sagte sie schließlich, »aber er tat hin und wieder auch gerne nichts und ruhte sich auf seinen Lorbeeren aus.«

»Das ist genau der Grund, warum ich immer noch nachforsche und beobachtete.«

»Auch mich?«

»Wie könnte ich das vermeiden? Sie sind ja scheinbar allgegenwärtig. Ich schätze, ich kann damit rechnen, daß Sie mir hier häufiger unter die Augen kommen werden.«

»Machen Sie sich keine Sorgen, Lieutenant. Ich werde die Stadt nicht verlassen, bis ich mich auf *meinen* Lorbeeren für den Gridiron ausruhen kann.«

Molina senkte leicht ihren dunklen Schopf und sah zufrieden aus. Ohne einen Gruß drehte sie sich um. Temple beobachtete, wie ihre Mähne über der wogenden Menge im Kasino wippte, bis sie verschwunden war.

Kaum vorstellbar, daß die gleiche Frau im Scheinwerferlicht eines Nachtclubs rauchige Silben hervorbrachte. Carmen. Sie mußte diesen Namen genauso hassen wie Matt *seinen* richtigen Namen. Matts Abscheu war verständlich. Sein Vorname war zugleich Warnung und Waffe im Arsenal seines hinterhältigen Stiefvaters gewesen, bis er seinen Klang fast so sehr gehaßt hatte wie den Mann, der ihn brauchte und mißbrauchte.

Temple warf einen letzten Blick auf den prächtigen, aber rätselhaften Lalique-Vogel und mischte sich dann selbst unter die Leute. Wer in Las Vegas lebte, war an Menschenmassen und an einc gewisse rastlose Energie gewöhnt, die süchtig machte.

Die nie endende Hintergrundmusik zu alldem machten die Einarmigen Banditen mit ihren metallisch klingenden Geräuschen. Ringsum entdeckte Temple immer wieder stadtbekannte Gestalten: die Leopard-Lady, die nur Kleidung mit ebensolchem Muster trug, Hester Polyester, Nostradamus. Es kam ihr so vor, als müßten sie alle zu einem alten

Broadway-Stück gehören, in dem auch ein Mord plötzlich nichts Ungewöhnliches mehr ist. Tatsächlich konnte dies alles Theater sein – bis man plötzlich betroffen war, weil man das Opfer kannte, sei es nun jemand aus demMilieu oder der Stiefvater des Nachbarn.

Temple fragte sich plötzlich, ob sie womöglich noch ein weiteres, bislang unentdecktes Opfer kannte: Max Kinsella. Molina würde es bedauern, Max so beharrlich zu verfolgen, wenn er bereits tot wäre ... Nein, Molina würde es nicht bedauern – aber Temple.

»Warten Sie ab, bis Sie die Bühnenausstattung sehen.«

Danny Dove saß wie ein ältlicher, aber überaus gelenkiger Kobold im Schneidersitz auf dem Boden und wühlte sich durch einen Stapel von Papieren, die die Größe von Bauplänen hatten.

»Sie wurde von Ihrem Sketch inspiriert«, fügte er schelmisch hinzu.

Temple ließ alle Förmlichkeit beiseite und gesellte sich zu Danny auf den kalten Betonboden des Probenraums. Crawford war, was ihren Sketch anbelangte, ein solcher Scheißkerl gewesen, daß Dannys Begeisterung regelrecht ansteckend wirkte.

Dove schwenkte ein zerknittertes Blatt Papier, das mit Kritzeleien bedeckt war.

»Hier ist das Hintergrundbild für die gesamte Show – eine schemenhaft dunkle Silhouette aller großen Bauwerke und Wahrzeichen von Las Vegas, vermischt mit Ihren fiktiven. Winzige bunte Lichter werden wie Spitzentänzer über der Skyline und am Himmel schweben. Ist das nicht göttlich, traumhaft dekadent? Und beim Finale am Ende Ihres Sketches werden die Sterne am Himmel explodieren und sich zur Gestalt eines Elvis in Technicolor formieren – lebensecht bis zu seinen blauen Wildlederschuhen!«

»Einfach toll«, stimmte Temple zu.

»Für das Finale werde ich die Hebebühne benutzen, um

damit die gesamte Besetzung nach oben zu bringen, wie die Minenarbeiter aus der Erde, die Geheimagenten der Regierung, den Cosa, Nostradamus, Clan, die Außerirdischen und ihr Raumschiff, die in das Weltall hinausfliegen, vorbei an Elvis enormer Leibesfülle, die von Spielzeugautos umrundet wird ...«

»Wahnsinn«, sagte Temple voller Bewunderung.

Danny schaute über den Rand seiner Plastikhalbbrille. »Es ist nicht leicht, den ganzen Vegas-Protz auf die Schippe zu nehmen, aber ich glaube, ich habe den Hintergrund für eine wirklich geschmacklose Glitter-Flitterstadt geschaffen.«

»Alles sieht fantastisch aus«, meinte Temple. »Vermutlich fühlt Crawford sich jetzt wie die Made im Speck.«

»Crawford«, Danny Dove sprach den Namen mit tiefstem Widerwillen aus, »müßte Maden ansetzen, wenn es nach mir ginge. Was für ein gräßlicher kleiner Mann. Wie kam das Festkomitee bloß darauf, diese Kreuzung aus Peewee Herman und General Sherman die Show ausrichten zu lassen?«

»Ich denke, daß Crawford dem Kommittee als Wolf im Schafspelz beigewohnt hat. Er ist schrecklich arrogant, wenn es darum geht, eine Kommission zu leiten.«

»Nun hören Sie mir mal zu, meine Dame. Keiner wird auf diesem Gridiron irgendwas leiten außer Ihrer Wenigkeit.« Danny Dove erhob sich mit einem einzigen, die Schwerkraft verleugnenden Sprung auf seine abgetragenen Tennisschuhe.

Temple rappelte sich hoch, bemüht, dabei nicht ihren hohen J. Renee-Absätzen ins Gehege zu kommen.

»Wir beginnen morgen mittag um zwei Uhr mit den Proben. Kommen Sie doch vorbei. Sie können vielleicht ein paar kleine aufheiternde Hinweise geben. Sie sind ein so cleveres Mädchen.«

»Gerne, aber wird es Crawford nicht verärgern, wenn ein einfacher Schreiberling zur Beratung aufkreuzt?«

Danny faltete seine Hände vor der Brust und senkte seinen Kopf wie ein braves Kind. »Jaah«, hauchte er mit einem engelhaften Grinsen. »Es wird unseren kleinen Mann maßlos ärgern. Also, kommen Sie nicht so spät.«

Selbst Temple bemerkte den fröhlichen Schwung in ihren Schritten, als sie die Probenräume verließ.

Ihre satirische Schilderung von Las Vegas wurde also zu einer erstklassigen Produktion – und das trotz Crawford Buchanans widerwilliger Annahme ihres Skripts. Ihr wirklichkeitsnahes und ehrgeiziges Remake des *Crystal Phoenix* war von den Hotelmanagern begeistert aufgenommen worden. Das brachte Knete in Temples Geldbeutel und hob dazu noch ihr Ego.

Sie tänzelte über die Stufen nach oben zur Haupthalle des Hotels, ihre Hand auf dem Holzgeländer war genauso leicht wie ihr Herz ... und strauchelte.

Als es sich aus der Wand löste, war das Geländer zu einem langen Knüppel geworden, der wie ein gefällter Ast vor ihre Beine prallte.

Sie verlor die Balance, als ihre Knöchel zwei gewaltige Schläge einfingen. Wie ein Kartenhaus brachen ihre hohen Absätze unter ihr zusammen. Temple stürzte den langen Treppenabsatz hinunter, schlug auf die scharfen Betonkanten der einzelnen Stufen. Das Geländer polterte vor ihr her wie der rasende Trommelstock eines Riesen.

Es passierte alles viel zu schnell, als daß sie hätte schreien können, und es gab nichts, woran sie sich festhalten konnte. Sie versuchte, sich nach Art der Selbstverteidigung im Fallen zusammenzurollen, mit ihren Händen und ihrem Verstand nach irgend etwas zu greifen, das sie bremsen würde, bevor sie sich – autsch! – ernsthaft verletzte.

Das Getöse hallte in den langen, leeren Kellerfluren nach. Schließlich lag sie still, bewegungsunfähig über mehrere Stufen verteilt. Ihre Schultertasche war geöffnet drei Stufen unter ihr gelandet, der Inhalt hatte sich in mehreren Häufchen bis zur letzten Stufe ausgebreitet.

Eilige Schritte näherten sich im Rhythmus ihres rasenden Herzens. Sie betastete ihren tauben Magen und war glücklich, daß sie ihn an der richtigen Stelle fand.

»Oh, Miss Temple ...!«

Danny Dove sprang über das Geländer, das die unterste Stufe versperrte, umkurvte geschickt ihre verstreuten Besitztümer und eilte, immer zwei Stufen auf einmal nehmend, zu ihr hoch.

Während er sie fragte, ob alles in Ordnung wäre, prüfte er fachmännisch die Beweglichkeit ihrer Gliedmaßen: ihr Genick, ihre Handgelenke, ihre – autsch! – Knöchel.

»Was ist passiert?« wollte er wissen.

»Das Geländer hat sich einfach aus der Wand gelöst! Dann kickte es mir die Füße weg wie Bowlingkugeln!« Am Fuß der Treppe erspähte sie ihre herrenlosen Schuhe. Sie standen auf ihren schmalen hohen Hacken ordentlich nebeneinander.

»Ich kann mich nicht daran erinnern, wie ich meine Schuhe verloren habe ...«

»Natürlich nicht«, meinte Danny, »ein schlimmer Sturz ist so, als befände man sich im Mittelpunkt eines Tornados, mein liebes Mädchen. Nun, außer einem Knöchel scheint an unserer kleinen Dorothy nichts weiter verletzt zu sein.« Er runzelte die Stirn. »Sie bleiben jetzt hier sitzen und sammeln Ihren Krempel ein, während ich runtergehe und kaltes Wasser hole. Sobald Sie zu Hause sind, müssen Sie den Fuß hochlegen und Eiswickel machen. Und stehen Sie ja nicht auf!«

Und weg war er, sprang leichtfüßig die heimtückischen Stufen hinunter.

Warum sollte sie sich bewegen? Temple fühlte mehrere Dutzend pochender Stellen an ihrem Körper, die versuchten, sich in Blutergüsse zu verwandeln, und, was noch schlimmer war, sie war völlig außer Atem und zitterte. Aber es war ihr wenigstens nicht zum Heulen zumute, ein gewisser mentaler Fortschritt nach der letzten körperlichen Attacke. Vielleicht würde Matts Selbstverteidigungstraining noch ein großes, tapferes Mädchen aus ihr machen.

Über ihr vernahm sie langsame, schwere Schritte. Ein Wachtposten versuchte zu ihr zu gelangen und schob sich dabei zu der Wand, an der sie kauerte.

Er umklammerte das restliche Geländer, machte einen Schritt nach unten, faßte nach – und war starr vor Entsetzen, als er das Geländer in seiner Hand hielt. Temple, die ihm entgegenblickte, sah einen weiteren Holzknüppel in flottem Tempo geradewegs in ihre Richtung und auf ihren gestrandeten Körper niederstürzen.

In Erwartung der bevorstehenden Kollision rollte sie sich zu einer Kugel zusammen, um wenigstens ihren Kopf zu schützen. Statt dessen wurde sie mit einer Ladung kaltem Wasser übergossen.

Das Geländer kam jetzt unten an und haute dabei ihre aufrecht stehenden Schuhe um.

Der Wachtposten zwang sich unsicher zu ihr und ihrem Täufer, Danny Dove, herunter. Dieser zuckte zusammen, als er ihren bedauernswürdigen Zustand sah, und hob einen halbleeren Eimer hoch.

»Tut mir leid, Kleines. Entweder ein Bad oder ein weiterer K.o.-Schlag.«

»Sowas hab' ich noch nie erlebt.« Der ältliche Wachmann saß auf der Stufe über Temple und japste verwirrt nach Luft. »Daß so'n Geländer dich erschlagen kann, okay, aber dieser Kerl da sprang geradewegs wie der Blitz die Stufen rauf, als sich das Ding aus der Wand löste. Machen Sie Kung-Fu oder so, Mister?«

»Ballett«, antwortete Danny Dove prompt und kniete sich hin, um Temples rechten Knöchel in das eiskalte Wasser zu tauchen. »›Schwanensee‹ könnte Stabhochspringer hervorbringen.«

Der Wachmann drehte sich um und betrachtete die

Wände. Leere schmiedeeiserne Geländerstützen klebten daran wie große Raubfliegen. »Was ist hier eigentlich los?«

»Grobe Fahrlässigkeit«, schnauzte Danny Dove.

»Offensichtlich waren die Schrauben locker, und das nicht nur an den Geländerstützen, sondern auch im Kopf von demjenigen, der für die Wartung des Untergeschosses verantwortlich ist. Wäre das ein paar Stunden später passiert, wenn Dutzende von Tänzern die Treppe benutzen, hätte es eine Massentragödie werden können.«

Temple schniefte höflich. Danny schaute wieder auf ihren eingetauchten Knöchel.

»Tut mir leid, Liebes. Ist Ihnen das zu stramm? Es sind ein paar Bettuchstreifen, die aus dem fliegenden Holländer übriggeblieben sind. Die besten Bandagen, die man kriegen kann.«

»Wenn Sie«, wandte er sich ernst an den Wachmann, »in der Lage sind, nach oben zu klettern und das Wartungspersonal sowie Miss von Rhine zu holen, können wir dieses Chaos beseitigen und veranlassen, daß Miss Temple zu einer fachmännischen Behandlung gebracht wird.«

Der stämmige Wachmann nickte und arbeitete sich nach oben, wobei er sich wie ein Bergsteiger an die vereinzelten Haken klammerte.

»So, das ist schon besser«, sagte Danny Dove und legte sich Temples Fuß auf den Schoß. »In ein, zwei Tagen werden Sie wieder Lambada tanzen können.«

»Wie witzig«, meinte sie, »das konnte ich doch vorher auch nicht.«

Devines Enthüllungen

Als Nicky Fontanas silbernes Corvette-Cabrio vor dem *Circle Ritz* anhielt, warteten Electra und Matt bereits an der Bordsteinkante, der die Reifen der »Vette« zum Knutschen nahe kamen.

Ihre gleichermaßen besorgten Gesichter nahmen einen komischen Ausdruck an, als sie Temples Transportfahrzeug und den eleganten Nicky Fontana als eher auffälligen Chauffeur erkannten. Electras graue Augen glitzerten vor lauter Mutmaßungen. Matts schauten argwöhnisch.

Wären Matts Probleme nicht bedeutend ernster als ihre eigenen gewesen, hätte Temple vielleicht seinen Schock genossen.

Nicky sprang über die Fahrertür, ohne sie zu öffnen – scheinbar war er genauso leichtfüßig wie Danny Dove – und ging um den Wagen herum, um Temple die Beifahrertür zu öffnen. Electra stand angriffsbereit am Bordstein, gackerte dabei unaufhörlich wie eine aufgescheuchte Glucke und nahm Temples Tasche an sich. Nicky half Temple beim Aussteigen aus dem niedrigen Wagen, doch auch Matt war schnell genug, sie zu stützen, sobald sie auf ihren bestrumpften Füßen stand.

Im Mittelpunkt solch intensiver Fürsorge zu stehen, mag für viele Menschen tröstlich sein, für einige Frauen vielleicht sogar schmeichelhaft, und in diesem Fall waren sogar zwei des aufopfernden Trios attraktive Männer.

Für Temple war es jedoch die reinste Hölle. Sie wünschte, sie hätte die Unterstützung im wahrsten Sinne des Wortes abschütteln können, aber ihre Schuhe befanden sich in ihrer Tasche und ihr schmerzender Knöchel war einfach zu schwach, als daß sie sich darauf verlassen konnte.

»Es geht mir gut, wirklich«, insistierte sie trotzdem mutig unter Schmerzen.

Aber wie alle anderen, mit denen sie seit ihrem Sturz zu tun gehabt hatte, stellten sich die drei taub.

Also beschloß Temple resigniert, sie einander wenigstens vorzustellen.

»Das ist meine Vermieterin, Electra Lark«, sagte sie zu Nicky. »Und matt Devine ist ein Nachbar und ... mein Lehrer für Selbstverteidigung.«

»Und diesen alten Jungen kenne ich schon.« Nicky nickte in Richtung des *Circle-Ritz*-Eingangs. Eine schwarze Katze saß dort im Schatten.

»Louie!« Temple war beeindruckt. Selbst die Katze sah beinahe besorgt aus.

»Woher kennen Sie Temples Katze?« fragte Matt. Sie beeilte sich, das gegenseitige Bekanntmachen zu beenden, bevor Matt falsche Schlüsse zog. »Nicky Fontana ist der Besitzer des *Crystal Phoenix,* wo mir mein ... Mißgeschick passiert ist. Dort pflegte Louie sozusagen seinen Mantel abzulegen, wenn er je einen gehabt hätte. Dann, eines Tages, ist er zum *Convention Center* abgehauen, fand einen Toten und fiel mir auf. Seitdem ist er immer bei mir. Und im Moment arbeite ich ja im *Phoenix,* wenn ich nicht gerade auf die Nase falle, und Nicky war so freundlich, mich nach Hause zu fahren.«

Nicky nickte Temples Freunden zu und schien weder beeindruckt von Electras Punkfrisur noch von Matts Erfahrungen auf dem Gebiet der Selbstverteidigung. Auch ließ ihn Temples Masche, ihre Verletzung herunterzuspielen, völlig unberührt.

»Sie sind nicht auf die Nase gefallen, Sie sind umgeknickt. Eine schlimme Verstauchung des Knöchels«, erklärte er im Tonfall eines Arztes, der die Pflege seiner Patientin einem neuen Team anvertraut. »Unser Choreograph, Danny Dove, hat Dutzende von Tanzverletzungen gesehen. Er empfiehlt, den Fuß hochzulegen und Eispackungen zu machen. Und«, Nicky grinste Temple mit unwiderstehlichem Charme an, »es war mir ein Vergnügen, Temple nach Hause zu bringen. Sie tut soviel für das *Phoenix*. Außerdem mag ich für meinen Teil keine Schadensersatzprozesse.«

»Ich würde nie …«

Nickys Grinsen war einem Stirnrunzeln gewichen. »Van würde meinen Kopf auf einen Schaschlikspieß pfropfen, wenn sie das jetzt hörte, aber ich bezweifle, daß Ihr ›Unfall‹ wirklich einer war. Die Schrauben sind absichtlich gelöst worden.«

»Wie konnte denn jemand wissen, wann ich diese Treppe betreten würde? Daß ich nicht den Aufzug nehmen würde?«

»Das wußte niemand. Ich meinte auch nicht, daß jemand ausgerechnet Sie verletzen wollte, sondern daß Sie in eine Falle gelaufen sind, die einer Truppe von Tausenden – oder meinetwegen Dutzenden – schaden sollte und darüber hinaus dem *Crystal Phoenix Hotel* und dem Casino.«

»Was genau meinen Sie damit?« fragte Matt.

Nicky wirbelte seinen Schlüsselbund gekonnt um seinen Ringfinger. »Es gab Leute, die versucht haben, das *Crystal Phoenix* noch vor seiner Wiedereröffnung außer Gefecht zu setzen. Zunächst versuchten sie es mit solcher Art von Sabotage, dann gingen sie richtig in die Offensive und versuchten, Vans Umbaupläne zu vereiteln.« Er schaute Temple an. »Wirklich, daß es diesmal Sie getroffen hat, war reiner Zufall.«

»Aber warum?« fragte Temple. »Warum damals und

warum heute?«

»Ich weiß es nicht. Wir haben nie jemanden wirklich im Verdacht gehabt. Aber diesmal ging das Spielchen zu weit: es endete mit einer Leiche auf der Empore.« Er deutete mit klappernden Schlüsseln auf Temple. »Also erholen Sie sich gut, bevor Sie zurückkommen, wer weiß, was noch passiert. In der Zwischenzeit werden meine Brüder nach dem Rechten schauen.«

Temple hatte wohl wenig beeindruckt gewirkt. Nicky fuhr sich abrupt mit einer Hand durch sein dunkles Haar und räusperte sich. »Und ... vielleicht sollte ich auch meinen Onkel Mario um etwas Rückendeckung bitten. Also, machen Sie sich keine Gedanken.«

»Und machen Sie sich auch keine Gedanken«, sagte Matt spitz zu Nicky und klang dabei schmeichelhaft besitzergreifend. »Jetzt ist sie ja bei uns.«

Nickys Blick wanderte von Matt zu dessen Arm, mit dem er Temples Taille stützend umfangen hielt.

»Ja, bei Ihnen«, pflichtete er schließlich bei. Er nickte Electra zu. »Mein großer Bruder würde für diesen Ohrring töten. Wirklich.«

Dann schwang er sich wieder in den Wagen, ohne die Fahrertür zu benutzen. Der Motor dröhnte, und im nächsten Moment war die Corvette schon ein eleganter Silberstreif, der geräuschlos um die Ecke schoß.

»Was für ein *netter* junger Mann«, bemerkte Electra in einem Tonfall, der wenig mütterlich klang, und ihr Zeigefinger versetzte den Harley-Ohrring an ihrem rechten Ohr in Schwung.

»Er ist verheiratet«, sagte Temple, nicht nur zu Electras Information. »Autsch!«

Erst als sie auf ihrem Wohnzimmersofa angekommen war, fühlte sich Temple wieder wie ein Mensch, der auf seinen eigenen Füßen stehen konnte – auch wenn sie saß.

Irgend etwas hatte sich in den Wochen verändert, seit

jene Schläger sie angegriffen hatten, die verzweifelt hinter Informationen über Max her waren. Vielleicht hatte die Veränderung stattgefunden, seit sie ihren Ersatzabschlußball mit Matt arrangiert hatte. Die entfernte Hoffnung auf Vertrautheit zwischen ihnen war zwar weniger entfernt, aber auch weniger eine Hoffnung als eine ... Drohung geworden. Ihre Beziehung steckte noch in den Kinderschuhen: Alles, was sie in irgendeine Richtung führen würde, konnte Sieg oder Niederlage bedeuten.

Wieder fühlte sie sich ungeschickt, hilflos und so, als ob auch das ihre Schuld wäre.

»Schuld«, sagte Matt und nahm ihr damit das Wort aus den Gedanken, wenn nicht sogar aus dem Mund.

»Was?«

»Schuld bringt Menschen dazu, sich dafür zu entschuldigen, wenn ihnen etwas Negatives widerfährt. Das ist eine schlechte Angewohnheit.«

Er verschwand in Richtung Küche. Temple hörte, wie er Eiswürfel aus den Plastikeiswürfelschalen drückte, mit denen sie nichts anfangen konnte ... außer sich daran die Fingernägel abzubrechen. Sie zuckte, als sie das qualvolle Knirschen hörte, mit dem die kalten kleinen Ungeheuer aus ihren Plastikkeimen in die warme grausame Welt fielen, wo sie bald in Vergessenheit schmelzen würden.

Matt hatte keine Probleme mit einer Überreaktion auf Eiswürfel. Ihr Knöchel war bald darauf in ein feuchtes Handtuch voller Eisbrocken gehüllt.

Er schob einen Stapel Zeitungen auf dem breiten Sofa zusammen und setzte sich auf die freie Stelle.

»Wie fühlst du dich wirklich?« fragte er.

Temple schaukelte ihren Kopf von einer Seite zur anderen, und diese Geste bedeutete »so lala«. Sie vermutete, daß ihre Blutergüsse unzählbar waren, aber sie hatte keine schlimme Verletzung erlitten. Das Brennen und der Schmerz in ihrem Knöchel ließen bereits nach. Allerdings war ihr Stolz immer noch empfindlich angekratzt.

»Electra wird den Abend mit dir verbringen«, sagte Matt. »Jetzt habe ich Schicht. Was kann ich also für dich tun?«

»Im Moment nichts. Ich will einfach nur hier sitzen und darüber nachdenken.«

»Über den Unfal?«

»Den Pseudounfall. Nicky erschien mir ziemlich ernst.«

»Wer ist sein Onkel Mario?«

»Ich hatte befürchtet, daß du das fragen würdest. Und ich befürchte, es zu wissen ›Macho Mario‹ Fontana. Als der Mob hier noch regierte, war Macho Mario ein hohes Tier für all die Kleinkriminellen in dieser Stadt.«

»Und du arbeitest für seinen Neffen?«

»Nicky ist das weiße Schaf in der Familie, ehrlich. Dank der Glücksspielaufsichtsbehörde, die jede Transaktion überwacht, könnte heutzutage in Las Vegas niemand mehr mit kriminellen Verbindungen durchkommen.«

»Ich verstehe. Also wurde mein Stiefvater von Kobolden ermordet.«

»Ich spreche über organisiertes Verbrechen, nicht über den normalen Kreislauf von Gier, Raub und Mord. Die heikle Reputation von Las Vegas gab ihm früher eine Art zwielichtigen Glanz. Sich darüber lustig zu machen, ist heute, als würde man einen Papiertiger reizen. Hör zu, selbst mein Gridiron-Sketch beschäftigt sich mit den ganzen verrückten Verschwörungsgeschichten, die sich um diese Stadt ranken. Ich habe ein Geheimversteck für Gangsterbeute unter dem neuen Skarabäus Hotel erfunden, das unter dem Kosenamen ›Mistkäfer‹ bekannt ist. Darüber hinaus birgt das Kellergewölbe eine heimliche nukleare Versuchsstation der Regierung, wo sie all die Aliens versteckt halten, die zu Tausenden auf Nellis Airforce-Basis gelandet sind. Es ist eine Parodie auf das übertriebene, schaurige Zeugs, das über diese Stadt verbreitet wird.«

»Klingt verrückt genug, um sogar die Alteingesessenen zu

verblüffen.«

»Du solltest sehen, was für eine Bühnenausstattung die machen! Danny Dove hat mir die Pläne gezeigt, kurz bevor ich wie ›Hans Guckindieluft‹ den Abgang machte. So absolut schrill und geschmacklos, wie es in dieser Stadt kaum noch zu überbieten ist.«

»Und du warst darüber besorgt, weil dein Erzfeind Crawford Buchanan den Vorsitz der Show übernimmt. Klingt, als wäre jetzt alles wieder okay.«

»Okay ... solange ich Crawford nicht oft sehe. Und solange er mir nicht in meinen Beitrag reinfunkt. Oh, und sie konnten Johnny Diamond davon überzeugen, mein Las-Vegas-Revue-Medley zu singen. Er ist so eine Wucht! Hör mal, kannst du mit zum Gridiron gehen? Ich meine, mit mir?«

»Ich denke, ich kann den Abend freinehmen, wenn ich früh genug frage.« Matt brach ab und griff nach einer Ausgabe der *Las Vegas Sun.* »Wird Lieutenant Molina auch ein Solo geben?« Temples gute Laune sank. »Nur in der Verbrecherszene rund um das *Crystal Phoenix.*«

Sie beugte sich nach vorne, um das Handtuch an ihrem Knöchel zurechtzurücken. Matt erhob sich, um ihr zu helfen, und vereitelte damit ihren Versuch, Zeit für die Entscheidung zu gewinnen, ob sie ihm etwas Persönliches mitteilen sollte oder nicht.

Noch bevor Temple sich zurücklehnen konnte, hatte er eine Reihe stützender Kissen hinter sie gestopft. Fürsorge machte sie nervös. Alles, was sie in irgendeiner Form hilflos wirken ließ, machte sie nervös.

»Eines hat mich mein Sturz gelehrt«, begann sie.

Er wartete, nichtsahnend, daß das Folgende nicht das war, was sie ursprünglich hatte sagen wollen.

»Ich glaube, ich habe weniger Angst, verletzt zu werden. Nicht, daß ich masochistisch würde, aber seit ich mit der Selbstverteidigung begonnen habe, sehe ich mich selbst als weniger zerbrechlich an. Ich weiß, daß ich verletzt werden kann, aber auch, daß meine Wunden heilen werden.«

»Das ist gut, Wenn du dich stark fühlst, wirst du auch so handeln. Dann werden die Leute weniger dazu neigen, sich mit dir anzulegen. Und wenn sie es tun, bist du reaktionsfähiger. Das ist die Crux mit unserer sexistischen Gesellschaft: Frauen haben solche Angst davor, daß sie verletzt werden könnten, daß ihr Leben von dieser Furcht bestimmt wird.«

»Männer nicht?«

»Vielleicht lassen es sich Männer nicht anmerken. Das ist es, was wir vermutlich im Mannschaftssport lernen: verletzt zu werden, und weiterzumachen, und sich nichts anmerken zu lassen. Männer haben Angst davor, in anderer, weniger faßbarer Weise verletzt zu werden.«

Temple nickte. »Frauen auch. Der Mord an deinem Stiefvater ...«

Matt schwieg, auch als Midnight Louie über die Zeitungen stolziert kam. Nach einigem behaglichen Krallen und Papierrascheln vergruben sich seine dicken schwarzen Pfoten ineinander. Temple erinnerte es an einen Mandarin, der seine Hände mit den langen Fingernägeln unschuldig in seine Ärmel steckte, um Wärme und Sicherheit zu spüren. Midnight Louie hörte jetzt zu. Temple haßte es, öffentlich einen für beide Seiten heiklen Punkt anzuschneiden, aber sie mußte es tun.

»Molina ist jetzt mit dem Fall betraut.«

»Ich dachte, du hättest gesagt, daß ein anderer Polizist vom Morddezernat da war.«

»Richtig. Aber Molina hat noch eine ungeklärte Akte, die mit dem Mord an Effinger in Verbindung steht. Die Akte hat auch mit Max' Verschwinden zu tun.«

Matts Haltung versteifte sich. In einer Weise war Temple froh, daß die Erwähnung von Max Kinsella ihn genauso nervös machte wie das Gespräch über seinen dahingeschiedenen und definitiv unbeweinten Stiefvater. Vielleicht unterstrich das seine Unschuld.

Temple wagte den entscheidenden Schritt, den auch Molina nicht gescheut hätte.

»In derselben Nacht, als Max verschwand, wurde ein Mann tot über dem Spielbereich des *Goliath Hotel* gefunden. Die Leiche, die nie identifiziert werden konnte, wurde in einen Kabuff im Belüftungsschacht gequetscht. Molina glaubt, daß nur ein Super-Zauberer ein solches Versteck erfinden kann.«

»Warum?«

»Wer weiß? Ich weiß es nicht. Molina auch nicht. Aber die Verbindung zwischen dem plötzlichen Tod des Mannes und Max' Verschwinden in jener Nacht überzeugt sie davon, daß irgendwas faul war im *Goliath* ... neben den Körperausdünstungen im Belüftungsschacht!«

»Glaubst du, daß Max zu zwielichtigen Geschäften imstande ist ... oder sogar zu Mord?«

»Nein. Aber da wußte ich noch nicht, was ich jetzt weiß.«

»Was?« Seine Augen trafen ihre zum erstenmal, seit sie das Thema begonnen hatte.

Temple wand sich auf dem Sofa und biß sich auf die Lippen. »Molina hat ein altes Strafregister von Max gefunden. Nicht viel, eine Interpolakte. Max war damals noch ein Teenager, aber er wurde verdächtigt, an einer IRA-Aktion beteiligt gewesen zu sein.«

»Ich kann Molinas Position verstehen. Kinsella ist ein irischer Name. Viele römisch-katholische Iren erliegen der Versuchung, die IRA zu unterstützen.« Matt blickte starr geradeaus. »Er kam viel herum, und ich nehme an, daß er besonders clever war, wenn es darum ging, Leute zu täuschen.«

Temple nickte niedergeschlagen.

»Körperlich fit?«

Sie nickte wieder.

»Molina ist nicht inkompetent, so sehr du dir auch

wünschst, daß sie mit ihren Vermutungen unrecht hat.«

»Das ist richtig. Schau! Ich wünsche niemandem, daß er im Unrecht ist. Es ist nur so, daß ich seit der Sache mit deinem Stiefvater, der an einem ähnlichen Ort und in ähnlicher Weise umgebracht wurde, nicht mehr weiß, was ich über den ersten Todesfall denken soll. Ich frage mich sogar, ob dieser zweite Mord bedeutet, daß Max ... zurückgekommen ist. Aber das würde ihn zum Mörder abstempeln, und ich will einfach nicht glauben, daß ich mit einem Mörder zusammengelebt habe.«

Matt blieb still und glättete eine Ecke der Zeitungsseite, die er umklammert hielt, seit ihr Gespräch diese Wendung genommen hatte.

»Du willst nicht glauben, daß du einen Mörder *geliebt* hast«, korrigierte er sie schließlich mit verhaltener Stimme. »Wir können schreckliche Menschen lieben, Temple, auch Menschen, die sich uns gegenüber schrecklich verhalten.«

»Dein Stiefvater?« vermutete sie schnell.

Er schüttelte den Kopf. »Er war zu grausam, zu fremd. Und außerdem verletzte er meine Mutter. Aber sie ... kam damit klar. Sie sah keine andere Lösung. Ihre Familie, die Kirche, die Art, wie die Gesellschaft damals über Männer dachte, die ihre Frauen und Kinder schlecht behandelten, brachte sie sicherlich dazu, die Märtyrerin zu spielen, diese Rolle sogar zu genießen. Seine Grausamkeit wurde ihre heimliche Dornenkrone. Sie würde in den Himmel kommen, weil sie ihm vergab, weil sie es und ihn ertragen hatte, weil sie der perfekte Fußabtreter gewesen war. Sie wurde seine stille Partnerin. Ich erkannte schon, als ich noch sehr jung war, daß sie uns verkauft hatte, aber ich liebte sie trotzdem, obwohl ich das alles nicht verstand.«

»Glaubst du ... du hättest Cliff Effinger getötet, wenn dir nicht ein anderer zuvorgekommen wäre?«

Matt blickte zu Boden. Louie miaute ungeduldig, wie durch einen seltsamen Katzen-Impuls, und richtete seinen

Schwanz auf, als wolle er Matt bedrängen, doch endlich zu gestehen.

Schließlich sah Matt mit todernstem Blick auf. »Ich hätte ihn verletzt, Temple, wenn ich die Gelegenheit dazu gehabt hätte. Und ich weiß nicht, ob ich mich hätte bremsen können.«

»Und was … wenn er immer noch stärker und hinterhältiger gewesen wäre? Er hätte dich verletzen können oder töten, dich abermals verunsichern können.«

Matt schüttelte den Kopf. »Jetzt nicht mehr. Er ist nicht … war nicht mehr gefährlich für mich. Das zu wissen bedeutet Stärke, und Stärke ist Mäßigung. Ich habe mir so oft ausgemalt, wie es wäre, ihn zu finden, ihm zu begegnen, so daß ich mich mittlerweile frage, ob ich … ob *ich* es nicht getan habe.«

»Matt …, du würdest es doch wissen!«

»Wirklich? Sieh doch, was ich mit meinem Apartment gemacht habe. Und selbst daran erinnere ich mich kaum.«

»Daran nicht, aber an deinen Stiefvater. Du leidest nicht unter Wahnvorstellungen, Matt, genausowenig wie ich. Ich weiß, daß du es nicht getan hast! Du hast ihn nicht umgebracht …« Temple brach entsetzt ab.

Matt lächelte, erschöpft, aber auch ein wenig amüsiert über ihre Reaktion.

»Erzähl das der skeptischen Molina. Sie wird dich darauf hinweisen, daß du auch nicht wußtest, daß Kinsella ein IRA-Terrorist war.«

Allein am Telefon

Matt saß neben dem Telefon. Er war allein zu Hause. Der Ausdruck »freie Tage« hatte für ihn seine Bedeutung geändert. Nachtarbeit machte jeden Tag in gewissem Sinne zu einem »freien« Tag. Sie erlaubte ihm, die Zeit, in der andere arbeiten mußten, für sein Streben nach der Wahrheit zu nutzen: der Wahrheit über Pater Rafael Hernandez und vielleicht auch über sich selbst.

Er war eine Weile nachlässig gewesen. Sein Leben und die Tatsache, wie sich auf verrückte Weise seine Vergangenheit und Gegenwart kreuzten. Temple und ihre Gridiron-Aktivitäten im *Crystal Phoenix.* der grausame Tod seines Stiefvaters im Kasino des *Phoenix,* die Parallelen zu jenem anderen Mord, das Verschwinden des »Geheimnisvollen Max«: Das alles hatte ihn vorübergehend von seiner unangenehmen Aufgabe ferngehalten. Aber jetzt nicht mehr.

Jetzt war die Hörmuschel des Telefons wieder an sein linkes Ohr gepreßt, während seine rechte Hand – beinahe unbewußt – Kreise und Spiralen auf seinen Notizblock malte.

»Wer, sagten Sie, war Assistenzpfarrer, als Pater Hernandez am *Holy Rosary* war? Frank Bucek? Wie kann ich ihn erreichen? Ich weiß, es ist lange her. Im St.-Vincent-Seminar. Indiana.«

Matt wiederholte sorgfältig die Information. *So tun als ob.* So tun, als ob er sie niederschriebe, sich mit nicht vertrauten Silben beschäftigte.

Aber so war es nicht. So war es ganz entschieden nicht, und das war auch der Grund dafür, warum sich seine Eingeweide krümmten wie unter einem kalten, eisernen Griff.

Pater Frank Bucek. Irgendwann einmal, vor langer Zeit, Assistenzpfarrer am *Holy Rosary* in Tempe, Arizona. Und viele Jahre später ... Matts geistlicher Beistand am Priesterseminar von Indiana.

Ein Bild jenes Mannes zog wie Nebelschwaden über die nackte leere Wand von Matts Schlafzimmer. Ein magerer Mann in einer schwarzen Kutte mit messerscharfen grauen Augen und schütterem Haaransatz. Gottesfürchtig und tatkräftig, noch ein scheinbar untadeliger Priester. Und lange vor dem Seminar war er Pater Hernandez' Assistenzpfarrer in Tempe gewesen. Die Spur von *Unserer Lieben Frau von Guadalupe* hatte geradewegs zu Matts eigenen klerikalen Wurzeln zurückgeführt.

Matt war nicht gerade begeistert davon, mit Bucek über seine Enthüllungen über Pater Hernandez zu plaudern. Ihm gefiel die Idee, Kontakt mit ihm aufzunehmen, ganz und gar nicht. Es war so unglaublich schwierig gewesen, diesem Mann als seinem geistlichen Beistand einzugestehen, daß er den Priesterstand verlassen wollte. Diesem einzigen Menschen, der ihn in- und auswendig kannte – oder ihn zumindest so gut kannte, wie er sich selbst damals kennen mußte.

Pater Bucek anzurufen würde das Schwierigste sein, was Matt seit seinem Austritt aus der Priesterschaft getan hatte. Schlimmer, als Mutter oder Vater zu enttäuschen. So als würde man den liebenden Vater enttäuschen, den Matt im familiären Sinn nie gehabt hatte.

Cliff Effinger ist tot, sagte sich Matt, und seine Hand hielt den Hörer, auch nachdem er aufgelegt hatte, noch lange umklammert.

Das bedeutete nicht, daß Matt die Vaterfiguren ausgegangen waren, die er auf keinen Fall verletzen wollte.

Matt nahm den Hörer auf und wählte die Nummer, die ihm einst vertrauter war als seine eigene Telefonnumer in Chicago.

Eine Männerstimme war am Apparat. »St.-Vincent-Priesterseminar.«

»Ich möchte Pater Frank Bucek sprechen.«

»Welchen Pater?«

Matt lächelte. Sein Gegenüber hatte eine tiefe, aber jugendliche Stimme. Irgendein junger Novize hatte Telefondienst.

»Pater Bucek«, wiederholte Matt. »Er gehört zu den Lehrern und geistlichen Beratern.«

»Hier gibt es keinen Pater namens Bucek.«

War da ein zartes Gefühl der Erleichterung, das sich in Matts verkrampftem Magen breitmachte? Doch die Erleichterung verwandelte sich schnell in Ungläubigkeit und schlug dann fast in Wut um.

»Überprüfen Sie die Liste«, hakte Matt mit einer Schärfe in seiner Stimme nach, die er nicht kontrollieren konnte.

»Einen Augenblick bitte.«

Der Augenblick dauerte. Matt wartete in der Leitung, er haßte die ungewisse Stille einer stummgeschalteten Telefonverbindung. Jetzt, wo er sich überwunden hatte, wieder Kontakt zu Pater Bucek aufzunehmen, wollte er es schnell und genau wissen.

»Kann ich Ihnen helfen?«

Diese Stimme klang älter, fast ehrwürdig. Matt fühlte sich wieder wie ein unwissender Seminarist, der dabei ertappt worden war, sich weniger korrekt zu verhalten, als es wünschenswert war.

»Ich versuche, Pater Frank Bucek zu erreichen«, sagte er. Dieser alte Vogel würde den Namen kennen, da war sich Matt sicher.

»Es tut mir leid, aber Pater Bucek ist nicht mehr am St.-Vincent-Seminar.«

Nicht mehr da? Natürlich war er dort! Soweit es Matt betraf, *war* er das St.-Vincent-Seminar. Menschliche Denkmäler gehen nicht aus ihrer gewählten Umgebung fort.

»Wo ist er hingegangen?« platzte es aus Matt heraus, und er haßte sofort seine Ungeschicklichkeit.

»Es ist mir nicht erlaubt, Ihnen das zu sagen.«

Ein weiterer Treffer geradewegs auf den Solarplexus. Matt erinnerte sich jetzt an die Stimme. Der alte Pater Cartwright, der Sakristan. Wie konnte dieses Fossil noch dort sein, und Pater Frank war gegangen? Und warum diese Geheimnistuerei?

»Tja, das ist zu schade.« Matt hatte seine höfliche Telefonstimme wieder und begann nun mit der gut vorbereiteten Nummer über Pater Hernandez in »Das ist ihr Leben«. »Und«, schloß er eifrig, »Pater Bucek war Pater Rafaels Assistent bei dessen erstem Pastorat. Es wäre so großartig, Pater Bucek für die Feier gewinnen zu können! Die Gemeinde würde auch die Reisekosten übernehmen ... wenn es nicht irgendwie unbezahlbar ist, wie beispielsweise von Hawaii.« Matt lachte gewinnend über die Unwahrscheinlichkeit dieser Bemerkung.

»Nicht ganz so weit«, gestand Pater Cartwright – entwich es ihm förmlich – und ein leichtes Schmunzeln wurde in seiner Stimme hörbar. »Aber ...«

Matt runzelte die Stirn. Das war sehr merkwürdig. War die Kirche aufgrund der ganzen derzeitigen Anschuldigungen gegen Priester paranoid geworden? Der Aufenthaltsort von Geistlichen, die versetzt worden waren, war nicht immer ein Staatsgeheimnis gewesen.

»Hören Sie zu, junger Mann...« Matt konnte fast sehen, wie Pater Cartwright zweifelnd die Lippen schürzte. »Ich kann ihn erreichen und ihm Ihre Adresse und Telefonnummer mitteilen, falls er Sie anrufen möchte.«

»Warum der ganze Hokuspokus?« fragte Matt scharf.

Eine peinliche Stille. »Es tut mir leid. Es ist deshalb, weil es nicht angemessen sein könnte für dieses ›Das-ist-ihr-Leben‹-Programm, was Sie da zusammenstellen. Pater … Frank ist nicht mehr bei uns.«

»Aber wo ist er denn jetzt in Amt und Würden? Das können Sie mir doch sicherlich sagen.«

»Das ist es ja gerade. Er hat den Priesterstand verlassen.«

Nun war die Stille in der Leitung ungeheuerlich: Der Blutstrom in Matts Ohren klang wie eine fehlerhafte Verbindung.

Automatisch ratterte er seine Adresse und Telefonnummer herunter. Er war sich nicht sicher, ob er die noch ungewohnte Zahlenkombination korrekt wiedergab, aber es war ihm egal.

Dann hängte er mit einem Knall auf, der nur für ihn Bedeutung hatte. Ein Schlag und kein Winseln.

Nicht mehr da? Wie konnte er es wagen? Jetzt, wo Matt sich überwunden hatte und bereit war, sich mit der Vergangenheit zu konfrontieren, war ein großes Stück davon auf mysteriöse Weise verschwunden? Außer Reichweite, wie der Papst in Rom oder etwas Vergleichbares. Pater Ach-so-erhaben-und-mächtig und jetzt Pater Garnichts. Gegangen. Er war gegangen. Ebenfalls. Warum?

Matt fühlte, wie seine Hände nach dem Telefon griffen und es quer durch den Raum gegen die Wand schleuderten, vor die geschmacklosen Kisten, die als Bücherregale dienten.

Er fühlte kindliche Wut über das mysteriöse Verschwinden seines leiblichen Vaters, die er auf Pater … Expater Bucek übertrug. Jetzt Frank. Einfach nur Frank.

Matt schlug sich auf die Schenkel. Er sollte sich freuen. Wenn sein geistlicher Mentor, sein persönliches Vorbild aus dem Seminar ebenfalls den Priesterstand verlassen hatte, so bestätigte das Matts Vorgehensweise. Frank Bucek war vermutlich erst Ende Vierzig. Jung genug, um eine lebensverändernde Entscheidung zu treffen.

Würde er ihn anrufen? War es wichtig? Ja, was das Zeugnis über Pater Hernandez anging, der den Priesterstand noch nicht verlassen hatte und dies vermutlich auch niemals tun würde. Und was Matts eigenen Seelenfrieden anging ...? Er schüttelte seinen Kopf vor dem Telefon, als wäre es ein fühlendes Wesen mit einer eigenen Meinung.

Er wußte es nicht.

»Es ist nicht wichtig«, erzählte er dem Telefon mit sanfter Stimme. »Ich muß seine Geschichte nicht wissen.«

Unbefugte Landung

Temple machte es sich in der ersten Bankettreihe im Peacock Theater des *Crystal Phoenix* bequem, dem kleineren seiner beiden Vorstellungssäle.

Ihr verletzter Fuß lag erhöht auf dem purpurroten Samtpolster eines Bankettstuhls, als wartete er auf einen gläsernen Schuh. Sie hoffte darauf, daß es ein Weitzman-Plastik- und Acrylpumps wäre. An reizenden Prinzen hatte sie sicherlich keinen Mangel. Einer dieser Kandidaten hatte kurz zuvor ein kurzstieliges Kelchglas mit Mineralwasser vor sie hingestellt. Ein anderer hatte ihr ein liniertes Notizbuch geöffnet. Drei goldverzierte Mont-Blanc-Füllfederhalter waren im Nu von drei unterschiedlichen Fontana-Brüdern hervorgezaubert worden und lagen neben ihrer rechten Hand, aufgereiht wie gut ausgestattete Soldaten, die zu ihrer persönlichen Verfügung standen.

Sie war noch nie so organisiert gewesen, so gut vorbereitet und doch so unfähig, mit irgend etwas Sinnvollem zu beginnen.

Temple kritzelte in das Notizbuch und versuchte sich Details zu ihren Plänen für ein ›*Phoenix* unter Glas‹ vorzustellen. Auf der erhöhten Bühne polterten die Kulissenschieber und Beleuchter drauflos, während die – vielfach als Laiendarsteller per Zeitung angeworbenen – Akteure in allen möglichen Nischen herumstanden, sich mit ihren Skripts auseinandersetzten und schwer einprägsame Zeilen vor sich hin murmelten.

Danny Dove schoß wie eine Libelle mit Bewußtseinsspaltung vom technischen Stab zu den Nischen.

»Nein, nein, nein! Das ist alles falsch«, hörte man ihn über das ganze Getöse hinweg kreischen. »Dort hin!«

»Ja! Großartig. *Magnifique*«, jubelte er zur Ermutigung aller Augenblicke später.

»Wie geht's Ihnen?« fragte eine Stimme so unerwartet nah, daß Temple hochschreckte.

Noch bevor sie sich umwandte, wußte sie, daß ihr Besucher keiner der ewig besorgten Fontana-Brüder war. Die Stimme klang mädchenhaft, obwohl sie vom derben Tonfall des Westens bestimmt war.

Als sie sich umdrehte, wurde Temple mit einer ungebändigten Version ihrer selbst konfrontiert: einer zierlichen, rothaarigen Frau mit Sommersprossen, die ein einfaches Baumwollhemd sowie wirklich abgenutzte Bluejeans und dazu sandgestrahlte Westernstiefel trug.

»Jill Diamond.« Sie streckte ihre gebräunte Hand zu einem kurzen, aber festen Händedruck aus, dann nickte sie zu Temples kaputtem Fuß. »Sie haben noch Glück gehabt, daß Sie sich auf dieser Kellertreppe nur einen Knöchel verstaucht haben. Nichts ist gefährlicher als der Bereich hinter der Bühne. Ich weiß nicht, wie die ganzen Showmädels mit ihren hohen Hacken Abend für Abend heil die Betontreppen hoch und runter kommen.«

»Tja, das macht wohl die Übung. Oh, Sie müssen Johnnys Frau sein ...«

»Genau.« Jill warf ihre rostroten Flechten nach hinten über die Schultern und lächelte. »Und ich bin auch Eightballs Enkelin.«

»Eightball O'Rourke?«

»Wie viele ›Eightballs‹, glauben Sie, gibt es, besonders in

dieser Stadt?« Jill grinste. »Ich schätze, Sie halten meinen Großvater nachts mal wieder auf den Beinen.«

»Wie meinen Sie das?«

»Arbeitet er nicht für Sie an einem Fall?«

»Nicht daß ich wüßte.«

Jill warf ihren Western-Strohhut auf einen Tisch und setzte sich vorsichtig auf das Samtpolster. »Also, schießen Sie los! Er geht aus, und das neuerdings häufiger, als alte Kämpfer wie er es tun sollten.«

»Warum dachten Sie, daß er für mich arbeitet?«

»Weil er das schon mal getan hat. Und... er sagte, es hätte mit jemandem im *Circle Ritz* zu tun. Ich habe nicht erwartet, daß er Namen nennen würde. Berufsgeheimnis und so, Sie wissen schon. Sie sind es also nicht?«

Temple schüttelte den Kopf. »Es könnte meine Vermieterin sein, Electra Lark. Sie treibt sich mit dieser Bande herum.«

»Bande.« Jill schüttelte den Kopf, während sie das laute Treiben auf der Bühne beobachtete. »Diese alten Kerle denken, sie wären noch in ihren besten Jahren. *Glory Hole* als Touristenfalle zu betreiben, reicht ihnen nicht aus. Mein Großpapa verhält sich nicht nur wie ein Sam Spade bei Medicare, nein, auch Spuds Lonnigan eröffnet jetzt ein Grillrestaurant beim Temple Bar am Lake Mead. Nennt es ›Drei Uhr Louies‹. Dieser *Glory Hole* Haufen sollte um drei Uhr nachmittags ein Nickerchen halten und keine mitternächtlichen Ausflüge planen.«

»*Das* Temple ... Bar?«

Jills wache Augen wandten sich Temple zu. »Korrekt, ›Bar‹ mit einem ›r‹. Kennen Sie doch sicher, den Anlegeplatz an dem See. Boote und Ausflüge. Kann mir nicht erklären, warum Spuds seine Kneipe nicht ›Spuds‹ genannt hat.«

»›Drei Uhr Louies‹ hat einen gewissen ... heruntergekommenen Charme«, räumte Temple ein und dachte dabei an einen anderen nachtaktiven Louie. »Van hat erwähnt, daß ich hier in der Gegend einen Namensvetter habe oder andersherum. Es gibt auch noch einen in London. Ein Bootsdock am Lake Mead ist nicht ganz so interessant wie der Queenhithe-Kai an der Themse in London, oder? Ihr Großvater hat also nicht gesagt, an welchem Fall er arbeitet?«

Jill schüttelte den Kopf. »Er verfolgte irgendeinen windigen Typen, der nicht gut für ihn war, denn er war länger auf, als das für alte Jungs gut ist, das weiß ich.«

»Sie machen sich Sorgen um ihn?«

»Schreiben Sie es meiner Erziehung zu. Als sich die *Glory Hole* Gang noch versteckte, war ich ihre einzige Kontaktperson zur Außenwelt. Sie paßten auf mich auf und ich auf sie.«

»Eightball kam mir immer so vor, als könne er auf sich selbst aufpassen.«

»Vielleicht.« Jill lächelte. Ich werde mal nachsehen, ob Johnnys Probe auf der großen Bühne vorüber ist, dann kann er hierherkommen und mit Ihnen Ihre Nummer besprechen.«

»Oh, das klingt wirklich gut. ›*Meine* Nummer‹.«

Jill klatschte ihren Hut aus alter Gewohnheit gegen ihren Bluejeans-Schenkel und stapfte dann auf ihren winzigen Cowboystiefeln davon.

Temple blickte auf ihr Notizbuch, in dem sie fortwährend rumgekritzelt hatte. *Temple Bar* stand da in Großbuchstaben. *Drei Uhr Louies.* Vielleicht sollte sie diesem Spuds Lonnigan Midnight Louie als Maskottchen anbieten und dann PR für den Laden machen. Ach was, sie hatte schon alle Hände – und Füße – voll zu tun mit dem *Crystal Phoenix* und dem Gridiron.

Aber für wen, zum Teufel, arbeitete Eightball im Circle Ritz? Und so intensiv, daß es seiner Enkelin auffiel und sie sich Sorgen machte?

»Mach dir keine Sorgen«, schmeichelte jetzt eine tiefe

männliche Stimme verführerisch an Temples linker Seite. »Wir haben deinen Sketch nicht gestrichen … noch nicht.«

»Crawford!« Temple bemühte sich, aufrechter zu sitzen, als sei es besser, auf Kampf eingestellt zu sein.

»Gicht?« fragte er mit einem grinsenden Nicken zu ihrem hochgelegten Bein.

»Treffer«, antwortete Temple kurz angebunden. »Ich mußte einem Scheißkerl eine verpassen, weil er auf meine Beine starrte.« Trotz der unangenehmen Schmerzen ließ sie ihr hilfloses Bein unter dem Tisch verschwinden.

»Die Proben kommen gut voran«, erzählte er unaufgefordert.

Dann starrte er auf die Bühne, seine in die Hüften gestemmten Hände schoben den Sommermantel beiseite und gaben so noch besser seine kümmerliche Gestalt im blaßgelben T-Shirt preis. Die Zeit, die Temple während des Wettbewerbs bei den männlichen Strippern verbracht hatte, hatte sie für solche Muskel-Gehandikapten unempfänglich gemacht.

»Ich kann mir allerdings bei diesem Dove nicht helfen«, sagte Buchanan in seinem üblichen Baßbariton. »Er scheint einen guten Sketch nicht erkennen zu können, selbst wenn er einen sieht.«

»Kleines Lockenköpfchen!«

Danny Dove begrüßte Temple in dem Moment mit einem solch entwaffnenden Lächeln, daß sie noch nicht einmal ihr übliches Zetern hervorbringen konnte, weil sie mit der entzückenden Shirley verglichen worden war, was aufgrund ihrer kleinen Statur, ihrer roten Haarpracht und ihres Vornamens nur zu häufig passierte.

»Ich wußte, wir würden Sie in Lichtgeschwindigkeit wieder auf die Beine stellen«, fuhr er fort. »Apropos Licht, wie gefällt Ihnen Ihre ›Las Vegas de Luxe‹-Szenerie?«

»Sieht großartig aus. Sehr nach Busby Berkeley.«

Danny runzelte so ernst seine Stirn, daß selbst sein perfekt frisiertes Haar sich unter der Pomade zu kräuseln schien. »Busby Berkeley paßt doch *überhaupt* nicht in diese ernsten letzten Tage unseres Jahrtausends, Schätzchen. Wollen wir sagen: sehr Pseudo-Memphis wie das *Luxor*?«

»Was auch immer, es ist überwältigend, Danny.« Temple betrachtete die übertriebene Skyline von Las Vegas, die mit bunten Kreidestrichen auf schwarzen Samtbahnen skizziert war und den Hintergrund der Kulisse bildete. »Wie kommen Ihre Spezialeffekte an?«

Danny verdrehte verzückt seine Augen. »Orgiastisch!«

Temple hatte nicht beabsichtigt, in Danny Doves Privatleben vorzustoßen, doch bevor sie sich dazu äußern konnte, fuhr er bereits aus voller Brust mit seinen lebhaften Schilderungen fort.

»Nur ... bitte, liebe Miss Temple! ... Treppenstürze sind ab jetzt tabu! Wir benutzen den Bühnenaufzug von den Illusionistenshows für den Schluß Ihres Sketches. Dann verhüllen wir den ganzen Glitter-Flitter-Laden in einem absolut irre giftigen Hauch von Trockeneisnebel in der Farbe purpurroter Passionsfrüchte. Die *Krönung der Requisiten* wird von oben herabstürzen, der protzigste Deus ex machina aller Zeiten! *Voilà!*«

Er deutete weit nach oben in die dunklen Bühnensoffitten auf eine riesige schwebende Silberscheibe.

»Dank meines durchdringenden purpurnen Nebels«, versprach Danny, »wird es so aussehen, als würde sich unser UFO aus den unteren Regionen erheben, und vierzig bezaubernde Tänzerinnen werden den Watusi rund um seinen spiralförmigen Start tanzen ... das ist dann ein bißchen wie der alte Busby. Dann hieven wir das verfluchte Ding mit großem Trara nach oben ... alle Lichter blinken und dampfen wie verrückt, und der Mädchenchor singt sich seine kleinen Seelen aus dem Leib. Einfach umwerfend.«

Temple reckte ihren Hals nach oben und stellte sich, höflich nickend, den Effekt vor. Im Geiste fügte sie der gemalten Nachtsilhouette auf schwarzem Samt noch die glitzernden hellen Lichter und Neonsterne hinzu. Danny hatte recht. Einfach umwerfend.

»Finde ich ordinär«, erklang eine spöttische Stimme. »Das ist doch albern.« Crawford genoß es offensichtlich, hinter dem Paar zu stehen und rumzukritteln. »Sie machen einen großen Fehler, Dove, wenn Sie die dicke Kohle in diese einfältige Nummer stecken. Wer außer Operngängern will denn schon den Goodyear-Zeppelin auf der Bühne sehen?«

Zur Bekräftigung – und um sein Mißfallen zu demonstrieren – zog Buchanan mit einem Ruck an einem Kabel, das zum Bühnenboden führte und einen Teil des komplizierten Netzwerkes darstellte, das den silbernen Koloß hochzog.

Danny Dove wandte sich zu Crawford Buchanan, als hätte der von Schweinefraß gesprochen. »Ich bin der künstlerische Direktor. Sie sind der Bürokrat, der ein paar Sketche zusammengestellt hat. Ich mache die Drecksarbeit, und das meiste davon kommt besonders aus Ihren Skripten.«

»Was weiß eine altersschwache Tanzkröte wie Sie denn schon von Unterhaltung?«

Temples PR-Instinkte traten in den Vordergrund, und sie warf sich zwischen die beiden Männer, wahrhaftig ein Zwergenaufstand. Sie war natürlich zu winzig, um als wirksamer Puffer zu wirken, besonders da sie wie ein Storch auf einem Bein balancierte. Aber die Lage war ernst. Danny Dove traten die Venen an der Stirn hervor, und Crawfords dunkel bewimperte Augen bildeten gehässige Schlitze. Die Friedenstaube war gefordert!

»Jungs, bitte!«

Crawford schob sie beiseite, um Danny Dove im wahrsten Sinne des Wortes die Stirn zu bieten.

Normalerweise hätte ein sanfter Schubs nicht mehr als Temples Würde verletzt. Mit ihrem instabilen Knöchel allerdings geriet sie in ungeschicktes Stolpern. Temple griff nach dem nächsten stabilen Objekt (also nicht nach den adrenalin-geschädigten Männern).

Ihre Hand krampfte sich um das herunterhängende Seil. Temple hörte das Stampfen eilender Schritte: Eine Horde von Helden, die zur Rettung nahten, nahm sie an. Die fliegenden Fontana-Brüder hätten Crawford den Schrecklichen in ersten Linie von der Bühne fernhalten sollen.

Das Seil brachte sie zurück in die Senkrechte. Dann, als sie gerade wieder eine Spur von Balance hatte, fiel das gesamte Kabel hinter sie, und wie bei einer Peitschenschlange entrollte sich Windung um Windung.

»Achtung!« brüllte ein Mann.

Temple blickte nach oben und sah, wie ein Himmel aus Silber auf sie – auf sie alle – hinunterstürzte.

Die Fontana-Brüdern – bleich wie Schlagsahne – stürmten in Keilformation nach vorne. Temple, Danny, Crawford ... sie alle wurden fortgeschwemmt wie Holzstückchen in der Kanalisation.

Temple hatte ihre fünf Sinne noch soweit zusammen, um zu sehen, daß die beiden streitenden Männer wie Bowling-Pins unter der Kraft der auf sie losstürzenden Fontanas zusammenbrachen.

Sie selbst wurde – oh, mein Gott! – wie eine Musicalgöttin hochgehoben, so daß sie auf den tadellos gepolsterten (und vermutlich ausgesprochen sündigen) Schultern eines Fontana-Doppels thronte. Sie konnte sich nicht weit genug nach vorne beugen, um ihre Namensschilder zu lesen und herauszufinden, wer konkret ihre Retter waren. Zu schade.

In den Nischen schwangen aufgeregte Mitarbeiterinnen und Mitarbeiter der Technikercrew an unterschiedlichen Seilen. Unter ihrem gemeinsamen Gewicht und aufgrund ihrer schnellen Reaktion war das rastlose UFO mitten in der Luft und einen knappen Meter über der Bühne zum Halten gekommen.

Als sich zudem vier Fontana-Jünglinge wie elegante, aber

verrückte Glockenspieler an die Seile hingen, erhob sich das Ungetüm langsam wieder in die Dunkelheit der Soffitten, wo es hingehörte.

»Oh mein Gott.« Danny Dove hatte seine Querelen mit aufsässigen Show-Schirmherren vergessen. »Mein liebes Mädchen!« Er rappelte sich hoch und blickte in Temples umwerfende Augen. »Sie hätten tot sein können.«

»Wir hätten tot sein können.« Crawford Buchanan erhob sich mit weit weniger Anmut und Schnelligkeit vom Boden als Danny Dove. Sein preisverdächtiger pastellfarbener Anzug sah aus, als wäre er zweimal in Ruß geschwenkt worden. Anklagend funkelte er Temple an.

»Schauen Sie mich nicht so an«, sagte sie, erfreut darüber, daß sie in der Lage war, auf Crawford hinabzustarren wie auf eine Wanze. »Ich habe diese unbefugte Landung nicht im Skript stehen.«

»Wir waren alle in Gefahr, aber unsere liebe Miss Barr stand direkt in der ... Schußlinie, sozusagen.« Danny streckte eine Hand aus, und Temple ergriff sie.

Sie fühlte, daß sie zu Boden schwebte wie eine Ballerina. Dannys Aussehen war trügerisch: Der Tänzer – Choreograph – war so stark wie ein Klaviergurt.

»Dieses UFO wiegt eine Tonne«, wetterte er. »Ich versteh'. nicht ...«

Einer der Fontana-Brüder – Ralph – schwang sich von den Soffitten wie Errol Flynn als Pirat bei der Rettung, allerdings an einem Seil und nicht an einem Segel und erfüllt vom Gebet.

»Durchgeschnitten«, erklärte er und zeigte auf das Seilende.

»Sabotage«, stellte Danny sofort fest. Seine Augen verengten sich beim Anblick des niedergehenden Adonis in Armani. »Ich liebe Ihren Ohrring.«

»Ach, der ist nichts Besonderes«, sagte Ralph bescheiden. Er verstand weder die Aussage noch Dannys Neigungen, wenn ihm nicht sogar die Bedeutung des durchtrennten Seils entging.

Wieder einmal überfiel Temple der überwältigende Drang, einzugreifen. Erklärungen zu geben. Frieden zu stiften. Oh, glücklich sind die Dummen, denn sie haben ein selig' Ende!

Ende…

Sie schaute auf das UFO, das jetzt im Rhythmus der Bühnenhydraulik ruckartig Zentimeter um Zentimeter angehoben wurde. Es klang scheußlich.

»Danny, glauben Sie …?«

»Ja, eindeutig, Schätzchen.« Er war jetzt äußerst ernst. »Erst die Treppe. Jetzt das … unbekannte Flugobjekt. Es tut mir schrecklich leid, liebstes Fräulein, aber ich befürchte, daß Sie das Ziel niederträchtiger Anschläge sind. Ich habe schon immer gewußt, daß diese Show mörderisch sein würde.«

Es lebe die Satire!

»Mein Gott«, sagte Temple, »Sie tun ja gerade so, als sei dies ein Fall für das FBI. Dabei war es doch nur ein dummer Bühnenunfall.«

Sie blickte von Lieutenant Ferraro zu Lieutenant Molina in der Hoffnung, daß dies ein Alptraum war, hervorgerufen durch einen Schlag auf den Kopf mit einem nachgemachten UFO. Denn nicht nur einer, sondern gleich zwei Beamte der Mordkommission befragten sie armes, kleines Würstchen. Wieder einmal.

Molina lächelte, und wenn Molina lächelte, hatte das nichts Gutes zu bedeuten, soviel wußte Temple inzwischen.

»Heute scheint wirklich Ihr Glückstag zu sein«, teilte ihr Molina mit. »Zuerst entkommen Sie einem wildgewordenen UFO, und nun sagen Sie sogar die Handlungsweisen zweier verschiedener Arme des Gesetzes voraus.«

»Was?« Templc hatte nichts dagegen, die Dumme zu spielen, wenn man ihr dadurch ihre Verblüffung nicht anmerkte.

Außerdem schwirrte ihr immer noch der Kopf von ihrer hautnahen Begegnung mit dem führerlosen UFO, von der Gefahr eines drohenden Ablebens, während sie sich in der – wenn auch unerwünschten – Begleitung von Crawford Buchanan befand. Welch eine Vorstellung, neben diesem Ekelpaket in der Leichenhalle zu landen!

Temple war immer noch durcheinander. Warum hatte sie der Hotelsicherheitsdienst sofort nach dem bedauerlichen Vorfall in dieses abgelegene Büro verfrachtet? Es gefiel ihr gar nicht, den Anblick eines jammernden Crawford Buchanan, der damit drohte, das Hotel zu verklagen, einfach so hinter sich zu lassen. Es war wesentlich wichtiger, einen drohenden Prozeß abzuwenden, als sich erneut von der Polizei grillen zu lassen. Sie war sicher, daß schon bald auf großen Teilen ihres Körpers die typischen, parallel verlaufenden Linien zu sehen sein würden ... Und wie kam es, daß dieses schauerliche Pärchen praktischerweise direkt bei der Hand gewesen war? Was hatten die beiden überhaupt im *Phoenix* zu suchen?

Als Temple schwieg, nickte Molina Ferraro zu – großartig, die beiden steckten unter einer Decke –, der die Tür zu einem angrenzenden, leeren Büro öffnete.

Aber das Büro war gar nicht leer, denn ein Mann, der offensichtlich dort gewartet hatte, trat heraus. Es handelte sich um einen unscheinbaren Mann mittleren Alters in einem unscheinbaren grauen Anzug von *Men's Warehouse.* Dazu trug er eine Krawatte, die auch von der Stange kam. Nur sein blaugestreiftes Hemd, das einen blitzend weißen Kragen hatte, fiel ins Auge. Noch ein Cop? Mit dem unterbewußten Drang, eine modische Aussage zu machen, während er die ihre aufnahm? Autsch, ihr verletzter Knöchel tat weh.

Trotz seines schicken Hemdes machte der Mann sich nicht die Mühe, sie zu begrüßen. Er kam vielmehr mit einem grimmigen Gesichtsausdruck auf sie zu, zog ein Lederetui aus seiner inneren Jackettasche und flippte es vor ihrer Nase auf.

Verdammt. Temple konnte nicht widerstehen, genau hinzusehen. Es war ein wenig schmeichelhaftes Photo. Aber ein eindrucksvoller Stempel. Viel Kleingedrucktes.

»FBI.« Temple las die blauen Großbuchstaben laut vor, um sicherzugehen, daß sie nicht etwa einen legasthenischen

Anfall hatte, und sie in Wahrheit IBM lauteten. Aber dem war nicht so. »Sie machen Witze!« Sie blickte zu Molina hinüber, die aber nur mit unbewegtem Gesicht dastand.

Der Mann schüttelte seinen Kopf mit einer so leichten Bewegung, daß Temple sie kaum bemerkte. Er zog einen Bürostuhl über den gefliesten Boden und setzte sich ihr gegenüber.

»Wir müssen uns unterhalten«, sagte er.

»Kein Problem. Bis vor ein paar Tagen hätte ich sogar noch eine Gesangs- und Tanznummer hinlegen können.« Temple hob ihren immer noch umwickelten Knöchel, der auf einer herausgezogenen Schreibtischschublade lag, ein wenig in die Höhe. »Was habe ich mir also dieses Mal zuschulden kommen lassen, Agent Bucek?«

Hinter seinen steifen, gefängnisgittergeraden Wimpern, die seine stahlgrauen Augen umgaben, blitzte es amüsiert auf. Aber nur für einen Augenblick, dann erlosch es wieder.

»Offenbar sind Sie in dieser Stadt schon wiederholt auffällig geworden. Sozusagen also eine Wiederholungstäterin«, erwiderte er trocken.

»Aber nachgewiesenermaßen unschuldig«, entgegnete Temple.

»Leider. Zumindest bisher.« Molina, die auf der Schreibtischkante saß, hatte aus dem Blauen heraus für Temple gebürgt. »Sie ist harmlos. Miss Barrs einziges Verbrechen hat bisher darin bestanden, daß sie Schwierigkeiten magisch anzuziehen scheint.«

»Schwierigkeiten mörderischer Natur?« erkundigte sich der FBI-Mann.

Molina nickte.

»Hat das hier etwas mit dem Mann zu tun, der auf den Craps-Tisch gefallen ist?« wagte Temple zu fragen. Lieutenant Molina sprang darauf an wie Midnight Louie auf eine vorüberziehende Grille, die unklugerweise ihr Kommen mit einem freundlichen Zirpen angekündigt hatte.

»Sind Sie etwa im Besitz von Informationen, über die wir Bescheid wissen sollten?« Natürlich war Temple das. Aber es lag nicht in ihrer Absicht, aller Welt mitzuteilen, daß das zweite Kasino-Mordopfer mit einem Mann aus ihrem Freundeskreis bekannt war. Das Opfer im *Crystal Phoenix* hatte sogar mit größerer Gewißheit etwas mit Matt Devine zu tun, als der schon lange tote, unidentifizierte Mann im *Goliath* in irgendeiner Weise mit Max Kinsella in Verbindung gebracht werden konnte.

Während Temple mauerte, kamen ihr interne Rivalitäten zu Hilfe.

Agent Bucek schüttelte seinen Kopf in Molinas Richtung, als wolle er sie zum Schweigen bringen, bevor er die ganze Macht seines bohrenden Blickes wieder auf Temple richtete. »Der Mord ist … unter Kontrolle, Miss Barr. Diese Befragung hängt mit der Nummer zusammen, die Sie für die Gridiron-Show geschrieben haben.«

»Meine Nummer? Das ist ja wohl ein –« Sie entschloß sich, nicht noch einmal zu versuchen, den Mann auf den Arm zu nehmen. Er machte nicht den Eindruck, als besäße er die Art von Humor, die mehr als ein diskretes Kichern zuließ.

Keiner machte einen besonders amüsierten Eindruck.

»Meine Gridiron-Nummer?« Furcht hatte ihre Stimme in eine froschähnliche Tonlage versetzt. »Das ist doch nur ganz gewöhnliche Satire.«

Ferraro drängte sich näher heran, bis er über der grauen Wollmischung-Schulter des FBI-Mannes hing. »Was ist so lustig an der Idee, daß die Mafia ein großes Hotel in Las Vegas übernimmt?«

»Das habe ich doch bloß erfunden. Ich habe lediglich auf einige längst überholte Vegas-Klischees angespielt.«

»Genau wie jemand anders«, warf Molina düster ein.

Temple riß ihren Kopf herum. Vielleicht gelang es ihr doch, ein bißchen weibliche Solidarität zu bekommen. »Das ist nun einmal mein Job. Ich bin PR-Expertin. Ich erfinde

Dinge. Natürlich auf Fakten basierend, aber die treibe ich dann natürlich gehörig auf die Spitze. Meine Nummer ist lediglich eine Übertreibung. Humor ist Übertreibung. Nichts in dieser Nummer entspricht auch nur im geringsten den Tatsachen.«

»Wir sind ziemlich sicher«, sagte Molina mit einem Nachdruck, der vielleicht eher für ihre Kollegen als für Temple gedacht war, »daß der *Goliath*-Mord vor einigen Monaten in direktem Zusammenhang mit diesem zweiten Mord steht und Teil derselben Verschwörung ist.«

»Verschwörung?« quietschte Temple. Sie wußte, daß organisiertes Verbrechen und Verdacht auf Verschwörung unter die Gerichtsbarkeit des FBI fielen.

Agent Bucek nickte und beobachtete Temple wie ein Adler, der eine Regenbogenforelle im Visier hat, die zu nahe an der Oberfläche herumdümpelt. »Soweit ich informiert bin, standen sie in enger Verbindung mit dem Hauptverdächtigen des *Goliath*-Vorfalls.«

Max? Also wirklich ... »Ach ja, und deshalb habe ich die ganze Geschichte in einer Gridiron-Nummer ausgewalzt, die die ganze Stadt in ein paar Wochen sehen wird? Für wie dumm halten Sie mich?«

»Sie arbeiten jetzt im *Crystal Phoenix.*« Dieser hilfreiche Einwurf kam von Lieutenant Molina.

»Ja, das tue ich.«

»Wo ein weiterer toter Mann wie eine Krokodilsträne von der Decke fiel«, knurrte Ferraro.

Temple runzelte die Stirn. Zugegeben, der gleiche Modus operandi. »Sie ... glauben also, daß, was auch immer da oben im *Goliath* vor sich ging, im *Phoenix* herunterkam!«

Ihre letzte Mutmaßung brachte ihr das Kopfnicken sämtlicher Anwesenden ein, ob dies aus Zustimmung oder aus der bloßen Befriedigung darüber geschah, daß Temple ihre Gedanken in sie selbst belastende Klangbissen verpackt hatte, darüber ließ sich streiten.

»Irgend jemand da oben« – Lieutenant Molinas verschwenderische Augenbrauen wölbten sich zur Decke – »möchte nicht, daß Sie Ihre Nummer oder Ihr Geschäft wie gewöhnlich durchziehen.«

»Diese Nummer ist ein harmloser Spaß«, protestierte Temple erneut, die über dieses Triumvirat humorloser Polizeioffizieller nun wirklich verwirrt, ja sogar besorgt war.

»Sie leben noch nicht sehr lange in Las Vegas«, wurde sie nun von Molina belehrt, »aber glauben Sie mir, wenn ich Ihnen versichere, daß ›Spaß‹ hier nicht immer so harmlos ist, wie Sie und vierundzwanzig Millionen anderer Touristen gerne glauben möchten. Diese Stadt lebt vom Glücksspiel, und das ist ein Unternehmen, bei dem es um Riesensummen geht, ein finanzielles Imperium, das von Männern geführt wird, deren Egos ebenso überdimensional sind wie ihre Hotels. Las Vegas ist nicht Disneyland. In dieser Stadt tritt man der Sphinx keinen Sand ins Gesicht oder dem Elvis-Imitator auf seine blauen Wildlederschuhe.«

Temple betrachtete die nackte, weiße Decke, die ihre Aufmerksamkeit seit der Andeutung in Anspruch genommen hatte, daß es da oben einen Bösewicht gab, der sie nicht leiden konnte. Offenbar hatte dieser Bösewicht die beiden toten Männer auch nicht leiden können. Sie runzelte die Stirn.

»Sie glauben also, daß meine Nummer irgendein mächtiges Tier an einer empfindlichen Stelle getroffen hat?«

»Möglicherweise.« Molina verschränkte ihre Arme. »Es könnte allerdings auch sein, daß, wer auch immer hinter diesen Hotelmorden steckt, die Buchhalter nervös macht und Ihre Shownummer nun der Tropfen war, der das Faß zum Überlaufen brachte.«

»Derjenige, der für diese Serienmorde verantwortlich ist, hat definitiv eine Vorliebe für Höhen«, gab Temple zu. »Und Sie glauben, daß das Treppengeländer und das UFO von ein und derselben Person manipuliert worden sind?«

»Person«, brummte Ferraro, »oder Organisation.«

»Wer sollte meinen Ulk denn derart ernst nehmen? Es sei denn, er ist geistesgestört?« beharrte Temple.

»Die Möglichkeit besteht auch noch«, stimmte ihr Molina zu.

»Ein Irrer also –?«

Molina drehte sich um und griff nach einem Stapel Blätter, der hinter ihr auf dem Schreibtisch lag. »Ein Irrer, der beschlossen hat, den Plänen zu folgen, die Sie auf so zuvorkommende Weise in Ihrer Nummer ausgeführt haben.« Molina ließ die Blätter wieder auf den Schreibtisch klatschen. Nahe genug, daß Temple die vertrauten Zeilen ihrer Gridiron-Nummer erkennen konnte. Wer hatte den Cops wohl eine Kopie gegeben? Läutete bei den Initialen »C. B.« wohl ein Glöckchen, Quasimodo?

»Ich kann einfach nicht glauben, daß Sie sich alle derart über etwas aufregen, was ich erfunden habe. Aber okay.« Sie warf Molina einen Blick zu. »Meine Idee, daß die Mafia ein Hotel übernimmt, kommt Ihren Spekulationen über den Tod zweier Männer in den Kasinos nahe. Aber das ist purer Zufall. Wieso wollen Sie denn nicht einsehen, daß ich mir lauter alten Geschichten über Las Vegas herausgesucht und sie in einen Topf geworfen habe, um sie zu einer großen, unglaubwürdigen Suppe zu verrühren?«

»Und wieso wollen Sie nicht einsehen, Miss Barr«, erwiderte Agent Bucek, »daß Las Vegas eine Stadt ist, wo sich jeden Tag tonnenweise Geld und Motive treffen? Wieso wollen Sie nicht einsehen, daß eine internationale Klientel jeden Tag wie eine Heuschreckenplage über diese Stadt herfällt? Über die Möglichkeiten, die sich dem wirklich großen Verbrechen hier bieten, sollte man keine Witze reißen. Wenn Sie klug sind, werden Sie diese Nummer aus der Show nehmen.«

»Was sind Sie eigentlich? Handlanger für diesen erbärmlichen Crawford Buchanan? Es würde ihm Riesenspaß machen, meinen Act in der letzten Minute aus der Show zu nehmen, aber Danny Dove würde durchdrehen, wenn er seine beste Nummer verlöre.«

»Danny Dove?« Agent Bucek wiederholte den Namen mit einer ebenso großen Portion Widerwillen wie Unglauben.

»Ein bekannter Choreograph hier in Las Vegas«, erläuterte Molina, »der die Regie bei dieser unseligen Komödie übernommen hat.« Agent Bucek blinzelte, offensichtlich verblüfft, angesichts der Verrücktheiten in der Unterhaltungsbranche dieser Stadt.

»Egal wie Danny Dove auf den Verlust Ihrer literarischen Bemühungen reagieren mag«, fuhr Molina fort, »ganz offensichtlich hat Ihre Phantasie noch jemand anders als nur die örtliche Polizei verärgert. Wir können Sie nicht zwingen, unseren Rat zu befolgen, aber wir können diese Inszenierung mit unseren Leuten umgeben, wie der Londoner Nebel einen Exhibitionisten. Und das werden wir auch tun müssen, wenn niemand mehr getötet werden soll, besonders nicht Sie.«

»Sie können doch nicht ernsthaft glauben, daß diese unglücklichen Vorfälle hinter der Bühne das Ziel hatten, *mich* zu verletzen?« fragte Temple ungläubig. »Wie sollte jemand wissen, wann genau ich diese Treppe hinaufgehen und ob ich das Geländer benutzen würde?«

Molinas Augen richteten sich auf eine Stelle, auf der Crawfords durchdringender Blick nur allzu gerne verharrte – allerdings aus völlig anderen Gründen. »Jeder, der weiß, welche Art Schuhwerk Sie bevorzugen, konnte sich denken, daß Sie sich beim Hinaufgehen an etwas festhalten mußten.«

»Und was war mit dem UFO?« erkundigte sich Temple. »Das Ding hätte auch den halben Chor unter sich begraben. Ist das nicht eine Spur zu dick aufgetragen, selbst für Las Vegas? Und wie sollte jemand wissen, daß Crawford zur selben Zeit mit mir auf der Bühne sein würde, um den Glöckner zu spielen, dieser Idiot?«

»Es könnten sich zwei Absichten dahinter verbergen«, michte sich Ferraro aus seiner Ecke ein. »Zum einen, um Sie auszuschalten, und zum anderen, um die Inszenierung selbst zu stoppen. Vielleicht trafen auch beide zusammen. Wie auch immer, außer uns gibt es noch jemanden, der sich nicht sehr viel aus Ihrem Manuskript macht.«

»Ich nehme mein Recht auf freie Meinungsäußerung in Anspruch.« Temple verschränkte ihre Arme. »Außerdem halte ich Sie alle für paranoid, was ich unter anderem ebenfalls in meiner Nummer thematisiert habe. Jede Wette, bald schon werden Sie auf die Idee kommen, daß Elvis bei seinem Tod heimlich trockengefroren wurde und nun als Attentäter gegen Castro wiederbelebt werden soll.«

Niemand lächelte. Das war eben das Problem, wenn man eine Karriere in diesem Beruf anstrebte, sagte sich Temple. All diese asiatischen Kampfsporttechniken zerstörten jeglichen Sinn für Humor. Sie sollte ihr eigenes Training so schnell wie möglich einschränken.

Louie vom See

Was konnte sich eine Frau mit einem schwachen Knöchel, fix und fertig von einer Befragung zweier Detectives und eines FBI-Mannes, mehr wünschen als einen fliegenden Teppich, der sie leise und sanft dahingleitend nach Hause beförderte?

Aber hier war Las Vegas, und Temple befand sich im schützenden Gewahrsam der Fontana GmbH.

Nachdem Ralph den schwarzen Dodge Viper vor dem *Circle Ritz* angehalten hatte – heute war niemand zugegen, um ihre Ankunft zu beobachten –, blieb Temple noch einen Augenblick sitzen und zog versuchsweise an einigen Zähnen, um zu sehen, ob sie noch festsaßen.

Mit ihren Zähnen war alles in Ordnung, was man allerdings von ihrer Wirbelsäule nicht behaupten konnte. Als Ralph um den Wagen herumkam, um sie hineinzutragen, protestierte sie nicht. Außerdem hatte sie in den zwanzig Sekunden, die der Viper für die eine Meile zwischen dem *Crystal Phoenix* und dem *Circle Ritz* benötigt hatte, bestimmt ein Stottern entwickelt.

»Netter Schuppen«, sagte Ralph und grinste angesichts des üppigen Neonschriftzuges der *Lovers' Knot Wedding Chapel*, der sich in Lila und Pink fröhlich über den Strip ergoß.

Er drehte sich um, warf einen letzten, besitzergreifenden Blick auf den umwerfend makellosen Viper, der wie frischer Teer im Sonnenlicht glänzte, zielte mit einer kleinen Fernbedienung auf die dunkle, spiegelglatte Oberfläche und schaltete mit einem »Biep« die Alarmanlage ein. Offenbar war der Wagen Gemeinschaftsbesitz der Fontana-Junggesellen und der, der ihn gerade benötigte, fuhr ihn. Und offenbar lag Temples Wohlergehen und ihr Verbleib allen gleichermaßen am Herzen.

Aber irgendwie tröstete sie das nicht, denn sie war dabei, über ihren arg angegriffenen Sketch nachzudenken und auch über die Kritik an ihrer Person und ihren gegenwärtigen, schmählichen Zustand physischer Abhängigkeit.

Ralph drückte die Tür der Lobby mit einer Schulter auf und stemmte einen italienischen Mokassin dagegen, während er sich ein wenig zur Seite drehte, bemüht, Temple ohne unangenehmen Kontakt mit dem Türpfosten hineinzutragen.

Die ewig lauwarme klimatisierte Luft des *Circle Ritz* empfing sie wie ein tropischer Westwind, feucht und halbherzig. Die Tür glitt leise ins Schloß umd verbannte die Verkehrsgeräusche des Strip nach draußen.

Temple seufzte.

Ralph seufzte. Er wußte, wann er einen Job gut erledigt hatte.

Nicht ganz vierundzwanzig Stunden später wartete Temple – die Füße wohlweislich in Tennisschuhen verpackt und ihre Handtasche über die linke Schulter geschwungen – in der Lobby des *Circle Ritz*.

Sie hatte abends ein langes, heißes Bad genommen, sich dann lange Zeit einen kalten Beutel mit Eiswürfeln auf den Knöchel gelegt und dabei in einem Buch aus ihrem Eines-Tages-werde-ich-es-bestimmt-lesen-Bücherregal geblättert.

Am Morgen dann hatte sie ihre Fußnägel geschnitten, ihre

Nägel lackiert und las nun gemeinsam mit Midnight Louie die Zeitung.

Die Zeitung mit Midnight Louie zu lesen, bedeutete, daß sie einen Teil öffnete und sich auf den Text konzentrierte. Dann kam er und marschierte über die Zeitung und ihren Schoß hinweg, ließ sich schließlich wie ein großer, unförmiger Haufen auf ihren Oberschenkeln nieder und begrub dabei die Zeitung unter sich, so daß er es gemütlich hatte, sie aber weder lesen noch sich bewegen und kaum mehr atmen konnte. Es blieb ihr dann nichts anderes zu tun, als sein glänzendes, viperschwarzes Fell zu streicheln, bis er wie ein ganzer Bienenschwarm schnurrte.

Wenn ihre Beine schließlich bis zur Hüfte taub geworden waren und er die Zeitung bis zur Unleserlichkeit zerdrückt hatte, gähnte Louie für gewöhnlich, streckte sich, hüpfte von ihrem Schoß und ließ sich woanders nieder. Oft hinterließ sein Sprung zum Abschied ein stechendes Gefühl seiner Hinterkrallen in ihren Oberschenkeln. Manchmal war eine Katze nicht anders als ein Mann, der sich plötzlich davonmachte.

Trotz Louie oder vielleicht auch gerade wegen seiner unabsichtlichen Taubheitstherapie fühlte sich Temples Knöchel beinahe wieder normal an. Die Schwellung war zurückgegangen, und um die Mittagszeit juckte es sie schon wieder, an den Tatort des Verbrechens zurückzukehren. Vielleicht tauchte dieser geheimnisvolle Wagen, der sie nach Temple Bar bringen sollte, ja gar nicht auf, dachte sie hoffnungsvoll, während sie ihre riesige Armbanduhr anlegte.

Sobald sie eine Uhr am Handgelenk spürte, war sie bereit. Sie hatte keine Lust, noch länger zu Hause auszukühlen. Sie war bereit, sich ihren Geschäften zu widmen.

Daher schritt sie trotz ihres Knöchels unruhig auf und ab und machte sich endlich auf den Weg in die Lobby hinunter. Dort wollte sie irgendeinen alten Kerl wegen eines Restaurants am Lake Mead konsultieren, das an einer verborgenen Stelle lag und zufälligerweise ihren Namen – minus eines »r« – trug.

Als sie in dem klapprigen Aufzug nach unten fuhr, schien jedes Rucken und Holpern sie dafür zu schelten, daß sie die Angelegenheiten im *Crystal Phoenix* vernachlässigen wollte. Warum hatte sie diesem seltsamen Ausflug zugestimmt?

Von draußen ertönte das Geräusch eines leerlaufenden Motors. Eine schwere Autotür wurde zugeknallt. Eine schemenhafte Gestalt erschien im Türrahmen. Das grelle Licht der Nachmittagssonne ließ sie zu einer formlosen Silhouette verwischen.

Temple stellte sich fest auf beide Füße und zog ihre Handtasche – eher ein sechs Pfund schwerer Sandsack – vor ihren Körper.

Die Tür schwang auf und ließ die Hitze von draußen herein. Sie durchschnitt die lauwarme Kühle des *Circle Ritz* wie ein warmes Messer ein Stück Butter.

Temple verfluchte sich innerlich, weil sie so vertrauensselig gewesen war.

»Hi«, ertönte da eine vertraute Stimme. »Ich bin Ihr Chauffeur nach Temple Bar.«

Temple schritt zögernd über den glänzenden Marmorboden, bis sie nahe genug war, um die Person zu erkennen.

»Jill? Jill Diamond?«

»Genau. Ich werde Sie hin- und auch wieder zurückfahren. Der Ausflug in die Wüste wird bestimmt spaßig. Ich hoffe, es macht Ihnen nichts aus, ohne Verdeck zu fahren.«

Temple stieg vorsichtig in den ehemals babyblauen Jeep, dessen Lack Sonne und Sand stumpf gemacht hatten wie ein geliebtes Paar ausgewaschener Jeans. Der Sitz war ungefähr so gut gepolstert wie ein Stein. Jill hantierte wenig liebevoll mit der Gangschaltung herum,und der Jeep schoß vorwärts. Temple fühlte sich, als würde sie einen bockenden Bronco reiten. Sie knallte sich ihre Sonnenbrille auf die Nase und tauchte auf der Suche nach Sonnencreme in ihre Handtasche ab, während der Jeep den Strip entlangstotterte und dann auf den Highway abbog.

»Tut mir leid, daß die Fahrt so holprig war«, sagte Jill, als der Jeep endlich vor einem baufälligen Holzgebäude am Ufer des blendenden Blaus von Lake Mead zum Stehen kam. »Macht nichts. Hier ist nicht viel los, was?«

»Kommen Sie oft hierher?«

»Eigentlich nicht. Es ist ..., na ja, eher etwas für Touristen.«

Nachdem sie aus dem Sattel gestiegen war – so kam es Temple jedenfalls vor –, gingen sie auf das Wasser zu.

Temple wandte sich Jill zu. »Sie machen nicht den Eindruck einer –«

»... einer Frau, die mit einem Sänger verheiratet ist, der allabendlich auf der Bühne steht und bis spät in die Nacht Hotelgäste unterhält? Nein. Ich bin hier in der Wüste aufgewachsen. Ich ging in die Stadt, um Poker zu spielen – als Profi. Warum lächeln Sie? Ist die Vorstellung von einem weiblichen Pokerspieler so ungewöhnlich?«

Temple schüttelte den Kopf. Jill schien in dieser Hinsicht äußerst empfindlich zu sein. »Nein. Ich lächele über die Art und Weise, wie Sie Las Vegas als ›Stadt‹ bezeichnen, ganz so, als handele es sich um einen Ort, wo man das Futter fürs Vieh besorgt.«

»Das können Sie dort auch«, erwiderte Jill ernsthaft und legte ihre Stupsnase in Falten. »Verdammt, man kann dort sogar Vieh kaufen. Las Vegas steht für viele Dinge, aber für mich ist es nur ein grellbunter Bauchnabel, umgeben von Dingen, die wirklich wichtig sind. Dieses Land hier und was sich darauf befindet, das ist es, was zählt. Das, und was die Zeit und die Tradition ihm aufgedrückt haben.«

Temple drehte sich zu dem Gebäude mit den ungestrichenen Brettern um. Dank Jills Worten hatte es nun, trotz seines heruntergekommenen Aussehens, etwas Geheimnisvolles angenommen. »Was ist das einmal gewesen?«

»Oh, irgendein Bootshaus oder Rasthaus, denke ich. So verrückt die Idee einer Bar und eines Restaurants hier draußen auch erscheinen mag, ich denke, Spuds hat den richtigen Riecher. Die Jungs haben Pläne für diese Gegend. Es ist sogar die Rede von einem Schaufelraddampfer, der als Glücksspielboot auf der Nevada-Seite des Sees liegen soll, und von einem Wasserpark in verwittertem Geisterstadt-Look ... ganz natürlich, verstehen Sie?«

Temple lächelte erneut, dieses Mal angesichts der etwas seltsamen Vorstellung von »natürlich«, die die Menschen aus Las Vegas besaßen. Denn sie erforderten für gewöhnlich einen unnatürlich hohen Aufwand an Zeit und Geld.

»Ich verstehe sehr gut, wovon Sie reden«, erwiderte sie schließlich. »Ich bin gerade dabei, einen thematisch ähnlichen Plan für das *Crystal Palace* auf die Beine zu stellen.«

»Deshalb war ich ja auch der Meinung, daß Sie Spuds helfen könnten. Er ist ein verteufelt guter Koch, das können Sie mir glauben. Und der alte Haufen, mit dem mein Großvater durch die Gegend zog, hat zu lange in der Wüste gelebt. Es wird Zeit, daß sie wieder in ein halbwegs normales Leben zurückfinden.«

»Eightball scheint das ja geschafft zu haben. Bereitet Ihnen das eigentlich kein Kopfzerbrechen, daß ein Mann seines Alters Privatdetektiv spielt?«

»Und ob, verdammt! Und wie mir das Kopfzerbrechen bereitet! Schon als ich jünger war, habe ich mich um diese alten Sumpfhühner gesorgt, während sie mich bemuttert haben. Aber ich mache mir noch viel mehr Sorgen, wenn sie gar nichts tun. Sie sind wie Lebenslängliche im Gefängnis, wissen Sie, deren Strafe gerade ausgesetzt wurde. Es ist eine neue Welt, also können auch sie darin leben.«

»›Die Jungs‹«, wiederholte Temple mit ironischem Unterton.

Jill nickte ernsthaft. »Das sind sie, in der Tat. Kommen Sie mit, ich werde Ihnen Spuds vorstellen.«

Jills Stiefelabsätze gruben sich in den weichen Sand, als sie um die Ecke des ausladenden Gebäudes auf einen anderen Teil des Seeufers zugingen. Das verwitterte Holz trug ein helles, aschfarbenes Grau, und Temple bemerkte erfreut, daß die breite Terrasse, die rings um das Gebäude lief, ein perfekter Ort für ein Al-fresco-Abendessen war.

Über der Tür stand auf einem provisorischen, handgeschriebenen Schild zu lesen: »Three O'Clock Louie's.« Darunter stand in kleineren Buchstaben: »Spaß und Essen rund um die Uhr für die ganze Familie.«

Aber es drang nicht etwa der Duft von Essen nach draußen oder das Geplapper und Lachen von Menschen, sondern höllisch lautes Hämmern, das nur von einem gelegentlichen Fluch unterbrochen wurde.

Jill nahm ihren Cowboyhut ab und hüpfte die niedrigen Stufen zur Terrasse hinauf. »Hey, Leute, hört auf zu fluchen! Ihr habt Damenbesuch. Nicht ich, keine Angst, sondern eine Lady, die genauso heißt wie diese Anlegestelle, die einzigartige Miss Temple Barr.«

Temple gefiel es überhaupt nicht, einer solchen Vorstellung gerecht werden zu müssen, besonders nicht in Tennisschuhen. Sie schritt auf leisen Sohlen über die Holzplanken und betrat das *Three O'Clock Louie's.*

Ein höhlenähnlicher Raum, an dessen Wänden nackte Glühbirnen hingen, war mit Sägeböcken, Holz, Sägen und älteren Männern gefüllt, die wie die Sieben Zwerge drauflos arbeiteten.

»So sieht es aus, wenn man bei Null anfängt«, sagte einer von ihnen, wischte sich seine mit Sägespänen bedeckte Hand an seiner ausgebeulten Jeans ab und kam auf Temple zu, um ihr die Hand zu schütteln.

Die Männer unterbrachen ihre Arbeit, um Temple zu beäugen, was ausgesprochen beunruhigend war. Sie hatte sie zwar alle schon kurz im »Less Girls« kennengelernt, einem Stripclub, an dem sie finanziell beteiligt waren, aber es war nicht genug Zeit geblieben, um sich Gesichter und die passenden Namen einzuprägen – ein Problem, das sie auch mit den Fontana-Brüdern hatte.

»Sie müssen Spuds sein«, sprach sie spontan den Mann an, der immer noch ihre Hand drückte.

»Schlau wie eine Klapperschlange, Jilly«, lautete sein Kommentar. »Kein Wunder, daß sie all diese Mörder auf frischer Tat ertappt.« Er wandte sich wieder Temple zu. »Ich bin mächtig stolz, daß sich eine so bekannte Expertin wie Sie mit meinem kleinen Restaurant abgibt. Es ist wirklich nicht piekfein.«

»Das ist gut«, beruhigte Temple ihn und trat über verstreut daliegende Bretter weg, um sich einen Eindruck von der Größe des Gebäudes zu verschaffen. »Das nennt man ›Atmosphäre‹.«

»Oh, davon haben wir genug«, meldete sich einer der Männer zu Wort. »In unserem Alter ist das so ziemlich alles, was wir haben, außer Arthritis. Pitchblende O'Hara, zu Ihrer Verfügung.«

»Pitchblende«, sagte Temple. »Was für ein ausgefallener Spitzname!«

»Begriff aus dem Bergbau, Ma'am. Wir haben alle eine zeitlang nach Gold gesucht, als wir jünger waren.« Er senkte zaghaft seinen kahlen Kopf. »Es ist ein Uranerz, dunkles, bräunlichschwarzes Zeug, wie mein Haar einmal war.«

»Als du noch Haare hattest«, rief ein vierter Mann lachend, dessen schneeweißer Schopf seine Lake-Mead-blauen Augen noch blauer erscheinen ließ.

»Wild Blue Pike!« sagte Temple aufs Geratewohl. Zumindest entsprach dieser Mann seinem Spitznamen.

»So nannte man mich schon, als der Adamsapfel noch Pippinapfel hieß. Ich fliege gerne, wenn das Wetter gut ist.«

»O ja«, stichelte Spuds, »wenn du diese Säge da ein bißchen mehr zum Fliegen bringen würdest, Bruder, dann wären wir schneller mit der Arbeit fertig.«

Seine Worte brachten alle dazu, sich wieder ihren verschiedenen Aufgaben zu widmen, die, soweit es Temple beurteilen konnte, darin bestanden, so viel Lärm wie möglich zu machen, ohne wirklich etwas zustande zu bringen.

Spuds steckte sich einen abgekauten gelben Bleistift hinter sein Ohr und begleitete die beiden Frauen zur vorderen Terrasse, weg von dem Lärm.

»Jilly hat mir erzählt, daß Sie zur Zeit alle Hände voll mit dem *Crystal Phoenix* zu tun haben«, sagte er, als sie alle drei höflich auf den See hinausblickten und versuchten, sich nicht von dem Geklopfe, Gequietsche, dem Sägen und schrägen Gepfeife ablenken zu lassen, das aus dem Gebäude hinter ihnen ertönte. »Aber wenn Ihnen ein Einfall kommen sollte, wie man mein kleines Unternehmen hier promoten könnte, wäre ich Ihnen ausgesprochen dankbar. Und wir *Glory-Hole*-Jungs zahlen gut.«

»Hier draußen gibt es nicht viel«, sagte Temple, die den hübschen Ausblick genoß. »Die Leute hier rauszulocken wird nicht ohne Trick funktionieren. Mir gefällt allerdings der Name – ehem, nicht Ihrer, sondern der des Restaurants. Er ist einerseits volkstümlich und deutet doch gleichzeitig auf ein Leben nach Einbruch der Dunkelheit hin. Wie sind Sie nur darauf gekommen?«

»Das war einfach.« Spuds Grinsen entblößte eine Reihe perlweißer falscher Zähne. »Ich habe das getan, was alle cleveren Unternehmer tun: Ich habe ihn geborgt.«

»Oje!« Temple bereitete sich darauf vor, ihn mit den Tatsachen des Geschäftslebens vertraut zu machen. »Hoffentlich nicht von irgend etwas urheberrechtlich Geschütztem oder einem Markennamen.«

»Nur, wenn man die da als Copy-Cat bezeichnen kann.« Er deutete in eine Ecke der Terrasse.

Dort saß eine schwarze Katze und bearbeitete ihre Nägel. Das heißt, sie pflegte ihre Pfoten, spreizte die Zehen und zog an ihren feinen Härchen, die dazwischensaßen. Temple hatte Midnight Louie schon ein Dutzend Mal dabei beobachtet.

»Louie! Wie bist du denn hierher gekommen?«

Der Kater sah auf und warf ihr einen Blick mit seinen grünen Augen zu. Er zuckte einmal mit seinen schneeweißen Barthaaren, hob seine Hinterbeine von den Holzplanken und dehnte sich dann genüßlich.

»Wie ist denn mein Kater hierhergekommen?« erkundigte sich Temple bei jemandem, der ihr Antwort geben konnte, in diesem Fall Spuds Lonnigan.

»Das ist Ihr Kater? Das kann nicht sein. Dieses Tier gehörte einem alten Kriegskameraden, der sein Fischereigeschäft in Puget Sound aufgegeben hat und seinen Lebensabend auf Fidji beendet. Er wünschte sich ein gutes Heim auf amerikanischem Boden für sein altes Maskottchen, das ihn so oft auf See begleitet hat, aber es sollte nahe am Wasser sein. So hat er mich gefragt, ob ich die Katze nehme. Das hier ist Three O'Clock Louie.«

»Sind Sie sicher?« erkundigte sich Temple. »Er ist meinem Kater, Midnight Louie, wie aus dem Gesicht geschnitten.«

»Der alte Wayne hat ihn vor sechs Wochen hier abgegeben.«

Der große, schwarze Kater hatte sich erhoben und kam herüberspaziert, um die Besucherinnen unter die Lupe zu nehmen.

»Was frißt er?«

»Jeden dummen Goldfisch aus dem See, den er erwischen kann. Die hat man für die Touristen da hereingekippt. Ich kann ihn einfach nicht von ihnen fernhalten, nicht einmal mit meiner feinsten Küche. Aber Wayne hatte ja auch einen Lachs-Trawler, daher dürfte dieser alte Junge an ein paar wirklich gute Filetstückchen gewöhnt sein.«

Der Kater, um den es ging, schmiegte sich an Temples Beine, als seien sie beide alte Freunde, und schnurrte dabei wie ein Motorboot.

»Er scheint Sie ja wirklich zu mögen«, bemerkte Jill. »Ich sehe auch seine Ähnlichkeit mit Midnight Louie, aber das hier muß ein anderer Kater sein.«

»Sie kennen Louie?«

»Sicher. Aus dem *Phoenix.*«

Temple hockte sich hin, um das Tier unter dem Kinn zu kraulen. Die grünen Augen schlossen sich zu Schlitzen, genau wie bei Louie, aber aus der Nähe betrachtet, machte seine Schnauze den Eindruck, als sei sie in Milch getunkt worden.

»Nein, das kann doch nicht Louie sein. Seine Schnauze ist grau.«

»Genau wie bei uns«, sagte Spuds und kicherte, während er sich mit der Handfläche über die blassen Stoppeln strich, die sein Kinn bedeckten. »Haben Tag und Nacht an diesem Schuppen gearbeitet, war keine Zeit, uns so oft zu rasieren, wie wir es gerne getan hätten.«

»Dazu hattet ihr nicht mal in der Wüste genug Zeit«, fügte Jill liebevoll hinzu.

»Wir bekommen eben nicht oft Damenbesuch. Glauben Sie, Sie können etwas für mich und das *Three O'Clock Louie's* tun, Miss Temple?«

»Kein Problem. Wir können uns später, wenn die Renovierungsarbeiten abgeschlossen sind, zusammensetzen und einen Plan ausbrüten. Aber jetzt muß ich zusehen, daß ich schnell wieder ins *Crystal Phoenix* zurückkehre.«

»Warum die Eile?« erkundigte sich Jill unruhig. »Hier gibt es doch noch so viel zu besprechen.«

»Zum einen, weil ich sichergehen will, daß Midnight Louie im Karpfenhimmel ist und die Welt sich noch ganz normal dreht.«

»Und zum anderen?« Jill ließ nicht locker.

»Zum anderen sollte ich besser zusehen, daß ich meine Nummer für die Gridiron-Show vor den Hütern von Recht und Ordnung, vor allem Bösen und vor Crawford Buchanan beschütze.« Zu ihren Füßen unterstützte sie *Three O'Clock Louie* mit einem zustimmenden, durchdringenden Miauen.

Der gute Pater

Als Matt ConTact verließ, klangen ihm noch die Ohren von den vielen Stimmen des Elends, das immer wieder durch die Telefonleitungen zu ihm drang.

So persönlich auch der Kummer des einzelnen Anrufers sein mochte, er paßte doch immer in ein allgemeines, bekanntes Schema: der drohende Selbstmord, die Drogenabhängigkeit, der Alkoholismus.

Matt lächelte gequält.

Nur der Klang seiner eigenen Fußtritte unterbrach die kaum hörbare Nachtmusik, das leise Zirpen der Grillen und entferntes Motorengeräusch.

Aber ... Matts Schuhe hatten Gummisohlen. Das leise, sandige Kratzen von Ledersohlen konnte gar nicht von ihm kommen.

Wurde er etwa verfolgt?

Sicherlich nur von einem normalen Passanten wie ihm. Aber wer außer ihm war um Viertel nach drei in der Früh noch unterwegs?

Matt stopfte seine Hände in die Hosentaschen – um anzudeuten, daß er noch etwas anderes darin trug als nur seine Fäuste und etwas Wechselgeld. Dann drehte er sich um.

Ein Mann ging ungefähr fünfzig Meter hinter ihm die

Straße entlang. Seine Bewegungen waren entschlossen, und er trug einen seltsam vornehmen Anzug für diese verlassene Einkaufsgegend um diese Zeit. Als sei er zur Frühmette unterwegs.

Und doch war ein solcher Anzug besser als ein eher schauerliches Gewand – wie eine Mönchskutte mit Kapuze.

Matt verzog das Gesicht und drehte sich wieder nach vorn. Es gefiel ihm nicht, auf dieser verlassenen Straße einen Fremden zu nahe an sich herankommen zu lassen, denn er hatte weder Lust auf einen Kampf noch auf Flucht.

Deshalb ging er auf eine dunkle Ladenfront zu, in deren langer Schaufensterreihe sich das Licht der Straßenlaternen spiegelte.

In dem Spiegel einer Reinigung beobachtete Matt, wie die Gestalt hinter ihm auftauchte, wenige Meter weiterging und dann stehenblieb.

Oh, Gott. Matt drehte sich um. Er war mißtrauisch, aber noch nicht übermäßig besorgt ... noch nicht. Vielleicht war der Anzug ja zehn Jahre alt und der Mann nur ein obdachloser Bettler. Ganz gewiß gehörte er zu keiner Gang.

»Es ist nicht leicht, Sie zu erreichen«, sagte der Mann.

Die Stimme schien ihm seltsam vertraut, aus längst vergangenen Zeiten.

»Das stimmt nicht ganz«, erwiderte Matt vorsichtig. »Ich arbeite allerdings spät.«

»Glücklicherweise tue ich das auch. Manchmal.«

Matt hätte schwören können, daß sich ein Lächeln in die Stimme geschlichen hatte. Der Mann blieb weiterhin im Schatten.

»Warum versuchen Sie, mich zu erreichen?« erkundigte sich Matt.

»Weil Sie es gewünscht haben.«

Matt schüttelte verärgert den Kopf. Diese Unterhaltung war albern und überflüssig. »Mit wem habe ich es denn zu tun?«

»Wie schnell doch die Menschen vergessen.« Der Mann trat in das helle Licht nahe dem Fenster, näher auf Matt zu, als diesem lieb war.

Matt taxierte die schlanke, durchtrainierte Gestalt. Ein Mann, mit dem man sich besser nicht anlegte, aber ein älterer Mann, das spürte er. War er etwa ein Bekannter seines verstorbenen Stiefvaters, der gehört hatte, daß Matt auf der Suche nach Cliff Effinger gewesen war, und nun wissen wollte, warum?

Dachte er, daß Matt etwas mit seinem Tod zu tun hatte …?

»Hey«, drängte ihn der Mann, »sind Sie nun besonders vertrauenselig oder zu argwöhnisch? Was meinen Sie?«

»Wenn Sie noch näher kommen, ohne sich zu erkennen zu geben, werden Sie es erfahren.«

»Ach, Matthias, und ich wollte doch einen solch bleibenden Einfluß auf Ihr Leben haben –«

Matt war wie betäubt.

Die Stimme, die Erwähnung seines vollen Namens rief die Erinnerung an einen kargen Raum und überfüllte Bücherregale wach und an einen baumbedeckten Campus, den man aus dem einzigen vorhandenen Fenster sehen konnte.

»Ich bin es, Bucek«, sagte der Mann plötzlich.

»Mein Gott, Pater, das hatte ich ganz vergessen! Ich habe zwar eine Nachricht in St. Vincent hinterlassen, aber man war dort so wenig zuvorkommend, daß ich gar nicht damit gerechnet habe, von Ihnen zu hören.«

»Das hätten Sie auch nicht, aber da mich eine berufliche Angelegenheit ausgerechnet nach Las Vegas führte, und ich außerdem Ihre Nachricht erhielt, bin ich nun hier. Warum gehen wir nicht einfach weiter? Das *Circle Ritz* kommt uns bestimmt nicht entgegen.«

»Sie wissen, wo ich wohne?«

»Sie haben doch Ihre Adresse hinterlassen, oder?«

»Meine Privatadresse, das stimmt, aber nicht die von *ConTact's.* Wie haben Sie –?«

»Ich reise viel, daher überprüfe ich alles immer sehr gründlich. Für meinen Job.«

Matt fiel in den Schritt des nur wenig größeren Mannes, und in seiner Erinnerung wurden wieder all die Spaziergänge auf diesem malerischen Campus in Indiana wach und auch jener trübselige Spaziergang, zehn Jahre später.

Die anderen Teilnehmer des Priesterseminars waren Pater Buceks herber Art und seinem strengen Intellekt immer mit Unbehagen begegnet. Matt hingegen hatte ihn bewundert. Bis ...

»Sie sind einfach gegangen.«

Bucek nickte.

In Matts Gedanken war er immer noch Pater *Bucek.* Von gewissen Dingen erwartete man, daß sie Bestand hatten: die Gemeindekirche, in deren Nähe man aufgewachsen war, der Papst in Rom, der eigene geistliche Beistand im Priesterseminar. Man selbst mochte wohl versagen, den eigenen Eid ausgerechnet im Alter von dreiunddreißig Jahren brechen, aber die anderen Dinge mußten einfach Bestand haben. Vor allem Bucek, der einem manchmal Furcht einflößte, der stets weise Ratschläge erteilte, der einen so scharfen Intellekt besaß, daß er immer alle Entschuldigungen durchschaute. Der immer wußte, was jeder Seminarteilnehmer zu beichten fürchtete.

»Ein paar Straßenblöcke von hier gibt es einen *Burger King*«, sagte Bucek. »Möchten Sie eine Tasse Kaffee?«

»Ich trinke kein Koffein.«

»Drei Blöcke von hier gibt es eine Bar.«

»Sie überprüfen scheinbar wirklich alles sehr gründlich, aber ich möchte auch keinen Drink.«

»Dann also der *Burger King.* Das scheint mir sowieso eine angemessenere Umgebung für zwei Expriester zu sein als eine Bar.«

Das Fast-food-Restaurant war außerdem heller beleuchtet als eine Bar.

»Sie sehen gut aus, Matt.« Bucek hatte Matts bevorzugte Version seines Namens ohne weiteres aufgegriffen, als sei er froh, wenigstens eine Erinnerung an ihre zurückliegende Beziehung aus dem Weg geschafft zu haben. Er kaute langsam an seinem Hühner-Sandwich herum.

»Es will mir irgendwie wie ein ... Sakrileg erscheinen, Sie Frank zu nennen.«

»Tun Sie es einfach. Wir haben so viele Stunden damit verbracht, über Theologie, Berufung, Heiligkeit und ethische Grundsätze zu reden ... Ich fürchte, ich habe Sie trotzdem niemals wirklich gekannt, oder?«

»Ich Sie auch nicht.« Matt zog eine schlaffe Fritte durch eine Ketchup-Lache, die er aus mehreren kleinen Plastikbeutelchen herausgepreßt hatte und die an geronnenes Blut erinnerte. »Wann genau sind Sie gegangen? Sind Sie ... verheiratet?«

Franks Mund verzog sich, als habe er gerade auf einen Hühnerknochen gebissen. »Oh, kurz nachdem Sie das Seminar verlassen hatten.« Ich bin schon ein alter ›Ex‹. Ja, ich bin verheiratet. Seit acht Jahren schon.«

»Ist sie –?«

»Katholisch? Ja. Sie ist Musiklehrerin an einer High-School. Verwitwet. Drei Söhne im Teenageralter.« Bucek lachte, wie Matt ihn selten im Seminar hatte lachen hören, laut und über sich selbst. »Ich nehme an, ich bin immer noch ein geistlicher Beistand, Matthias – Matt.«

»Sie haben keine eigenen Kinder?«

»Nein.« Die Antwort kam abrupt. Thema abgeschlossen.

Ob es nicht geklappt hat? fragte sich Matt. Oder ob sie nicht wollten? Aber das ging ihn nichts an, genausowenig wie Frank Bucek noch etwas mit den Vorgängen in seinem Leben oder damit, was ihm auf der Seele lag, zu schaffen hatte.

»Und Sie?« Frank sog an dem Strohhalm, der seinen plastikbedeckten Pappbecher mit *Diet 7-Up* durchstach.

»Ich bin im letzten Jahr gegangen. Die Arbeit als Telefonseelsorger ist mein erster Job. Ich bin seit sechs Monaten dabei. Es gefällt mir dort. Es ist gar kein so großer Unterschied zur Beichte. Ich hoffe nur, daß ich damit etwas Gutes tue. Was machen Sie denn beruflich? Wir Expriester stellen Arbeitsvermittler vor echte Probleme. Überqualifiziert und mit wenig Erfahrung.«

»Ich habe was gefunden«, erwiderte Frank schroff. »Aber nun erzählen Sie mir doch, warum Sie mich sprechen wollten.«

»Oh ... hm –« Matt schob sein Tablett in dem schlabbrigen Orange beiseite und stützte seine Ellbogen auf die glatte, beigefarbene Resopaltischplatte. »Das ist eine ziemlich private Angelegenheit. Im Grunde geht es mich gar nichts an, aber mein Gewissen sieht das anders. Es handelt sich um Pater Rafael Hernandez.«

»Ein guter Mann und ein recht guter Priester.«

»Es freut mich, das zu hören. Unglücklicherweise ist mir noch etwas anderes über ihn zu Ohren gekommen, zwar aus einer kompromittierenden Quelle, aber trotzdem ... man hat ihn des Kindesmißbrauchs beschuldigt.«

»Öffentlich?«

»Nein. Da liegt ja gerade mein Problem. Pater Hernandez weiß darüber Bescheid und natürlich der Mann, der die Anschuldigungen erhoben hat. Und ich.«

»Das ist alles?«

Matt nickte bedrückt.

»Wenn er ein Opfer ist, dann wird der Mann doch sicher Anklage erheben.«

»Das ist es ja. Er ist kein Opfer. Er ist ein Erpresser, ein verbitterter Erpresser, der die Kirche haßt und jeden, der dazugehört. Er hat eine Großtante getötet, um an ihr Vermögen zu gelangen, eine Klosterkatze gekreuzigt, obszöne

Anrufe bei einer alten und glücklicherweise stocktauben Nonne gemacht –«

Frank Bucek zuckte angesichts dieser Litanei von bösen Taten zurück. »Aber er beabsichtigt nicht, Pater Hernandez wegen Mißbrauchs anklagen zu lassen, oder?«

»Nein. Er ist im Gefängnis und wartet auf den Ausgang einer Anhörung über die Frage seines Geisteszustandes. Als ich ihn besuchte, um die Wahrheit aus ihm herauszubekommen, schien er mir allerdings bei ausgesprochen guter geistiger Gesundheit zu sein.«

»Verbitterte Menschen sagen nicht die Wahrheit, Matt, nicht einmal sich selbst gegenüber. Sie haben zuviel zu verlieren.«

Die Weisheit dieser Aussage traf Matt wie frischer Mentholatem. Er beugte sich über den Tisch und senkte seine Stimme noch mehr.

»Aber das ist es ja gerade. Dieser Mann streitet ab, daß diese Anschuldigungen Teil seiner Schikanierungstaktiken gegen die Gemeinde seiner Tante waren. Ich habe ihn im Gefängnis besucht und ... glauben Sie mir, Frank ... es war so, als hätte ich mit dem Teufel gesprochen. Ich behaupte nicht, daß die Kirche ohne Fehl und Tadel ist oder niemand, der in ihrem Dienst steht, der Sünde anheimfallen kann, aber solch ein Zorn, solch eine Feindseligkeit und glühende ... Verachtung! Ich weiß, daß der Mann halbverrückt ist. Ich weiß, er ist gewalttätig und böse. Ich weiß aber nicht, ob er auch ein Lügner ist, was *diese* Sache angeht. Und genau mit dieser Ungewißheit hat er mich verspottet. Er möchte, daß ich mich winde wie ein Aal.«

»Haben Sie irgend jemandem von diesen Vorwürfen gegen Pater Rafael erzählt?«

»Nein. Ich habe ... ach, verdammt. Frank, ich habe selbst ›Nachforschungen‹ angestellt. Ich habe mir diese Geschichte ausgedacht, daß die Gemeinde Pater Hernandez mit einer Art ›Das-ist-Ihr-Leben‹-Veranstaltung ehren möchte und gewissenhafte katholische Damen in Diözesanbüros angerufen, wo Pater Rafael einmal sein Amt bekleidete, um etwas über seine Mitarbeiter herauszufinden und diese arglosen Menschen auszuquetschen.«

Matt bemerkte plötzlich, daß Frank ihn über die Reste seines Hühner-Sandwiches hinweg angrinste.

»Ich habe *gelogen,* Frank. Es waren Notlügen für einen guten Zweck, aber ich komme mir wie ein Schwein vor. Es geht so einfach. Ich hatte keine Ahnung, daß ich so überzeugend sein kann.«

»Das liegt an dieser ganzen Erziehung, die den ›guten‹ Jungen zum Ziel hat. Und der äußere Anstrich bleibt, selbst wenn die Grundmauern Risse aufweisen. Willkommen in der Realität, Matt.«

»Sie sind nicht schockiert?«

»Ich bin wohl kaum in der Position, wo mich so etwas schockieren darf«, erwiderte Frank mit sanfter Stimme. »Matt, ich hatte keinen zweiten Priesterschüler, der so aufrichtig, so gewissenhaft, so vielversprechend und so verdammt selbstbetrügerisch war wie Sie. Ich hatte deshalb immer das Gefühl, daß Sie keinen guten Priester abgeben würden und in diesen Reihen nichts zu suchen hatten.«

»Das wußten Sie damals schon? Warum haben Sie es mir nicht gesagt? Warum haben Sie mich schuften und herumstümpern und schwitzen lassen –?«

»Man kann niemandem sagen, was er zu tun oder zu lassen hat. Nicht einmal Gott kann das. Man muß es den Menschen selbst herausfinden lassen, sonst wird er niemals frei sein. Und ... ich wußte es damals noch nicht, aber meine eigene Berufung war auf Sand gebaut. Es braucht scheinbar andere Männer, die in die Fußstapfen des Fischers treten, Matt. Eine neue Generation.«

»Vielleicht auch andere Frauen«, fügte Matt hinzu, der sich an die engagierten Frauen erinnerte, eine Minderheit ohne jede rationale Hoffnung auf die Priesterinnenweihe, die dennoch selbst schon zu seiner Zeit am Seminar Theologie belegt hatten.

Frank hob seine Hände und ließ sie dann auf den Tisch hinabfallen.

»Hören Sie, Frank. Zur Beruhigung Ihres überaktiven katholischen Gewissens kann ich Ihnen versichern, daß Sie zufälligerweise an den richtigen Mann geraten sind, der Ihnen aus Ihrem moralischen Dilemma heraushelfen kann. Nennen wir es den letzten geistlichen Beistand eines Mannes, dessen eigener geistlicher Weg eine radikale Änderung erfahren hat. Zuerst darf ich Ihnen versichern – und das würde ich auf jeden Heiligen schwören, den Sie mir nennen –, daß Pater Rafael Hernandez, als ich ihm vor fünfundzwanzig Jahren als Diakon zugeteilt wurde, keinerlei Anzeichen gezeigt hat, die darauf schließen ließen, daß er ein Päderast ist. Und«, fügte er hinzu, als Matt unruhig hin und her rutschte, »ich bin außerdem in der Lage, dies zu beweisen. Ich kann ihn in aller Stille überprüfen lassen – sämtliche Gemeinden, für die er jemals tätig war. Sollte es irgendeinen dunklen Fleck in seiner Vergangenheit geben, so werde ich es herausfinden. Auch ich habe eine Verpflichtung. Ich kenne ihn schon viele Jahre länger als Sie. Ich habe Gemeindearbeit mit ihm geleistet. Auch ich habe also das Bedürfnis, die Wahrheit herauszufinden, und ich bin in der Lage, dies zu tun.«

»Aber warum? Und wie?« Matt spürte eine unendliche Erleichterung in sich aufsteigen.

Frank lächelte. »Fürchte dich nicht, spricht der Herr. Ich bin jetzt beim FBI.«

Er zwinkerte ihm zu.

Pater Frank Bucek, Expater Frank zwinkerte ihm zu.

König Scheußlich

Der Cursor auf Temples Laptop-Bildschirm blinkte schneller als ein rasender Puls.

Nichts ist für einen Autor schlimmer als ein leerer Kopf, der mit einem leeren Bildschirm konkurriert, während dieser aufgeregte Cursor nur zu gerne losstürmen und die unsichtbaren Bildpunkte entlanglaufen würde, um Buchstaben auszuspucken.

Eigentlich hatte sie sich eine Kampagne für das *Three o'Clock Louie's* ausdenken wollen, aber ihr Kopf sperrte sich dagegen. Statt dessen drifteten ihre Gedanken immer wieder zu Joe Jackson und seiner Verbindung zur *Glory Hole Gang* und dem *Joshua Tree* ab – das Hotel, das später zum *Crystal Phoenix* wurde. Die Geistersuite hatte einmal ihm gehört, und einige Leute behaupteten, daß dies immer noch so sei.

Unzusammenhängende Ideen liefen wie Hamster in einem Laufrad durch ihr Unterbewußtsein. Das *Phoenix* und Geister, Geisterstädte und die gute alte Zeit, Goldgrabungen und Silberdollars, Vergnügungsparks. Aber nichts wollte zusammenpassen.

Als das Telefon neben ihr läutete, riß sie den Hörer von der Gabel, dankbar für die Ablenkung.

»Temple?«

Oh nein, das war keine Ablenkung, sondern eine Strafe.

»Ja, Crawford.«

»Wie schön, daß du zu Hause bist.«

»Ich bin froh, daß man das wenigstens von einem von uns sagen kann.«

»Bleib da. Es bringt nichts, wenn du deine Nase in die Show steckst. Außerdem ist es gefährlich.«

»Danny Dove hat mich eingeladen, jederzeit bei den Proben zuzusehen, und er ist der Regisseur, nicht du.«

»Nun, dann lade ich dich eben wieder aus. Und ich gehe sogar noch weiter, ich warne dich.«

»Du warnst mich? Soll das etwa eine Drohung sein?«

»Und ob. Solltest du auch nur noch einen Fuß in dieses Theater setzen, dann werde ich eine Klage einreichen, über die ich zur Zeit noch nachdenke. Und das ist mein Ernst. Seit dein UFO sich selbständig gemacht hat und mich und beinahe die halbe Truppe geplättet hätte, bin ich meine Brustschmerzen nicht mehr losgeworden.«

»Es ist nicht ›mein‹ UFO, sondern eine Requisite. Wie kannst du mich dafür verantwortlich machen, daß sich das Teil gelöst hat und du derjenige bist, der hysterisch an einem Befestigungsseil herumgezerrt hat?«

»Ich kann verantwortlich machen, wen ich will, und wer genug auf der hohen Kante hat – das *Crystal Phoenix*, Van von Rhine und Nicky Fontana. Und Danny Dove. Wegen Fahrlässigkeit.«

»Ach, Blödsinn. Die Polizei denkt, daß der ›Unfall‹ arrangiert war.«

»Es ist mir egal, wie es dazu kam, es zählt nur, daß es geschehen ist. Ich denke, sechs Mille dürften ausreichen.«

»Teufel noch mal, Crawford, du warst derjenige, der mich in diese ganze Sache hineingezogen hat.«

»Stimmt, aber ich hatte gedacht, daß wir deine Nummer einfach fallenlassen könnten und Schwamm drüber. Ich hatte doch keine Ahnung, daß Dove darauf springen würde wie ein Schwan auf eine Schwimmrose.«

»Du …, du hattest von vornherein vor, meine Nummer fallenzulassen? Warum?«

»Weil das hier meine Show ist. Ich wollte alles selbst schreiben.«

»Und warum hast du mich dann überhaupt gefragt, mich angefleht, mir in aller Eile die Finger wund zu schreiben?«

In der Leitung herrschte plötzlich ein vielsagendes Schweigen.

»Vielleicht wollte ich dich einfach schwitzen sehen«, erwiderte Crawford schließlich mit mürrischer Stimme.

»Schwitzen?«

»Ja. Jahr für Jahr hast du die große Eröffnungs- und Schlußnummer für die Gridiron-Show geschrieben. Dieses Mal solltest du an dem großen Abend auftauchen und feststellen, daß es eine Riesenpleite ist. Wenn nur dieser handgelenkwackelnde Danny Dove mitgespielt hätte –«

»Was für ein dreckiger Trick! Aber warum bin ich eigentlich überrascht? Vermutlich, weil ich dir einen solchen Groll wohl doch nicht zugetraut habe.«

»Hör zu.« Crawfords Stimme war tiefer und weicher geworden, summte durch die Leitung. »Hör zu. Irgend jemand mit großem Einfluß hier in der Stadt ist nicht besonders glücklich über die Nummer, die du da geschrieben hast. Ich habe einige Nachrichten erhalten – als ob ich dafür verantwortlich wäre! Ein paar davon sind auf meinem Anrufbeantworter gelandet. Anonym natürlich. Sie wollen, daß deine Nummer verschwindet. Vielleicht auch du. Ich kann dir nur raten, dich vom *Crystal Phoenix* und der Gridiron-Show fernzuhalten. Falls du das nicht tust und der Vorhang fällt, dann wirf mir nicht vor, ich hätte dich nicht gewarnt – immerhin habe ich damit mehr getan als du, als dieser E.T.-Verschnitt auf meinen Kopf zusauste.«

»Crawford, willst du damit etwa sagen, daß jemand wegen meiner Nummer versucht, die Show zu boykottieren? Warum? Was ist denn der Grund?«

»Ganz offensichtlich ist sie nicht sehr witzig, was ich Dove bereits gesagt habe, und das ist nun auch einigen einflußreichen Leuten aufgefallen. Also halte dich fern. Das werde ich auch tun, bis die Luft wieder rein ist.«

Er legte auf, ohne auf Wiedersehen zu sagen.

Aber vielleicht hatte das ja auch gar keinen Sinn. Vielleicht war sie ja schon tot.

Temple starrte auf ihren Bildschirm, wo die kärglichen Worte »Im *Three O'Clock Louie's* ist immer etwas los« schwebten.

Hinter Crawfords üblicher Großmauligkeit hatte Temple echte Angst gespürt. Auf seine feige Art riet er ihr, daß zu tun, was er auch vorhatte: sich von der Gridiron-Show fernzuhalten.

Aber es war sein Projekt. Was würde wohl geschehen, wenn er Danny Dove im Stich ließe? Nun, Danny würde schon irgendwas auf die Beine stellen. Und das Security-Syndikat der Flying-Fontana-Brüder krabbelte in allen Ecken und Nischen herum. Johnny Diamond war bereit, Temples Medley satirischer Showeinlagen zu singen, und auch um ihn mußte man sich sicherlich keine Sorgen machen. Mit einem so großen Namen wie dem seinen würde sich bestimmt niemand anlegen. Aber was um Himmels willen war denn nur so Bedrohliches in ihrer Nummer?

Falls diese Unfälle wirklich dazu dienen sollten, die Inszenierung zu verhindern, dann hatte derjenige, der dahintersteckte, keine Ahnung von der alten Maxime: »The show must go on.« Alte Haudegen wie Danny und Johnny und die eifrige Darstellertruppe würden nicht wegen einiger seltsamer Unfälle einfach das Handtuch werfen. Es sei denn, auch der Mord an dem Mann in der Decke, Matts vermißtem Stiefvater Cliff Effinger, hätte zu diesen »Unfällen« gehört.

Temple speicherte das Geschwafel auf dem Bildschirm unter »3Louie« ab. Kein Wunder, daß sie den schwarzen

Kater in Temple Bar für Midnight Louie gehalten hatte. Sie hatte ihn in der letzten Zeit so selten gesehen, daß sie gar nicht mehr genau wußte, wie er aussah. Wenn sie sich recht erinnerte, war er ihr das letzte Mal im *Phoenix* über den Weg gelaufen …

Lou Wer?

Obwohl ich an Undercover-Aktionen gewöhnt bin, widerstrebt es mir in gewisser Weise, wie ein Verbrecher durch meine frühere Bleibe zu schleichen.

Aber dazu bin ich im *Crystal Phoenix* und im Kasino verdonnert, seit Caviar, alias Midnight Louise, mein Revier übernommen hat. Normalerweise würde ich mich nicht so einfach unter die nächstbeste Palme hocken und an meinen Nägeln kauen, während irgend so ein Emporkömmling sich mein Territorium unter die Krallen reißt. Aber in diesem Fall sind mir Zunge und Schwanz gebunden. Ich bin im *Phoenix* zu bekannt (und beliebt), um mein unverwechselbares Gesicht dort zu zeigen. Sollte ich es doch tun, so würden unweigerlich glückliche »Louie«-Schreie aus allen Ecken ertönen und die rachsüchtige Caviar auf meine Identität – und viel schlimmer noch, meine Anwesenheit – aufmerksam machen.

Das käme meinem höheren Ziel nicht zugute, herauszufinden, welche widerlichen Kräfte hier am Werke sind und meine treue Wohnungsgenossin, Miss Temple Barr, und ihr gegenwärtiges Projekt, die Gridiron-Show, in Gefahr bringen.

Derweil zeigt Miss Caviar keinerlei Skrupel, auf dem Hotelgelände herumzustolzieren und Komplimente hinsichtlich ihrer Ähnlichkeit – wenn auch in einer etwas schlankeren und jüngeren Gestalt – mit meiner Wenigkeit einzuheimsen.

Je häufiger diese ahnungslosen menschlichen Wesen meinen Namen nennen, desto mehr sorgen sie dafür, daß die unbarmherzige Caviar bleibt. Und jetzt erwische ich sie sogar dabei, wie sie einen der Hunde anspricht, die – in der Hoffnung auf ein gutes Abfallmenü – in der Nähe der Hotelanlage herumstreichen.

Dieser häßliche Kunde, auf den sie da losmarschiert, läßt mich mit meinen Pfoten die Augen bedecken, mit denen ich aus meinem immer wieder praktischen Oleanderbusch in der Nähe des Dienstboteneingangs hervorspähe.

Der herumstreunende Hund ist eine Pitbull-Schäferhundmischung, kein Kerl, mit dem man sich anlegen sollte, das können Sie mir glauben. Meine Nachsichtigkeit mit diesem jungen Emporkömmling mag ihr eine zu hohe Meinung von sich selbst vermittelt haben, denn sie spaziert scheinbar ohne jegliche Bedenken auf diesen wirklich furchteinflößenden Dingo zu.

»Entschuldigen Sie, Sir«, höre ich sie sagen, während er mit fachmännischen Prankenhieben einen Sack mit Fleischresten aufschlitzt.

Er blickt auf. Ein Auge ist zu einem Schlitz zusammengezogen und das gegenüberliegende Ohr halb abgebissen. »Verzieh dich, Herzchen. Ich bin bald bereit für mein Dessert, und du kämst mir da sehr gelegen.«

»Genau darum geht es, mein Freund«, erwidert sie, ohne daß sich auch nur ein einzelnes ihrer Nackenhaare aufrichtet. »Ich bin auf der Suche nach jemandem, der sich offensichtlich auch verzogen hat.«

»Wir verziehen uns doch alle irgendwann, Baby.« Er zerrt die Überreste eines T-Bone-Steaks mit seinem mächtigen Kiefer aus einer Plastikhülle.

Caviar sitzt auf ihrem niedlichen, kleinen Schwanz und legt sich mit einer Etepetete-Geste eine Pfote auf ihre Schnurrbarthaare, offensichtlich entsetzt über die wüsten Tischmanieren dieses Subjekts. »Der Gegenstand meiner Suche ist in dieser Gegend hier recht bekannt. Haben Sie jemals von einem Midnight Louie gehört?«

»Von ihm gehört?« Der Hund spuckt ein paar Knochensplitter aus. »Ich bin der erste in dieser Stadt, der ihm die Ohren langgezogen hat. Hat dieser Maulheld dich etwa belästigt, Herzchen? Wenn du mir einen Tip gibst, wann die Schleckereien aufs Büffet gestellt werden«, – sein armseliger Schwanz klatscht gegen den Müllcontainer – »wäre ich bereit, ihn so fest in den Hintern zu treten, daß ihm Hören und Sehen vergeht. Und ich wäre sogar bereit, dich noch ein Weilchen am Leben zu lassen.«

»Ich verteile meine Tritte für gewöhnlich selbst«, erwidert sie. »Er hat also Angst vor Ihnen. Und ich habe geglaubt, er sei groß und stark.«

Ich winde mich in den Büschen, und mein Schwanz wirbelteine Staubwolke auf, so heftig klopft er. Der Grund, warum dieser Dingo-Kerl blinzelt, liegt an der dritten Kralle meiner rechten Pfote. Und dennoch bin ich gezwungen, tatenlos meine Fänge zu fletschen, während er Verleumdungen über meine Kampftüchtigkeit, nicht zu vergessen meinen Mut, verbreitet.

»Groß und stark«, wiederholt der Hund mit einem Knurren. »Solche Neuigkeiten bringen ja eine Hyäne zum Kichern. Dieser Midnight Louie war ein Cremetörtchen, Herzchen. Groß mag er ja gewesen sein, aber es war nicht mehr dahinter als Fett und Faulheit. Ich für meinen Teil bin froh, daß dieser alte Herumlungerer von hier verschwunden ist. Das hebt das Niveau der Gegend.«

Als ob dieser Schnorrer ein eleganter Tupfer in dieser Umgebung wäre!

Offenbar aber kauft Caviar dieser Knalltüte ihre Story nicht ab. »Warum sollte Midnight Louie einen solchen behaglichen Job wie den hier aufgeben, wenn er wirklich so faul ist, wie Sie behaupten? Eine Stellung als Hausdetektiv in einem großen Hotel am Strip bietet sich einem nicht jeden Tag. Und das Personal scheint ihn – mit der Ausnahme von Song natürlich – zu mögen. Ich habe sogar gehört, daß er einmal die Managerin, Miss Van von Rhine, vor einigen Muskelprotzen gerettet haben soll.«

Der Hund schnauft verächtlich, was man von einem Vertreter seiner Rasse beim Fressen nicht anders erwarten kann. »Die Leute lassen sich von milchsaufenden Parasiten wie ihm leicht in die Irre führen. Er hat für dieses Hotel nichts weiter getan, als den Umfang an wertvollen Fischvorräten zu dezimieren.« Der Nichtsnutz schnüffelt an einem Haufen Orangenschalen und Apfelgehäusen entlang und zieht dann die Reste eines Hot dogs darunter hervor. »Außerdem ist er, soweit ich gehört habe, zu einem anderen Etablissement weitergezogen.«

»Ach ja?« sagt Caviar in einer Weise, daß man nicht anders kann, als zu antworten.

Das muß ich der Kleinen wirklich lassen. Sie schafft es, ungeheuer uninteressiert zu tun, während dieser dämliche Kotzbrocken ihr genau die Antworten serviert, die sie braucht.

Er gräbt noch den einen oder anderen Essensrest aus, den ich nicht einmal verbuddeln würde, und füttert sie dann mit vollem Maul mit seiner Information. »Neues Heim. Am Lake Mead. Ein Mampfschuppen namens ›Three O'Clock Louie's‹. Wie mir scheint, hat dein Freund einen besseren Unterschlupf mit Blick aufs Wasser und auf mehr Karpfen gefunden.«

»Er ist nicht mein Freund«, erwidert Miss Caviar schnell.

»Warum willst du ihn dann finden?«

»Wegen einer persönlichen Angelegenheit«, lautet die Antwort, während sie ihre Hardware streckt.

Die Augen des Hundes richten sich auf ihre Vorderkrallen, die sich in einem Rhythmus ausfahren und zurückziehen, die niemand aus Versehen mit einem Ausdruck der Zufriedenheit verwechseln kann. Er tappt ein Stück nach hinten und schleift einen Teil seiner abstoßenden Beute mit sich.

»Nun ja, ich möchte nicht in irgendeine Vendetta geraten. Ich möchte bezweifeln, daß du ihm mehr als ein paar lose Haare krümmen wirst, aber ich habe nichts dagegen, daß einer diesem Rüpel wieder mal zeigt, wo's langgeht. Deshalb werde ich dich dieses Mal noch davonkommen lassen. Und nun mach, daß du wegkommst, bevor ich meinen Appetit verliere und vergesse, daß ich Katzen abgeschworen habe!«

Er macht einen Satz nach vorne, mit angelegten Ohren und weit aufgerissener Schnauze, aus der ein lautes Bellen ertönt.

Caviar vollführt ebenfalls einen Satz, stellt ihre Haare zu einer mächtigen, schwarzen Aura auf und krümmt ihren Rücken wie ein Mitternachtsregenbogen.

»Ich habe genug von Ihnen, mein Lieber«, sagt sie in einem Tonfall, der zwischen Knurren und Zischen liegt. »Sie sollten wissen, daß ich die neue Hausdetektivin des *Crystal Phoenix* bin, und Passanten der falschen Sorte sind mir nicht willkommen. Von jetzt an werden Sie Ihren Imbiß wohl woanders einnehmen müssen.«

»Und wenn nicht?« stößt er mit gefletschten Zähnen hervor.

Mein Körper spannt sich, bereit, ihr zu Hilfe zu eilen. So sehr Miss Caviar auch eine Lektion verdient hätte, so kann ich doch nicht erlauben, daß eine mögliche Verwandte in meiner Gegenwart all ihre neun Leben durch einen dreckigen Köter verliert.

»Scher dich zurück zum *Araby Hotel*, wo du hingehörst«, kreischt sie ihn an und vollführt einige flinke, kleine Bewegungen, die sie wahrscheinlich von einer orientalischen Kurzhaarkatze abgeguckt hat, die ihre Gegner für gewöhnlich auf solche Weise schlägt.

Das bedrohliche Knurren des Hundes ist zu einem Heulen geworden. Er hüpft mit großen, ruckartigen Bewegungen zurück und reibt sich seine lange, häßliche Schnauze im Dreck. Vier dunkle Streifen zieren nun seine Nase. Während ich sie betrachte, füllen sie sich mit hellrotem Blut.

Er jagt davon und hinterläßt dabei eine Spur von Tropfen, der selbst ein kurzsichtiger Koalabär folgen könnte. Die siegreiche Caviar schleppt seine verwaisten Essensreste zurück zum Müllcontainer, tut für eine Weile so, als würde sie sie verscharren, und spaziert dann davon, zweifellos, um sich ihrer

Routine zu widmen und ein weiteres widerliches Almosen von Song zu schnorren.

Ich bleibe im Schatten liegen und grübele über die Grausamkeiten des Schicksals nach. Es geht nicht nur das Gerücht, ich hätte mir woanders, unter einem Pseudonym, neues Quartier gesucht, sondern angeblich habe ich zudem noch meinen Job an ein weibliches Wesen verloren. Was soll nur aus dieser Welt werden?

Fehlende Verbindungen

Das warme, samtige Wasser fühlte sich wie halbfestes *Jell-O* an.

Matt durchquerte die Länge des Pools und drehte seine Schulter und sein Gesicht mit rhythmischen Bewegungen bei jedem Atemzug der Sonne zu.

Schwimmen war immer schon eine surrealistische Erfahrung. Umgeben von einem fremden Element kämpfte man mit der Beständigkeit eines Haifisches, um ein Teil von ihm zu bleiben und sich doch nicht von ihm vereinnahmen zu lassen.

Mit jedem Atemzug nahm er den Geruch des chlorhaltigen Wassers wahr. Durch blaugetönte Gläser hindurch erhaschte er Blicke auf Bewegungen in der Umgebung, die man, wenn man über Mutter Erde hinwegspazierte, niemals auf diese Weise wahrnahm. Ein Stück Palmwedel, das sich vor einen strahlend blauen Himmel bewegte. Ein kurzer Blick auf das Dach des *Circle Ritz*, das sich wegdrehte, als er eine Wende am entfernten Ende des Pools vollführte. Ein schwarzer Punkt, der über den Himmel ruderte, als er erneut zum Luftholen auftauchte, und dann wieder verschwand.

Als Matt nach seiner dreiundzwanzigsten Bahn wieder einmal die routinemäßige Drehung zum Luftholen vollführte, erschien über ihm das Gesicht eines Mannes, das von einer dunklen Sonnenbrille verdeckt wurde.

Matt machte eine volle Drehung, tauchte hoch und trat auf der Stelle, während er durch seine mit Tropfen bedeckte Brille versuchte, etwas zu erkennen.

»Frank!« rief er schließlich erleichtert. Temples Geschichten von zwielichten Gestalten und düsteren Machenschaften im *Crystal Phoenix* hatten ihm scheinbar doch zugesetzt. Der Mann zog sich mit einem schiefen Grinsen in den Schatten zurück, während Matt sich tropfend auf die heiße Betonumrandung des Swimmingpools stemmte.

»Was machen Sie hier?« erkundigte er sich.

Matts Füße hinterließen feuchte Abdrücke auf dem Beton. Er griff nach seinem Handtuch, das über dem altmodischen Liegestuhl hing, neben dem sich Frank widerwillig auf einem ähnlich klapprigen Modell niedergelassen hatte.

»Ein ziemlich merkwürdiger Ort«, erwiderte Frank statt einer Antwort und steckte die einschüchternde Sonnenbrille in die Brusttasche. Er blickte blinzend auf die dunkle, massige Marmorgestalt des *Circle Ritz*, das in der Sonne wie ein Mausoleum glitzerte. »Macht einen etwas finsteren Eindruck.«

»Sie aber auch.« Matt blickte an Frank hinab, der einen grauen Anzug, eine Krawatte und schwarze Schuhe trug.

»Ungeschriebene Kleiderordnung des FBI.« Frank lockerte die unglaublich einfallslose Krawatte. »Aus der Kirche weg und immer noch in Uniform.«

»Und immer noch im Dienst?« fragte Matt und warf sein feuchtes Handtuch über den Liegestuhl, ehe er sich setzte.

»Ständig. Und Sie halten sich fit?«

»Ständig. Schwimmen ist für mich Routine, zudem gut geeignet als Meditation.«

Frank fuhr sich mit der Hand durchs Haar.

»Ich bin gekommen, um Ihnen zu sagen, daß die Überprüfung von Rafael Hernandez ein Klacks war.«

Matt hielt den Atem an.

»Er ist sauber, Matt. Ich habe fünfundzwanzig Jahre alte Kontakte und unsere Computer benutzt. Und sogar einige Fäden in den verschiedenen Diözesen gezogen. Nichts. Kein Sterbenswörtchen über irgendeinen Skandal oder eine Beschwerde. Ich habe mehrere Meßdiener per Telefon befragt. Hernandez mag wohl ein wenig streng sein, auch ein bißchen wichtigtuerisch, aber er hat sich niemals irgendeines Fehlverhaltens schuldig gemacht – niemals.«

»Sind Sie da absolut sicher?«

»Sicher genug, um vor einem Gericht zu beschwören, daß ich unfähig gewesen bin, auch nur den Hauch eines Beweises aufzuspüren.«

Als Matt schwieg, zog Frank eine Zigarette hervor und zündete sie mit verächtlichem Gesichtsausdruck an. »Was wollen Sie noch, Devine? Einen Chor von Erzengeln, die die Neuigkeiten von ganz oben verkünden? Ich habe mein Bestes getan, und ich bin zufrieden. Warum Sie nicht?«

»Tut mir leid, Frank. Ich weiß den Gefallen zu würdigen. Es ist nur so, daß es ein hoher Preis wäre, sich in einem solchen Fall zu irren.«

»Das ist es immer, wir nehmen es nur nicht jedes Mal wahr.«

»Hm.« Matt beugte sich vor, um seine Segelschuhe über die trockenen Füße zu ziehen. »Jetzt können Sie sich also ganz auf das konzentrieren, was sie eigentlich nach Las Vegas gebracht hat.« Er stand auf und streifte sich ein T-Shirt über.

»Wollen Sie mich etwa zum Plaudern verleiten? Ich werde über den Fall nicht reden. Unterliegt der Schweigepflicht«, fügte er hinzu, während er sich ebenfalls erhob und neben Matt stehenblieb.

»Ich werde Sie zu Ihrem Auto begleiten. Es wäre schön, wenn Sie mir Ihre Telefonnummer geben könnten.«

»Warum nicht.« Frank zog eine Karte hervor und kritzelte

seine Privatnummer mit einem Kugelschreiber auf die Rückseite. »Ich bin viel unterwegs, aber Nachrichten erreichen mich immer irgendwie. Wenn Sie noch Fragen haben sollten, rufen Sie mich an. Falls nicht, lassen Sie mich einfach wissen, wie es Ihnen geht.«

Er öffnete das Holztor zum Parkplatz.

Matt steckte die Karte in die Brusttasche seines T-Shirts. Er wußte sofort, welchen Wagen Frank fuhr. Es war ein gemieteter Taurus, waldgrün. Genau das richtige für einen Priester – oder einen FBI-Mann. Langsam wurde ihm klar, daß letzteres die einzige berufliche Alternative für Frank gewesen war.

Auf dem Platz neben Franks bewußt unauffälligem Wagen tauchte plötzlich Temples grausliger kleiner *Storm* auf.

Er beobachtete ihn geistesabwesend.

Frank öffnete gerade die Fahrertür, als Temple mit einer Einkaufstüte, ihrer Tasche und einer überdimensionalen Sonnenbrille, die ständig von ihrer Nase rutschte, um ihren Wagen herumgeklappert kam.

»Hi«, rief sie fröhlich und blieb dann wie angewurzelt stehen, als sie Frank erblickte.

»Was tun Sie denn hier, Miss Barr?« Franks Leutseligkeit schlug plötzlich in Wachsamkeit um.

»Das könnte ich Sie genausogut fragen. Ich wohne hier.«

»Tatsächlich?« Frank drehte sich überrascht zu Matt um, als frage er sich, warum ihm dieser solch eine wichtige Information vorenthalten hatte. »Sie kennen sich also?«

Matt war für einen Moment sprachlos. Woher kannte Frank Temple? Hatte er Matt etwa auch überprüft?

»Wir sind Nachbarn«, sagte Temple in die sich ausdehnende Gesprächspause hinein. »Matt bringt mir außerdem Selbstverteidigung bei.«

»Versuchen Sie mir damit etwa zu sagen, daß wir uns über Ihre Sicherheit keine Sorgen machen sollen, Miss Barr?«

»Ich versuche lediglich zu erklären, woher Matt und ich

uns kennen, obwohl ich nicht weiß, warum ich das eigentlich muß.« Sie schob ihre Einkaufstüte zurecht. »Ich habe gefrorenen Joghurt gekauft und sollte besser zusehen, daß ich in die Wohnung komme.«

Die Papiertüte glitt langsam an ihrer Hüfte hinunter.

»Warte, ich nehme sie«, sagte Matt. Er wandte sich Frank zu. »Vielen Dank, daß Sie vorbeigekommen sind.«

Frank beäugte erst die Tüte in Matts Arm und dann Temple. Man konnte förmlich sehen, wie die wildesten Spekualationen in seinem Kopf durcheinanderwirbelten.

»Wir sprechen uns wieder«, sagte er zu Matt. Er nickte Temple in einer Weise zu, die nicht unbedingt einem Abschiedsgruß entsprach, stieg in den Wagen und fuhr davon.

»Hm.« Temple beäugte Matt mit ebenso großer Neugierde. »Woher kennst du Agent Bucek?«

»Ich bin mit ihm zur Schule gegangen.« Matt hatte im Augenblick keine Lust, jedes Kapitel und jede Einzelheit dieses Verhältnisses offenzulegen. »Und du?«

»Er ist der Blödmann von der Regierung, der mich gemeinsam mit Molina und Ferarro befragt hat.« Sie schritt vor ihm her auf das Holztor zu und hielt es für ihn auf. »Hey, das mit dem Blödmann war nur ein Scherz. Er war überaus höflich, aber ich hatte den Eindruck, daß er sehr beängstigend sein kann, wenn er wirklich etwas aus einem herauskriegen will.«

»Das kann er.«

»Da scheint die Stimme der Erfahrung zu sprechen. Ist er nicht ein bißchen zu alt, um mit dir zur Schule gegangen zu sein?«

»Ich habe nie behauptet, daß wir in dieselbe Klasse gegangen sind, nur in dieselbe Schule.«

»Das wird ja immer wunderlicher.« Temple klapperte vor ihm ins Gebäude.

Matt spürte, wie das Kondenswasser auf der Packung mit

dem gefrorenen Joghurt durch die braune Papiertüte drang und sie zu Matsch verwandelte. Nicht nur der Karton war ins Schwitzen geraten.

Im Aufzug blickten beide stumm auf die Tür, als sei die Kabine überfüllt und sie beide bemüht, sich eines anständigen und möglichst gleichgültigen Verhaltens zu befleißigen.

»Matt«, sagte Temple plötzlich. »Hast du Eightball O'Rourke angeheuert, um mich zu beschützen?«

Hotelgeister

Temple blickte sich in ihrem zweiten Zuhause um. Es war das erste Mal seit Tagen, daß sie wieder hohe Absätze trug, und prompt versanken sie in einem Plüschteppichboden, der die Farbe von Milchkaffee hatte. An den Wänden klebte eine beigefarbene, mit silbernen Fäden durchwirkte Graspapiertapete. Ein Cursor blinkte sie ermutigend vom Bildschirm eines hübschen, kleinen Laptops an, das auf einer ansonsten leeren, drei Zentimeter dicken Glasplatte schwamm. Ein Laserdrucker mit einem ebenso elfenbeinfarbenen Gehäuse stand auf einem Rolltisch ganz in der Nähe.

Entlang der Wand reihten sich Aktenschränke, die darauf warteten, mit jedwedem Zeug, das Temple in den Sinn kam, gefüllt zu werden.

Oben auf einem der Aktenschränke stand eine schwarze, vor sich hin dampfende Kaffeetasse, auf der ein vergoldeter, aufsteigender Phönix abgebildet war.

Temple spähte in die Tasse hinein. Sie hatte Vans Sekretär (der, obwohl männlich, *keiner* der Fontana-Brüder war) gebeten, ihr Kaffee mit Milch zu bringen. Und richtig, die Mixtur paßte farblich gesehen wunderbar zum Teppichboden.

Temple seufzte nachdenklich angesichts ihres prächtigen, leeren Büros. Es dürfte kaum länger als ein oder zwei Tage dauern, um es in einen chaotischen Zustand zu versetzen, dachte sie und entlud sogleich die wichtigsten Dinge aus ihrer Schultertasche auf den Glasplattenschreibtisch.

Sie hatte ihre elegante Behausung im *Crystal Phoenix* zwei Leuten zu verdanken. Danny Dove hatte darauf bestanden, daß sie während der Abwesenheit von Crawford Buchanan dessen »unergründliche Sketche« – *sein* Ausdruck, nicht ihrer, und zudem vor Van von Rhine laut ausgesprochen – umschreiben sollte. Und Van von Rhine hatte ihrerseits darauf bestanden, daß Temple ein Büro bekam, in dem sie sich der Wiedererweckung des *Crystal Phoenix* widmen und sich ein paar Gedanken für die Promotion des »ausgefallenen Fast-food-Schuppens«, den sich »der liebe Spuds« – ihre Worte, nicht Temples – ausgedacht hatte.

Temple vermutete, daß das Büro noch einen anderen, unausgesprochenen Grund hatte. Es machte es den Leuten im *Phoenix* wesentlich leichter, sie ihm Auge zu behalten, wo sie doch angeblich das Ziel all der Dummheiten war, die augenblicklich vor sich gingen. Sie runzelte die Stirn, als sie sich daran erinnerte, wie hitzig, aufgeregt und entrüstet Matt jegliche Absicht, sie zu beschützen, bestritten hatte. Mehr, als sie in Selbstverteidigung zu unterrichten, habe er in dieser Richtung nie unternommen. Allerdings hatte er nicht bestritten, Eightball O'Rourke angeheuert zu haben. Das war ausgesprochen interessant.

»In Ordnung«, teilte Temple ihrem wunderbaren, aber leeren Büro mit. »Wenn ich schon nachsitzen muß, kann ich auch ebensogut ein paar Hausaufgaben erledigen.«

Sie drückte den Intercom-Knopf auf ihrem Schreibtisch und schreckte zusammen, als eine männliche Stimme antwortete. Man wußte ja nie, ob nicht inzwischen ein Fontana-Bruder das Vorzimmer in der Hand hatte – oder auch Crawford Buchanan.

»Könnten Sie wohl für mich herausfinden, ob sich die

Blaupausen von der Renovierung des *Crystal Phoenix* in Vans Besitz befinden? Ich würde gerne einmal einen Blick darauf werfen.«

»Gerne, Ma'am«, erwiderte der junge Mann, der auf den Namen Yancy hörte. »Ich werde mich sofort darum kümmern.«

Temples Kaffee war gerade erst auf Trinktemperatur abgekühlt, als auch schon ein leichtes Klopfen an der Tür ertönte.

Auf ihre Bitte hin trat Yancy mit einem Arm voller zusammengerollter Baupläne ein. Sie polterten wie blaugefärbte Knochen auf den Schreibtisch.

»Haben Sie sonst noch einen Wunsch, Ma'am?« erkundigte er sich.

Er war ein schmächtiger junger Mann mit einem saubergeschrubbten Gesicht und dunklem kragenlangen Haar, das er zu einer seltsam antiquiert wirkenden Pomade-Frisur gekämmt hatte.

»Für den Augenblick wäre das alles«, erwiderte Temple.

Sie nahm auf ihrem Schreibtischstuhl Platz und rollte mit ihm über den Plastikschutz des Teppichbodens, bis sie ihre Ellbogen auf der glatten Glasfläche des Schreibtischs abstützen konnte. Dann trank sie geistesabwesend an ihrem Kaffee.

Unzählige feine, blaue Linien überzogen im Zickzack die riesige Oberfläche der Entwürfe. Sie hatte genug Blätter vor sich liegen, um ihre Wohnung damit tapezieren zu können.

Als sie hörte, wie sich die Tür schloß, blickte sie auf. Yancy war verschwunden. Endlich war sie allein mit ihren geheimen Schatzplänen.

»Hier sind die Klamotten, meine Liebe.«

Danny Dove hatte geklopft, bevor er eingetreten war, obwohl Temple sich nicht sicher war, womit. Er hatte die Arme voller Manuskriptseiten, die mit Kaffeeflecken übersät waren. Aber schließlich war er ein Spitzen- und Steptänzer, dessen Gliedmaße wohl alle in gleichem Maße gelenkig waren.

»Zum Sterben schön«, sagte er und blickte sich mit einem schmelzenden Blick im Büro um.

»Na, das will ich nicht hoffen.«

»Aber natürlich nicht! Sie sind viel zu wichtig, um in naher Zukunft abzunippeln.«

»Wie sollen wir – ich – all diese Nummern nur in so kurzer Zeit umschreiben? Werden die Darsteller nicht durchdrehen, wenn sie all diese Änderungen noch in letzter Minute lernen müssen?«

»Sie werden ganz gewiß durchdrehen, wenn sie dem Publikum den Müll liefern müssen, den Mr. Buchanan hier verzapft hat. Das meiste von diesem Mist« – Danny ließ den Papierhaufen auf den Schreibtisch fallen, als handele es sich um einen befreienden Akt – »ist mit einigen Bearbeitungen und einem Körnchen echten Humors zu retten.«

»Wie es der Zufall so will, habe ich mein Körnchen gerade bei mir.« Temple griff lächelnd in ihre allzeit bereite Schultertasche und zog einen feinen, blauen Ballpoint-Schreiber hervor.

Danny stützte seine Hände auf die gerollten Ecken der Blaupausen und beugte sich vor. Er erinnerte Temple an Michael Caine in einem seiner Spionagefilme. »Hören Sie, meine Liebe. Ich habe keine Ahnung, was in diesem Hotel vor sich geht, aber was hier geschieht, ist nicht normal. Passen Sie auf sich auf.«

»Oh, das werde ich«, versprach Temple. »Das werde ich bestimmt.«

Danny nickte, marschierte schwungvoll, und ganz im Stil von Gene Kelly auf die Tür zu und verschwand.

Bis zum Nachmittag hatte Temple sämtliche Sketche durch den erstklassigen, ganzseitigen Scanner in der Ecke gejagt.

Mit ihrem blauen Stift hakte sie die Nummern ab, die bereits in den Computer eingelesen waren. Nun konnte sie sich am blauen Bildschirm des Farbmonitors ans Werk machen und Crawfords lahme Witze und bleischwere Pointen aufpeppen, dem Ganzen ihren eigenen Schliff verleihen. Er würde an die Decke gehen, aber ihr machte es Spaß. Wie überaus nett von ihm, daß er ihr eine solch schlampige Grundlage zur Verfügung stellte! Temple bearbeitete zu gerne klumpfüßige Prosa.

Sie war so in ihre Arbeit vertieft, daß sie gar nicht bemerkt hatte, daß die Bürotür aufgegangen war.

Aber sie mußte aufgegangen sein, denn Midnight Louie diente nun als massiger Briefbeschwerer für die Pläne, und seine Schnauze hatte sich in einen ihrer Schuhe geschoben. Die hatte sie auf die beiden obersten Ecken gelegt, damit sich die Pläne nicht immer wieder zusammenrollten.

Sie fuhr zusammen, als sie ihn bemerkte, und erkannte dann, daß die Tür wohl einen Spalt offengestanden hatte. Scheinbar hatte es der Sekretär versäumt, sie ganz zu schließen.

»Freut mich zu sehen, daß du noch lebendig bist«, begrüßte sie ihn. »Ich schätze, es tut dir leid, daß du jemals ins *Circle Ritz* gezogen bist. Wenn du meine Schuhe so sehr vermißt, könnte ich ja für zukünftige Vergnügungen ein Paar bei Van von Rhine lassen.«

Temple wandte sich wieder ihrem Computer zu. Sie war dabei, Crawfords geschmacklose »Juni-ergießt-sich-über-alles«-Nummer in ihr großes Finale zu integrieren. Ihre Version würde einen Satz völlig neuer, komplizierter Kostüme erfordern, aber der Effekt wäre irre. Wahnsinn! Ein Knaller! Völlig abgedreht! Aber das würde Danny Dove nichts ausmachen. Schließlich warf sie die *Lace-'n'-Lust*-Damen nicht aus der Show, sondern verpaßte ihnen lediglich ein ganz neues Podium, eine frische Fassade, sozusagen ein freies Facelifting.

Sie kicherte gemein vor sich hin. Crawford würde ausrasten.

Da wurde ihre Bürotür aufgestoßen und knallte gegen die Wand. Die plötzlich hereinströmende Luft brachte die Papiere auf ihrem Schreibtisch zum Rascheln.

Temple fuhr herum und fand sich zwei Fontana-Brüdern in einer Action-Pose mit Pistolen im Anschlag gegenüber, die eines Kinoplakats würdig gewesen wäre.

Sie beschloß, nicht zu versuchen, sich auf den Boden zu werfen, denn ein Glasschreibtisch bot nicht gerade ein umwerfendes Versteck.

»Wir sahen, daß Ihre Tür einen Spalt aufstand und dachten, wir hätten es mit einem Eindringling zu tun«, erklärte der Bruder, der ihr am nächsten stand, während sein Blick enttäuscht durch das leere Büro glitt.

»Der einzige ungebetene Gast war bisher der Kater.«

Sie deutete auf Midnight Louie, der immer noch auf den welligen Hotelplänen thronte, und dessen beachtliches Übergewicht der einzige Grund war, warum der ganze Krempel nicht einfach vom Tisch gewirbelt worden war. Ihre Schuhe lagen am Schreibtischrand und Büroklammern überall im Zimmer verstreut.

»Entschuldigen Sie, Miss Barr«, sagte Ralph. »Dieser Türspalt kam uns wirklich verdächtig vor.« Er steckte seine halbautomatische Waffe wieder in den Brusthalfter zurück und bückte sich, um seinem Bruder beim Aufheben der Sachen zu helfen.

»Ein bißchen verknittert«, bemerkte der andere Bruder, wahrscheinlich Julio, als er den durcheinandergeratenen Haufen von Crawfords Revuenummern auf den Schreibtisch fallen ließ.

»Hey, einmal bügeln, und unsere Anzüge sind wieder wie neu«, sagte Ralph. »Das ist doch nichts im Vergleich zu dem Durcheinander, das wir bei Miss Barrs Sachen angerichtet haben. Es besteht aber kein Grund, das irgend jemandem zu erzählen, nicht wahr? Wir könnten ein wenig zu ... zu diensteifrig aussehen.«

»Ich bin Ihnen für Ihre Schutzmaßnahmen sehr dankbar, aber im Augenblick könnte ich wirklich etwas Ruhe für meine Arbeit gebrauchen.«

Als sie gingen, zogen sie die Tür so leise und langsam zu, daß es zwanzig Sekunden dauerte, bis sie geschlossen war. Temple zählte mit.

Sie seufzte und betrachtete Midnight Louie, der sich ausgiebig auf seinem Lieblingschlummeruntergrund streckte – Papiere. Und architektonische Pläne waren beinahe groß genug, um seiner vollen Länge Platz zu bieten.

Er begann, um sich ein Nest zu bauen.

»Das reicht. Du bist genauso ungeschickt wie diese Fontana-Brüder. Genauso unbeholfen wie ein Katzenjunges, das versucht, einen Baum hochzuklettern, obwohl es noch nicht einmal Frühling ist. Mach, daß du von den Papieren runterkommst, sie sind eh schon zerknittert genug!«

Temple schob Louie mit aller Kraft zur Seite und versuchte, die Pläne wie ein riesiges Kartenspiel zusammenzuschieben. Doch die einzelnen Blätter waren zu ramponiert, um sie zu einem ordentlichen Stapel zusammenzubekommen.

Als sie genauer hinsah, wurde ihr klar, wo das Problem lag: Es waren keine einzelnen Blätter, sondern man hatte sie in der oberen linken Ecke zu Paaren zusammengeheftet. Kein Wunder, daß sie sich so widersetzten.

Sie nahm das erste Paar und hielt es mit beiden Händen hoch. Ihre Arme waren gerade lang genug, um die Blätter an den Seiten festzuhalten.

Das oberste Blatt zeigte den neugestalteten Eingang und die Lobby des *Crystal Phoenix*, einschließlich eines kleinen Vierecks in der Mitte. Dabei mußte es sich wohl um den Plexiglassockel handeln, auf dem die prächtige Lalique-Glasstatue eines Phönix stand.

Sie hatte Mühe, die riesige Seite umzublättern, um die nächste Zeichnung zu betrachten.

Darauf gab es nicht viel zu sehen. Noch mehr geordnete Linien verliefen in geradliniger Präzision in alle möglichen Richtungen, wie ein Mondrian in einer blauen Periode. Außer, daß …

Temple runzelte die Stirn, legte die Blätter auf den Schreibtisch und griff nach ihren Schuhen, um sie erneut als Beschwerer zu benutzen. Das untere Blatt hatte einen Stich ins Ockerfarbene, und der Zeichenstil war ein anderer.

Sie studierte die Zeichnung. Es war so, als wolle sie ein Puzzle erschaffen. Sie bemühte sich, den Plan in kleine Stücke aufzubrechen, die ihr mehr sagen konnten als das Ganze.

Dieser Entwurf hatte im Grunde die gleiche Form und Größe des oberen Blattes, allerdings fehlte in der Mitte das Rechteck für den Vogel.

Sie betrachtete noch einmal das obere Blatt und blätterte es dann wieder um und studierte das untere.

Sie waren gleich und doch anders. Dann kam ihr ein Gedanke: Bei der unteren Zeichnung mußte es sich um den Plan für das ursprüngliche Hotel handeln, das Jersey Joe Jackson in den frühen Fünfzigern hatte erbauen lassen – das *Joshua Tree*.

Temple setzte sich und betrachtete die blauen Linien so genau, daß sie das azurfarbene Muster vor Augen hatte, als sie ihren Blick schließlich auf die blassen, beigen Wände richtete.

Sie griff nach dem nächsten Paar. Midnight Louie miaute empört, als eine weitere Lage Papier unter ihm weggezogen wurde.

Nach einer eingehenden Betrachtung kam Temple auch hier zu dem gleichen Ergebnis. Die Pläne des Umbaus beruhten auf den ursprünglichen Konstruktionsplänen.

»Irgendwie nett, was Louie? Vergangenheit und Gegenwart zu einem ordentlichen Päckchen verschnürt. Die Pläne vom Untergeschoß sind sicherlich die aufschlußreichsten. Jede Wette, daß Jersey Joe Jackson niemals die Hebebühne und all diesen technischen Kram hat bauen lassen.«

Aber als sie beim untersten Blatt angelangt war – Louie lag inzwischen auf kaltem, unversöhnlichem Glas, die Ohren zurückgelegt, die weißen Barthaare zitternd –, da fand sie nur den Plan der Renovierung.

Temple blätterte erneut die anderen Zeichnungspaare durch, aber sie fand keinen Originalplan vom Untergeschoß des Hotels.

Also griff sie nach dem blassen Telefonhörer und tippte Van von Rhines Nummer.

»Hier ist Temple. Ja, das Büro ist ganz wunderbar, und Midnight Louie sieht vor dem hellen Hintergrund einfach überwältigend aus. Ja, er ist hier. Offenbar meidet er nicht mich, sondern aus irgendeinem Grund das *Circle Ritz*. Ich habe keine Ahnung, warum. Ich habe die Pläne der Renovierung erhalten, und jede Seite ist mit dem Originalentwurf zusammengeheftet, nur beim Untergeschoß ist das nicht der Fall. Warum fehlt diese Zeichnung?«

Temple drehte ihren blauen Stift um und klopfte damit leise auf die Glasplatte, während sie Vans Erklärung verdaute.

»Sie haben nie einen Originalplan für das Untergeschoß gehabt? Aber wie hat dann Ihr Architekt –? Jeden Zentimeter nachgemessen, was? Oje! Das muß Ihr Budget ziemlich in die Höhe getrieben haben. Nein, kein besonderer Grund, nur Neugierde. Sie kennen mich ja. Sind Sie absolut sicher –? Verstehe. Trotzdem vielen Dank.«

Temple legte den Hörer auf und fuhr fort, mit ihrem Stift auf die Platte zu klopfen, bis ihn eine große, schwarze Pfote zur Seite schleuderte.

»Ich spiele nicht, Louie. Ich denke nach. Warum fehlt der Plan für dieses Geschoß? Alle wichtigen Maschinenräume befinden sich dort. Seltsam, die anderen Pläne sind doch vollständig erhalten!«

Sie lehnte sich in dem elfenbeinfarbenen Lederstuhl zurück, der daraufhin sanft nach hinten schwang.

»Oh! Er läßt sich kippen! Wie geschickt von ihm.«

Temples Bemerkung war nicht dazu gedacht, den Kater über die Fähigkeiten ihres Stuhls zu informieren, sondern um ihre eigenen Nerven zu beruhigen. Bei der unerwarteten Bewegung hatte sich nämlich ihr Magen aus Angst vor einem Sturz zusammengezogen, wahrscheinlich in Erinnerung an ihr Abenteuer auf der Treppe. Die Treppe, die ins Untergeschoß führte. Von dem es kein komplettes Set Originalzeichnungen gab. Jersey Joe Jacksons Untergeschoß.

Alles, was von Jersey Joes Hotel noch übrig war, waren die Räumlichkeiten, die er in der Zeit vor seinem Tod, als es schon mit ihm abwärts ging, bewohnt hatte – die Geistersuite. Raum 713. Wo Jill und Johnny vor einigen Jahren einen Haufen gestohlener Silberdollar in einer Matratze entdeckt hatten. Was mochte wohl sonst noch in den Matratzen in Jersey Joes ehemaliger Suite stecken?

Temple drückte gewandt auf den Intercom-Knopf.

»Ja, Ma'am?«

Gut, Yancy war wieder da.

»Können Sie mir einen Zimmerschlüssel besorgen?«

»Heutzutage werden die Zimmer mit Karten geöffnet, Ma'am.«

»Nummer 713 nicht, soweit ich weiß.«

»Ich werde das mit Miss von Rhine klären.«

»Schön.«

Bald schon ertönte ein Pochen an ihrer Bürotür.

»Ja?«

Yancy tauchte auf. In einer Hand hielt er einen echten Messingschlüssel. Er hing an einer Chromkette mit kleinen Perlen, ebenso wie ein ovales Holzschild, in das die Nummer 713 eingeschnitzt war.

»Großartig!« Temple erhob sich, um den Schlüssel entgegenzunehmen.

»Die Chefin war nicht im Büro, daher hat ihn einer der Fontana-Brüder für mich ausgegraben.«

»Dann werden wir einfach so tun, als ob dieser Schlüssel gar nicht existiert, und ich werde ihn still und leise dem entsprechenden Fontana wieder übergeben. Welcher der Brüder hat ihn Ihnen denn ausgehändigt?«

»Ich habe keine Ahnung!«

»Und Sie arbeiten hier Tag für Tag. Tsk-tsk.«

Temple eilte an dem jungen Mann vorbei, bevor ihm irgendwelche Zweifel kommen konnten, und er es sich anders überlegte.

»Machen Sie sich keine Sorgen«, rief sie über ihre Schulter zurück, »dies hier gehört zu meinem PR-Job. Und Geister sind gerade wieder sehr *in.* Vielleicht kann ich mit oben dem eine Abmachung aushandeln.«

Sie spazierte lächelnd davon und ließ den Schlüssel um ihren kleinen Finger kreisen.

Sie hoffte, daß Yancy nicht so schnell von Skrupeln heimgesucht wurde, so daß sie genug Zeit hatte, ein wenig in der langen, dunklen Vergangenheit des *Crystal Phoenix* herumzuschnüffeln.

Welch eine Suite!

Temple glaubte weder an Ghule noch an Geister noch an Ghostwriter.

Und trotzdem war sie froh, das warme Fell von Midnight Louies kräftigen Seiten an ihren Waden zu spüren, als sie den großen Messingschlüssel ins Schloß der Suite 713 schob.

Katzen besaßen angeblich einen sechsten Sinn, eine Art tierische übersinnliche Fähigkeit. Warum nur war Louie plötzlich so bemüht, ganz eng an ihrer Seite zu bleiben, wo sie diese Suite betreten wollte, in der es angeblich spukte?

Temple blickte neben sich zu Boden.

Midnight Louies strahlende Augen sahen zu ihr auf. Die Iris in beiden Augen war in dem dämmrig beleuchteten Hotelflur so groß wie eine schwarze Murmel, und das Grün bildete einen geheimnisvollen Ring um diese unergründliche Dunkelheit.

»Ist ja lächerlich!« sagte Temple zu sich selbst – oder auch zu ihm. Oder auch zu dem sogenannten Geist. Sie drehte den Schlüssel und drückte zur selben Zeit die Tür auf.

Sie öffnete sich mit einem knarrenden Geräusch.

Oh, bitte.

Temple trat ein und spürte, wie ihre hohen Absätze noch tiefer als auf dem Flur einsanken.

Die Schatten im Zimmer nahmen Formen an: In der Mitte stand ein Sofa. *Oder ein Sarg* ... An einer Wand erhob sich eine schmale Vitrine. *Oder ein Mumienschrank* ... Ein Sesselüberwurf strich an ihrem Fuß vorbei. *Oder Geisterfinger streckten sich, um ihre Knöchel zu umfassen* ...

Ihr Blick fiel auf ein schulterhohes Objekt in der Nähe des Sofas. Entweder handelte es sich um einen Lampenschirm ... *oder einen chinesischen Bauern mit einem Coolie-Hut.*

Hey, was war denn schon so schaurig an einem chinesischen Bauern mit einem Coolie-Hut?

Temple berührte die Silhouette vorsichtig und ließ ihre Fingernägel über straff gespannten Taft hinwegstreichen ... *oder über die papierartige Haut einer sitzenden Leiche!*

Ihre Hand glitt ein Stück nach unten, und ihre Finger ertasteten den kühlen, urnenartig geformten Umriß eines Porzellan-Lampenfusses ... *oder die glatten, bronzenen Seiten einer Begräbnisurne, die noch kaum erkaltete Asche enthielt* ...

Sie streckte die Hand nach einem Lichtschalter aus, nach irgend etwas aus Plastik, das klickte. Statt dessen ertastete sie etwas, das sich wie ein verzierter Schlüssel anfühlte, der sich aber drehen ließ. Kirschrotes Licht überflutete ihre Hände wie geronnenes Blut, aber ihre Fingernägel sahen beinahe schwarz aus.

Ein plötzliches, rasselndes Geräusch – *das Klappern von Skelettknochen?* – ließ sie zusammenzucken, und beinahe hätte sie den Lampenschirm umgeworfen. Das Geräusch kam von den Fenstern, und ein breiterer Strahl Tageslicht drang jetzt ins Zimmer.

Das schmale Lichtband führte Temple zu dem Fenster, vor dem Midnight Louie auf einem zerbrechlich aussehenden, hellen Hepplewhite-Tisch thronte und eine mächtige Pfote durch das Rouleau ins Licht streckte.

Temple trat vorsichtig zur Seite, fand die Kordel und zog daran, bis die Leisten sich quergestellt hatten und sie einen Blick auf die sonnige Außenwelt werfen konnte.

Dann ging sie zum nächsten Fenster hinüber und tat dort das gleiche. Schließlich klopfte sie ihre Hände gegeneinander, um den Staub loszuwerden, aber es gab gar keinen.

Temple blickte sich in dem Wohnzimmer um, in dem Jersey Joe Jackson seinen letzten großen Deal abgeschlossen hatte. Er war angeblich als armer Mann gestorben, ein alternder Kerl, der seine Glanzzeit hinter sich hatte und nur noch als Erinnerung an seine eigene Legende toleriert worden war.

Sie spazierte zwischen den Möbelstücken des verstorbenen Jersey Joe Jackson umher und blieb kopfschüttelnd an der Lampe stehen, deren Schirm die Form eines karmesinroten Spitzenkorsetts hatte. Sie erinnerte sich, daß der Surrealismus in den späten Vierzigern Einfluß auf dekorative Einrichtungsgegenstände gehabt hatte, egal, wie ungewöhnlich die Form auch gewesen sein mochte.

An der Wand neben der Tür stand ein heller Sheraton-Schreibtisch. Temple marschierte darauf zu und schaltete die Bankerlampe mit dem grünen Glasschirm ein, die auf eine goldgeprägte, lederne Schreibtischunterlage hinabschien.

Sie war nicht überrascht, daß alles funktionierte. Es wohnte zwar niemand hier, aber die Räume wurden dennoch gepflegt.

In der schmalen mittleren Schublade befanden sich die Überbleibsel von dreißig Jahren und mehr. Alte Sparbücher, die mit morschen Gummibändern zusammengebunden waren. Briefmarken, die schon so alt waren, daß sie kaum mehr als einen Penny wert waren. Unbenutztes Briefpapier, das so gelb und trocken war wie Herbstlaub. Einige Bögen waren mit »Joshua Tree Hotel & Casino« bedruckt. In kleineren Buchstaben stand darunter zu lesen: »Das größte kleine Hotel in Las Vegas.«

Die Stille im Raum war schwer, beinahe schon feindlich. Temple fischte etwas heraus, das sich in der Spalte der Schublade verfangen hatte – eine Karte, eingerahmt in Gold, die irgendeine pastellfarbene Heilige zeigte. Der Text auf der Rückseite berichtete vom Ableben eines Harold Lynch am 8. Oktober 1943. Der arme Harold war nur dreiunddreißig Jahre alt geworden. In der rechten, hinteren Ecke der Schublade lag ein zusammengerolltes, weißes Satinstrumpfband, das wie ein zusammengeschrumpfter Ballon aussah. Mehrere stumpfe, rote Holzspielchips lagen wie verlorene Mantelknöpfe zwischen den staubigen Blättern.

In den tieferen, aber kleineren Schubladen auf beiden Seiten befanden sich Plastikschachteln mit Büroklammern und Gummibändern, ein abgegriffenes Kartenspiel mit dem Bild eines äußerst kurvenreichen Pin-up-Girls mit sehr langem Haar und sehr langen Beinen.

»Aua!« Temple war auf einen Vorrat verrosteter Heftzwecken gestoßen.

Sie knallte die anstößige Schublade zu und drückte ihre Fingerkuppe, bis sie einen Blutstropfen herausgequetscht hatte.

Dann erhob sie sich und trat auf der Suche nach dem Badezimmer durch eine angelehnte Tür. Sie fand sich in einem düsteren Schlafzimmer wieder und stolperte in das schwarze Loch eines begehbaren Wandschrankes hinein, ehe sie mit ihrer unverletzten Hand einen weiteren Türknauf drehte.

Dieses Mal gab es direkt an der Wand einen Lichtschalter. Temple blinzelte.

Das Badezimmer war kleiner, als es schien. Die Wände waren mit großen rechteckigen Spiegelfliesen bedeckt, von denen keine der nächsten glich, so daß eine gebrochene, surreale Vielzahl von Bildern entstand: braunes Porzellan-Fußwaschbecken, eingelassene Wanne, schwarze, achteckige Bodenfliesen und – welch eine Überraschung – eine silberblättrige Decke, in der sich die Spiegelungen unten sanft brachen.

Temple ließ das Licht im Badezimmer eingeschaltet und

ging ins Schlafzimmer zurück, um die Rouleaus vor den beiden Fenstern zu öffnen. Dann drehte sie sich um und erblickte ein Doppelbett, über das ein grüner Satinüberwurf gebreitet war. Auf der einen Bettseite hatte es sich Midnight Louie bequem gemacht.

»Du glaubst wohl, daß dir dieses Giftgrün steht, was?« sagte sie zu ihm, dankbar für seine Gesellschaft.

»Also, die Silberdollar waren in der Matratze versteckt. Auch wenn ich etwas so Großes wie einen Grundriß verstecken wollte, wäre die Matratze ein guter Platz.«

Temple hockte sich auf die Bettseite, auf der kein Kater herumlungerte, und schlug die Decke zur Seite. Die weißen Baumwollaken waren kratzig. In den Vierzigern gab es eben noch keine bügelfreien Wunderfasermischungen und keine andere Farbe als Weiß.

Sie zog an dem großen Unterlaken und mußte unwillkürlich grinsen, als eine modern aussehende Matratze darunter zum Vorschein kam. Sie zog das Laken weiter ab und entdeckte schließlich ein aufschlußreiches Etikett: Beautyrest. Sie hatte große Zweifel, daß diese Marke bereits in den Vierzigern auf dem Markt gewesen war, und noch größere, daß es zu dieser Zeit bereits ein solches Wolkenmuster gegeben hatte. Es war nichts Blättriges, Grünes oder Dschungelähnliches daran zu entdecken.

Louie miaute empört, als sie auf dem Nachbarbett ebenfalls das Unterlaken an der Seite herausriß und sich mit einer ebenso modernen Matratze konfrontiert sah. Jill und Johnny hatten vermutlich entdeckt, worauf sie schliefen, weil der Bezug der alten Matratze gerissen war. Und Van von Rhine hatte als vorbildliche Hotelmanagerin die alten Matratzen natürlich sogleich durch neue ersetzen lassen.

Temple zog die Laken wieder zurecht und arbeitete sich dabei um Midnight Louie herum, der nicht einmal einen Millimeter von der Stelle wich, als sie sich an seiner Bettseite zu schaffen machte.

Ihr Blick wanderte im Zimmer umher und blieb schließlich an einem Schreibpult hängen. Sie zog eine widerwillige Schublade nach der anderen heraus. Jede einzelne war mit der Wohnzimmertapete ausgeschlagen. Und unter jedem Tapetenstück befand sich nacktes Holz.

Sie kehrte ins Badezimmer zurück und betrachtete nachdenklich die Ausstattung und die Flut ihrer Spiegelbilder. Hier gab es keine Stelle, wo man Papier verstecken konnte, und außerdem wäre es inzwischen wohl längst verrottet.

Damit blieb also nur noch das Wohnzimmer.

Midnight Louie kam ihr zuvor. Er sprang vom Bett und trottete in den Wohnraum zurück. Temple folgte ihm und fragte sich, was seine Faulpelzerseele wohl zum Aufstehen bewegt haben mochte.

Sie betrat das Zimmer gerade rechtzeitig, um ein leises Klicken zu vernehmen. Aha! Das besser entwickelte Katzengehör war wieder einmal im Vorteil gewesen.

Temple warf einen Blick zu den geöffneten Rouleaus der Fenster und war dankbar für die Lichtstreifen, die auf das Blumenmuster des Teppichs fielen. Kein Geist, der etwas auf sich hielt, würde es wagen, sich vor einem solch gutterleuchteten Hintergrund zu zeigen. Dann gelang es ihren eigenen Ohren, die Quelle des klickenden Geräuschs auszumachen.

Das Schlüsselloch. Jemand bemühte sich nach Kräften, sich Einlaß zu verschaffen.

Louie stand an der Tür und reckte seine beachtliche Länge nach oben, bis seine Pfote den Türknauf berührte, der vermutlich jeden Moment die Tür öffnen würde.

Temple blickte sich um. Es gab keine Fluchtmöglichkeit, keinen anderen Ausgang. Keine Stelle, wo sie sich verstecken konnte. Sie eilte an Louies Seite und preßte sich flach mit dem Rücken gegen die Wand, in der Hoffnung, daß der Kater denjenigen, der eintrat, lange genug ablenken würde, um ihr die Möglichkeit zur Flucht zu geben.

Vielleicht handelte es sich ja auch lediglich um ein Zimmermädchen. Die Räume waren immerhin erstaunlich sauber.

Während Temple einen engen Kontakt zu der scheußlichen Tapete bekam, zog sich Louie von der Tür zurück und gab ein begrüßendes Miauen von sich.

Verräter!

Die Tür schwang endlich auf, beendete die Spannung und hätte Temple beinahe an der Wand zerquetscht.

Schlüssel klimperten. Jemand trat einige Schritte weit in den Raum hinein. Temple hielt den Atem an und wünschte sich sehnlichst, sie hätte ihr Schutzschild in Form der Schultertasche vor sich, die unten im Büro lag.

Die Gestalt ging weiter ins Zimmer hinein, während Louie sich mitten auf dem Teppich umdrehte und sich schwerfällig auf die Seite sinken ließ.

Wunderbare Ablenkungstaktik, Louie! Spiel du nur die freundliche Schmusekatze. Temple schob sich vorsichtig um die Tür herum und blieb abrupt stehen, als sich der Eindringling umdrehte.

»Was tun Sie denn hier?« kreischten sie sich wie aus einem Munde an.

Van von Rhine legte eine Hand auf ihr Brustbein und die andere auf ihre hellblonde Steckfrisur. Temple war sich nicht sicher, ob sie eher ihr Herz oder ihre Frisur schützen wollte.

»Sie!« stieß sie hervor. »Song sagte mir, daß die Rouladen in diesem Zimmer geöffnet seien. Das sind sie sonst nie.«

»Und deshalb sind Sie allein hier heraufgekommen, um herauszufinden, was los ist?« Temple klang ebenso ungläubig, wie sie sich fühlte.

»Offensichtlich haben *Sie* doch das gleiche getan.«

»Nein, habe ich nicht, ich …, ich bin der Störenfried des Staubs, der Rouladenunhold.«

»Aber warum?«

»Ich hatte eine verrückte Idee.«

»Dafür werden Sie ja auch bezahlt, aber warum müssen Sie Ihre Einfälle ausgerechnet in diesen Räumen ausbrüten?«

»Weil die Möglichkeit groß ist, daß Jersey Joe Jackson ausgerechnet in diesen Räumen etwas versteckt hat. Er hat es ja schließlich auch mit den Dollars getan.«

»Was sollte er denn hier noch versteckt haben?«

»Die verschwundenen Originalpläne für das Untergeschoß.«

»Ich hatte keine Ahnung, daß irgendwelche Pläne verschwunden sind.«

»Das hatte ich bis vor kurzem auch nicht.«

Vans durchdringende blaue Augen wanderten zum Türknauf. »Wie sind Sie hereingekommen?«

»Mit diesem Schlüssel hier.« Temple zog ihren »Sesam, öffne dich« hervor ...

»Wo haben Sie den denn her? Sämtliche Schlüssel werden in meinem Büro aufbewahrt.«

»Yancy hat ihn von einem hilfsbereiten Fontana-Bruder erhalten.«

»Von welchem?« Vans Stimme war purer Stahl.

»Keine Ahnung, man kann sie ja wirklich kaum auseinanderhalten. Aber was ist denn so schrecklich daran, daß ich versuche, einem Hinweis aus der Vergangenheit zu folgen? Ich soll mir doch ein dynamisches neues Motto für dieses Hotel einfallen lassen. Dazu muß ich schon ein wenig tiefer graben.«

»Aber nicht hier.« Van blickte sich um, umklammerte dann mit ihren Händen ihre nackten Oberarme und schüttelte sich. »Hier spukt es wirklich. Ich konnte mich kaum überwinden, hier heraufzukommen, aber ich habe schließlich die Verantwortung für diese Räume. Hier gibt es nichts außer Dingen, die man besser ruhenlassen sollte, Temple.«

»Waren Sie es, die die Matratzen austauschen ließ?«

Van blickte sie verblüfft an. »Ja, aber wie –«

»Dann werden wir also darin nichts finden. Was ist mit den alten passiert?«

»Sie wurden vernichtet. Sie waren sehr abgenutzt.«

»Hat sie irgend jemand vorher untersucht?«

»Natürlich. Nachdem die Silberdollar herausgepoltert waren, können Sie sich ja vorstellen, daß jede einzelne Sprungfeder und jeder Fetzen Baumwollfüllung auseinandergenommen wurden.«

»Also war er nicht dort drin.«

»Sprechen Sie von diesem ... diesem verschwundenen Plan? Es ist doch nur das Untergeschoß, und das wurde vor zwei Jahren sehr gründlich renoviert.«

»Warum ist das wohl der einzige Plan, der fehlt?«

»Weil er nicht wichtig ist!« erwiderte Van aufgebracht.

»Oder auch weil es der *einzig Wichtige* ist.«

»Können wir jetzt endlich von hier verschwinden?«

»Diese Zimmer hier machen Sie wirklich nervös!«

»Sie etwa nicht?«

»Nein«, entgegnete Temple nachdrücklich und vergaß dabei vollkommen, daß es ihr selbst vor wenigen Augenblicken noch kalt den Rücken hinuntergelaufen war.

Sie drehte sich um und betrachtete erneut den Raum. »Nur die Schubladen in dem Schreibpult, das im Schlafzimmer steht, sind groß genug, um irgendwelche architektonischen Entwürfe zu beherbergen. Aber da war er nicht. Der Schreibtisch hier ist zu klein für so etwas. Die einzige andere Möglichkeit sind die Wände. Schließlich hat Jersey Joe selbst das alles hier errichten lassen. Vielleicht hat er etwas in den Wänden versteckt.«

»Ich habe nicht vor, sie einreißen zu lassen«, sagte Van grimmig. »Ich habe diese Möglichkeit schon damals verworfen, als der gleiche Vorschlag gemacht wurde, um nach weiteren verdammten Silberdollars zu suchen – obwohl auch damals schon jeder über mein abergläubisches Verhalten lächelte.«

»Schade« – Temple blickte um sich wie eine Innenarchitektin, die unter Verstopfung litt –, »dieses Tapetenmuster ist so unruhig. Wie will man da sagen, ob sich jemand daran zu schaffen gemacht hat?«

Ihr Blick blieb an einer Stelle über dem Schreibtisch hängen. »Schauen Sie nur. An der Stelle dort hinten ist die Tapete etwas blasser.«

»Ich habe Ihnen doch gesagt, daß in diesen Zimmern – von den Matratzen abgesehen – in den letzten dreißig Jahren nichts geändert worden ist. Natürlich ist die Tapete alt und verblaßt –«

»Aber dort ist sie blasser. Sehen Sie? Genau über dem Schreibtisch. Als hätte dort einmal etwas gehangen.«

»Dort hat auch einmal etwas gehangen.« Van sprach nun durch zusammengepreßte Zähne. »Würden Sie bitte die Rouladen wieder schließen, damit wir gehen können? In diesen Räumen läuft es einem ja kalt den Rücken runter.«

Temple erblickte eine Gänsehaut auf Vans Armen, die diese mit ihren Händen bearbeitete, und sie bemühte sich hastig, den Schaden, den sie angerichtet hatte – neues Licht auf eine alte Umgebung scheinen zu lassen –, wieder gutzumachen.

Die Zimmer kehrten in den Dämmerzustand zurück, der sie seit Jahrzehnten beherrschte. Temple zögerte am Schreibtisch noch einen Augenblick, bevor sie das letzte Licht ausschaltete.

»Was hat denn hier mal gehangen?«

Van war wirklich aufgebracht, das war leicht zu erkennen. Ihre Zähne klapperten, und es schien grausam, sie auch nur noch eine Sekunde länger hierzuhalten. Aber Temple mußte auf jede Anomalität eine Antwort finden. Und manchmal konnte sie deshalb auch grausam sein.

»Die Vergrößerung eines alten Schwarzweißphotos. Von

der Wüste. Dort hat Solitaire Smith die Karte gefunden, die zum vergrabenen Silberdollarschatz der *Glory Hole Gang* führt ... hinten im Rahmen. Aber jetzt lassen Sie uns von hier verschwinden!«

Temple packte Louie mit einem Arm – uff, er war schwerer als ihre Schultertasche, und das hieß schon was –, hielt mit der anderen Hand den Schlüssel umklammert und schritt hinter Van auf die Tür zu.

Als sie sich umdrehte, um noch einen letzten Blick auf das Zimmer zu werfen, entdeckte sie an den Vorhängen etwas Glitzerndes. Vielleicht reflektierten die Satinfalten ja das Flurlicht.

»Nun schließen Sie schon zu!« bat Van und wich in den Flur zurück.

Temple setzte Louie gehorsam auf dem Boden ab und zog die Tür zu. Eine Brise – kühl und frisch und gar nicht muffig – strich dabei über sie hinweg. Sie schloß ab und rüttelte dann versuchsweise am Türknauf.

»So fest verschlossen wie Tutenchamuns Grab – oh, Entschuldigung.«

Van, die so blaß war wie die Möbel in der Suite, lehnte an der Wand, um sich zu erholen.

»Haben Sie auch so etwas Seltsames gesehen?« fragte sie.

»Nur, daß das Flurlicht von den Vorhängen widergespiegelt wurde.«

»Das Flurlicht ist nicht so stark.«

»Van, Sie glauben doch wohl nicht ernsthaft, daß der Geist von Jersey Joe Jackson dort drinnen haust, oder?«

»Ich habe ihn gesehen. Mit eigenen Augen gesehen! Lassen Sie uns verschwinden!«

Temple eilte mit ihr den Flur entlang. Sie ergriff Vans Arm und fühlte, daß er eiskalt war. Komisch, in den Zimmern hatte es gar keine Klimaanlage gegeben.

Sie drehte sich nach Midnight Louie um.

Statt ihnen zu folgen, saß er immer noch vor der Tür zur

Geistersuite und war so eifrig damit beschäftigt, sein Fell zu lecken, als sei er zu Hause in seinem – ihrem – Bett.

Wenn sich dort irgendwelche übersinnlichen Dinge zugetragen hätten, sollte man doch meinen, daß eine schwarze Katze dies als erste bemerkt hätte.

Aber Louie saß nur einfach da und drehte jetzt den Kopf, um sein Fell am Rücken zu lecken, dessen Haare sich bis zum Schwanzansatz hinunter aufgerichtet hatten.

Er hatte auch noch einige Arbeit an seinem Schwanz vor sich, wie Temple bemerkte. Der war auf die doppelte Größe angeschwollen und erinnerte an einen Staubwedel.

In dieser Geistersuite muß es jede Menge elektrische Wellen geben, dachte sie. Hm-mmm.

Kung Pfui

Nun ist er da, der Morgen des Tages, der den größten Triumph meiner kleinen Puppe bringen soll – der Tag der Gridiron-Show. Ich werde natürlich mit meiner stets eleganten schwarzen Krawatte und meinem schwarzen Schwanz daran teilnehmen.

Wie das Leben so spielt – und das tut es in letzter Zeit immer häufiger –, vermischen sich meine persönlichen Angelegenheiten mit meinem beruflichen Können.

Ich kann nicht behaupten, daß ich geplant hatte, an diesem Abendessen und der Show teilzunehmen. Satire ist nicht ganz mein Ding. Aber ich hatte zumindest vor, mich in der Gegend aufzuhalten, um moralische Unterstützung zu liefern, und ich wollte meine Visage sogar im *Circle Ritz* zeigen, als sich Miss Temple Barr dort für das große Ereignis ankleidete. Sie braucht mich, um ihre besten Klamotten zu glätten, wenn sie sie kurz vor dem Anziehen auf dem Bett ausbreitet, auch wenn sie die niedliche Angewohnheit hat, sich scheinbar gegen meine Hilfe zu wehren. Außerdem bin ich sehr geschickt darin, mich zwischen ihren Beinen hin- und herzuschleichen und meine Visitenkarte auf ihren Nylonstrümpfen zu hinterlassen – winzige schwarze Härchen –, die für gewöhnlich eine derart bleiche Farbe haben, daß ihnen einige kleine Farbtupfer als Kontrast gut stehen. Ich helfe ihr außerdem dabei, ihre Abendtasche wiederzufinden, indem ich mich darauf niederlasse, bis Miss Temple mich bemerkt, wegscheucht und die vermißte Tasche direkt unter meiner Nase entdeckt.

Meine vielen Abenteuer, die mich mit den miesesten Seiten des Lebens konfrontieren, hatten bislang nicht zur Folge, daß ich meinen fürsorglichen Touch verloren habe. Selbst ein absoluter Macho profitiert davon, sich um seine menschliche Gefährtin zu kümmern und sie zu verhätscheln.

Allerdings kommt alles ganz anders, denn der Tag beginnt mit einem empörenden Vorfall im *Crystal Phoenix*, der mich in eine völlig andere Richtung torpediert.

Ich genieße ganz unschuldig die Morgensonne zwischen den Calla-Lilien, und das ganz besonders, da ich keinen Schimmer der hemmenden Anwesenheit von Miss Caviar ausmachen kann. Aber das soll sich bald ändern.

Ich vernehme das Kratzen langer Nägel auf den Steinplatten, dann ein abstoßendes schnüffelndes Geräusch, das sich gut auf dem Soundtrack zu »Der Hund von Baskerville« gemacht hätte.

Wer schnüffelt da um den kaiserlichen Koi-Teich herum?

Im Bruchteil einer Sekunde habe ich die Calla-Lilien geteilt und präsentiere ein Gesicht, das selbst einen Samurai-Krieger erblassen lassen würde. Der Hund vom Abfallcontainer ist wieder zurück, und er spielt Küßchen-Küßchen mit meinen Karpfen!

Ich hechte auf allen vier Rollerblades hervor. »Kratz die Kurve, du Straßenköter, sonst wirst du Futter für die Goldfische und nicht umgekehrt! Wie kannst du es wagen, einfach so hier aufzutauchen?«

Er weicht zurück und schrabbt mit seinem Bauch über die rauhen Steine.

»Kein Grund, so gereizt zu reagieren. Ich dachte, du wärst … fort.«

»Wie kommst du denn darauf?«

Er winselt ein wenig herum und reibt seine Nase über den

Boden. Miss Caviars Lektion hat allem Anschein nach einen ziemlich demütigen Hund aus diesem Härtefall gemacht.

»Ich habe gehört, daß du eine neue Unterkunft in Lake Mead bezogen haben sollst.«

»Von wem?«

Er setzt sich zurück und hebt ein Hinterbein, um sich nachdenklich an seinem gesprenkelten Kinn zu kratzen, wobei er alle möglichen Unnennbarkeiten entblößt. »Von einem Chihuahua namens Chi-Chi. Hotelgast. Hat mir erzählt, daß die schwarze Katze, die hier seit neuestem residiert, gehört hat, wie sein Frauchen über irgendeinen neuen Laden am Lake Mead namens *Three O'Clock Louie's* gesprochen hat. Sie ist einige Minuten später über ihn hergefallen, als er sein Geschäft auf dem Hundeweg erledigte, und hat ihn gezwungen, diese ganze Soße über diesen Ort, Temple Bar, am Lake Mead zu berichten. Sie muß mindestens ein Pfund mehr gewogen haben als der arme, kleine Mistkerl. Wäre sein Frauchen nicht mit dem Aa-Tütchen und der Schaufel gekommen, wer weiß, was passiert wäre. Jedenfalls hat sich diese Katzen-Rambette verzogen, wobei sie vor sich hin murmelte, daß dieser Ort etwas mit ihrem Mistkerl von einem Vater zu tun haben muß, und daß man bald eine Wasserleiche im Lake Mead finden würde, wenn es nach ihr ginge.«

»Ihr ... Vater? Wie kommt sie denn auf *den* Gedanken?«

Er verstummt einen Moment, um sich einen Floh von der Schulter zu beißen. Ich beginne zu wünschen, daß ich mir Latex überziehen könnte wie die Cops, wenn sie irgendeinen Abschaum vernehmen.

»Scheint, als hätte dieser Laden am Lake Mead ein Maskottchen – ein schwarzer Typ, genau wie du. Sind wohl verwandt, die beiden. Zumindest denkt sie das.«

»Das mag wohl so sein«, antworte ich und lasse mich auf alle viere sinken. »Aber ich mache immer noch hier meine Runde. In Zukunft solltest du es dir zweimal überlegen, bevor du glaubst, in Miss Caviars Abwesenheit hier herumschleichen zu können. Und jetzt scher dich fort, bevor ich mich entschließe, Hackfleisch aus dir zu machen.«

Er knurrt ein wenig und zeigt seine gelben Zähne, aber ich weiche keinen Zentimeter. Er tritt den Rückzug an, dreht sich um und eilt in Richtung des Abfallcontainers davon. Dort gehört er auch hin.

Ich bleibe triumphierend, aber beunruhigt zurück.

Dieser Three O'Clock Louie ist ein Niemand für mich, aber offenbar soll er für die Sünden des Vaters bezahlen, und das nur, weil sein Name eine beinahe sträfliche Ähnlichkeit mit meinem hat. Ich gebe zu, daß es mich ärgert, von einem Typen zu hören, der die gleiche Farbe hat wie ich und dessen Name meinem eigenen, einzigartigen so nahekommt. Es gab einmal eine Zeit, als man schwarze Katzen als Unglücksboten betrachtete und ich der einzige war, der es überhaupt wagte, seine Visage in der Stadt zu zeigen. Dennoch hat sich dieser Typ ja keines Verbrechens schuldig gemacht, und ich kann es nicht zulassen, daß mein eigener Nachwuchs den Falschen ermordet.

Am Tage ihres großen Abends habe ich eigentlich eine Pflicht Miss Temple gegenüber, aber es soll diesmal wohl nicht sein. Wenn ich zwischen Temple Barr und Temple Bar wählen muß, dann bin ich wohl gezwungen, meinem dickköpfigen Nachwuchs zu folgen. Irgend jemand muß doch schließlich diesen armen, ahnungslosen Typen vor einer Verabredung mit dem Katzenäquivalent eines Preßlufthammers retten.

Wer auch immer dieser Three O'Clock Louie sein mag – der Name hat übrigens trotz des ähnlichen Klanges ein gewisses Etwas –, ich kann es unmöglich zulassen, daß er über etwas stolpert, das ich verschuldet habe, nämlich Midnight Louise, die Schreckliche.

Ich weiß, wie diese kleine schwarze Teufelin von jenem Etablissement gehört hat: mit Hilfe der üblichen Methode – unsichtbar machen und die Ohren spitzen. Allerdings habe ich keine Ahnung, wie sie nach Lake Mead und diesem Anlegeplatz namens Temple Bar kommen will, aber ich hege nicht den geringsten Zweifel, daß sie es irgendwie schaffen wird, und zwar pronto. Einfallsreichtum steckt in ihren Genen.

Wenn man einem flugerfahrenen Geier glauben darf – und diese Brüder fliegen in dieser Wüste sehr oft –, liegt Temple Bar genau fünfundachtzig Meilen von Las Vegas entfernt.

Außerdem liegt Temple Bar in Arizona.

Und wie es der Zufall so will, ist der untere Teil des Lake Mead die südliche Grenze zwischen Nevada und Arizona. Die meisten Leute wissen, daß Lake Mead ein künstlicher See ist, entstanden aus dem Hoover-Damm. Seine hellblauen Wassermassen gabeln sich in zwei schmale Gewässer, in Form eines doppelten Fischhakens, die inmitten einer Bergkette liegen.

Was die meisten Leute aber nicht wissen, ist, daß die Grenze zwischen Nevada und Arizona direkt mittendurch geht – zumindest durch die Ost-West-Horizontale eines Hakenteils von Lake Mead. Das bedeutet, daß die Ufer, die teilweise so nahe beieinander sind, daß man sich über das Wasser hinweg unterhalten kann, in verschiedenen Bundesstaaten liegen. Die Grenze verläuft vom Hoover-Damm im Westen direkt bis zum *Iceberg Canyon* im Osten.

Warum Leute so etwas Wichtiges wie eine Bundesgrenze mitten durch ein Gewässer legen, wo sie niemand sehen kann, will mir nicht in meinen Katzenkopf. Meine Artgenossen und ich kennen uns ein bißchen mit dem Markieren von Revieren aus. Obwohl wir ebenfalls fließendes Wasser dabei verwenden, stellen wir doch sicher, daß sich die Markierungspunkte auf trockenem Land befinden, wo man sie sehen und – wichtiger noch – riechen kann.

Aber es steht mir nicht an, die Rätsel des menschlichen Verhaltens über kriminelle Angelegenheiten hinaus zu hinterfragen. Ich weiß nur, daß eine lange, schwierige Reise nach Arizona vor mir liegt, denn Temple Bar befindet sich auf der Südseite des Sees.

Aber es ist noch nicht alles verloren, denn ich besitze gewisse Kontakte, die ich in Anspruch nehme, wenn es nötig ist, weite Strecken schnell zu überbrücken, und ich zu diesem Zweck auf ein motorisiertes Transportmittel angewiesen bin.

Daher mache ich mich auf den Weg zum Gebäude der *Gray Line Tours*, ein unauffälliges, niedriges Haus, das nur deshalb bemerkenswert ist, weil es eine ganze Flotte langer, drohend aufragender Vehikel auf die Straße entläßt. Die besitzen ein Auspuffsystem, das einem Porzellan-Chow-Chow die Haare absengen könnte. Zusätzlich zu ihrer Größe und Kraft verstärken getönte Rundumscheiben das bedrohliche Aussehen der Busse, das mich an Limousinen erinnert, die ganze Versammlungen zwielichter Gestalten herumkutschieren.

Glücklicherweise kutschieren diese Busfahrer aber nur Touristen durch Las Vegas und Umgebung, und Touristen wirken ungefähr so bedrohlich wie ein Schokoladenosterhase.

Die Nebelschwaden des Auspuffqualms begrüßen mich wie einen alten Freund und füllen schnell meine Ohren, die Augen, Nase und Kehle.

Ich spaziere zwischen diesen im Leerlauf vor sich hin brummenden Umgetümen herum, auf der Suche nach dem Neunuhrbus zum Lake Mead. Er soll mich nach Temple Bar bringen, und das hoffentlich noch, bevor über diesen unschuldigen Three O'Clock Louie ein Katzengemetzel hereinbrechen kann.

»Schau an«, bemerkt ein Busfahrer, den ich flüchtig kenne. »Du bist also wieder zurück. Ich hatte dich schon abgehakt. Wie geht es dir, Blackie?«

(Von Zeit zu Zeit ziehe ich es vor, unter einem Decknamen zu arbeiten, was soviel heißt wie: Ich höre auf alle Namen, die andere Leute mir geben. Gewöhnlich spiegeln diese Namen einen erschütternden Mangel an Phantasie wider, aber sie haben zumindest den Vorteil, daß sie auf Dutzende von Typen passen.)

»Hast du Lust auf Frühstück?« Der Mann sitzt auf der obersten Treppenstufe seines Busses und hält mir ein Stück Roggen-Sandwich mit Wurst hin.

Ich schlinge es hinunter, da ich um die Wichtigkeit weiß, das Vertrauensverhältnis zu seinen Kontaktleuten aufrechtzuerhalten.

Mein Gastgeber heißt Red Kimball. Er ist ein alter, erfahrener Busfahrer, dessen dünner werdendes graues Haar immer noch ein paar rote Strähnen aufweist. Während ich noch an einem Stück seines Sandwiches knabbere, kommen ein paar weitere Hush Puppies angewackelt.

»Schaut nur, wer wieder da ist«, bemerkt eine alte Bekannte namens Gloria. Sie hockt sich hin, um mir über den Kopf zu streichen. »Dieser alte Junge sieht immer noch so aus wie früher.«

»Er frißt, als habe man ihn ein ganzes Jahrzehnt oder länger in einem Schrank eingesperrt«, sagte Red eher bewundernd als mitleidig.

»Hast du Lust, heute mit mir zum *Valley of Fire* zu fahren?« erkundigt sich Miss Gloria eifrig.

Ich habe diesen Fahrern den Eindruck vermittelt, daß es mir Spaß macht, gelegentlich durch die Gegend kutschiert zu werden, und da die Fahrgäste meine Anwesenheit an Bord immer »niedlich« finden, hat sich bisher noch niemand wegen mir beschwert.

Nachdem ich die letzten Krümel auf dem Asphalt des Parkplatzes verspeist habe, klettere ich über die Gummimatten in Reds Bus. (Was für ein abscheulicher Geruch so kurz nach dem Frühstück, aber keiner der Gerüche, die sich in einem Bus ausbreiten, ist das, was eine empfindliche Nase mit einer Fünfsternewertung versehen würde.)

»Ich schätze, der alte Junge möchte mir mir zum Lake Mead fahren«, schließt Red mit bewundernswerter Logik.

Er setzt seine Kappe auf und folgt mir die Stufen hinauf. Innerhalb der nächsten halben Stunde versammeln sich immer mehr Touristen hinter uns, die alle Shorts und kurzärmelige Oberteile und Sonnenbrillen und Kameras an Bändern um den Hals tragen.

Ich nehme meine gewohnte, aufmerksame Position neben Red ein, die Vorderpfoten auf das Armaturenbrett gestemmt, meine Augen auf eine unbekannte Zukunft gerichtet.

»Oh, schau nur Lucy! Diese Katze sieht aus wie die Gallionsfigur eines Schiffes. Ist sie nicht niedlich?«

Na, wer sagt's denn.

Bald schon schwenkt der Bus aus dem Depot hinaus und biegt auf die offene Straße ein. Nun ja, die Straße wäre wohl offen, wenn wir nicht mitten durch den Verkehr von Las Vegas kurven müßten. Aber als wir auf dem Highway 95 angelangt sind, geht es zügig voran.

Wenn man auf ein solches Transportmittel angewiesen ist, statt die eigenen vier Pfoten zu benutzen, ergibt sich ein Problem aus der Tatsache, daß die Fahrzeit mit Umwegen oder unnötigen Pausen in die Länge gezogen wird.

Ich bin gezwungen, an Bord zu bleiben, während sich der Touristenschwarm unter heftigem Geschnatter aus dem Bus begibt, um einen Blick auf das massige Betongesicht des Hoover-Damms zu werfen.

Red nimmt seine Kappe ab, um sich mit einem Kleenex über die Stirn zu wischen, und erweist mir dann die Ehre, die zweite Hälfte seines Sandwiches mit ihm teilen zu dürfen.

Nach vierzig Minuten und einer Diashow über den Hoover-Damm ist unser fröhlicher Haufen wieder unterwegs. Wir fahren durch die *Black Mountains* und die *White Hills*, biegen scharf nach links zum *Virgin Basin* im Norden ab und dann wieder nach rechts, um uns in östlicher Richtung auf *Temple Bar* zuzubewegen, das sich in der geschützten Kurve des *Heron Point* befindet. Dort erwartet uns ein Hafen, eine Ranger Station, ein Campingplatz und nicht zu vergessen ein Restaurant namens *Three O'Clock Louie's*.

Bald schon strecke ich mich neben einem Holzdock, während die Touris über die Planken zu einem Restaurant hinüberströmen, das über die kräuselnden, blauen Wellen des Sees ragt.

Außerdem beobachte ich Dutzende von Karpfenschwärmen in der Nähe des Touristenweges, die einen kompakten, goldig glänzenden Schuppenteppich bilden, der nur von runden, starrenden Fischaugen und runden, geöffneten Mäulern durchbrochen wird.

Es ist leicht, einen bettelnden Karpfen zu fangen, und diese Fische sind schamlose Bettler. Keinerlei Finesse. Nur immer *gib mir, gib mir*, den ganzen Tag lang. Ich blicke sie sehnsüchtig an, wage es aber nicht, noch länger zu verweilen. Diese Karpfen haben ihr Fett durch die großzügigen Gaben der Touristen angesetzt, und wenn ich jetzt einen verspeise, dann riskiere ich, meine Energie ernsthaft zu bremsen.

Im Sinne meiner Rettungsmission muß mein Magen leider noch eine Weile ohne Nachschub bleiben.

Ich trenne mich also von den Touristen und beginne schleunigst, die Umgebung zu erschnüffeln. Das felsige Ufer des Lake Mead wird selten vom Regen gewaschen, daher verbleiben Gerüche für längere Zeit in der sengenden Hitze.

Es könnte allerdings einige Probleme geben, die zierliche Caviar, alias Midnight Louise, aufzuspüren. Seit sie diese schreckliche, nachwuchsvermeidende Operation hatte, hinterläßt sie keinen kräftigen, sirenenhaften Duft mehr. Und was diesen Three O'Clock Louie angeht, der die Frechheit besitzt, sich mit einem ähnlichen Namen wie dem meinen zu schmücken, so bin ich nicht vertraut mit dem Typen und muß erst die Gerüche meiner Spezies von denen anderer – wie zum Beispiel Koyoten, Füchse, Stinktiere – trennen.

Aber die Fähigkeiten meiner gnadenlosen Nase müssen erst gar nicht zum Einsatz kommen, denn meine Ohren vernehmen schon bald ein Fauchen und Kratzen.

Entweder veranstaltet ein Nest voller Klapperschlangen einen Limbo-Wettbewerb hinter dem nächsten Felsen, oder ich bin auf eine Auseinandersetzung zweier Artgenossen gestoßen.

Ich eile über das rote Gestein hinweg und nähere mich mit

aufgerichtetem Schwanz dem Kamm, um deutlich zu machen, daß hier jemand kommt, mit dem nicht zu spaßen ist.

Ich komme nicht den Bruchteil einer Sekunde zu früh.

Wenn ich nicht auf dieses Ereignis vorbereitet gewesen wäre, hätte ich die Befürchtung gehabt, doppelt zu sehen.

Zwei schwarze Katzen umkreisen sich unten auf der kahlen Fläche mit gekrümmten Rücken, Schwänzen, die an stachelige Kakteen erinnern. Ihre Köpfe halten sie zwischen emporgereckten Schulterblättern.

Die Felsen ringsum werfen das leise Fauchen und Knurren zurück. Hier habe ich es entweder mit einem peinlich privaten Augenblick zu tun oder einem Gefecht erster Güte. Bei mir und meinen Artgenossen ist das nicht so leicht auseinanderzuhalten. Die beiden stolzieren mit zur Seite geneigten Köpfen umeinander herum, um den anderen ja nicht aus den Augen zu verlieren. Keiner von beiden weicht zurück, und keiner schenkt meiner Ankunft auch nur die kleinste Aufmerksamkeit.

Die liebe Caviar habe ich ja bereits einmal in voller Kampfmontur gesehen. Aufgrund ihres Geschlechts und ihres zarten Alters ist sie eigentlich klein, aber sie schafft es, sich zu der beeindruckenden Größe eines geschorenen Biber-Muffs aufzuplustern.

Der Typ, der einen Teil meines Namens für sich beansprucht (gegen so etwas sollte es wirklich ein Gesetz geben), ist von einer kräftigeren Sorte, wie man das von einem männlichen Vertreter der Gattung auch erwartet. Er hat die Größe eines Steppenläufers angenommen und verfügt über eine ganze Bandbreite eindrucksvoller Laute wie Fauchen, Wimmern, Zischen und kennt sich auch mit Katzenflüchen aus.

Ich kann mich einer plötzlichen Angst um meine Nachkommenschaft nicht erwehren. Sie mag seltsam moderne Ansichten vertreten, sie mag in der Stimmung sein, zur Vatermörderin zu werden, aber sie ist auch mein eigen Fleisch, Fell und Blut. Ich bin stolz, daß sie diesem erfahrenen Typen, der dreimal so groß ist wie sie, so mutig entgegentritt.

Jeder weiß es besser, als sich in einen solch wutgeladenen Kampf zwischen zwei Katzen einzumischen, aber Midnight Louie macht seine eigenen Regeln, und sein Weg ist frei.

Ich sause den Felsen hinunter – und steuere mein eigenes kehliges Wimmern zu den Vorgängen bei. Ich hatte ganz vergessen, welche Auswirkung eine solch plötzliche Bewegung nach einem ausgiebigen Frühstück haben kann, und bleibe deshalb einen Moment stehen, um aufzustoßen.

Glücklicherweise scheinen die beiden Gegner diesen nur wenig kämpferischen Laut nicht gehört zu haben.

Von einem Satz zum anderen verwandele ich mein prächtiges Fell in einen Zustand, der an Phyllis Dillers Frisur erinnert, und lande mitten zwischen den streitenden Katzen.

Sie sind wütend, daß ihre unerschütterlichen, furchteinflößenden Blicke, mit denen sie sich gegenseitig bedenken, so rüde unterbrochen werden, und ihr Fauchen erreicht den Scheitelpunkt der Hysterie.

Ich drehe mich langsam um, wie ein Lehrer asiatischer Kampfkunst, der von aufsässigen Schülern umringt wird.

Ich spreche besonders langsam, wähle die Silben sorgfältig aus und gebrauche einen hypnotisch tiefen Tonfall, um die Kämpfer zu besänftigen.

»Ihr solltet euch ... wieder unter Kontrolle bringen«, schlage ich in meinem tiefsten Bariton vor, eine Kombination aus Schnurren und Knurren.

»Für wen hältst du dich?« erkundigt sich die angebliche Tocher mit krächzender Stimme. »Kitty Kong?«

Ich verbeuge mich. Ich würde nie behaupten, in der Lage zu sein, über sämtliche Katzen herrschen zu können, aber ich bediene mich gern jeglicher Maskerade, um eine Tragödie zu verhindern.

»Hör zu, du Faulenzer«, fügt sie mit diesem verächtlichen Tonfall hinzu, der ihr zu eigen ist. »Geh aus dem Weg. Das hier ist eine Familienangelegenheit, eine Blutfehde. Dabei kann ich keinen dahergelaufenen Herumlungerer gebrauchen, der mir sagt, was ich tun soll. Der Typ da ist mein durchgebrannter Vater.«

Sie wirft dem Individuum hinter mir, dem ich mich als nächstes zuwende, einen wütenden Blick zu.

Hm. Er ist recht kräftig, dieser Bastard. Er ist größer als ein durchschnittlicher Schoßhund, und seine galle-grünen Augen sprühen sprichwörtliche Funken, während sich in seinem Mund echte Speichelbällchen bilden.

»Hör zu, du Gernegroß«, zischt er. »Verschwinde. Dieser Hinterhof-Raufbold hat mich völlig grundlos angegriffen, und Three O'Clock Louie läßt sich von niemandem abhalten, eine verdiente Abreibung auszuteilen.«

Ich wirbele zu Caviar herum. »Siehst du? Sein Name ist Three O'Clock Louie, nicht Midnight Louie. Das ist der falsche Typ.«

»Er könnte seinen Namen geändert haben«, spuckt sie zurück, ohne daß auch nur ein einziges Haar erschlafft. Ich wüßte nur zu gern, welche Pflegeprodukte sie verwendet. »Er hat vielleicht schon gehört, daß ich auf der Suche nach ihm bin. Eins weiß ich mit Sicherheit: Er treibt sich nicht mehr in der Nähe des *Crystal Phoenix* herum.«

»*Crystal Phoenix*?« erkundigt sich Three O'Clock Louie verwirrt. »Ist das ein Glasvogel?«

»Sicher, spiel nur den Unschuldigen. Auf diese Weise hast du bestimmt auch vor einem Jahr meine arme, irregeleitete Mutter herumbekommen. Sie mag nicht hier sein, um dich bei dem Namen zu nennen, den du verdient hättest, aber ich spucke auf deine Schnurrhaare! Du bist ein gewissenloser, unverantwortlicher Herumtreiber, den ich lieber von der Oberfläche dieses Planeten entfernen möchte, als ihn meinen Vater zu nennen.«

»Mutter? Vater?« Three O'Clock Louie spitzt ein geknicktes Ohr. »Verstehe ich das richtig? Du denkst, ich sei der arme Kerl, der dich gezeugt hat?«

»Ich habe erwartet, daß du das abstreitest«, knurrt sie.

Three O'Clock Louie schüttelt seinen massigen Kopf. Ich bemerke eine Narbe, die an seiner Wange entlangläuft. Seine Schnauze ist von all den Jahren, die er auf dieser launischen Welt verbracht hat, schon ganz grau geworden.

»Ich bin nicht der Kerl, den du suchst.«

»Dein Name ist Louie!«

»Richtig, und das ist er schon immer gewesen.«

»Aber nicht ... Midnight?«

Er schüttelt erneut den Kopf. »Nein. Das war nie meine beste Zeit ... Außerdem ist es unmöglich, daß ich dein so überaus verhaßter Vater bin. Vor einem Jahr war ich noch nicht einmal in Nevada.«

»Beweise es.«

Er läßt sich auf seinem Hinterteil nieder. »Das dürfte etwas schwierig sein. Da müßte ich Mr. Spuds Lonnigan, den Eigentümer des *Three O'Clock Louie's* bitten, für mich auszusagen, und Menschen sind überaus schwer von Begriff, wenn sie sich einem Katzenkreuzverhör unterziehen sollen.«

»Dann bist du geliefert.«

»Wie kommst du darauf, daß ich dein Vater sein könnte?« Er versucht, Zeit zu gewinnen.

»Bei meiner Geburt habe ich den Namen Midnight Louise erhalten, und meine Mutter sagte, daß ich das Abbild meines Vaters sei. Daraus schloß ich, daß es sich um Midnight Louie handelt, denn ein Kater dieses Namens ist in und um Las Vegas bekannt dafür, um eine freie Mahlzeit zu betteln, jedes dahergelaufene Flaumbällchen zu jagen und mit Menschen zu verkehren.«

»Hmmm.« Three O'Clock Louie scheint sich soweit entspannt zu haben, daß er eine Pfote hebt und daran zu lecken beginnt. »Kein schlechtes Leben. Aber wer ist denn nun dieser Eindringling, der es gewagt hat, sich zwischen uns zu stellen?«

Caviar läßt ihren goldenen Blick über mich hinweggleiten. »Irgendein unbedeutendes Hauskätzchen. Völlig harmlos.«

Ich bin derart sprachlos, daß ich nicht einmal ein anständiges Spucken zustande bringe. Hier wage ich mich in etwas hinein, wo vor selbst Wildkatzen zurückschrecken, und keiner weiß meine Einmischung zu würdigen, außer mir selbst!

»Hör mal zu –« Beinahe hätte ich ›Schwester‹ gesagt, aber unter diesen Umständen will mir das doch nicht ganz korrekt erscheinen. »Hör zu, du kleiner Luchs. Wenn du nur halb so schlau wärst wie dein alter Herr, dann würdest du nicht den falschen Typen beschuldigen. Dann hättest du längst herausgefunden, daß ich Midnight Louie bin! Ha, Midnight Louise! Welch ein trauriger Fehler deiner Mutter! Du hast gar nicht die Klasse für einen solchen Namen.«

»Du!« Sie blickt an mir auf und ab, als hätte sie mich noch nie zuvor gesehen. »Du bist doch nichts weiter als ein übergewichtiger Möchtegernschnüffler mit Starallüren. Mein Vater ist ein echter Kerl! Mein Vater ist der Schrecken aller Hinterhofkatzen. Mein Vater ist eine Ratte, aber er hat das *Crystal Phoenix* gerettet und Johnny Diamonds Leben –«

»Und den ABA-Killer erwischt und Baker und Taylor gerettet – die Katzen der Gesellschaft –, obwohl sie zerknitterte Ohren und einen schrecklichen Akzent hatten, und den Killer des Stripper-Wettbewerbs hinter Schloß und Riegel gebracht. Seit deine Mama und ich uns aus den Augen verloren haben, ist eine Menge passiert.«

»Aus den Augen verloren! Du hast sie verlassen, und uns Kinder auch!«

»Sie wollte es so. Mein Lebensrhythmus hat ihr nicht gepaßt und auch nicht die Gefahren, die mein Beruf mit sich bringt. Sie hat gesagt, sie und die Kinder wären alleine sicherer. Würdest du wohl meinen Namen tragen, wenn sie mich gehaßt hätte?«

»Sie … sie wußte nicht, was gut für sie war.«

»Aber du weißt es ja offenbar. Hör zu, Kleine. Mein alter Herr hat uns Kinder auch verlassen. So ist das nun einmal. Das ist besser für alle Beteiligten, glaub mir. Und ich bin auch nicht auf der Suche nach ihm. Ich hege keinen Groll gegen ihn. Ich weiß sogar, wo er ist, und wenn ich wütend auf ihn werden sollte, könnte ich ihn aufsuchen und ihm einige Kratzer verpassen. Schließlich lebt er ein süßes Leben auf einem Pacific Northwest-Lachs-Trawler, bekommt so viel Thunfisch und Lachs und Shrimps vorgesetzt, wie er nur will, ohne auch nur einen Gedanken an mich und meine Geschwister zu verschwenden, oder an dich und die deinen. Aber mache ich dem Typ etwa Vorwürfe? Nein. Wir alle müssen unser eigenes Leben leben.«

Plötzlich spüre ich einen enormen Schlag auf meine Schulter. Ich drehe mich um, bereit zum Angriff. Ich rette diesem Typen den Hals, und er greift mich von hinten an?

»Hast du ein Problem?« frage ich.

Three O'Clock Louie legt seinen mächtigen, vom Kämpfen gezeichneten Kopf zur Seite und blickt mich mit seinen grünen Augen an.

»Wollte nur mal ›hallo‹ sagen, mein Sohn.«

Vertrauensmann

Matt saß da und starrte auf sein Telefon. Er betrachtete den Fall von Pater Hernandez als abgeschlossen, aber eine andere Sache war es längst noch nicht. Ihm war klar, daß er gerade einen letzten, unangenehmen Anruf zu vermeiden suchte.

Die Nummer machte einen harmlosen Eindruck und war in seiner ordentlichen, lesbaren Schulhandschrift mit blauem Kugelschreiber geschrieben.

Er griff zum Hörer und drückte die entsprechenden Knöpfe. Eine Stimme meldete sich, und er bat darum, mit Lieutenant Molina verbunden zu werden. Er war nicht gerade erleichtert, als dies prompt geschah.

Er nannte seinen Namen, und sie schwieg für den Bruchteil einer Sekunde. Dann fragte sie: »Was kann ich für Sie tun?«

»Ich würde gerne einen Termin mit Ihnen vereinbaren. Es gibt da etwas, das Sie wissen sollten.«

»Es gibt vieles, was ich wissen sollte, Mr. Devine. Wie wäre es, wenn wir es sofort erledigen?«

»Warum nicht.« Jetzt verspürte er Erleichterung. Bald würde es vorüber sein. »Sind Sie … Befindet sich die Wache direkt im Zentrum?«

»Oberstes Stockwerk des *Mint.* Rufen Sie vom *Circle Ritz* aus an?«

»Ja.«

»Dann komme ich zu Ihnen. Ich werde in fünfzehn Minuten da sein.«

»Ich werde Sie an der Hintertür erwarten.«

»Warum die Hintertür?«

»Um den nachmittäglichen Auflauf vorne an der Kapelle zu umgehen.«

»Ach ja, richtig, Electra Larks Heiratslädchen ›The Lovers' Knot‹. Hatte ich ganz vergessen. Hintertür, in fünfzehn Minuten.«

Sie legte auf, und Matt lächelte wehmütig. Sie würde es ihm nicht leichtmachen, aber das war ja wohl auch nicht ihre Aufgabe.

Matt ging zum Pool hinunter, um dort zu warten. Das war einer der Gründe, warum es ihm im *Circle Ritz* so gut gefiel: die friedliche Poolanlage, umgeben von Grün. Ein bißchen erinnerte ihn das an ein Kloster.

Nach nur wenigen Minuten hörte er, wie Molinas Wagen auf den Parkplatz hinter dem Zaun fuhr, und ging zum geöffneten Tor hinüber.

Sie trug ihr übliches bequem-formelles Outfit: einen gediegenen, ausgestellten Rock mit einem Blazer – heute lederfarben – und eine gelbe Bluse. Matt fragte sich, ob ihr klar war, daß ihre Art, sich zu kleiden, an die High-School-Uniform einer katholischen Mädchenschule erinnerte – abgesehen einmal von den hellen Farben, die in einem heißen Klima unumgänglich waren.

Molinas mächtige Augenbrauen hoben sich, als sie die Szenerie erblickte. »Shangri-la am Strip.«

»Setzen wir uns hierher.« Matt eilte auf die weißen Plastikstühle zu, die im Schatten auf dem Beton standen.

Molina rührte sich nicht. »Ich würde lieber drinnen reden. Warum gehen wir nicht in Ihre Wohnung?«

»Wir können auch hier reden, ohne daß uns jemand hört.« Ihre Augenbrauen wanderten erneut in die Höhe.

»Und außerdem« – Matt produzierte ein Lächeln, wie immer, wenn er entwaffnend aufrichtig erscheinen wollte, »war bei meiner früheren … Beschäftigung mein Zimmer mein einziger privater Ort. Ich schätze, ich empfinde es immer noch so.«

»Schade.« Sie ging widerstrebend auf einen bequemen Stuhl zu und widerstand seinen Kurven, die zum Zurücklehnen einluden. »Ich mache mir gerne ein Bild von der Umgebung, in der die Leute wohnen.«

»Ich verbringe mehr Zeit hier draußen als in meiner Wohnung. Offen gesagt, gibt es dort nicht viel zu sehen.«

Sie blickte irritiert zur Seite und zum Pool hinüber. »Sie schwimmen?«

»Dreißig Runden jeden Tag. Wunderbare Gelegenheit zum Meditieren.«

Sie betrachteten den runden, schwarzen Marmorbunker, der das *Circle Ritz* darstellte. »Dieser Ort hier ist typisch für Las Vegas! Vorne Neon, Reis und Eheschließungen und hinten ein rundes Wohngebäude, das einen Alptraum für die Wohnungsbehörde darstellt, weil es halb aus Mietwohnungen und halb aus Eigentumswohnungen besteht.«

»Ich liebe dieses Gebäude. In den Fünfzigern hat man noch Qualität gebaut. Und ich hatte Glück, daß Electra so flexibel ist und auch vermietet.«

»Ganz abgesehen von den überaus interessanten Nachbarn«, fügte Molina lakonisch hinzu.

»Temple hat mit dieser Sache nichts zu tun«, erwiderte er schnell.

»Warum denn so empfindlich?«

»Sie und Temple scheinen Probleme miteinander zu haben.«

»Da kommt wohl der Seelsorger durch. Sie hat Probleme, mir alles zu sagen, was sie über diesen ›Mysteriösen Max‹ weiß, und ich habe Probleme, das zu akzeptieren, das ist alles.«

»Ich glaube, Ihnen ist gar nicht bewußt, wie sehr Temple durch Maxens Verschwinden verletzt worden ist.«

»Aber *Ihnen* schon, richtig?« erwiderte sie mit herausforderndem Tonfall.

Matt wurde klar, daß sie anfing, Spaß an diesem Gespräch zu finden.

»Sie hat nicht viel über ihn erzählt«, gab er zu.

»Wenn eine Frau sich nicht eindeutig über den ehemaligen Mann in ihrem Leben ausläßt, dann ist sie an dem Mann interessiert, mit dem sie darüber redet. Halten Sie die Augen auf, Pater Matt.«

Er schloß die Augen angesichts ihres spöttischen Tonfalls und der Erinnerung an sein früheres Leben.

»Entschuldigen Sie, das war … taktlos.« Ihre Stimme war wieder barsch. Sie zupfte sich ein rotes Fädchen vom Rock. »Aber mir ist aufgefallen, daß Sie auf Wegen herumspazieren, wo Engel nur ungern wandeln würden. Ich konnte nur schwerlich übersehen, daß Sie und Miss Barr an jenem Abend in der ›Blue Dahlia‹ recht vertraut miteinander umgingen. Aus der Art und Weise, wie sie sich aufführt, wenn ich Max Kinsella zur Sprache bringe, schließe ich, daß sie eine harte Nuß ist. Ich bin mir nicht sicher, ob Sie ihr gewachsen sind.«

»Ich weiß gar nicht, ob ich überhaupt im Rennen bin.«

»Oh, sie mag Sie, das ist offensichtlich.«

»Und ich mag sie auch. Aber ich weiß nicht einmal, ob ich an einem solchen Rennen überhaupt teilnehmen möchte.«

Molina zuckte die Schultern. Offensichtlich glaubte sie ihm nicht.

»Sie sind übrigens eine wunderbare Sängerin«, sagte er.

»Es ist ein ganz nettes Hobby.«

»Es ist mehr als das, es ist Kunst.«

»Danke, aber ich habe nicht viel Zeit, um zu proben, und noch weniger Zeit, um aufzutreten. Die meisten Leute haben keine Ahnung, daß ich es tue.«

»Nicht einmal Ihre Kollegen?«

Molina lachte. Es war ein überraschender Klang, ebenso kräftig wie ihre tiefe Altstimme. »Cops scheren sich wenig um Scat und Jazz. In der ›Blue Dahlia‹ werden sie mich bestimmt nie aufspüren. Aber es ist Ihnen sehr geschickt gelungen, das Thema zu wechseln. Da sie aber nun einmal den Ort dieses Interviews bestimmt haben, werde ich zumindest die Themenwahl treffen.«

»Welches Thema habe ich denn verlassen?«

»Wie es ist, ein Expriester zu sein.«

»Das hat in keiner Weise etwas mit diesem Treffen zu tun.«

»Vielleicht nicht. Aber zu diesem Urteil würde ich lieber selbst kommen. Und ich informiere mich gerne über Leben und Umfeld der Personen, mit denen ich zu tun habe.«

»Während Sie Ihre eigenen, kleinen Geheimnisse für sich behalten.«

»Das ist eben das Vorrecht des Untersuchenden.«

»Sie sind katholisch erzogen worden. Sie können sich also denken, wie es war.«

»Aber Vermutungen zählen bei meinem Job nicht.«

»Warum sind Sie so neugierig? Das ist mir ein bißchen zu persönlich.«

Molina blickte hinab und begann, den Ring an ihrer rechten Hand zu drehen. Matt bemerkte, daß dies der einzige Schmuck war, den sie trug, und daß er groß und ein wenig protzig war, aber aus echtem Gold. Es war ein Jahrgangsring, der aller Welt verkündete, daß sie einmal die Universität besucht hatte. Warum war das alles so wichtig für sie?

»Ich bin geschieden«, sagte sie plötzlich. »Sie wissen ja, was das bedeutet. Versagt. Die katholische Kirche erlaubt kein Versagen.«

»Und ich habe als Priester versagt? Tut mir leid, aber das sehe ich anders. Gott hat mich in die Priesterschaft gerufen, und er hat mich auch wieder von ihr weggerufen. Als ich ging, wurde ich säkularisiert, ich weiß nicht, ob Sie wissen, was das bedeutet.«

»Nein. Ich habe in der Schule mehr darüber gelernt, wie man einer religiösen Gemeinschaft angehört, und weniger, wie man sie verläßt.«

Matt lächelte. »Das war bei mir genauso. Säkularisieren bedeutet, daß ich von meinem Gelübde entbunden wurde. Ich bin nicht einfach eines Tages davonmarschiert. Ich habe neben den angsterfüllten Zweifeln auch den ganzen Papierkram durchgestanden. Das können die meisten Expriester nicht von sich behaupten. Sie fühlen sich gewissermaßen hinausgedrängt. Das tue ich nicht.«

»Dann sind Sie nur noch an das gebunden, womit sich der Durchschnittskatholik konfrontiert sieht?«

»Ist das nicht genug?«

»Ein Scherz.« Molina registrierte seinen Humor, aber ihr Lächeln war dünn. »Ich fühle mich absolut nicht frei. Als geschiedene Frau kann ich nicht noch einmal heiraten, zumindest nicht kirchlich. Ich müßte mich vor Mariah rechtfertigen, die ich auf eine katholische Schule schicke, damit sie eine gute, sichere Ausbildung bekommt. Ich müßte mich vor meiner Familie rechtfertigen, vor der ganzen verdammten Nachbarschaft, wenn ich wirklich noch einmal heiraten wollte. Und was eine Affäre angeht –« Sie lachte verbittert. »Da wären wir wieder bei der Nachbarschaft angelangt. Außerdem würde dann auch noch das Schreckensgespenst ›böse Mutter‹ über mir schweben.«

»Es gibt Annullierungen.«

»Aber nicht jeder kommt dafür in Frage oder hat die Geduld, sich mit dem endlosen Papierkram abzugeben und der ganzen Warterei.«

»Möchten Sie denn wieder heiraten?«

Molina lachte erneut. »Teufel, nein. Bei diesen verrückten Arbeitszeiten, die ich habe, und einem Kind, das ich großziehen muß? Einmal ganz abgesehen von den Männern, mit denen ich in Kontakt komme. Dieses Dilemma ist rein theoretisch, Mr. Devine.«

»Nennen Sie mich Matt. Diese Unterhaltung ist zu persönlich für solch eine steife Anrede, Lieutenant.«

Sie stieß einen frustrierten Atemzug aus. »Für gewöhnlich weiß ich, wohin ich gehe und wie ich dort hinkomme, aber nicht in diesem Augenblick. Erwarten Sie nicht von mir, daß ich mich revanchiere und Sie bitte, mich ›Carmen‹ zu nennen. Ich hasse den Namen.«

»Wegen der damit verknüpften Assoziationen?«

»Weil ich ein fettes kleines Mädchen in einer hispanischen Gegend war, das viel sang, und Sie sollten einmal hören, was andere Kinder mit dem Namen Carmen alles anfangen können. Ich habe versucht, in der High-School meinen zweiten Vornamen zu benutzen, aber das war auch ein Disaster.«

»Ich hasse meinen Vornamen auch.«

»Aber was stimmt denn nicht an Matt? Er ist einfach, und die einzige Assoziation, auf die die Leute kommen, ist der Marshal aus ›Rauchende Colts‹ und nicht etwa irgendeine verrückte Tussi mit einem schrecklichen Akzent.«

»Heute heiße ich ›Matt‹, aber in der Schule nannte man mich immer nur Matthias.«

»Oh, ein biblischer Name. Aber das paßt zu einem Priester, und selbst für den Laien ist es nicht so schlimm.« Molina lächelte ermutigend, genau, wie sie es bei einem Kind, vielleicht bei ihrer Tochter, machen würde.

Matt hatte keine Lust, eine detailliertere Erklärung abzuliefern, warum er seinen Namen mit der Zeit hassen gelernt hatte. Es war schon schlimm genug, daß Temple darüber Bescheid wußte.

»Wie lautet Ihr zweiter Vorname?« erkundigte er sich stattdessen.

Sie zuckte mit den Schultern. »Regina.«

»Lateinisch für ›Königin‹. Auch nicht so schlecht.«

»Regina Molina? Nichts paßt zu Molina. Es hat mir fürchterlich widerstrebt, dem armen Kind Mariah anzutun, aber es klingt ganz hübsch –«

»Molina war also ihr Mädchenname? Warum benutzen sie denn nicht den Namen Ihres Exmannes?«

»Haben Sie sich plötzlich in einen Detektiv verwandelt? Oder einen frustrierten Therapeuten? So ein Rollentausch ist faul.«

»Es war auch einmal *mein* Job, mich mit Menschen auszukennen.«

»Warum haben Sie diesen Job aufgegeben?«

»Weil ich etwas über mich selbst erfahren mußte.«

»Warum haben Sie mich angerufen?«

»Weil ich ein Geständnis machen möchte.«

»Sehr witzig.«

»Nicht für mich. Hören Sie zu, Carmen.« Er gebrauchte den Namen mit fester Stimme, als habe er es mit einer rebellischen Grundschülerin zu tun. Sie verzog das Gesicht, sagte aber nichts. »Es gibt etwas, das Sie über mich wissen müssen, denn es hat mit Ihrer Arbeit zu tun.« Matt sammelte sich. »Ich habe von dem Mann gehört, der im *Crystal Phoenix* gestorben ist oder zumindest dort tot aufgefunden wurde. Ich glaube, daß ... ich ihn kenne.«

»Temple hat Ihnen davon erzählt«, erwiderte sie säuerlich, setzte sich aber auf, um seiner Enthüllung ihre volle Aufmerksamkeit zu schenken. »Sie kannten also Cliff Effinger?«

»Das könnte man so sagen. Er war mein Stiefvater.«

Carmen Molinas blaue Augen schimmerten vor Spekulation und Neugierde wie die dunkelblauen Wasser des Lake Mead.

»Tja, Matt, ich bin wirklich dankbar für dieses kleine Gespräch, denn ich bin verzweifelt auf der Suche nach jemandem, der die Leiche zuverlässig identifizieren kann.«

Temple trat vom Bett zurück.

Im Augenblick sah es nicht gerade wie ein Bett aus, denn sie hatte jedes Cocktailkleid, das sie besaß, darauf ausgebreitet und die jeweils passenden Schuhe davorgestellt. Warum konnte sie sich immer erst dann entscheiden, was sie zu einer besonderen Gelegenheit anziehen sollte, wenn sie sich für eben diese Gelegenheit anziehen mußte? Vielleicht hatte ihre Theater-Vergangenheit damit zu tun. Selbst im Zivilleben fühlte sie sich ständig wie eine Schauspielerin, die ihren großen Auftritt absolvieren muß, allerdings ohne eine Ahnung zu haben, welche Rolle sie spielte oder wie sie sich dafür kleiden sollte.

Aber möglicherweise war sie auch nur deshalb nervös, weil dies das erste offizielle Ereignis war, zu dem sie in der Begleitung von Matt Devine erschien.

Was auch immer der Grund sein mochte, sie fühlte sich unter jedem Kragen – egal, welches Kleid sie probierte und ob es überhaupt einen Kragen hatte – nervös, aufgeregt und erhitzt.

Entnervt drehte sie sich zum Fenster um. Sie sehnte sich nach dem beruhigenden Ausblick auf den Pool – so still, so ruhig, so wohlgekleidet in seiner ewigen chlorbehandelten azurblauen Kostümierung …

Aber an diesem Nachmittag war der Blick absolut nicht beruhigend.

Weil Matt Devine im Schatten einer einsamen Palme dasaß. Weil Lieutenant C. R. Molina direkt neben ihm saß.

Sie sahen aus wie eine verdammte Eistee-Reklame! Und sie verstanden sich offensichtlich so wunderbar!

Temple rückte so nahe wie möglich an die Fensterscheibe heran, ohne zu riskieren, gesehen zu werden. Das Dilemma mit ihrer Garderobe war vergessen.

Was sollte dieses Tête-à-Tête? Devine und Molina? Matt und, und … Carmen? Bekannte? Freunde? Kumpel? Oder etwas Schlimmeres?

Jetzt werde nur nicht paranoid, warnte sich Temple, aber umsonst.

Vielleicht befragte Molina Matt nur, benutzte ihn, um in Temples Vergangenheit herumzuwühlen und auf diese Weise an Max zu gelangen. Temple nickte ernüchtert, froh, daß sie Mr. Devine gegenüber so wenig von Max erzählt hatte.

Matt mochte zwar nicht die Absicht haben, etwas über sie verlauten zu lassen, was Molina gebrauchen – und mißbrauchen – konnte. Aber er war nun einmal naiv, was Frauen anging – selbst wenn es sich dabei um Cops handelte – und auch in bezug auf Beziehungen und das Leben im Allgemeinen. Er konnte etwas ausplappern, was sie bedauern würde. Wie gut, daß sie wußte, wie man die Vergangenheit in einem luftdichten Behälter verschloß, wenn es sein mußte.

Temple sah zu, wie Molina sich erhob, über ihren dämlichen, einfallslosen Rock strich und zum Tor hinüberging. Matt begleitete sie, die Hände in den Hosentaschen vergraben. Die Nachmittagssonne schimmerte in den Härchen auf seinen Unterarmen.

Offensichtlich war während der Unterhaltung nichts Bemerkenswertes geschehen. Aber diese Szene hatte Temple in Erinnerung gerufen, daß sie Molinas Bulldoggen-Natur niemals unterschätzen sollte.

Ohne mich, Lieutenant, schwor sich Temple, während die Frau hinter dem zufallenden Tor verschwand. Matt blickte auf seine Uhr, schaute zum *Circle Ritz* hinauf und eilte dann ins Gebäude.

Temple atmete besorgt aus. Es wurde wirklich Zeit, sich fertig zu machen! Als sie erneut einen Blick auf das überquellende Bett warf, schien die Entscheidung plötzlich ganz einfach zu sein. Temple griff nach einem wunderschönen Kleid und einem perfekt passenden Schuhpaar. Fröhlich vor sich hin summend, hing sie es an die Schranktür, wo einst das Poster von Max Kinsella gehangen hatte.

Three O'Clock Rock

Ich wünschte, ich könnte sagen, daß diese unerwartete Familienzusammenkunft in einem Haufen gegenseitigen Striegelns und Schnurrens endete, aber wir sahen uns alle mit einer nicht zu überwindenden Kluft zwischen den Generationen – und nicht zu vergessen dem Geschlechterkampf – konfrontiert.

Doch unerwartete Blutsverwandtschaft erzwingt natürlich eine Art Waffenstillstand. Wir ziehen uns unter die Terrasse zurück, die das *Three O'Clock Louie's* umgibt, um zu erzählen. Wenn dabei von Zeit zu Zeit ein Stückchen vom Mittagessen der Touristen durch die Lücken in den Holzplanken hinunterfällt, kann sich keiner von uns beschweren, solange jeder von der Beute abbekommt.

Der alte Herr unterhält uns mit Geschichten über sein Leben auf See. Selbst die feindselige Caviar ist wie hypnotisiert, als er über die Details seines Lebens auf der »Bounding Maine« berichtet. (Ich selbst erinnere mich nur an die »Maine«, die in Pearl Harbour verlorenging, aber offensichtlich ist dieses Wasserfahrzeug ein Namensvetter.)

»Macht einen dieses ganze Auf und Ab und Hin- und Hergeschwanke nicht seekrank?« erkundigt sich Caviar bei Three O'Clock.

»Oh, nein. Nicht im geringsten.« Der alte Herr glättet seine

Schnurrbarthaare, und seine Augen bekommen einen nostalgischen, seegrünen Schimmer. »Es hat eine beruhigende Wirkung, als wenn man im Bauch der Mutter hin- und hergeschaukelt wird. Und wenn dann all dieses Pazifiksilber aufs Deck poltert. Ah, welch ein Anblick ... Berge von köstlichem Fisch, frisch und glänzend vom Salzwasser. Nachdem der Fang eingeholt war, bot mir der Kapitän oft einen Schluck von seinem besten Brandy an, und wir erholten uns in der Kabine von den Strapazen.«

»Was für Strapazen?« frage ich. »Du mußtest nicht ein Schnurrbarthaar krümmen, um an deine Beute zu gelangen! Sie wurde dir sozusagen auf dem Teller präsentiert.«

»Das ist wahr, mein Junge, aber meiner Ansicht nach wird der Nervenkitzel der Jagd überbewertet. Ab einem gewissen Alter wird man weise genug, um sich einen Unterschlupf zu suchen, wo einem die Mahlzeiten vorgesetzt werden. Habe ich das eben mißverstanden, oder hast du eine Unterkunft an einem Ort namens *Circle Ritz* gefunden?«

»Ich habe mich in eine Eigentumswohnung mit Zimmerservice zurückgezogen«, gestehe ich ein, »aber davor war ich als freiberuflicher Hausdetektiv im *Crystal Phoenix Hotel* tätig, dem besten Hotel am Strip.«

»Hm.« Der alte Herr hechtet in die schattige Dämmerung unseres Verstecks und schnappt sich ein Stück gebratenes Hähnchen, das gerade herabgefallen ist.

»Dieses gebratene Zeug ist nicht gut für jemanden in deinem Alter«, weise ich ihn zurecht. »Das steckt voller Fett und Salz.«

»Da magst du recht haben«, erwidert er und schlingt seinen Fang herunter, ohne ihn mit seiner lange verloren geglaubten Nachkommenschaft zu teilen. »Ich opfere mich, um euch jungem Gemüse gesundheitliche Probleme zu ersparen.«

»Erspare mir deinen Schmäh, Opa-pa«, wirft Caviar ein. »Du und dein Junge hier, ihr habt soviel väterliche Gefühle wie eine Autopresse.«

»Miss Caviar hat es gut getroffen«, erzähle ich. »Sie residiert genau über mir im *Circle Ritz* bei einem Mr. Matt Devine, ein überaus feiner Mensch und Freund meiner Wohnungsgenossin, Miss Temple Barr.«

»Für eine solch feine Person geht er aber ein wenig rauh mit seinen Möbeln um«, erwidert sie rätselhafterweise. »Ich habe übrigens die letzte Zeit fast ständig im *Crystal Phoenix* verbracht. Dort stelle ich einen Bedarf an einem agilen, jungen, ganztägig verfügbaren Hausdetektiv fest.«

»Du kannst keine Hausdetektivin werden«, rufe ich.

»Und warum nicht?« erkundigt sie sich mit einem leisen Schnurren.

Ich werde nicht kopfüber in diese Falle tapsen. »Ich habe diese Position nicht offiziell aufgegeben. Wie du vielleicht bemerkt hast, habe ich in letzter Zeit meine Ansprüche auf das Terrain erneuert. Es gehen dort einige düstere, böse Dinge vor sich, und ich bin bereit, im richtigen Moment zuzuschlagen.«

»Oh, bitte«, kontert Caviar in gelangweiltem Tonfall. »Die Zahl der streunenden Hunde ist gewachsen, und was hast du bisher dagegen unternommen? Nichts. Ehe wir uns versehen, werden sich Koyoten an die Abfallcontainer heranwagen, um dort ihren Mitternachtssnack einzunehmen.«

»Ich zerbreche mir nicht den Kopf wegen ein paar Koyoten, wenn es Größeres zu jagen gibt.«

»Was zum Beispiel?«

»Das kann ich nicht beantworten, da der Fall noch nicht ganz klar ist.«

»Mit anderen Worten, du hast keinen Schimmer.« Sie wendet sich dem alten Herrn zu. »Hast du irgendeine andere Funktion hier draußen, außer, das Ambiente zu ergänzen?«

Er streckt den Kopf unter der Terrasse hervor, um sich einen abtrünnigen Shrimp zu schnappen.

»In Butter geschwenkt«, kommentiert Caviar mit einem Schnüffeln. »Der Cholesteringehalt muß ungeheuer sein.«

Der alte Herr läßt sich von seinen Meeresköstlichkeiten nicht abhalten. Ich sehe zu, wie er vor sich hin kaut, und mein Magen knurrt verständnisvoll mit.

»Schhhh!« zischt Caviar. Sie streckt die schlanken, kleinen Beine und preßt ihr Ohr gegen die Planken über uns. »Ich habe gehört, wie jemand das *Crystal Phoenix* erwähnte. Ich gehe jetzt auf Horchposten.«

Three O'Clock Louie verdreht die Augen, leckt sich aber nur die Lippen, ohne einen Kommentar abzugeben.

Ich setze mich auf und lausche ebenfalls. Ich bin immer an Unterhaltungen interessiert, insbesondere, wenn ich eine der Stimmen kenne.

»Frag mich nicht warum«, zischt Crawford Buchanan jemandem zu, der direkt über uns sitzt. »Sämtliche Pokerchips von Las Vegas könnten mich heute abend nicht in die Nähe des *Crystal Phoenix* bringen.«

»Aber du bist der Vorsitzende der Show«, wendet eine weibliche Stimme ein.

Diese Stimme habe ich noch nie zuvor vernommen, aber als sie fortfährt, höre ich aus ihrem unterdrückten Tonfall einen großen Überdruß heraus.

»Ich verstehe dich nicht, Crawford. Diese Gridiron-Show war dir doch so wichtig. Du warst zwei Monate lang kaum zu Hause, und in dieser letzten Woche tust du plötzlich so, als sei dieses ganze Ereignis pures Gift.«

»Alles, was er anfängt, wird zu Gift«, wirft eine dritte, jüngere, gelangweilte und bittere weibliche Stimme ein.

»Quincey!« ruft die ältere Frau mahnend.

Die Stimme des Mannes senkt sich. Über mir quietscht ein Stuhl, als er sich vorbeugt. »Diese Show *ist* Gift. Diese sogenannten Probenpannen waren keine Unfälle. Diese dämliche PR-Tante hat es dieses Mal wirklich geschafft, sich in Teufels Küche zu bringen.«

»Meinst du etwa diese Temple Barr, die dich im Krankenhaus besucht hat, als du deinen Herzanfall hattest? Sie machte mir einen netten Eindruck.«

»Nett reicht in einer Stadt wie dieser nicht aus, Merle, das solltest du inzwischen wissen. Temple Barr hat Glück, wenn sie morgen früh die Sonne aufgehen sieht. Während der Proben waren die Zeichen nur allzu deutlich, doch weder Temple noch dieser selbstherrliche Danny Dove waren imstande, sie richtig zu lesen. Ein ganz großes Tier ist über diese Show sehr, sehr erbost und über Temples Schlußnummer ganz besonders. Ich sage euch, wenn der Vorhang heute abend fällt, wird er ein paar Leute mit sich reißen, inklusive dieses hochnäsigen Pärchens. Deshalb werdet ihr mich heute nicht in der Nähe des *Crystal Phoenix* finden. Nicht für mein Leben!«

Ein warmer, wäßriger Tropfen überschwemmt meine Stirn, als Crawford in was auch immer hineinbeißt. Ich hoffe, daß es roher Hund ist, unterdrücke meinen Widerwillen und halte ein Ohr gespitzt.

Caviar ist vor der Schweinerei zurückgewichen, aber ihre Öhrchen bleiben aufgerichtet wie Satellitenschüsseln, um alles mitzubekommen. Sie zeigt durchaus Talent für die Detektivarbeit. Wenn nur ihre Einstellung nicht ein solches Handicap wäre.

»Solltest du sie nicht warnen?« erkundigt sich die Frau.

»Was, und meinen eigenen Hals riskieren? Ich werde mich nicht in Spucknähe dieses wandelnden Pulverfasses begeben. Außerdem, wer würde mir glauben? Sie respektieren ja nicht einmal meine Manuskripte.«

»Crawford, wenn du nur wegen deiner Show beleidigt bist und deshalb versäumst, jemanden zu warnen –«

»Vergiß es. Ich stelle nur Vermutungen an, aber damit ist es mir toternst. Irgend etwas wird heute abend im *Crystal Phoenix* passieren, aber das einzige, was mich interessiert, ist, was ich morgen früh im *Review Journal* lesen werde.«

»Soll das heißen, daß du die Konkurrenz nicht ausstechen möchtest?« spottet die jüngere Frau.

»Das soll heißen, daß ich keine Lust habe, mich abstechen zu lassen oder sonstwas. Und jetzt halt den Mund. Man weiß nie, wer einem zuhört.«

Aber diese Einsicht ist Crawford Buchanan zu spät gekommen.

Mit heftigen Bewegungen meiner Hinterläufe scheuche ich die anderen von unserem unabsichtlichen Lauschposten fort. Caviar ist mehr als bereit, aufzubrechen, aber Three O'Clock scheint die Absicht zu haben, dort hocken zu bleiben, um auch noch den letzten herabfallenden Leckerbissen zu verschlingen. Ich tippe ihm höflich auf die Schulter und stupse ihn, bis er mitkommt.

Innerhalb von Sekunden haben wir uns ein gutes Stück von dieser Stelle entfernt und können uns ungestört, ohne Angst vor irgendwelchen Lauschern, unterhalten.

Caviar ist ganz aufgeregt. »Wir müssen schnellstens zurück zum *Crystal Phoenix*.«

Ich runzele die Stirn. »Ich sehe ein, daß ich mich aufmachen muß, um meiner Wohnungsgenossin zu Hilfe zu eilen, aber ich sehe keinen Grund, warum du den Besuch bei deinem Großvater am See vorzeitig beenden solltest. Ihr beiden habt euch doch eine Menge zu erzählen.«

»Hah!« erwidert sie mit ihrem üblichen respektlosen Ton.

Für einen Moment gehört mein Mitleid Crawford Buchanan, der sich auch mit seiner störrischen Tochter abgeben muß.

Three O'Clock Louie runzelt die Stirn. »Ich verstehe nicht ganz, warum ihr beiden so schnell wieder abhauen wollt, um euch um irgendwelche Menschen zu kümmern.«

»Berufsstolz«, knurre ich. »Das bin ich meiner Wohnungsgenossin schuldig.«

Three O'Clock rollt sich auf die Seite und beginnt, sein schwarzes Lätzchen zu reinigen.

Caviar und ich tauschen zur Abwechslung einmal einen vielsagenden Blick. Der alte Herr wird uns bei einer Mission solcher Dringlichkeit wohl keine Hilfe sein.

Wir winden uns unter der Terrasse hervor und beäugen die Wagen der Touristen.

»Wie sollen wir nur schnell genug zurückkommen?« fragt Caviar nachdenklich.

»Wie bist du denn hier hergekommen?«

Sie senkt bescheiden den Blick. »Spuds Lonnigan kam im Phoenix vorbei, um Jill Diamond zu besuchen. Diese Mitfahrgelegenheit habe ich genutzt.«

Ich nicke. »Nicht schlecht. Aber er wird hier draußen mit Kochen beschäftigt sein, bis das *Three O'Clock Louie's* schließt – gegen drei Uhr früh, schätze ich.« Sie verzieht säuerlich das Gesicht, was ihr nicht schwerfällt. »Das fürchte ich auch.«

»Dann ist meine Transportmethode wohl die beste.«

»Und wie sieht die aus? Ein Eselskarren?«

»Selbst in einer Krise kannst du dir deinen Sarkasmus nicht verkneifen! Nein, ich spreche von dem Vehikel dort drüben.«

Ich nicke zum Gray Line Bus hinüber, der dunkle Rauchwolken aus dem Auspuff bläst, während die Passagiere gerade die hohen Stufen hinaufklettern. »Wir können ihn für die Rückfahrt noch erreichen. Der Fahrer, Red, ist ein Freund von mir. Er wird dich auch mitnehmen.«

Die Türen sind noch geöffnet, aber wir können schon das Quietschen hören, als Red den Gang einlegt.

Wir blicken uns an und rasen auf den riesigen, silberfarbenen Bus zu. Gleichzeitig pressen wir unsere Pfoten in den Sand, um zu vermeiden, daß wir unter dem Bus wegschießen. Ich rieche heißes Gummi und Diesel und – etwas Totes.

»Spring schon!« rufe ich und versetze ihr einen Schlag in die Flanke.

Sie schießt so schnell die Stufen hinauf, daß Red denken wird, sie sei ich.

Kaum ist sie drin, schließen sich die Türen auch schon und drücken ihre Gummipuffer zusammen.

Ich höre, wie Red den Touristen über das Mikrofon sagt, wie's weitergeht.

»So, nachdem Sie jetzt ein gutes Mittagessen in Temple Bar hinter sich gebracht haben, werden wir Richtung Norden fahren und eine geruhsame Tour zum *Valley of Fire* machen, mit einem Abendessen in der *Echo Bay*. Viel Vergnügen.«

Ich weiche zurück, als er das Ungetüm in Bewegung setzt und auf die Zufahrtsstraße tuckert.

Eine alte Dame mit einer Baseball-Kappe, die ziemlich weit vorne an einem Fenster sitzt, springt auf. Dann sehe ich, wie Caviar sich neben ihr gegen das Glas preßt. Ihre grünen Augen blicken mich in zornigem Unglauben an.

»Es ist besser so, Kid«, sage ich, obwohl sie es nicht hören kann. Aber vielleicht kann sie ja Lippenlesen.

Sie ist zu jung und unerfahren, um ihr Leben für eine solch unheilvolle Sache zu riskieren. Und sie ist schließlich eine Blutsverwandte. Außerdem ist dieser Job nichts für eine zierliche junge Dame, die so grün ist wie ein Zwanzigdollarschein.

Im übrigen arbeite ich am besten alleine.

Ich eile zur Rückseite des Restaurants und atme erleichtert auf.

Dort brummt ein großer, weißer Lkw im Leerlauf vor sich hin, die Türen zur Ladefläche weit geöffnet wie das Himmelstor.

»Harry der Metzger«, steht mit großen Buchstaben an der Seite. »Las Vegas.«

Das ist meine Mitfahrgelegenheit. Ich springe ins dunkle, kühle Innere des Wagens. Ah, zumindest wird die Rückfahrt vollklimatisiert und wesentlich schneller als die Bustour sein. Ich kichere, als ich daran denken muß, wie Caviar zwischen den Touristen im Bus vor sich hin kocht, die sie alle »Kitty, Kitty« rufen. Ich hoffe nur, daß sie niemanden beißen wird. Das könnte Red mir ziemlich übelnehmen.

Bereit für die Show

Matt zog die Ärmel seines schwarzen Abendanzugs zum dritten Mal herunter. Er war nicht daran gewöhnt, daß die weißen Hemdsärmel hervorblitzten.

Er hörte, wie Temple nebenan auf und ab lief. Das Klicken ihrer Absätze sandte ungelesene telegraphische Meldungen auf den harten Fliesen des Badezimmers und dann auf dem leiseren Parkett des Schlafzimmers aus.

Sie war spät dran, sie war noch nicht fertig, und sie war ungefähr so nervös wie eine barfüßige Katze auf einem heißen Waffeleisen.

In zwei Stunden würde sich der Vorhang zur Las Vegas Gridrion-Show öffnen. Temples einziger Beitrag, die Schlußnummer, würde im Mittelpunkt des Interesses stehen – von den anderen Nummern, an denen sie auf Danny Doves Bitte hin herumgedoktert hatte, einmal abgesehen.

Matt war noch nie mit dem Premierefieber, das Temple befallen hatte, konfrontiert worden. Wahrscheinlich war dies noch ein Überbleibsel aus ihren Theatertagen, dachte er, oder sogar aus noch früheren Zeiten, als sie für ihren Job als Fernsehreporterin vor der Kamera gestanden hatte.

Am heutigen Abend ging von ihr eine eigenartige Energie und unterdrückte Erregung aus, die ihn ebenfalls nervös machte. Er erinnerte sich daran, daß Max Kinsella diese Stimmung hatte teilen können, daß sie sich gegenseitig verstanden und ergänzt hatten. Er hingegen war ein Fremder, ein Eindringling, der sich in dieser Arena, die er kaum kannte, unwohl fühlte.

»Wo zum Teufel ist Louie?«

Temple kam aus dem Schlafzimmer und versuchte, sich einen Straß-Ohrring durch das Ohrläppchen zu stecken.

»Hier ist er jedenfalls nicht. Und Caviar ist auch nicht oben. Probleme?«

»Aua! Nein, ich fühle mich eh, als hätte ich überall Heftzwecken. Ich trage diese verdammten Glitzerdinger so selten. Ich kann das Loch nicht finden.«

»Ich habe bisher nicht einmal bemerkt, daß du Löcher in den Ohren hast.«

»Das liegt an meinem rostigen Mop. Lenkt jeden ab.«

»Ich würde ja helfen, wenn ich könnte.« Matt hob unsicher die Hände.

»Schau einfach hin und sag mir, wenn der Dorn durch ist.«

Temple trat zu ihm hinüber, um ihr Ohrläppchen zu präsentieren, auf daß sie mit dem Ohrring wie ein verrückt gewordener Preßlufthammer einstieß.

Matt betrachtete die Operation mit zusammengekniffenen Augen und hob dann die Hände. »Sieht aus, als sei ein Nagel durchgeschossen.«

»Gut.« Temple schob rasch einen kleinen Clip über den Dorn und lächelte. Sie klemmte sich eine kleine, mit Straßsteinen besetzte Chromtasche unter den Ellbogen. »Ich hoffe, daß ich alles habe. Ich bin nicht an solche Liliputanerhandtaschen gewöhnt ... heh, du siehst wirklich toll aus!«

Matt blickte an seinem geliehenen, dunklen Abendanzug und der schwarzen Krawatte hinab. »Findest du?« Er zog sich erneut die Ärmel runter. Die Hemdsärmel schienen irgendwie nicht richtig zu sitzen.

»Perfekt.« Temple zog seine Hemdsärmel einen Zentimeter hervor. »Was ist mit mir? Sitzt irgendwas nicht richtig?«

Er dachte daran, daß verheiratete Paare dieses Ritual gegenseitiger Musterung wohl immer an solchen Abenden vollzogen. Dieser Gedanke machte ihn noch nervöser.

»Perfekt«, erwiderte er nicht gerade originell und noch weniger mit Überzeugung. Temple trug ein schmal geschnittenes, kurzes, glitzerndes, silberfarbenes Kleid – formlos und doch hauteng und flüssig wie ein Quecksilberbrunnen.

»Wie gefallen dir meine neuesten Stuart Weitzmans?« Sie drehte sich um und präsentierte ihm eine nylonbestrumpfte Wade. »Die ersten hohen Absätze, die ich mir seit meinem Doppelachsel die Stufen des *Crystal Phoenix* herunter gegönnt habe.«

Matt betrachtete die schwarzen Velourslederpumps mit den hohen Absätzen und dem Knöchelriemen. Die jedem Gravitationsprinzip trotzenden, wie eine Brancusi-Skulptur geschwungenen Absätze waren mit weißen Straßsteinen bedeckt.

»Ein Meisterstück«, verkündete er mit Überzeugung.

Temple seufzte mit gereizter Zufriedenheit. »Sollen wir gehen?«

Matt warf einen Blick auf seine Armbanduhr, eine billige Timex, die im Vergleich zu seinem geliehenen Putz, den zu tragen ihm nahegelegt worden war, schäbig aussah. »Wir sind erst zwanzig Minuten zu spät.«

»Ich weiß!« Temple eilte auf die Tür zu und zögerte dann. Sie wartete nicht etwa darauf, daß er sie für sie öffnete. Ihr sorgfältig und unaufdringlich geschminktes Gesicht fiel in sich zusammen. »Louie war in der letzten Zeit so viel unterwegs. Wo mag er nur sein? Es sieht ihm gar nicht ähnlich, mich in einem Moment allein zu lassen, wo ich ihn brauche.«

»Glaubst du, daß die Show so schlecht sein wird?«

»Ich habe keine Ahnung! Ich stecke zu sehr drin. Sag es

mir, nachdem du sie gesehen hast. Ich glaube nicht, daß ich es ertragen kann, auch nur einen Blick darauf zu werfen.«

Matt lachte und öffnete die Tür für sie.

Temple hatte wirklich ein Talent dafür, ihre Qualen zu verschlimmern.

Trotz ihrer Verspätung kamen sie immer noch früh genug am *Crystal Phoenix* an, um Temple die Zeit zu geben, eine Führung durch den Unterbauch der Bühne zu veranstalten. Sie führte Matt zu einem Frachtaufzug, der sie geräuschlos und scheinbar ohne Bewegung ein Stockwerk tiefer zauberte. Matt konnte sich des Gedankens an das Verwandlungskabinett eines Zauberers nicht erwehren, in das Leute hineintraten und auf Befehl verschwanden.

Nachdem sie den Aufzug verlassen hatten, kam Matt in den Genuß weiterer klickender Absätze auf einer harten Oberfläche – dieses Mal Beton –, weiteren Lampenfiebers und zahlloser Laienchormitglieder, die sich in verschiedenen freizügigen Stadien des Umkleidens befanden und deren Anblick Matts Ohren heiß werden ließ. Er war nun seit acht Monaten ein gewöhnlicher Bürger. Wann würden ihn solch simple Signale in einer Welt, die die Interaktion von Jungen und Mädchen förderte, statt sie zu ignorieren, endlich gleichgültig lassen?

Natürlich stellte ihn Temple allen und jedem stolz vor, er war schließlich ihre Begleitung an diesem großen Abend. Die Frauen der Truppe hoben ihre betonten Bühnenaugenbrauen und gurrten. Die Männer betrachteten ihn mit einem Anflug unausgesprochenen Wettbewerbs, der für ihn ungewohnt neu war, und Danny Dove empfing ihn mit einer Überschwenglichkeit, als sei er der wiedergeborene Christus.

»Ist unsere Miss Temple nicht wundervoll? Nichts kann sie umhauen. Und sie schreibt Texte mit einem Affenzahn, daß man nur staunen kann. Und was machen Sie, um Ihr Brot zu verdienen?« Ein bewundernder Blick, unterstrichen von einem beunruhigenden, anerkennenden Glitzern. »Sind Sie Schauspieler?«

»Nein«, erwiderte Matt. »Eine Art Therapeut.«

»Ooohh. Passen Sie auf, Miss Temple. Ehe Sie sich versehen, wird er Sie psychoanalysieren wollen und auf der Couch haben.«

Unter der Fanfare unzüchtigen Gelächters eilte Danny Dove davon, um sich um ein Dutzend verschiedener Dinge zu kümmern.

»Danny hat dich ganz offensichtlich in sein Herz geschlossen«, bemerkte Temple amüsiert. »Normalerweise spielt er meinen Beschützer und bedenkt meine Begleitung mit zornigen Blicken wie ein viktorianischer Vater. Die Fontana-Brüder mußten bereits einen Haufen Beleidigungen über sich ergehen lassen.«

»Er ist ... anders.«

»Nun, er ist schwul, und wenn du nicht mit mir hiergewesen wärst –«

»Oh, mein Gott«, sagte Matt, der erkannte, daß er einen weiteren flüchtigen Blick auf die Fallstricke der Theaterwelt getan hatte.

»Keine Angst. Er würde niemals einen Hetero belästigen. Aber er gönnt sich schon mal einen Blick. Außerdem war er sehr nett zu mir und ist der beste Regisseur, der mir jemals begegnet ist.«

»Besser als alle am *Guthrie*?« erkundigte sich Matt ungläubig.

Temple dachte nach. »Zumindest gleichgut, wenn auch in einem anderen Metier.«

»Sehr anders.« Matt versuchte, nicht hinzustarren, als eine Sylphe, lediglich mit Glitzer und einem Chiffontuch bekleidet, von einem Ankleideraum zum anderen über den Flur schoß.

»Du wirst einige Überraschungen erleben«, sagte Temple, die sich seines Unbehagens bewußt war. »Theaterleute nehmen es mit den Normen nicht so genau. Dieser kleine Spaziergang unter den Darstellern wird dir guttun. Du hast ein abgeschottetes Leben geführt.«

»Ich weiß. Aber dein Kleid ist eigentlich genug erzieherische Maßnahme für einen Tag.«

Sie blieb überrascht stehen. »Das Ding hier? Glitzer-Girl-Debütantinnen-Kram. Es zeigt ja nun wirklich nicht gerade eine Menge Haut.«

»Aber es ... bewegt sich auf sehr interessante Art und Weise.«

Temple zog eine Augenbraue in die Höhe. »Ich bin beeindruckt. Du hast es wirklich bemerkt. Der arme Danny ist dem Untergang geweiht.«

»Das ist nicht lustig. Ich kann einfach nicht glauben, wie blind ich den meisten Dingen gegenüber gewesen bin. Ist es da ein Wunder, daß wir im Priesterseminar gar nicht bemerkten, ob es irgendwelche Teilnehmer mit abartigen sexuellen Neigungen gab? Wir wurden zu heiligen Unschuldslämmern erzogen.«

»Und nun lernst du eben, dich in der Realität zurechtzufinden«, sagte Temple. »Du wirst das schon unter Kontrolle kriegen. Hier unten scheint übrigens auch alles in Ordnung zu sein – soweit man das hinter der Bühne kurz vor einer solchen Aufführung überhaupt sagen kann. Aber zumindest erblicke ich niemanden, der Crawford Buchanan ähnlich sieht. Danny sagte gestern, daß er wieder in das Wurmloch verschwunden sei, aus dem er gekrochen kam.«

»Du klingst nicht besonders erleichtert.«

»Bin ich auch nicht. Selbst wenn Crawford den Beleidigten spielt, weil ihm die Show nicht mehr alleine gehört, sähe es ihm ähnlich, kurz vor zwölf hereinzuplatzen, um alle Lorbeeren für sich einzuheimsen. Wenn es um Lob und Ehre geht, wird er zum Maulwurf, der immer gerade dort aus der Erde auftaucht, wo man ihn nicht erwartet hat. Komm mit, es wird langsam Zeit, daß wir uns hier absetzen.«

Der Aufzug beförderte sie wieder nach oben. Sie schoben sich durch die Menge im Kasino, bis sie eine große Traube von Menschen erreicht hatten, die sich zwischen Chrompfosten aufgestellt hatten und auf Einlaß warteten.

»Entschuldigen Sie.« Temple eilte vergnügt außerhalb der Absperrung nach vorne, ohne die mißbilligenden Blicke wahrzunehmen.

Matt folgte ihr peinlich berührt. Gute katholische Kinder stellten sich immer hinten an. Egal, wie lange sie warten mußten.

Sie blieb so abrupt stehen, daß er mit dem perligen Glasvorhang auf ihrem Rücken kollidierte. Matt fing sie und sich selbst gerade noch auf, indem er sie an den Oberarmen packte. Er ließ seinen Blick auf der Suche nach dem Grund für diese Kollision über die unbekannten Gesichter gleiten.

Oh. Dort stand Carmen Molina. Sie war in einer bodenlangen Säule aus kastanienbraunem Crêpe und Pailletten, die ihrem Alter entsprach, kaum zu erkennen. Neben ihr stand ein großgewachsener Mann in einem kohlenschwarzen Anzug. Frank Bucek.

»Lieutenant Molina!« Temple befleißigte sich eines leicht überraschten Tonfalls. »Ich habe Sie ohne dieses Pflänzchen hinter dem Ohr gar nicht erkannt.« Ihre beweglichen Finger deuteten einen wüsten Auswuchs an der Seite ihres Kopfes an. »Was machen Sie denn hier?«

Molinas spärliches Lächeln machte sich erst gar nicht die Mühe, bis zu ihren Augen aufzusteigen. »Nicht gerade eine Gelegenheit für Blumen«, sagte sie. »Ich vermute, daß das Publikum eher Tomaten werfen wird. Ich bin als Privatperson hier. Ab und an gehe ich auch einmal aus. Und die Gridiron-Show, in der die Stadt aufs Korn genommen wird, ist meine Pflichtübung. Ich muß doch wissen, wie die Autoren die Polizei darstellen, und ob irgend etwas über irgend jemanden gesagt wird, das eine Klage lohnen würde.« Sie endete, indem sie Matt ein begrüßendes Nicken schenkte.

Matt bemerkte, daß er Temple immer noch wie der Held auf dem Schutzumschlag eines Liebesromans festhielt. Er löste seinen Griff. Verletzter Knöchel hin oder her, Temple befand sich ebenso sicher auf ihrem hohen Roß wie auf ihren Stöckelschuhen.

»Agent Bucek«, sagte sie gerade. »Ich hoffe doch sehr, daß die Manuskripte-Polizei bis zum Ende der Vorstellung mit der Verhaftung warten wird. Sollte sie etwas für anstößig erachten.«

»Jetzt kommen Sie mal wieder auf den Boden zurück«, sagte Molina kühl. »Wir wollen lediglich die Show sehen. Ich würde ja gerne Hals und Beinbruch sagen, aber das ist wohl unter diesen Umständen eher unangebracht.«

Temple lachte und segelte mit Matt im Schlepptau davon.

Vor den azurblauen und smaragdgrünen Stufen, die ins Peacock Theater führten, sahen sie sich endlich einer Wächterin in Form einer Sicherheitsfrau des *Crystal Phoenix* gegenüber.

Temple ließ ihre winzige Handtasche aufschnappen und präsentierte zwei lachsfarbene Karten.

Sie wurden in die Loge hineingewunken.

»Die Leute werden uns dafür hassen«, bemerkte Matt mit leiser Stimme.

»Mach dir darüber keine Sorgen«, erwiderte Temple. »All die VIPs, die heute abend kommen, werden genau das gleiche tun – der Gouverneur, der Bürgermeister und einige Megastars.« Temple steckte die beiden Karten wieder in die Handtasche zurück. »Danny hat mir die Karten gegeben, die eigentlich Crawford als Vorsitzendem zugestanden hätten, der aber bekanntermaßen nicht aufgetaucht ist. Kannst du die Tischnummern erkennen? Wir haben Nummer acht.«

Matt blickte über die Tische hinweg, bis er den richtigen gefunden hatte. Er wußte, daß Temple lieber sterben würde, als bei solch einem öffentlichen Auftritt ihre Brille aufzusetzen.

»Dort unten.« Er deutete zu einem gefährlich weit entfernt stehenden Tisch direkt vor der Bühne.

Temple seufzte. »Nur gut, daß ich wieder sicher auf meinen Absätzen bin. Diese endlosen, flachen Stufen sind wahre Fallen!«

Matt war erleichtert, als er noch mehr Leute erblickte, die sich durch die prächtige Leere schlängelten. Er fragte sich, wer diese VIPs in ihren schwarzen Krawatten und glitzernden Kleidern wohl sein mochten, obwohl ihm das jeder Zuschauer des Boulevardfernsehens wahrscheinlich hätte sagen können.

»Wieviel kosten die Eintrittkarten eigentlich?« erkundigte er sich.

»Fünfundziebzig Dollar.«

»Jede?«

»Nun sei nicht so schockiert. Ein Abendessen für achthundert plus einer Show mit Techniker-Crew und Orchester ist nicht gerade für Peanuts zu haben. Und vergiß nicht, daß unsere beiden Karten dank des feigen Crawfords umsonst sind.«

Temple beäugte den Winkel zur Bühne fachmännisch und ließ sich dann auf einem Stuhl nieder. Matt nahm neben ihr Platz und blickte sie forschend an.

»Glaubst du, daß Buchanan nicht gekommen ist«, fragte er, »weil er damit rechnet, daß etwas Schlimmes passiert?«

»Wahrscheinlich. Aber das heißt nicht, daß es auch notwendigerweise passieren muß. Im Gegenteil, Crawfords Abwesenheit garantiert, daß nichts geschehen kann, da Crawford selbst das Schlimmste ist, was einem zustoßen könnte.«

»Deine Logik läßt ein wenig zu wünschen übrig.«

»Danke. Und jetzt sag mir doch einmal, ob du schon jemals eine Gridiron-Show gesehen hast. Nein, sicher nicht. Ich sollte dich also warnen. Es könnten einige Szenen und Dialoge vorkommen, die ein wenig unanständig sind.«

Während zwei weitere Paare an ihrem Tisch Platz nahmen, fragte Matt, ohne auf ihre Bemerkung einzugehen: »Ist es nicht schwierig, zur selben Zeit zu essen und zu applaudieren?«

»Die Show beginnt erst nach dem Dessert. Auf diese Weise gibt es keine störenden Geräusche durch kratzende Gabeln. Außer den paar Berühmtheiten besteht die Truppe aus Laiendarstellern, die zum Teil zum ersten Mal auf der Bühne stehen. Sie wären dort oben verloren, wenn sie sich die Aufmerksamkeit des Publikums mit einem Filet Mignon teilen müßten.«

Als die Person, die am wenigsten zu verlieren hatte und die weder der Verfasser noch das Thema einer Gridiron-Satire war, konnte sich Matt genüßlich dem Essen widmen und das Panorama des Publikums genießen.

Schließlich wurden die Tische bis auf die Gläser abgeräumt. Temple blieb bei ihrem Weißwein, und Matt hatte sich einen Kaffee bestellt. Zu dieser Zeit hatte er gewöhnlich schon zwei Tassen aus der riesigen Gemeinschaftskanne von ConTac getrunken.

Vom Bühnenrand erklangen Orchestertöne, und das Stimmengewirr und das Klirren der Gläser erstarb. Ein Show-Medley in Blech ertönte. Matt beugte sich vor, um das Orchester zu betrachten, aber er konnte zunächst niemanden entdecken. Dann plötzlich erschienen mehr und weniger behaarte Köpfe, ein wedelnder Taktstock und auf und ab hüpfende Bögen.

»Der gesamte Orchestergraben ist ein Aufzug.« Temple hatte sich flüsternd zu ihm herübergebeugt.

Matt nickte. Er erinnerte sich daran, daß sie ihm von dieser allerneuesten Bühnentechnik, mit der das Peacock Theater ausgestattet war, erzählt hatte. Er fragte sich, ob sie davon wußte, weil sie das Hotel so gründlich erforscht hatte oder weil der »Mysteriöse Max« hier einmal aufgetreten war.

Dieser Gedanke war beunruhigend, deshalb versuchte

er, an etwas anderes zu denken. Ihm fiel Temples Sorge um Louie wieder ein. Auch Caviar war in der letzten Zeit selten zu Hause gewesen.

Ob die Abwesenheit der eine Katze mit der der anderen zusammenhing?

Nein. Wenn man Kipling glauben durfte, waren Katzen Einzelgänger und zogen gerne durch die Gegend. Für einen Moment beneidete Matt sie um ihre Freiheit. Er wäre jetzt lieber dort, wo auch immer Caviar und Midnight Louie sich befinden mochten, statt hier in einem geliehenen, steifen Anzug herumzusitzen und sich eine aufwendige, aber überwiegend amateurhafte Show anzusehen.

Außerdem, dachte er und schob einen Finger zwischen den kratzenden, frisch gestärkten Kragen seines weißen Baumwollhemdes, wurde ihm bei all diesen Leuten im Theater langsam heiß.

Midnight Louies Eiskapade

Zweifellos wütet innerhalb eines obskuren Gelehrtenkreises die Debatte, ob Katzenschnurrhaare tiefgekühlt werden können.

Mir ist klar, daß es sich dabei um ein extrem abstruses Thema handelt, aber ich befinde mich in der einmaligen Lage, empirische Daten liefern zu können.

Als ich auf die Ladefläche des Fleischtrucks sprang, hatte ich die Theorie, daß tiefgekühlte Waren schneller unterwegs sein würden, um ein Verfaulen in der heißen Sonne zu vermeiden. Doch offenbar habe ich die moderne Tiefkühltechnik unterschätzt.

Der Lkw, den ich mir ausgesucht habe, rattert schon bald los und scheint sich auf die Straße rund um den Lake Mead aufzumachen. Nach einer Weile erreichen wir glatten Asphalt, und der Wagen wird in einen höheren Gang geschaltet. Ich rolle mich noch enger zusammen, um mit meiner Wärme zu haushalten. Um mich herum bildet sich eine Lache aus geschmolzenem Eis. Einige, wie diese verrückte Karma, würden es wohl eine Aura nennen. Andere, wie diese hyperkritische Caviar, würden es mit einem viel schlimmeren und derberen Begriff bezeichnen, aber ich kenne den genauen Grund für dieses Phänomen. Meine eigene Körperwärme kämpft gegen die nahende Kälte des »großen« Schlafes an.

Über mir schwingen große und steifgefrorene Stücke toten Fleisches zum Rhythmus der Straße hin und her. Mir ist durchaus bewußt, daß mein gegenwärtiger Zustand – lebendig und niesend – in dieser Umgebung die Ausnahme ist. Ich bin deshalb ausgesprochen erleichtert, als der Lkw nach einigen Minuten ächzend zum Stehen kommt.

Ich warte ab. Meine gefrorenen Gelenke sind instruiert, beim kleinsten Lichtschimmer durch die Türen des Vehikels zu hechten.

Aber nichts passiert.

Das verstehe ich nicht. Ist dieser Lkw über Nacht abgestellt worden? Lassen sie etwa dieses ganze tote Schweinefleisch einfach so hängen? Es kann erst höchstens drei oder vier Uhr am Nachmittag sein. Dieses Fleisch sollte sich auf dem Weg zu den Restaurants in der Stadt befinden! Wie konnte mich mein gewöhnlich so unfehlbares Wissen über menschliche Gewohnheiten derart täuschen?

Viel wichtiger, wie lange wird es wohl dauern, bis Midnight Louie zu gefrorenem Katzenfilet wird?

Endlich erzittert der Truck, als der Fleischklops von Fahrer (ich entschuldige mich für diesen Ausdruck) wieder in den Sitz vorne steigt. Der Motor erwacht vibrierend zum Leben, was mein chronisches Zittern in etwas verwandelt, was an Apoplexie erinnert.

Dann ruckt das Vehikel an, und wir bewegen uns wieder. Ich selbst allerdings nicht. Nein, ich glaube, ich bin am Boden festgefroren. Irgendwie amüsiert mich die Vorstellung, daß Caviar die Aussichtstour am Lake Mead Richtung Norden mitmacht, längst nicht mehr.

Meine gefrorenen Augen ziehen sich langsam zusammen. Ich fürchte, ich kann nicht mehr wach bleiben. Licht!

Ich hechte los, benutze die Erinnerung an den Bewegungsablauf, um mich mit einem prächtigen Sprung zur Tür zu katapultieren. Ich schreie auf, weil mehrere Körperhaare auf dem halb gefrorenen Matsch zurückbleiben, in dem ich gelegen habe.

Ein paar feister Hände packt mich mitten in der Luft. Ich blinzele in das überraschte Gesicht des Fahrers und rieche seinen Bieratem. Dieser Mistkerl trinkt im Dienst! Irgendwie gelingt es mir, meine eisigen Krallen auszufahren und ihm zum Abschied auf die Wange zu tätscheln.

Er heult auf, und ich merke, wie ich den Boden berühre. Meine steifen Muskeln und Gelenke vollführen die Bewegungen, die ich so gut kenne, und beim Kontakt mit der Wärme und dem Sonnenschein verschmelzen sie sofort.

Als ich halbwegs aufgetaut bin – und mein Sprint in die Freiheit hat dafür gesorgt –, sammele ich mich. Tatsächlich Las Vegas! Ich mache mich auf den Weg zum *Crystal Phoenix*. Selbst mein noch arg frostiger Schwanz beginnt bei dem Gedanken zu kribbeln, daß ich mein Lieblingshotel wieder einmal vor den Kräften des Bösen bewahren werde – und zwar ganz allein, ohne daß die neugierige Caviar sich einmischt.

Manche Dinge sind es eben wert, daß man ein Risiko eingeht – selbst, wenn mein eigenes Leben auf dem Spiel steht.

Ehe ich mich versehe, bin ich im Hotel und folge meinem Instinkt. Dieser führt mich direkt ins Untergeschoß.

Einige Leute mögen vielleicht denken, daß ich eine unselige Vorliebe für Untergeschosse habe. Es ist wohl wahr, daß ich bei meinem letzten Abenteuer im Keller in einen Sack gesteckt wurde, aber das war nur ein kleiner Kellerraum in einem alten Haus, zwar angemessen unheimlich und feucht, aber eines Cecil B. DeMille nicht würdig.

Auch mein letztes Rendezvous mit der »göttlichen« Yvette, diesem silberfarbenen Perserschatz, die mein Herz in ihren kleinen, lackierten Krallen hält, fand in einem Keller statt, im selben Untergeschoß des *Goliath* nämlich, in dem ich auf den Stripper-Killer losging und auf diese Weise meine andere kleine Puppe, Miss Temple Barr, vor einem Schicksal retten konnte, das beinahe so schlimm war wie der Tod.

Sollte hier heute abend irgendeine Teufelei im Gange sein,

so vermute ich, daß sie ihren Ausgang in diesem Bereich unterhalb der Bühne nehmen wird, während Hunderte von unschuldigen Menschen oben hingerissen auf den kultivierten Mumpitz auf der Bühne starren. Ich habe niemals einer Gridiron-Show beigewohnt, aber ich bin sicher, daß es sich bei einem Ereignis, in das Miss Temple Barr verwickelt ist, um einen Ausbund an gutem Geschmack und unschuldigem Spaß handelt. Vielleicht höre ich deshalb das entfernte Brüllen von schallendem Gelächter.

Außerdem vernehme ich das Getrampel von Elefantenfüßen. Ich kann mich gerade noch rechtzeitig unter einen Kostümständer ducken, bevor ich von sechzehn Paar silberfarbener Stepschuhe, die in einem schwindelerregenden Tempo die Treppe heruntergeklappert kommen, überrannt werde. Aber schlimmer noch ist das aufgeregte Gequietsche und Lachen der Chorgirls, die das schreckliche Klappern begleiten. Beinahe würde man sich wünschen, daß das Geländer noch einmal nachgibt.

Ich schleiche mich weiter den Flur entlang, auf der Suche nach dem richtigen Geruch und dem falschen Anblick. Wenn noch etwas anderes außer den Busby-Berkeley-Altersheim-Revuegirls unterwegs sein sollte, werde ich es sehen oder riechen.

In der Tat nehme ich einen Geruch von Dreck wahr, eine interessante Substanz in diesem abgeschlossenen Bereich eines Hotels, wo Staub der Feind Nummer eins ist. Dieser Dreck, den ich rieche, ist frisch und hat nichts mit jenem sandigen Zeug zu tun, das mich an den ekligen Inhalt von Miss Temples Gott sei Dank unberührter Katzentoilette im Bad erinnern könnte.

Nein, das hier ist erstklassiges Zeug, ein Aroma so reichhaltig wie kolumbianischer Kaffee. Er bringt mich auf Ideen, denen nachzugeben ich im Augenblick keine Zeit habe, und mir wird plötzlich bewußt, daß ich stehengeblieben bin.

Also gut, die Umstände sprechen gegen eine Pause aus sanitären Gründen. Ich folge dem Geruch und benutze all meine hervorragenden Sinne und meine erstklassige Erfahrung, um die Spur auszumachen.

Sie führt mich an Ankleideräumen vorbei, in denen zwischen den einzelnen Akten Panikattacken ablaufen. Ich ignoriere Wolken von Talkumpuder und den widerlichen Gestank von Deodorant, was selten wirkt. Werden diese menschlichen Wesen denn niemals schlau? Geruch ist gut. Geruch macht frei. Geruch umgibt die Affenfamilie.

Ich halte meine Nase so dicht am Boden – der in diesem Fall aus Zement besteht –, daß ich schnurstracks in einen eisernen Kleiderständer renne. Ich falle auf meinen Schwanz zurück und verliere möglicherweise für einen Moment das Bewußtsein, denn als ich meine Sinne wieder beisammen habe, sehe ich doppelt.

Nun, vielleicht nicht wirklich doppelt. Ich sehe etwas, das eigentlich nicht da sein sollte, und was nicht da sein sollte, sehe ich, *capiche*? Vielleicht nicht.

Lassen Sie es mich einmal folgendermaßen formulieren. Von meiner Statur her bin ich kräftig genug, daß meine Kollision mit dem Ständer einige Kostüme verschoben hat. Ich kann nun ein Stück Wand dahinter erkennen. Für gewöhnlich sind die Wände in den Räumlichkeiten unterhalb einer großen Bühne von recht vorhersagbarer Beschaffenheit: Betonblöcke, bemalt mit einem uninspirierenden Braun- oder Grünton.

Aber dieser Kleiderständer befindet sich vor einer dunklen Türöffnung. Sie ist nicht nur dunkel, sondern riecht wie Juan Valdez und all seine Säcke mit aromatischem kolumbianischen Kaffee zusammengenommen – nicht zu vergessen seinem Esel und dessen Erinnerungshaufen an längst vergessene Mahlzeiten.

Natürlich schlüpfe ich unter den schwingenden Röcken des Ständers durch und in die duftende Dunkelheit hinein. Es wird niemanden mit einer halbwegs guten Nase überraschen, daß ich nicht in einem zufällig verdeckten Ankleideraum gelandet bin, sondern in einem Keller. Rieche ich Ratten?

Und ob! Mehrere!

Meine Krallen graben sich in Erde, während ich durch die Dunkelheit gleite. Meine Nase führt mich tiefer und tiefer, bis mir klar ist, daß es sich hier nicht um einen Geheimraum, sondern um einen Tunnel handelt. Das einzige, was jetzt noch fehlt, ist runtertropfendes Wasser, das versucht, innerhalb von tausend Jahren oder so zu einem Stalaktit anzuwachsen. Aber in Anbetracht des Zustands meiner Blase würde das Herabtropfen jedweder Flüssigkeit einer chinesischen Wasserfolter gleichkommen.

Feuchtkalte Luftzüge streichen über mein Fell hinweg. Ich folge ihnen und gelange auf diese Weise erst nach rechts, dann nach links und wieder rechts. Inzwischen ist selbst mein hervorragender Orientierungssinn ein wenig durcheinandergeraten. Ich weiß nur, daß ich ein riesiges, gewundenes Netzwerk unerwarteter unterirdischer Tunnelgänge durchquere. Nach der ersten Aufregung kommt mir die Dunkelheit und die Feuchtigkeit allerdings schon bald langweilig vor. Ich stelle mir vor, wie sich die Laiendarsteller oben unter dem trockenen, hellen Strahl der Scheinwerfer die Seele aus dem Leib singen und tanzen.

Zweifellos vergnügt sich Miss Temple Barr dort, während ich auf dem Bauch durch die Eingeweide des *Crystal Phoenix* schleiche und meinen armen, geschundenen Körper bis an die Grenzen seiner Leistungsfähigkeit treibe …

Ich bleibe stehen. Ein anderes Wesen teilt die Dunkelheit mit mir.

Wie ich darauf komme? Ich kann es nicht sagen, ich weiß nur, daß sich jedes noch verbliebene Haar auf meinem Rücken aufstellt.

Mit Ratten werde ich fertig. Eine ganze *Chorus Line* von Ratten allerdings … das würde eventuell ein wenig problematisch. Ich zucke mit meinen Schnurrhaaren. Ich vollführe einen Kreis in der Dunkelheit und weiß, daß meine Tarnung perfekt ist. Ich sehe nichts.

Und dann erscheint in der Entfernung ein hüpfendes, schwaches Licht, wie der Strahl einer Taschenlampe. Das hat zunächst einmal eins zu bedeuten: Homo sapiens. Ich habe keine Angst, einem Exemplar dieser Gattung zu begegnen, aber ich möchte andererseits auch meine Anonymität wahren.

Ich überlege mir, was ich tun kann, während das Licht näher heranflackert. In der aufziehenden Helligkeit gelingt es mir, eine mir ähnliche, gebückte Gestalt auf der anderen Tunnelseite auszumachen.

Ich kann allerdings die Spezies meines Genossen noch nicht genau ausmachen, sondern sehe nur, daß er vierfüßig ist, kleiner als ich selbst und beinahe ebenso dunkel.

Der herannahende Lichtschein fällt auf seine zu Schlitzen zusammengezogenen Augen.

Für einen Moment starren wir uns beide an.

Ich blicke in Caviars Augen.

Dann schießen wir von dort weg, tauchen unter dem Lichtstrahl fort wie Vampire, die einen Sonnenstrahl zu vermeiden suchen.

»Hey«, brummt irgendein Mistkerl durch den Tunnel. »Ich glaube, hier unten gibt es Ratten. Davon hast du aber nie was gesagt.«

Caviar bearbeitet ihre Ohren mit einer feuchten Pfote, als würde sie am liebsten einige andere Stellen, wie beispielsweise mein Gesicht, damit bearbeiten.

Wir hocken draußen vor dem Tunneleingang unter den schaukelnden Kostüm.

»Das war ein dreckiger Trick«, bemerkt sie.

»Wie bist du so schnell aus dem Bus und hierhergekommen?«

»Ich habe beim ersten Stop den Sonnenstich-Trick gespielt. Irgendeine Touristin in einer gemieteten Rostlaube hatte Mitleid mit mir und hat mich nach Las Vegas zurückgefahren. Ich habe sie an der ersten Tankstelle sitzenlassen, während sie mir eine Flasche Perrier und irgendein Fleischzeug kaufen wollte.«

»Du bist wirklich eine äußerst undankbare Anhalterin.«

»Und du bist ein so typischer Vertreter deiner Gattung, was soll ich da noch sagen? Genau, was ich erwartet habe. Verschlagen, feige –«

»Was soll das heißen ›feige‹? Ich wollte dich keiner der Gefahr aussetzen.«

»Du hast mir nie gesagt, wer du wirklich bist, Fatso.«

»Ich dachte, daß du für solch eine Eröffnung noch nicht bereit seist.«

»Richtig. Und wer beschützt hier wen? Okay, geschenkt. Nun zu der Sache hier. Worum geht's?«

Ich untersuche den Dreck unter meinen Krallen. »Ich bin mir noch nicht ganz sicher –«

»Und wie sieht deine Vorgehensweise aus, damit du dir Sicherheit verschaffst?«

»Wir werden die Tunnelgänge systematisch untersuchen müssen.«

»Und wie sollen wir das anstellen, etwa einen Wollfaden hinter uns herziehen?«

»Nun, für den Anfang –« Ich erhob mich und spähte in die Öffnung hinein, aus der wir herausgekommen waren. »Niemand in der Nähe. Ich schätze, daß die Action weiter unten in den Gängen stattfindet. Ich sollte wieder hineingehen und die Sache untersuchen. Du bleibst hier für den Fall, daß die Polizei einschreiten muß.«

»Glaubst du etwa, daß sie mich überhaupt beachten würde?«

»Kein Problem.« Ich stehe absolut gerade und benutze die Vorteile meiner Größe, um herablassend hinzuzufügen: »Ich habe da einige Methoden entwickelt.«

»In Ordnung«, sagt sie und bewegt ihren Schwanz hin und her. Sie wirft mir einen Blick von der Seite zu, der mir gar nicht gefällt. »Geh zurück und spiel den Helden. Ich werde hierbleiben und nach verdächtigen Vorgängen Ausschau halten.«

»Schön«, erwidere ich und wünsche mir, einen Augenblick für mich allein zu haben. Aber ich werde mich dafür wohl mit dem erdigen Tunnel zufriedengeben müssen. »Bleib hier, dann kann dir nichts passieren.«

»Das ist nicht gerade sehr ermutigend«, entgegnet Caviar und verdreht die Augen. Sie setzt sich allerdings wie ein braves Mädchen auf ihr Hinterteil. »Bye-bye, Daddio.«

Theater hinter dem Theater

Der riesige, grün-türkis gestreifte Theatervorhang ging auf, und die erste Nummer begann.

Matt lebte noch nicht lange genug in Las Vegas, um jeden Gag zu verstehen. Aber das schallende Gelächter um ihn herum ließ darauf schließen, daß es die anderen taten. Manchmal erhielt eine gute Zeile sogar Beifall. Während solcher Unterbrechungen beugte sich Temple in der Regel zu ihm herüber und flüsterte ihm zu: »Das war von mir.«

Matt applaudierte, wenn es das Publikum auch tat, begann sich allerdings langsam zu fragen, warum all dieser Pomp und Aufwand für etwas betrieben wurde, was genausogut als nette Show in einer High-School-Turnhalle hätte durchgehen können. Dann erinnerte er sich daran, daß Crawford Buchanan für das meiste verantwortlich gewesen war und daß Temple nicht viel von seinen Qualifikationen für diesen Job hielt. Dennoch schien sich das Publikum über den Ulk zu amüsieren. Matt hatte den Verdacht, daß diese Leute auch einer Version der *Three Stooges* Beifall gespendet hätten, solange nur ihre eigenen Namen genannt wurden – egal in welchem Zusammenhang.

Während sich der Vorhang zwischen den großen Nummern für den Umbau schloß, wurden auf der Vorbühne

Szenen gegeben, an denen nur zwei oder drei Darsteller beteiligt waren.

Während einer solchen Szene ging Temple mit ihrem Programm derart nahe an eine der Kerzen, daß Matt Angst hatte, ihr Haar könne Feuer fangen.

»Was ist los?« flüsterte er.

Auf der Bühne hielt sich ein Typ namens Steve Wynn vom *Mirage Hotel* mit Hilfe von Siegfried und Roys weißen Tigern ein Konsortium verärgerter Las-Vegas-Löwen vom Leib – den übertrieben riesigen Leo vom *MGM Grand Hotel* und die mächtige Sphinx des *Luxor.* Da die großen Katzen von Menschen in Kostümen dargestellt wurden, besaß diese Nummer eine Art »Das zauberhafte Land«-Qualität.

»Dieser Sketch sollte eigentlich jetzt gar nicht kommen«, beschwerte sich Temple. »Nicht laut Programm. Warum schinden sie Zeit? Meine große Nummer ist dran. Scheint wohl Schwierigkeiten zu geben. Ich verschwinde mal eben hinter die Bühne. Entschuldige.«

»Heh, langsam.« Matt packte sie am Arm, als sie sich gerade von ihrem Stuhl erheben wollte. »Vielleicht wollen sie dich da gar nicht.«

»Bist du verrückt? Ich kenne diese Show beinahe so gut wie Danny Dove. Es kann nicht schaden, in der Krise Hilfe anzubieten.«

Matt ließ sie ziehen. Er wandte sich wieder dem Geschehen auf der Bühne zu, lachte höflich, klatschte an der richtigen Stelle und wartete auf Temples Rückkehr.

Aber sie kam nicht wieder.

Halb zehn. Die Show sollte jetzt eigentlich auf ihren Höhepunkt zusteuern. Vielleicht hätte er Temple begleiten sollen ... Er drehte sich um und warf einen Blick auf die geschlossenen Türen, die aus dem Zuschauerraum hinausführten, ohne zu wissen, was er dort zu sehen erwartete.

Was er dann allerdings erblickte, überraschte ihn zunächst und schockierte ihn schließlich. Molina und Frank waren fort, hatten ein weinrotes Samtloch in einer Zuschauermenge aus Lamettabäumchen und Pinguinen hinterlassen.

Matt erhob sich und machte sich auf den – wie er hoffte – diskreten Aufstieg die schmalen, teppichbezogenen Stufen hinauf.

Als er durch die Tür trat, wich er im ersten Moment zurück, als er sich dem geschäftigen Treiben der Glücksspieler im angrenzenden Kasino gegenübersah.

Von Temple war jedoch nichts zu sehen, was ihn nicht überraschte. Aber dafür erblickte er Lieutenant Molina.

Er trat auf sie zu. »Wo ist Temple?«

Molinas Stimme und ihre Augenbrauen blieben gesenkt. »Sollten Sie das nicht besser wissen?«

»Ist etwas passiert? Wo ist Frank?«

»Frank.« Ihr Tonfall beinhaltete keine Frage, aber Matt wußte, daß er besser eine Erklärung liefern sollte.

»Wir ..., äh, kennen uns von früher. Von der Schule.«

Sie warf ihren Kopf ungeduldig zurück. Aber bevor sie etwas antworten konnte, eilten Van von Rhine und Nicky Fontana auf sie zu, beide ähnlich elegant gekleidet wie Temple und er. Matt hatte bemerkt, daß sie ihre Plätze hinten im Theater hatten, aber sie waren während der Vorstellung immer wieder hinausgeschlüpft wie nervöse Gastgeber, die alle fünf Minuten das Büffet überprüfen.

»Was ist passiert?« wollte auch Nicky wissen, allerdings in einem wesentlich unhöflicheren Ton als Matt. »All die Undercover-Cops entlang des Strip haben sich aus dem Staub gemacht, als sei Godzilla hinter ihnen her. Sind wir jetzt auf uns allein angewiesen oder was?«

Molina blickte Matt warnend an und erwiderte an Nicky gewandt: »Das geht schon in Ordnung. Wir haben falsch gelegen. Es ist in der Tat etwas passiert. Das *Goliath* wurde von acht Männern in Eishockeymasken ausgeraubt.«

»Das ganze Bargeld?« erkundigte sich Van mit aschfarbenem Gesicht.

»Wir wissen es noch nicht genau, aber offenbar haben sie es in den Abholkarren hinausgeschafft.«

»Aber hier ist nichts passiert?« fragte Nicky.

Molina schüttelte den Kopf. »Das *Phoenix* ist sicher. Der ganze Hokuspokus hier sollte wohl als Ablenkung dienen, um uns weißzumachen, daß das Kasino beraubt werden sollte. Schlau eingefädelt«, gab sie zu. »Na ja, zumindest hatten wir viele Leute hier, und das *Goliath* ist nur ein Stück weiter den Strip hinunter. Die Typen werden nicht davonkommen, glauben Sie mir. Diese Geldmenge ist viel zu hinderlich, sie können sich nicht schnell genug bewegen. Ich schlage vor, wir überlassen die Arbeit den Leuten, die gerade im Dienst sind, und gehen wieder zurück, um die Show zu genießen. Ich möchte auf keinen Fall Miss Barrs angeblich so vor Geistesblitzen sprühende Schlußnummer verpassen.« Sie wandte sich Matt zu. »Vielleicht ist sie ja so früh hinausgeschlüpft, weil sie weiß, daß sie wie eine Bombe einschlagen wird.«

Er runzelte die Stirn und stellte fest, daß seine Fingerspitzen so sanft auf dem Plastikgehäuse seiner Armbanduhr ruhten wie die Beine einer Fliege. Zehn Minuten. Temple war seit zehn Minuten fort, und der Countdown für ihre große Nummer hatte begonnen. Wo steckte sie nur?

Mitternächtliche Entdeckung

»Es ist alles in Ordnung«, sagte das Luxor Hotel und zog den blau-gold-gestreiften Kopfschmuck der Sphinx zurecht, die sein goldenes Lederbustier schmückte. Diese Spinx hatte ungewöhnlich hohe Wangenknochen.

Das Luxor beugte sich vor, um die Nähte seiner Netzstrümpfe geradezuziehen – eine glitzernde Reihe ägyptischer Hieroglyphen.

»Außer, daß es hier unten höllisch warm ist«, beschwerte sich das MGM Grand Hotel und warf seine wirre, glitzernde, blonde Mähne über die nackten Schultern zurück. Sein Bustier war warm und pelzig und zeigte ein perfektes Abbild von Leo, dem derben Katzengesicht des Löwen, der allerdings auch zwei überwältigend hohe Wangenknochen besaß.

»Wir werden wie die Verrückten steppen müssen, um unsere Balance auf diesem mickrigen Saturnring um das UFO halten zu können«, fügte das Treasure Island hinzu, dessen Bustier mit Goldstücken überquoll, die sich von einer messingfarbenen Kiste über die beeindruckende Oberweite ergossen.

Temple mußte zugeben, daß die Nachtschicht-Mädels des *Lace 'n' Lust* für ihre lebenden Hoteltableaus die perfekten Figuren hatten. Bescheidene Proportionen hätten die übertriebenen Bilder von Las Vegas' neuester Hotellerie plus Vergnügungspark nicht so gut zur Geltung gebracht.

Die Chorgirls in ihren arg mitgenommenen, silbrig bemalten Stepschuhen und den paillettenbesetzten Bodystockings versammelten sich mit Oohs und Aahs um die Strip-Hotels und deren Stripper-Imitatoren.

»Ihr seht toll aus«, sagte Temple und meinte es auch so. Hinter den durcheinanderlaufenden Darstellerinnen ragte die massige Gestalt des UFOs auf, mattsilbern im Dämmerlicht unter der Bühne.

Zwei Dutzend Journalisten liefen in wesentlich gewöhnlicheren Aufzügen umher. Die Männer, die die Gangster darstellten, trugen braune Anzüge mit neonfarbenen Hemden und weißen Krawatten. Die graugestreiften Anzüge der FBI-Männer waren so übertrieben ausgefallen, daß sie an Gefängnisanzüge erinnerten.

»Einfach umwerfend!«

Temple drehte sich zu den Elvis-Imitatoren um.

Sie hatte noch nie so viel Satin-Spandex auf einmal gesehen oder so viel nickelgroße Straßsteine und übertrieben breite Gürtel, die man leicht mit Ringertrophäen oder Highwayauffahrten verwechseln konnte.

Temple blickte fasziniert auf Koteletten, die so lang und schwarz und pelzig waren wie Tarantula-Beine. Geöltes aufgetürmtes Haar und schweißbedeckte Schals. Ringe, die sogar größer waren als Liberaces Sammlung von Miniaturklavieren für den kleinen Finger. Stiefel, die den Eindruck machten, als hätte man sie aus dem Fell einer Country und Western singenden Kuh geschnitten.

»Einfach kosmisch«, seufzte sie mit der Zufriedenheit einer Künstlerin, die gerade eine geniale Vision gehabt hatte.

»Danny wollte Sie damit überraschen«, sagte die Luxor schmollend. Sie spielte mit dem batteriebetriebenen, azurblauen Laserstrahl herum, der oben an dem Pyramiden-

Kopfschmuck befestigt war. »Er wird böse sein, daß Sie heimlich geguckt haben.«

Die MGM Grand nickte ernst und hätte dabei fast ihren riesigen Kopschmuck ins Wanken gebracht, auf dem sich die zwanzig Zentimeter hohen Initialen über der Tastatur eines glänzenden, schwarzen Pianos erhoben.

»Danny würde es gar nicht gefallen, Sie hier unten zu sehen.« Sie tätschelte geistesabwesend Leos Nase, die ihren Bauchnabel, aber nicht viel mehr bedeckte. »Sie könnten unseren großen Auftritt verpassen.«

»Ich wollte mich nur vergewissern, daß alles in Ordnung ist.«

Nach diesen Worten drehte Temple sich gehorsam um und klapperte auf ihren Weitzmans davon, die beinahe glitzernd genug waren, um sie in eine andere Welt zu entführen. Nein, erinnerte sie sich, die rubinroten Slipper waren dazu bestimmt, Dorothy nach Hause zu bringen, und Temple hatte zudem nicht die Absicht, dreimal mit ihren Schuhen auf den Boden zu stampfen, um in Minnesota zu landen ... und sich das Vergnügen entgehen zu lassen, ihre eigene Nummer in der Show zu bewundern!

Die Flure lagen verlassen da. Die Darsteller befanden sich entweder auf der Bühne oder warteten an den Seiten auf ihren Auftritt. Der Rest hatte sich um das UFO versammelt und wartete auf die Schlußnummer.

Temple lief eilig an den offenstehenden Garderobentüren entlang. Sie wollte den Anfang ihrer Nummer nicht versäumen, und der arme Matt mußte sich inzwischen fragen, in welche Toilette sie verschwunden war ...

»Louie!«

Sie blieb auf ihren hohen, metallbeschlagenen Absätzen abrupt stehen.

Das mußte er sein. Der große, schwarze Kater lag so bewegungslos genau in der Mitte des Flurs, daß er ihr beinahe wie eine Illusion vorkam.

»Louie?«

Temple erwischte sich, daß sie auf Zehenspitzen auf ihn zuschlich. Wie seltsam! Zuerst verschwindet Midnight Louie für so lange Zeit, und dann taucht er plötzlich wie eine Zauberkatze des Mysteriösen Max auf!

»Heute abend werde ich dich mit nach Hause nehmen«, verkündete sie laut. »Du kannst in meinem Büro bleiben, bis die Show vorüber ist. Aber wenn du mich hier so lange aufhältst, daß ich meine große Nummer verpasse, dann –«

Der Kater erhob sich, streckte sich, gähnte weit, um jeden einzelnen Haifischzahn in seinem kirschroten Zahnfleisch zu zeigen und ... trottete gemächlich zu einem Kostümständer hinüber, der an der Wand stand.

»Oh nein, laß das!«

Temple schoß hinterher, um die Katze zu erwischen, bevor sie unter den Kostümen verschwand. Ihre Absätze schlugen förmlich Funken auf dem Beton.

Aber es war zu spät. Sie sah nur noch seinen Schwanz, der unter Feder und straßbesetzten Säume schlüpfte. Temple beugte sich hinunter, um ihn festzuhalten, aber sie spürte nur, wie das Fell ihrer zupackenden Hand entglitt.

»Louie! Das reicht. Ich komme zu spät! Ich kann doch Matt nicht sitzen lassen wie geronnenes Chili! Komm da sofort raus!«

Aber natürlich tat er das nicht. Und natürlich konnte sie ihn nicht finden, nicht ertasten und mußte auf die Knie hinuntergehen, was ihre Strumpfhose ausleiern würde, wenn sie nicht schon längst gerissen war. Sie krabbelte auf allen vieren, stieß sich ihre Knie an den unteren Querstangen des Gestells und beschmutzte sich ihre Hände mit Gott weiß was. Ihre Frisur erinnerte an eine Vogelscheuche, und als letzte Demütigung atmete sie auch noch einen Berg staubiger Federn ein.

Und immer noch keine Katze.

Temple war jetzt wütend. Sie krabbelte mit dem Hinterteil zuerst aus dem Kleiderständer, umklammerte eine vertikale Stange des Ständers, um sich hochzuziehen, und stellte sich dann mit ihren gefährlich beschuhten Füßen breitbeinig auf, um den Ständer wegzuziehen.

Uff!

Er bewegte sich nicht. Temple blickte nach unten. Der Ständer war am Boden festgeschraubt. Sie starrte ihn verwundert an. Der Sinn eines Kostümständers lag doch darin, daß er beweglich war. Gewöhnlich hatten solche Teile Rollen. Warum war dieser am Boden festgeschraubt?

Also gut. Dann würde sie Louie also anders fangen.

Temple stellte sich vor die Mitte des Ständers, griff in die schweren Kostüme und riß sie nach links und rechts zur Seite. Es mußte einfach sein, einen an der Wand kauernden Louie zu entdecken.

Oh ... welche Wand?

Temple starrte auf die dunkle Öffnung. Was war das? Ihre Schuhe verursachten ein kratzendes Geräusch, als sie über die Querstangen des Ständers hinweg in die Wand hineinstieg. Alice war einem weißen Hasen in ein Hasenloch gefolgt. Was würde wohl passieren, wenn Temple einer schwarzen Katze in ein schwarzes Loch folgte? Was, wenn es in die Hölle führte?

Aber Louie hatte sie noch nie in die Irre geleitet. Temples tastende Hände fanden einen Metallrahmen, der in die dicken Betonblöcke eingelassen war. Also war die Öffnung gar kein zufälliges Loch, sondern in das Gebäude eingebaut.

»Louie«, flüsterte sie.

Sie vernahm nur das Echo ihrer eigenen Stimme.

Temple seufzte.

Der Raum machte sich mit einem leisen Zischen über sie lustig.

Langsam gewöhnten sich ihre Augen an die Dunkelheit, und sie nahm ringsum Wände wahr.

Und plötzlich wußte sie, warum die Pläne des Untergeschosses fehlten.

Dies hier war der Unterbauch des alten *Joshua Tree Hotel*, wie Jersey Joe Jackson ihn erbaut hatte und wie er ihn in Vergessenheit geraten lassen wollte.

Visionen von Silberdollar tanzten in ihrem Kopf herum. Wer wußte wohl, was hier unten war? Wer wußte, welche Reichtümer in diesem verborgenen Labyrinth versteckt sein mochten? Midnight Louie wußte es.

Temple blickte mit zusammengekniffenen Augen auf eine Bewegung nahe am Boden, wohin ein kaum wahrnehmbarer Lichtschimmer fiel. Die Gestalt konnte Midnight Louie, genausogut aber die gigantische Ratte von Sumatra sein.

Sie schritt langsam weiter in die Dunkelheit hinein. In ihrem Kopf wirbelten große Erwartungen und Vorstellungen von einem verlorenen Erbe durcheinander, und alles zusammen formte sich zu einer profitablen Zukunft.

Eins war jedenfalls sicher: Midnight Louie war hier auf eine Goldgrube gestoßen.

Katzenspuren

Matt blieb zögernd in der Vorhalle stehen. Er war sich nicht sicher, was die größere Sünde war: es zu riskieren, Temples Nummer zu versäumen oder ihr nachzujagen, als sei sie eine verlorengegangene Dreijährige, nicht imstande, auf sich selbst aufzupassen. Aber er wußte, wieviel ihr an dieser Schlußnummer lag. Warum also sollte sie es ohne ernsthaften Grund riskieren, sie zu verpassen?

Während er hin und her überlegte, bemerkte er einen dunkelhaarigen Mann, der an einen Kaufhausdetektiv im Smoking erinnerte und der ihn quer durch die belebte Halle mißtrauisch anstarrte.

»Stimmt etwas nicht?«

Neben Matt tauchte ein zweiter dunkelhaariger Mann in einem Smoking auf.

Die beiden Männer sahen wie Zwillinge aus, aber Matt wußte nun, mit wem er es zu tun hatte. Er wandte sich an den Fremden neben ihm. – »Ich bin mit Temple hier. Ich frage mich, wohin sie verschwunden sein könnte.«

Der Mann runzelte die Stirn und nickte kurz zu seinem Klon auf der anderen Seite. Der Mann kam auf sie zu, und ein dritter, der genauso aussah wie die anderen beiden, startete von links.

Der Anblick dieser Formation hätte einschüchternd gewirkt, wäre Matt nicht vorher schon dem Besitzer des *Crystal Phoenix* vorgestellt worden. Daher erkannte er, um welche Spezies es sich handelte: die Fraternitas Fontanas.

»Temple wird vermißt?« erkundigte sich der erste Mann ungläubig. Er spielte an seinem goldenen, wie eine Kanone geformten Ohrring herum. »Das kann nicht sein, Mann. Hier war falscher Alarm. Das *Phoenix* diente nur der Ablenkung. Die ganze Action fand drüben, im *Goliath*, statt.« Er klang so, als bedauere er das zutiefst. »Miss Barr hat keinen Grund zu flüchten. Dieser Schuppen ist sicherer, als es Al Capones Gruft vor Geraldo Rivera war.«

Die identisch gekleideten Brüder hatten Matt umzingelt und verschafften ihm eine entnervende Vision, wie in einem Spiegelzelt auf dem Jahrmarkt, wo man in ein fremdes Gesicht blickt.

»Sie wollte sich um irgendeine Angelegenheit hinter den Kulissen kümmern.« Matt deutete zu den Frachtaufzügen hinüber. Die überwältigende Anwesenheit der Brüder schrie förmlich nach einer ausweichenden Antwort. »Ich werde ihr die schlechte Neuigkeit überbringen, daß hier alles in Ordnung ist.«

Die Brüder nickten verdrießlich und zuckten mit den bewaffneten Teilen ihrer Anatomie: Schultern, Hüften und sogar Fußknöchel. All diese Hardware war nun überflüssig. Welch ein Jammer.

Matt durchbrach den charmanten Kreis und eilte auf die Frachtaufzüge zu, bog dann allerdings zur Treppe ab und lief die leeren Stufen hinunter. Das Geländer fühlte sich so sicher an wie der Felsen von Gibraltar, aber er vermied es trotzdem, sich daran festzuhalten.

Als Matt in dem Bereich unter der Bühne angelangt war, erblickte er die Darsteller, die sich um das UFO versammelt hatten, und blieb stehen. Ein gedämpftes Getöse erklang von der Bühne oben. Es machte wohl keinen Sinn, die Darsteller zu stören. Temple war nicht hier. Wahrscheinlich war sie längst wieder über irgendwelche geheimnisvollen Pfade an ihren Tisch zurückgekehrt und fragte sich nun, wo *er* sein mochte.

Matt ging denselben Weg zurück, den er gekommen war. Er genoß die Stille. Er begann langsam, Temples Faszination von dem großen, rumpelnden Unterbauch des Theaters zu verstehen. Die Atmosphäre erinnerte ihn an eine Mannschaftskabine, leer und ruhig, während das große Spiel woanders vonstatten geht.

Plötzlich blieb er stehen. Er hatte etwas gehört. Ein schwaches, aber seltsames Geräusch. Eine Art Klirren. Und das Geräusch kam von vorne, von dem Bereich unter der Bühne entfernt. Ein Klirren, als wenn eine Zellentür zugeworfen wird, und dann – ein Aufschrei. Ein dünner spitzer Schrei, so weit entfernt, daß man es genausogut mit dem Quietschen eines ungeölten Rads hätte verwechseln können.

Aber er konnte nichts ausmachen. Zu seiner Linken lagen die Treppen und der Aufzug und zu seiner Rechten die leeren Garderoben. Sein Blick fiel auf einen Ständer, an dem Kostüme in allen Formen und Farben hingen. Dort drunter hatte jemand eine ausgestopfte Katze mit furchterregendem Buckel abgestellt.

Die Katze fauchte, als sie ihn erblickte, und senkte ihren Rücken, um ihn zu begrüßen.

»Caviar!«

Matt war schockiert. Die kleine Katze war in letzter Zeit oft allein durch die Gegend gezogen, und er hatte sich deswegen Sorgen gemacht, aber seine zahlreichen anderen Ängste hatten diese Sorge übertroffen. Nun war er überraschend erleichtert, sie zu sehen. Wenn es ihm jetzt nur noch gelingen könnte, Temple aufzuspüren …

Caviar rieb sich immer wieder an den hin und her schwankenden Kostümen. Ihre Nervosität und das Schlagen ihres Schwanzes irritierten ihn.

»Was tust du hier?«

Er näherte sich dem Tier, wohlwissend, wie idiotisch es war, eine Katze irgend etwas zu fragen. Aber diese Kreaturen reagierten auf Stimmen. Soviel hatte er inzwischen schon gelernt.

Caviar miaute kläglich. Als er sich näherte, verlagerte sie ihr Reiben von den unbelebten Kostümen zu seinen Hosenbeinen.

Er beugte sich hinab, um sie hochzuheben, aber sie wich ihm aus. Sie glitt über die unteren Querstangen des Ständers hinweg und schob sich zwischen den Kostümen durch.

»Hey, laß das!«

Er beugte sich weiter hinunter, um sie zu erwischen. In diesem Moment vernahm er das entfernte Echo eines Handgemenges sowie erstickte Schreie. Caviar verschwand hinter den Kostümen wie hinter einem Bühnenvorhang.

Matt schob die Kostüme mit beiden Händen so weit wie möglich zur Seite.

Die entfernten Stimmen wurden lauter. Caviar hatte sich schon ein Stück in die Dunkelheit hineingeschoben und wandte sich jetzt zu ihm um, als wolle sie sagen: *Du weißt schon, was ich will. Nun mach schon, du dämlicher Mensch.*

Die Wand befand sich an dieser Stelle offenbar auf unbezahltem Urlaub, dachte Matt, den erneut Angst überkam. Wie er Temple kannte, war sie ebenfalls dorthinein verschwunden.

Matt trat über die Stangen des Ständers hinweg und in die Dunkelheit hinein.

Die Geräusche nahmen zu, je weiter er ging. Ob es sich hier um ein Lager des Theaters handelte? War eine Crew vielleicht gerade damit beschäftigt, Requisiten, die für die Gridiron-Show nicht mehr benötigt wurden, wegzuschaffen? Was auch immer hier vor sich ging, Temple hatte sich sicher daran gemacht, eine solch interessante Räumlichkeit zu erforschen. Sie war wirklich so neugierig wie eine Katze.

Das traf auf ihn zwar nicht zu, aber er hatte eine andere Schwäche: einen Bulldoggen-Sinn für Verantwortung anderen gegenüber.

Matt tauchte in die Dunkelheit ein, die Hände wie Puffer vor sich ausgestreckt. Er fand schnell heraus, daß er sich in einem großen Tunnel befand, der bald eine Kurve beschrieb. Irgendwo vor ihm glitzerte Licht auf. Als seine tastenden Hände wieder einmal ins Leere griffen und er einen weiteren Arm des Tunnels vor sich hatte, begann er, die Weisheit seines Entschlusses anzuzweifeln.

»Caviar?« sagte er fragend in die Dunkelheit hinein.

Er erhielt keine Antwort, nicht einmal ein Zerren an den mit Satin besetzten Nähten seiner geliehenen Hose. Er begann, Alternativen abzuwägen und gelangte zu dem Schluß, daß es idiotisch war, sich in einer Dunkelheit vorwärts zu tasten, die so duster war, daß er nicht einmal eine schwarze Katze entdecken konnte.

Trotz eines flehendlichen Miaus aus der Tiefe wollte er wieder zurückgehen, solange er den Weg noch im Kopf hatte. Nur Narren spazierten dort, wo Engel aus Furcht nicht wandelten. Und er konnte zwar keine Garantie für Engel mehr übernehmen, aber er war zumindest imstande, einen Narren von einer weiteren Dummheit abzuhalten.

Rette sich wer kann!

Temple war sich nicht sicher, wie weit sie gelaufen war.

Auf ihren hohen Absätzen kam es ihr wie Wohnblocklängen vor, aber wie sollte das möglich sein? Das Grundstück des *Crystal Phoenix* war gar nicht *so* riesig.

Weiter unten in den Tunneln boten gelegentlich nackte Glühbirnen ein wenig Helligkeit. Sie ging davon aus, daß sie an denselben Stromkreis angeschlossen waren wie die andere Beleuchtung des *Phoenix* – beispielsweise wie die der Umkleideräume. Vielleicht waren hier einmal Kasino- oder Theaterausstattungen gelagert worden.

Ihr war klar, daß sie schon längst hätte umdrehen sollen, aber Midnight Louie hielt eifrig mit ihr Schritt. Jedes Mal, wenn sie stehenblieb, fühlte sie, wie er sich an ihren Waden rieb. Gelegentlich berührte sein aufgerichteter Schwanz auch ihren Oberschenkel, ungezogener Junge! Er benahm sich wie ein Hund in einem Disney-Film, er wollte ihr etwas zeigen.

Während Temple durch das Tunnelwirrwarr weitereilte, schossen ihr Vermarktungsideen durch den Kopf. Sie sah alles schon vor sich: das *Glory-Hole-Gang*-Minen-Abenteuer!

Laufen Sie wie Indiana Jones durch die dunkelsten Eingeweide der Erde auf der Suche nach dem großen Schatz! Das Jersey-Joe-Jackson-Wüsten-Diorama inklusive der Jagd nach dem Schatz

– und auf jeden Kartenbesitzer wartete am Ende ein Silberdollar.

Natürlich würde eine solche Idee Nicky und Van ein Vermögen kosten, aber, hey, das Fundament war im wahrsten Sinne des Wortes gelegt. Das *Crystal Phoenix* besaß bereits eine dunkle, geheimnisvolle Unterwelt, die nur darauf wartete, erkundet und ausgebaut und genutzt zu werden.

Jersey Joe Jackson – Action Jackson! – hatte dieses geheime Netzwerk von Tunneln auf dem Gipfel seiner Macht und aus welchen mysteriösen Gründen auch immer der Wüste abgerungen. Möglicherweise, um Besitztümer zu horten. Als Fluchtweg. Um Rivalen loszuwerden. Uhhh, welch eklige Vorstellung. Jede Sekunde konnte sie über eine Leiche, nein, ein Skelett, stolpern. Oh, Mann, wie wäre es, ein Halloween Special anzubieten, mit einem holographischen »Geist« von Jersey Joe Jackson, der an den Attraktionen herumspukte?

Temple war ganz in Gedanken versunken, als sie über etwas stolperte. Sie hoffte nur, daß es nicht Louie gewesen war. Die Stahlabsätze ihrer Schuhe waren gemeingefährlich.

Sie beugte sich hinab, um nach dem Kater zu tasten, aber ihre Hände glitten über einen langgestreckten, unebenen Hügel von Jutesäcken hinweg.

Oh, Gott, vielleicht war hier ja eine Leiche!

Temple hockte sich im Dunkeln neben den Hügel. Sie hatte kein Verlangen, ihn weiter abzutasten, aber sie war auch nicht gewillt, umzukehren und aufzugeben.

Midnight Louie begann, ihre gebeugten Knie zu massieren. Sein Enthusiasmus hätte sie beinahe umgeworfen.

Die Geräusche, von denen Temple glaubte, daß sie hinter ihr waren, nahmen zu. Die Bühnenmaschinerie arbeitete auf Hochtouren – verdammt, sie verpaßte die Premiere ihres UFOs! Sie konnte das leise Quietschen der Räder der Flaschenzüge hören und das Stöhnen und die durch zusammengepreßte Zähne ausgestoßenen Flüche der Bühnenarbeiter … vierzig Leute und ein Ungetüm dieses Ausmaßes für einen Auftritt in solcher Höhe zu plazieren, war nicht so einfach. Sie mußte sich genau unter dem Bereitstellungsraum befinden, dachte Temple und blickte über ihre linke Schulter zurück auf der Suche nach einem schmalen Licht, das auf einen Ausgang hindeutete.

Licht kam, aber es fiel auf ihre rechte Gesichtshälfte.

»Verdammt!« fluchte irgendwo ein Mann.

»Halt die Klappe!« flüsterte ein anderer. »Hier unten trägt die Stimme. Nur noch ein Stück und wir können die Ladung fallen lassen.«

Ein nicht zu identifizierendes Vehikel protestierte mit quietschendem Sopran, während das kehlige Brummen der Männer den Baß abgab.

Temple gelang es nun, Midnight Louies Umrisse in dem Dämmerlicht zu erkennen. Seine aufgerichteten Haare ließen ihn wie ein Stachelschwein aussehen. Er zog sich mit steifen Beinen zurück und fügte der Geräuschkulisse, die zwischen den Betonwänden widerhallte, ab und zu ein Fauchen hinzu.

»Hörst du auch was?« erkundigte sich eine beunruhigte Stimme mit einem heiseren Flüstern.

»Hier sind nur wir«, lautete die Antwort. »Mach weiter.«

Temple blickte zu Boden. Das schwache Licht schien auf die Form eines schlafenden Durchreisenden, der an der Spitze ihrer schwarzen Wildlederschuhe ruhte. Sie sprang erschrocken zurück und erkannte dann, daß sie es nicht mit einem Körper zu tun hatte, sondern … mit Körperteilen. Beigefarbene Jutesäcke waren so zusammengelegt worden, daß sie zufälligerweise die Form eines Mannes hatten.

Sie beugte sich erneut hinab, löste die steife, widerwillige Kordel und fühlte hinein. Ihre Fingerspitzen berührten das feuchte, schlaffe Linnen vielbenutzter Zahlungsmittel. Papiergeld.

In diesem Moment fiel ein Lichtstrahl auf die gegenüberliegende Wand. Ein Mann kam rückwärts in ihr Blickfeld, ein Mann in dunkler Kleidung, der etwas Glänzendes, Dunkles, Sperriges hinten im Hosengürtel trug. In beiden Händen hielt er Taschenlampen, die er hin und her schwenkte wie ein Fluglotse, der ein gelandetes Flugzeug zum Flugsteig dirigiert.

Hinter ihm ertönte das mahlende, quietschende Geräusch jetzt ganz laut, und ein Karren aus rostfreiem Stahl wurde sichtbar. Es hätte ein Karren sein können, wie er in Krankenhäusern benutzt wird, aber er sah genauso aus wie die Karren, die in Kasinos verwendet wurden, um einarmige Banditen oder das Geld von den Spieltischen zum Sammelzentrum zu befördern, das irgendwo versteckt im Inneren des jeweiligen Gebäudes lag.

Nun war es Temple, die rückwärts ging, und Midnight Louie folgte ihr. Ihre Hände lagen auf der glatten, kühlen Wand hinter ihr. Sie bemühte sich, auf der festgetretenen Erde entlangzuschlurfen, um keine Fußtritte zu hinterlassen. Gott sei Dank verursachte der Karren einen Höllenlärm. Das Quietschen würde sicherlich jeden ihrer Laute übertönen. Louie dagegen machte natürlich nicht mehr Geräusche als ein Quartett von Q-Tips bei einer Parade …

Der Tunnel näherte sich endlich einer Kurve, so daß die Männer bald außer Sicht sein würden. Temple atmete aus, während sie Zentimeter für Zentimeter zurückwich.

Da drehte der führende Mann plötzlich seinen Kopf über die Schulter zurück, wohl um die Entfernung abzuschätzen, die sie noch zurückzulegen hatten.

Temple erblickte ein bleiches Gesicht und ihr stockte der Atem.

Er hörte sie wegen des Lärms nicht, aber er sah sie.

Dic Zwillingsscheinwerfer seiner Taschenlampen glitten wie zwei duellierende Laserstrahlen über sie hinweg.

Temple drehte sich um und rannte los. Das Rattatata ihrer

Absätze verursachte ein überraschend markerschütterndes Geräusch. Es gab keinen Grund mehr, auf Zehenspitzen zu laufen. Ihr Kleid war eine silberfarbene Zielscheibe.

»Haltet sie auf!« schrie jemand.

Das Geräusch des Karrens erstarb sofort und wurde durch das Laufgeräusch weichsohliger Schuhe und ein verärgertes Schnauben ersetzt.

Wo war Louie?

Temple hatte keine Zeit, sich nach ihm umzusehen. Sie war in die Dunkelheit eingetaucht, aber sie wußte, daß die Glühbirnen des Tunnels wie Scheinwerfer fungierten und sie entblößen würden. Sie kam gerade wieder in die Nähe eines solchen Lichtscheins. Sie hielt an, um ihre Schuhe abzustreifen, rannte dann schnell auf das Licht zu und streckte den Stahlabsatz eines Schuhs in die Luft. Wahrscheinlich sah sie wie die Freiheitsstatue mit einer Straßstein-Fackel aus. Als sie die Glühbirne erreicht hatte, sprang Temple in die Höhe und holte mit ihrem Absatz aus. Das Glas zerbarst, fiel auf den Boden, und der Glühfaden erlosch. Zufrieden, daß sie sich nicht selbst durch einen Stromschlag umgebracht hatte, sprintete Temple weiter. Ihre Bewegungen ließen den Saum des Kleides bis zu den Oberschenkeln hochrutschen. Der rauhe Boden und der perlenbesetzte Saum, der in ihre Oberschenkel schnitt, hatten ihre Strumpfhose längst kleingekriegt. Sie hoffte nur, daß es ihr nicht ebenso ergehen würde.

Plötzlich entwickelte ein Deckenlicht vor ihr ein alarmierendes Eigenleben und begann, die Dunkelheit unnachgiebig zu durchdringen. Temple, die inzwischen schnaubte und prustete, wagte es nicht, langsamer zu werden, aus Angst, daß man sie einholen würde. Aber sie war umzingelt! Vor ihr war auch jemand! Vielleicht ein Komplize, der beabsichtigte, die Leute mit dem Geld in der Tunnelmitte zu treffen.

»Temple, was um Himmels willen –?«

»Matt! Gott sei Dank! Lauf weg! Sie sind bewaffnet.«

Er machte seine Taschenlampe aus. »Wer?«

»Bergarbeiter. Die Sieben Zwerge. Die Geister der *Glory Hole Gang*. Ich habe keine Ahnung! Schau doch selbst!«

Die Zwillingsscheinwerfer kamen in Sichtweite.

Matts Strahl schaltete sich wieder ein und zielte genau in die Mitte des kugeldurchsiebten weißen Gesichts. Es war unmöglich, dieser verstümmelten Maske eine Regung wie Überraschung anzusehen, aber die Taschenlampenstrahlen senkten sich abrupt, und plötzlich war Matt ein Schatten, der den Lichtschein unterbrach.

Der Verfolger sank mit einem überraschten Schmerzensschrei zusammen. Seine Taschenlampen rollten ihm aus den schlaffen Händen, und die Strahlen kreuzten sich auf dem Boden.

Hinter der Gestalt des am Boden liegenden Mannes ertönten Fußschritte, und ein weiteres Licht tauchte auf.

»Komm mit«, rief Matt und ergriff Temples Arm. »Nur gut, daß ich zurückgegangen bin, um eine Taschenlampe zu holen.«

Sie rannten los. Matt benutzte seine Lampe nur sporadisch, um die Windungen auszukundschaften, die der Tunnel vollführte. Hier gab es keine Glühlampen mehr, die ihre Position hätten verraten können. Allerdings hörten sie ihre Verfolger nach wie vor.

Plötzlich schob Matt Temple vor sich her.

Sie stolperte vorwärts, stieß mit ihrem Fuß an eine Stahlstange, schoß kopfüber durch einen Stoffvorhang, von dem sie gedacht hatte, daß sie ihn nie wiedersehen würde, und taumelte ins Licht und in die vertraute Umgebung des Flurs im Untergeschoß.

Matt hüpfte hinter ihr heraus und zog die Kostüme wieder zusammen.

Sie blickten sich um.

Die Kostüme zitterten und schwankten.

Matt und Temple stürzten den Flur entlang und sahen aufgeregt in die leeren Garderoben.

»Hey«, schrie eine Stimme.

Sie rannten schneller.

»Hey, Miss Barr, warum die Eile? Sie laufen in die falsche Richtung. Ihre Nummer ist jeden Moment dran.«

»Fontanas«, keuchte Temple zu Matt hinüber. »Jetzt werden die Karten neu gemischt.«

Aber die Verfolger nahmen nichts anderes als ihre Beute wahr. Temple hörte dieselben pochenden Fußtritte, die ihre Herzfrequenz in den letzten sechs Minuten in die Höhe getrieben hatten. Wie eine Vision aus einer zweifelhaften Fernsehdokumentation erhob sich plötzlich die riesige Form des UFOs vor ihnen.

Temple registrierte mit Enttäuschung, daß die Show vorüber war. Sie war vorüber, und es gab nichts, wo sie sich verstecken konnten.

Matt blickte über seine Schulter zurück und sah dann zu ihr hinüber. »Die wollen Blut sehen«, warnte er.

Es gab keinen anderen Ort, an den sie hätten flüchten können. Sie eilten die Sperrholzrampe hinauf und folgten der Spirale um das UFO herum. Auf der anderen Seite war der Boden vier Meter tiefer, und es gab keine Leiter.

Fußtritte ließen die Rampe erzittern, als sechs oder mehr Verfolger hinaufsprangen. Matt und Temple wechselten einen verzweifelten Blick, dann hechteten sie auf den einzigen Ausgang zu … eine längliche Tür, die ins UFO hineinführte.

Im Gegensatz zu dem beleuchteten Flur war es im Inneren des UFOs stockdunkel. Matt hielt Temples Handgelenk mit festem Griff umfangen. Als sie sich weiter vor drängelten, stießen sie auf Widerstand. Eine Wand aus Widerstand.

Ein menschliches Spalier.

»Hey, Vorsicht!« brummte eine Frauenstimme. »Das ist mein Fuß.«

»Und Sie zerdrücken die Bügelfalten in meiner Hose«, fügte ein Mann hinzu. »Wenn Sie nicht zu den Darstellern gehören, scheren Sie sich wieder raus.«

Wenn er wüßte! Die Tür öffnete sich erneut, und ein grobschlächtiger Mann nach dem anderen sprang hinein, gefolgt von dem Fontana-Team. Die Bevölkerungsexplosion drückte die anderen immer weiter in den dunklen, überfüllten und irgendwie stechend riechenden Raum hinein.

Temple und Matt waren zwischen Mauern aus Fleisch eingepfercht.

»Ich hatte keine Ahnung, das noch jemand hier ist«, flüsterte Temple. »Hoffentlich passiert ihnen nicht.«

»Nicht in diesem Durcheinander.«

Plötzlich wurde die Tür von außen zugeknallt. Temple schob sich zum Bug vor. Matt hielt immer noch ihr Handgelenk umklammert und konnte ohne Probleme ihren Puls nehmen, der inzwischen bei zweihundertvierzig liegen durfte.

»Wo sind die Tänzerinnen?« erkundigte sich Temple mit einem Flüstern, das allein für Matt bestimmt war.

Aber eine fremde männliche Stimme, die offenbar einem der Elvis-Darsteller gehörte, antwortete.

»Das UFO war zu schwer, um es auch noch mit diesen Hotelpüppchen hochzuheben – frage mich sowieso, wer auf solch eine hirnverbrannte Idee gekommen ist.«

Temple fand es unter den gegebenen Umständen unpassend, ihre Identität preiszugeben.

»Danny Dove beschloß heute abend im letzten Moment, daß die Chorus Line die Bühne von den Flügeln aus betreten soll, unter dem Schutz des roten Nebels«, gelang es Elvis zu erklären, bevor er von einer Frau ermahnt wurde, ruhig zu sein.

Die Ladung Fontana-Brüder und die Tunnelleute machten das UFO natürlich ebenso übergewichtig! Gott allein wußte, was geschehen würde, wenn der Bühnenaufzug versuchte, sie hochzuhieven.

»Ganz ruhig«, sagte Matt leise, als ein Motor zu summen begann und sie langsam hinaufschwebten.

Temple seufzte. Wer auch immer diese Leute aus dem Tunnel sein mochten, sie ruinierten ihr großes Finale. Was für eine Katastrophe! Was für ein Dilemma – ungefähr vierzig unschuldige Menschen gefangen in einem UFO mit bewaffneten Gangstern!

Akteure des Gridiron sollten die Sensationen des Alltags eigentlich persiflieren und sie nicht selbst machen.

Sie kam zu dem Schluß, daß es irgendwie ihr Fehler war. Vielleicht war sie ja zu gemein zu Crawford gewesen. *Mea culpa. Mea maxima culpa. Mea Max.* Genau. Nur einem Zauberer könnte es gelingen, sie alle sicher hier herauszubringen.

Aber zumindest würde sie Hand in Hand mit Matt Devine sterben.

Gewissermaßen.

Louies letzte Vorstellung

Natürlich bin ich während dieses ganzen Trubels nicht untätig gewesen.

In dem Augenblick, als mir klar wurde, daß Miss Temple und ich es im Tunnel mit unliebsamen Typen zu tun bekamen, habe ich einen brillanten Plan improvisiert.

Sobald die Eindringlinge meine Wohnungsgenossin im Strahl ihrer Zwillingslampen entdeckt haben, stürzen sie sofort auf sie zu. Ich muß schon sagen, daß die männlichen Exemplare ihrer Spezies wirklich verrückt nach Miss Temple sind – mit der bedauerlichen Ausnahme von Mr. Max Kinsella, der sich ihr mit Erfolg entzogen hat.

Alle eilen also an mir vorbei, und ich habe genug Zeit, die Lage mit meinem speziellen, infragrünen Nachtsichtgerät zu peilen.

Gewisse unumstößliche Fakten sprechen für sich. Zum einen handelt es sich bei den Typen, die Miss Temple auf die Pelle rücken wollen, um eine Diebesbande. Die Eishockeymasken sind der erste Hinweis darauf. Der zweite ist der Geldkarren, den ich für den Bruchteil einer Sekunde im Strahl ihrer Taschenlampen betrachten kann, wobei ich der Stahlplakette mit den eingravierten Worten »Goliath Hotel« besondere Aufmerksamkeit schenke.

Nachdem der ganze Haufen den Tunnel entlanggaloppiert

ist, pausiere ich einen Augenblick nachdenklich, wie es meiner Rasse zu eigen ist. Wir haben nicht die Angewohnheit, uns umsonst zu etwas aufzuraffen. Vielleicht kann ich meiner bedrängten Zimmergenossin besser helfen, wenn ich dem Tunnel folge, aus dem diese Verbrecher gekommen sind. Dann könnte ich die Gesetzeshüter – die zweifellos das Fehlen des Geldwagens bemerkt haben dürften, wenn sie nicht sogar die Existenz dieser unterirdischen Fluchtroute bereits kennen – dazu überreden, mir, und damit den Gaunern, zu folgen, und auf diese Weise wieder einmal die haarlose Haut meiner kleinen Puppe retten.

Eine andere Möglichkeit wäre, den Bösewichten zu folgen und sie zu stellen, doch obwohl ich das Herz eines Tigers und die Leber eines Löwen besitze, bin ich hier doch zahlenmäßig arg unterlegen, und nicht zu vergessen auch untergewichtig – trotz all meiner Bemühungen, die Mampferei betreffend.

Gewiß ist mein überlegener Verstand das beste Mittel, alles zu einem guten Ende zu bringen.

Nun, da ich meine Waffen gewählt habe, bin ich bereit, zur Tat zu schreiten.

Ich erhebe mich, verberge sorgfältig meine rasiermesserscharfen Krallen und eile den Tunnel entlang hinter den flüchtenden Dramatis personae her. Ich bin nicht allzusehr um die Sicherheit meiner kleinen Puppe besorgt, denn sie ist schnell auf ihren Beinen und hat dank der Unterrichtsstunden von Mr. Matt Devine einige gelungene Tritte auf Lager.

Aber sie ist nicht kugelsicher. Ich sehe meine Mission darin, sicherzustellen, daß sich meine kleine Puppe im *Crystal Phoenix* keine Bleivergiftung holt. Dank meines überlegenen Tempos, das ich einem tausend Jahre altem Cheetah-Einschlag verdanke, bin ich den Eindringlingen dicht auf den Fersen, als sie durch den Kostümvorhang ins helle Licht des Untergeschosses hervorpurzeln. Ich bin erleichtert, keine Spur von meiner hübschen Verbündeten zu entdecken, und gehe davon aus, daß sie in diesem Rennen auf Leben und Tod die Führung behalten hat.

Als ich meine Schnauze vorsichtig unter einer weißen Federboa hervorstecke, wird mein Gesicht auf gemeinste Weise attackiert. Ich hatte nicht mit den Verbrechern gerechnet und weiche fauchend zurück.

»Schwächling!« zischt eine nur allzu vertraute weibliche Stimme. Ich blicke auf das säuerlich verzogene Schnäuzchen von Miss C. »Warum trottest du hinterher? Ist das alles, was du kannst? Was werden wir wegen dieser Gangster unternehmen?«

Natürlich handelt es sich um meine entzückende Tochter, die gekommen ist, um ihrem alten Herrn aufmunternden Beifall zu spenden. Ich strecke meine Nase abermals vorsichtig heraus und blicke nach rechts und links.

»Überlaß das nur mir«, informiere ich Miss Caviar auf recht selbstbewußte Weise und versetze ihr einen liebevollen Knuff auf die Nase. »Ich habe einen Plan.«

»Und wie lautet der?«

Ich beäuge die verschwindenden Absätze von sechs Gangstern unbekannter Identität, die hinter den flüchtenden Gestalten von Mr. Matt Devine und Miss Temple Barr herstampfen. Zumindest ist meine bedauernswerte Wohnungsgenossin in ihrer Stunde der Not nicht allein. Die Gesellschaft der Herren Derringer, Colt und Beretta würde zweifellos ein größerer Trost sein, aber Mr. Matt Devine hat vermutlich außer seiner Taschenlampe keinen blauen Stahl bei sich.

Allerdings entdecke ich am Horizont ein Waffenlager in der Form der Fontana-Frères, die in trauter, aber überraschter Unentschlossenheit am Fuße der Treppe verharren.

Dem muß ein Ende gesetzt werden.

»Renn los, wenn ich losrenne«, knurre ich meinen abtrünnigen Nachwuchs an.

Ich eile in der Mitte des Flurs entlang, in der Hoffnung, daß Miss Caviar mir auf dem Schwanze folgt.

»Hey«, ruft ein Bruder Fontana, »das sieht ja aus wie Midnight Louie! Louies! Sehe ich etwa doppelt?«

»Da geht was vor sich«, schließt ein anderer Bruder messerscharf. »Ich glaube, die Action findet nicht nur im *Goliath* statt. Los, Jungs!«

Hallelujah, sie haben begriffen!

Ich sprinte hinter den bösen Jungs her und komme gerade noch rechtzeitig, um zu sehen, wie sie sich in das silberfarben angemalte UFO drängeln, das unter großem Aufwand für Miss Temple Barrs Gridiron-Nummer angefertigt worden ist.

»Unter die Rampe, Kid«, weise ich meinen Nachwuchs an.

Wir springen in die Dunkelheit und hecheln bald im willkommenen Schatten vor uns hin, während schwarze Lederschuhe auf der Rampe über unsere Köpfe hinwegdonnern.

»Du scheinst viel Zeit unter Deck zu verbringen«, bemerkt Miss Caviar.

Ich mache mir nicht die Mühe, darauf etwas zu entgegnen, sondern stürme die Rampe hinter dem letzten Fontana-Bruder hinauf und springe gegen die offene Tür, die prompt zufällt und damit alle im UFO unter Verschluß bringt. Es ist wohl wahr, daß ich damit meine Fuchsdame mit ihren Bluthunden eingeschlossen habe, aber ich denke, daß das Eingesperrtsein in dieser Dunkelheit die Mistkerle ausreichend verwirren wird, um den guten Jungs zu erlauben, die Oberhand zu erlangen.

Einen Schwachpunkt gibt es allerdings in meiner Argumentation, denn alles hängt davon ab, daß die Fontana-Brüder zur richtigen Zeit das Richtige tun.

Ich stolziere die Rampe hinunter, wohlwissend, wie furchteinflößend ich vor dem silbermetallenen Hintergrund wirke.

Die kleine Miss Karpfen-Verschmäherin wartet unten.

»Und was hast du jetzt vor, nachdem du sie alle wie Sardinen in einer Büchse eingepfercht hast?«

Ich höre, wie sich Zahnräder in Bewegung setzen, und bemerke, daß wir in die Höhe schweben.

»Runter von der Rampe«, befehle ich barsch. »Es sei denn, du willst von einer Herde menschlicher Hufe plattgetrampelt werden.«

Der Boden unter uns hebt sich wie ein Kolben. Sie springt hinunter und landet perfekt auf allen vieren auf dem Betonboden des Untergeschosses. Die Plattform, auf der ich stehe, hat nun ungefähr die Höhe des Erdgeschosses erreicht und steigt weiter. Knapp zwei Meter sind es nun, zu hoch für eine Katze ihrer Größe, um wieder an Bord zu springen.

»Was soll das?« ruft sie. »Was hast du vor?«

»Ich will die Sterne sehen und den Broadway grüßen. Bis nachher.«

Sie schrumpft zu einer kleinen, unscheinbaren Figur zusammen, während ich wie ein Gott aus der Legende in den düsteren Himmel der dunklen Bühne entschwebe. An solche dramatischen Abgänge könnte ich mich glatt gewöhnen, ganz zu schweigen von dem bevorstehenden Überraschungsauftritt.

Eine unheimliche, computerisierte Musik schwillt über mir an. Ich eile zum höchsten Punkt der Rampe und lande mit einem Trio sorgfältig gewählter Sprünge auf dem silbernen Dach des UFOs. Nun sitze ich oben auf dem Luftschiff und habe einen Rundumblick, der im Moment allerdings eine Menge Nichts präsentiert.

Hoch über mir durchbohren blaue, rote und grüne Säbel die Dunkelheit, und eine Wolke aus Bühnennebel steigt auf. Als das UFO ruckartig stehenbleibt, strömen aus den Flügeln und unter der Deckung des Nebels, der in rotes Licht getaucht wird, fröhliche Revuegirls und tippeln die Rampe hinauf. Hinter dieser wartet versteckt das Überraschungspaket der Nummer, das zu betrachten ich vor dem Publikum die Ehre habe. Ich blicke auf ein drolliges Trio von Kopfbedeckungen hinab, die Elemente der neuesten Hotels und ihrer Vergnügungsparks beinhalten.

Ich komme zu dem Schluß, daß nicht genug Platz hier oben ist für mich *und* diese Ersatz-Miezekatzen, und würde mich nur allzu gerne über die Nachbildungen der Sphinx und Leo, dem Löwen, hermachen. Wollen wir doch mal sehen, wessen Füllung bei einem solchen Kämpfchen fliegen geht. Aber es gelingt mir, mein Naturell zu zügeln, denn mir ist durchaus bewußt, welch ein Temperament in einem solchen Sperrholz-Gefängnis brodeln muß.

Als das Bühnenlicht eingeschaltet wird, vibriert die Rampe durch das Geklopfe von zwei Dutzend Schuhen der Größen 36 bis 41, deren Sohlen und Absätze mit Metall beschlagen sind. Vom Publikum, das dieses Spektakel langsam wahrnimmt, erklingen Laute des Erstaunens, dann Gelächter und aufbrausender Beifall.

Ach, wenn Miss Temple doch nur hier wäre, um dies zu vernehmen! Nun, sie ist hier, aber leider nicht in Hörweite.

Ich warte interessiert ab und wende mich derweil der UFO-Tür zu, die ich geschlossen habe. Wenn die Leute da drin imstande wären, sie zu öffnen, hätten sie es wohl schon längst getan, das wird mir in diesem Moment bewußt – also funktioniert dieser Teil des Plans doch wunderbar.

Inzwischen ist die stepptanzende Sängertruppe dazu übergegangen, eine Parodie auf »It's a small world after all« anzustimmen.

Die Damen, die als die einzelnen Hotels herausgeputzt sind, stolzieren auf die Bühne vor das UFO, und jede erntet donnernden Applaus, vermischt mit lautem Gejohle.

Ich wedele mit meinem Schwanz. Bei dem ganzen Brimborium hat mich niemand bemerkt. Natürlich falle ich vor dem schwarzen Samtvorhang nicht direkt ins Auge, aber das ist keine Entschuldigung. Man sollte doch meinen, daß ein modernes Publikum, das durch zahlreiche Tourneeveranstaltungen von CATS geübt ist, ein bißchen mehr Scharfblick entwickelt hat.

Zwei Schauspielerinnen auf dem eingenebelten Boden, denen dieses UFO erschienen ist, treten auf unser fröhliches, tanzendes kleines Luftschiff, das voller Überraschungen steckt, zu.

»Ah«, sagt die eine, »ich hatte also doch recht. Das hier sind die neuesten Investoren von Las Vegas.«

»Und ich hatte ebenfalls recht«, erwidert ihre Begleiterin. »Elvis ist nicht tot, sondern von Außerirdischen entführt worden. Sie haben ihn geklont und eine Fettabsaugung in einem geheimen Regierungslabor unter der Nellis Air Force Base an ihm vorgenommen. Sieh doch selbst.«

Sie deutet mit einer übertriebenen Geste zum UFO. Zwei Revuegirls hören auf herumzuhüpfen, um die Tür des UFOs aufzureißen, und bleiben dann rechts und links von der Tür stehen.

Ein Haufen Elvis-Klone quellen (und das im wahrsten Sinne des Wortes) heraus. Sie springen auf die Bühne und lassen sich auf die Knie fallen, um »Heartbreak Hotel« zu singen.

»Ich habe ja immer gesagt, daß die Mafia hinter der Machtübernahme durch die Außerirdischen steckt«, behauptet ein Typ von der Handelskammer unten auf der Bühne.

Acht Kerle in dunklen Anzügen und weißen Krawatten und mit Schlüsselketten, die lang genug sind, um einen bengalischen Tiger an die Leine zu nehmen, springen heraus. Sie beginnen mit den Jitterbug-vollführenden Elvis-Klonen herumzuhüpfen.

»Nein«, erwidert ein zweiter Typ von der Handelskammer. »Das FBI ist dafür verantwortlich.«

Und schon springen die Kerle in den Nadelstreifenanzügen hervor.

Mittlerweile ist es dem Publikum klargeworden, daß das UFO eine unanständige Zahl von Individuen enthält, von denen nicht eines dem Planeten besonders fremd ist.

Sie johlen und klatschen und stampfen mit den Füßen.

Währenddessen quillt ein Trupp maskierter Männer aus der Tür des UFOs hervor.

Für einen Moment wird es still, und das Publikum scheint sich zu fragen, ob dies nun endlich die Außerirdischen sind. Können Sie sich vorstellen, daß eine Gangsterbande aus dem Verborgenen auftaucht und sich plötzlich mit einem Theater voller fröhlicher Zuschauer konfrontiert sieht?

Die schweren Jungs stehen also einen Augenblick glotzend und luftschnappend da. Das reicht den ersten vier Fontana-Brüdern bereits, um aus dem Luftschiff hervorzustürmen. In ihren tollen Smokings sehen sie natürlich wie verkappte Fred Astaires aus. Sie springen auf die Bühne und entwaffnen die Räuber, bevor diese überhaupt richtig wahrgenommen haben, wie ihnen geschieht.

Die Zuschauer falten sich förmlich in ihren Sitzen zusammen und klatschen wie wild, als jeder Fontana-Bruder einen Verbrecher dingfest macht, indem sie sie einfach zu Boden zwingen und sich auf ihnen niederlassen.

Die Elvis-Klone wackeln mit den Hüften, die Revuegirls posieren an der Rampe, und der Applaus ist ohrenbetäubend. Die Laiendarsteller wissen mit den zusätzlichen Darstellern nicht viel anzufangen, aber irgend jemand muß ihnen eingebleut haben, mit der Show weiterzumachen, egal, was geschieht, denn sie tanzen und singen, als ob ihr Leben davon abhinge. Was dank der Fontana Inc. nicht länger der Fall ist.

Der befriedigendste Moment kommt, als Miss Temple Barr ihren roten Lockenkopf aus dem UFO steckt, um die Lage zu peilen. Als sie das tosende Publikum sieht, nimmt ihr Gesicht einen geschockten Ausdruck an, und sie scheint wieder abtauchen zu wollen, aber urplötzlich kommt etwas Weißes wie ein Tornado auf die Bühne geschossen.

Es handelt sich um Mr. Danny Dove in weißen, engen Hosen und einem weißen Baumwollhemd. Er sprintet die Rampe hinauf, beugt sich ins UFO und zieht eine sich sträubende Miss Temple Barr hervor, die in ihrem kosmischen, mit silbrigen Pailletten besetzten Kleid sehr passend wirkt.

»Meine Damen und Herren«, verkündet Mr. Danny Dove über das tragbare Mikrophon, das er in der Hand hält, »die Erfinderin unseres sagenhaften Finales, Temple Barr!«

Miss Temple Barr macht den Eindruck, als wünsche sie sich auf einen anderen Planeten. Ihre Gesichtsfarbe beginnt mit ihrem Haar und dem karmesinroten Nebel zu konkurrieren.

Sie verdreht ihre Augen, blinzelt kräftig, aber nichts verschwindet, besonders nicht das Klatschen, und so vollführt sie schließlich eine tiefe Verbeugung und reckt zum Abschluß ihre Hände über den Kopf, die beide einen mit Straßsteinen besetzten Schuh umklammert halten, welche beim Publikum wohl eher wie Bowling-Trophäen oder angemessene außerirdische Artefakte wirken müssen.

Ich wähle genau diesen Augenblick, um neben sie auf die Rampe zu springen, was eine erneute Runde von Gelächter verursacht. Warum das der Fall ist, kann ich nicht genau nachvollziehen, denn ich habe das Gefühl, zu jeder Zeit und allen Krisen zum Trotz ein würdiges Verhalten an den Tag zu legen.

»Louie!« quietscht Miss Temple, vergißt sich völlig und schlägt ihre Hände zusammen, wobei die Stahlabsätze auf beiden Seiten wie gußeiserne Glocken läuten. »Ich hatte mir solche Sorgen um dich gemacht.«

Leider ertränkt das Tohuwabohu hinter der Bühne diesen ergreifenden Moment unseres Wiedersehens. ›Laß sie hungrig nach mehr zurück‹ ist eine alte Theatermaxime, und genau das ist der Fall, als sich der Vorhang senkt.

Erst dann taucht auch Mr. Matt Devine aus dem UFO auf. Er und Miss Temple Barr beraten sich fieberhaft mit Mr. Danny Dove, der geschickterweise sein Mikro abgestellt hat, während die Darsteller verwirrt durcheinanderlaufen und die Fontana-Brüder sich kläglich erkundigen, wann sie endlich vom Boden und von ihren Gefangenen aufstehen dürfen.

Ich stehe nicht im Mittelpunkt des Interesses, wie es eigentlich sein sollte, wenn man meine Leistung bedenkt, aber andererseits ist es ja eine Massenszene. Ich bemerke, daß Miss Caviar ihren Weg hinter die Bühne gefunden hat und mich von dort aus beobachtet.

Als ich leichtfüßig von der UFO-Rampe springe und auf sie zuspaziere, hat sie mir nur eins zu sagen. »Alter Angeber«, faucht sie mich an. »Mehr Glück als Verstand.«

»Hey, Ende gut, alles gut«, erwidere ich mit dem alten Barden, der bei einem Sturm auf der Bühne immer einen sicheren Hafen abgibt. »Und das ist das wichtigste. Auch bei einer Gridiron-Show.«

Mit meinem Schwanz so aufrecht wie ein Flaggenmast kehre ich dem Theaterleben den Rücken zu und stolziere in den roten Nebel hinein.

Midnight Special

Sie trafen sich alle Punkt Mitternacht aufgrund einer hastig getroffenen Verabredung in der Geistersuite des *Crystal Phoenix.*

Van von Rhine hatte die Hausregeln – ihre eigenen – ausnahmsweise einmal gebrochen und eine Riesenflasche Dom Perignon in die Suite bringen lassen. Sie lag wie ein gewickeltes Baby, in weißes Leinen gehüllt, auf einem Bett aus zerstoßenem Eis in einer Silberschüssel. Die Schüssel stand auf dem Schreibtisch und war von kristallenen Champagnerflöten umgeben, die rings um die Schüssel wie eine siegreiche Armee drapiert waren.

An der Blumentapete dahinter lehnte eine gerahmte, handgezeichnete Karte eines besonders einsam gelegenen Teils der Mojave-Wüste, deren Anwesenheit sich Temple ausgebeten hatte.

Die Geistersuite war zu diesem besonderen Zeitpunkt, an dem der alte Tag in den neuen übergeht, außergewöhnlich überbevölkert. Die Gridiron-Show, die erst vor zwei Stunden zu Ende gegangen war, gehörte schon der Vergangenheit an.

Außer Nicky und Van waren Temple und Matt und Johnny und Jill Diamond da. Eightball O'Rourke hatte die Show verpaßt, war aber zur Aufräumaktion hinterher rechtzeitig erschienen. Hier repräsentierte er nun die *Glory Hole Gang* und war der einzige, der den verstorbenen Jersey Joe Jackson leibhaftig gekannt hatte.

Neun der Fontana-Brüder spielten mit dem alten Vierzigerjahre-Fernseher herum, der in einem Schrank versteckt gewesen war.

Midnight Louie hatte sich auf dem Satinsofa niedergelassen. Obwohl er die Vorderpfoten ausgestreckt und eine Pose eingenommen hatte, die an die verabscheuungswürdige Miene (wenn auch nicht die Mähne) der *Luxor*-Sphinx und des *MGM-Grand*-Löwen erinnerte, so war er doch nicht so ehrwürdig, daß er es sich hätte verkneifen können, eine andere schwarze Katzengestalt, die auf dem wildgemusterten Teppich lag, mit mißbilligendem Blick zu beäugen.

Leider nahm kaum jemand sein Mißfallen zur Kenntnis, daher war es überwiegend verschwendet.

»Diese überdimensionale Flasche Blubberwasser ist mal wieder typisch für Las Vegas«, sagte Nicky, der sich verzweifelt bemühte, den mächtigen Korken aus der Riesenflasche zu ziehen.

Als der Korken endlich den Geist aufgab, knallte er wie ein Feuerwerkskörper am vierten Juli.

Van zuckte zusammen, als hätte *sie* einen Geist *gesehen*, und blickte sich nervös im Zimmer um.

»Heeeh!« Nicky sprang zurück, um sich vor dem schaumigen Aufstoßen, das schnell nachließ, in Sicherheit zu bringen.

Bald schon hielten sechzehn Hände sechzehn gefüllte Flöten. Van reichte Nicky das letzte, leere Glas.

Er runzelte die Stirn und warf einen Blick in die Runde. »Mein Glas steht schon auf dem Schreibtisch, Van. Wahrscheinlich hast du eins zu viel bestellt.«

Sie schüttelte wortlos ihren champagnerblonden Kopf.

»Ist es für Midnight Louie bestimmt?« erkundigte sich Nick.

Sie schüttelte erneut ihren Kopf. »Für unseren Gastgeber.«

»Oh.« Nicky machte einen verlegenen Eindruck, als er die letzte Flöte bis zum Rand füllte.

Van trug sie vorsichtig zu dem kleinen Beistelltisch, der zwischen zwei Sesseln stand, und setzte es dort ab. Alle blickten sie stumm an. Manche waren gerührt, andere schockiert.

»Wenn noch irgend etwas von Jersey Joe Jackson vorhanden sein sollte, außer seinen sterblichen Überresten«, sagte Eightball in die Stille hinein, »dann wird dieses Glas nicht lange voll bleiben.«

»Wie wahr.« Nicky hob sein eigenes Glas. »Und nun ein Toast auf –«

»Auf das neueste unternehmerische Genie des *Crystal Phoenix*«, unterbrach ihn Van. »Auf Temple, die eine Zukunftsvision des *Phoenix* entworfen hat, die unser Hotel über das neunzehnte und zwanzigste Jahrhundert ins einundzwanzigste bringen wird. Ihre Pläne für den unterirdischen Vergnügungspark sind einfach umwerfend!«

Temple, die die erhobenen Gläser und die auf sie gerichteten Gesichter betrachtete, drehte sich schließlich zu Van um und lächelte nervös und erfreut zugleich. »Das lag auf der Hand –«

»Und«, fügte Nicky hinzu, »auf Temple, weil sie die Ergreifung dieser Gangsterbande so geschickt in ihr Manuskript eingebaut hat, daß das *Crystal Phoenix* nicht der Hauch eines Skandals treffen wird. Es hätte auch gut und gerne *unser* Geld gewesen sein können, das die Kerle geraubt haben, und sie hätten durch die Tunnelgänge die Flucht zum *Goliath* hinüber antreten können, ohne daß jemand etwas bemerkt hätte.«

»Selbst Lieutenant Molina konnte sich dieses Mal nicht beschweren«, fügte Matt mit einem Lächeln in Temples Richtung hinzu.

»Richtig.« Van runzelte die Stirn. »Was hat Sie Ihnen eigentlich gesagt, als sie Sie hinter der Bühne aufsuchte?«

»Molina hat mir zu meiner Nummer gratuliert … und mir

mitgeteilt, daß der Plan, das *Phoenix* als Ablenkung zu mißbrauchen und statt dessen das *Goliath* auszurauben, an Bühnenzauber grenze. Sie sagte mir auch, daß sie nicht überrascht gewesen wäre, den ›Mysteriösen Max‹ aus dem UFO treten zu sehen, und vielleicht habe er das ja auch getan, verkleidet als Midnight Louie! Und ich sollte ihr glauben, daß das ein Scherz gewesen war.«

»Was hast du darauf geantwortet?« erkundigte sich Matt.

»Ich habe ihr erwidert, daß du der einzige gewesen seist, der noch im UFO gesessen habe, und daß ich bezweifeln würde, daß es sich bei dir um Max in Verkleidung handele.«

»Und?«

»Sie sagte – ich zitiere –, daß sie ›über diese interessante Theorie noch einmal genauer nachdenken müsse‹, da ich so furchtbar gerissen sei, wenn es um die Aufklärung von Verbrechen ginge, ›sie aber froh sei, wenn ich den Unterschied bemerken würde‹.«

»Autsch.« Matt wand sich. »Sie läßt wohl nie von einem Thema ab, was?«

»Nicht, solange Max noch vermißt ist. Vielleicht sollte ich sie in dem Glauben lassen, daß er verschiedene Gestalten annehmen kann und Louie eigentlich ein als Pussykater verkleideter Zauberer ist.«

Sie wandten sich dem faul daliegenden Kater zu. Seine Augen waren beinahe geschlossen, aber ein leichter, grüner Schimmer zeigte, daß es sich bei seinem Nickerchen nur um einen sehr leichten Schlaf handelte.

»Midnight Louie hat den nächsten Toast verdient«, sagte Van liebevoll.

»Hört, hört!« Johnny hatte sein Glas bereits erhoben. »Der beste Überraschungsauftritt, den ich jemals gesehen habe. Als jeder glaubte, daß nicht einmal mehr eine Mücke aus diesem UFO kommen würde, sprang Midnight Louie vom Dach genau ins Scheinwerferlicht herab. Ein wahrhaft begeisternder Moment.«

Eightball fügte noch ein Postscriptum hinzu. »Hört auf mit dem ganzen Gerede und gebt dem alten Jungen auch ein bißchen von diesem französischen Sprudelwasser ab. Van, hier ist ein leerer Aschenbecher. Jersey Joe hätte nichts dagegen, glauben Sie mir.«

Nicky schüttete ein wenig Champagner in den großen Glasaschenbecher, während seine Brüder neidisch zusahen. Dann beugte sich Van hinab, um ihn auf den Boden neben das Sofa zu stellen.

Bevor Louie auch nur zu seinem traditionellen Vorbereitungen-zum-Aufstehen-Ritual ansetzen konnte – gähnen, strecken, Krallen untersuchen und so langsam in die Höhe erheben wie Hefeteig –, war Caviar bereits aufgesprungen und schlabberte am sprudelnden Gesöff.

Louie sprang mit hin- und herschlagendem Schwanz auf den Boden. Nachdem sie sich eine Weile starr in die Augen geblickt hatten, wich Caviar zurück, um Louie probieren zu lassen.

»Diese Katze ist oft im *Phoenix*«, sagte Van. »Wem mag sie wohl gehören?«

»Mir«, erwiderte Matt. »Caviar ist eine Streunerin, die im Gewahrsam der *Humane Society* gewesen ist. Temple hat sie von der Katzenshow mitgebracht.«

Van betrachtete Caviar mit beinahe mütterlicher Zuneigung. »Sie ist wie eine kleinere, schlankere weibliche Version von Louie. Sie hier im Hotel zu sehen, erinnert mich an Louie und an meine erste Zeit im *Crystal Phoenix.*«

»Und doch wohl auch daran, wie du mich kennengelernt hast«, warf Nicky ein.

»Und deine ganze Familie«, fügte Van mit einem Seufzer hinzu. »Caviar ist süß, aber ich denke, wir sollten Temples scherzhaft gemeinte Bemerkung ernst nehmen und sie Midnight Louise nennen.«

Alle, die diesen Namen bisher noch nicht gehört hatten, lachten über die Idee.

Louie sah mit einem bösen Blick von seinem Champagner auf, aber Caviar rollte sich einmal über den Teppich und streckte sich ausgiebig.

Bei all der Ausgelassenheit war das Klopfen an der Tür kaum zu vernehmen, und nur Temple ging hinüber, um sie zu öffnen.

Das reizende Au-pair-Mädchen stand dort mit Cinnamon auf dem Arm, die einen gelben Flanellstrampler trug. »Madame hat mir aufgetragen, das Baby vorbeizubringen, wenn es wach wird.«

»Oh, sie ist einfach zu süß!« gurrte Jill Diamond und eilte herüber, um das Baby zu nehmen. »Ich habe sie einen Monat nicht mehr gesehen.«

Mit einem Schlag wurde Cinnamon zum Mittelpunkt der Party. Selbst die Brüder versammelten sich um sie, und Ralph erkundigte sich bei Van, wann sie Cinnamons Ohrläppchen durchstechen lassen würde.

»Erst, wenn sie mich dazu überreden kann«, erwiderte Van streng und beäugte ungläubig Ralphs hin- und herschwingende Kanone. »Vielleicht mit fünfzehn oder sechzehn.«

Cinnamon wurde von Arm zu Arm weitergereicht und brabbelte lange Zeit vor sich hin, ehe sie schließlich zu quengeln begann.

»Setzt sie auf den Boden«, schlug Van vor.

Kaum auf dem Teppich, begann das Baby, unter den bewundernden Aahs und Oohs der Erwachsenen krabbeln zu üben. Sie bewegte sich schnurstracks auf Midnight Louie zu und packte seinen Schwanz mit einem speckigen Händchen.

Der Menge stockte der Atem.

Louie drehte sich zur Seite, zuckte mit seinem Schwanz, bis er frei war, und wandte sich wieder dem Champagner zu. Cinnamon beobachtete ihn für einen Moment und entdeckte dann die frisch getaufte Midnight Louise. Sie überwand die gut sechzig Zentimeter zwischen den beiden in neuer Krabbelrekordzeit und griff nach der Katze.

Midnight Louise setzte sich auf und beugte ihr Gesicht zum Baby hinüber.

Van kam nervös näher, das Au-pair-Mädchen auf den Fersen.

Cinnamon fiel zu ihrer eigenen Überraschung auf das Kissen ihrer Windel zurück und fuchtelte der Katze mit einem Ärmchen vor der Nase herum. Midnight Louise beschnupperte die Hand des Kindes und kam noch näher.

Katze und Kind lagen sich nun Nase an Nase, schweigend und neugierig, gegenüber. Midnight Louise, die zweifellos die Milch roch, beschnupperte vorsichtig das Gesicht des Kindes. Cinnamon hob den Blick zu ihrer Mutter mit einem Ausdruck seeligen Entzückens.

»Sie mag sie!« sagte Van, ohne daß genau klar wurde, wer jetzt wen mochte. Van drehte sich zu Matt um und etwas von dieser kulleräugigen, kindhaften Freude erhellte auch ihr Gesicht. »Es ist sicher nicht richtig, Sie darum zu bitten, aber diese Katze –«

»Sie können Sie gerne haben«, sagte Matt schnell, »wenn sie bei Ihnen bleiben möchte. Ich arbeite nachts und bin in letzter Zeit nicht oft zu Hause gewesen.«

»Ich hoffe nur, daß sich Midnight Louie dann als einzige Katze des *Circle Ritz* wieder herabläßt, nach Hause zu kommen«, warf Temple ein.

Louie, der damit beschäftigt war, seine Schnurrhaare zu putzen, hörte auf und warf ihr einen durchdringenden Blick zu, als vermute er, daß hinter diesen Worten mehr steckte.

Temple wurde unruhig. Jeder blickte sie an, als ob sie Lieutenant Molina sei, immer im Dienst. Hatte sie irgend etwas verpaßt? Wahrscheinlich eine Menge.

»Wann werden Sie einen ersten Entwurf Ihres Meisterplans für das Hotel fertig haben?« erkundigte sich Nicky bei Temple, um das Gespräch wieder in Gang zu bringen.

»Sobald ich all meine Ideen zu Papier gebracht habe. Es würde mir idiotisch vorkommen, die Tunnelgänge, nun, da wir von ihrer Existenz wissen, nicht zu nutzen. Und ich habe – wie ich hoffe – bereits eine kleine Überraschung.«

»Natürlich wird die Abzweigung zum *Goliath* so bald wie möglich geschlossen«, sagte er.

»Warum war der Eingang zum Tunnel überhaupt geöffnet?« erkundigte sich Matt.

Alle verstummten und dachten über die Frage nach. Außer Nick.

»Ich habe die Stelle nach der Show von unserem Sicherheitschef untersuchen lassen. Die Tür selbst hat einen schweren Metallrahmen, um das Gewicht der Betonblöcke zu stützen. Wenn sie zu ist, dann paßt sie so nahtlos, daß kein Regierungsinspektor sie entdecken könnte.«

»Sie muß all die Jahre geschlossen gewesen sein«, fügte Van hinzu. »Aber wer hat sie geöffnet, und wer hat sie entdeckt?«

»Ich weiß nur, *wie* es abgelaufen ist«, sagte Nicky. »Ganz in der Nähe befindet sich eine unechte Verteilerdose. Wenn man sie aufstemmt, findet man darunter einen Knopf, der den Motor im Tunnel anschaltet. Der Sicherheitsmann sagt, daß der Kostümständer erst kürzlich auf dem Boden festgeschraubt wurde, deshalb hat ihn niemand überprüft. Die Diebe hatten scheinbar vor, ihre Beute im Tunnel zurückzulassen, so schnell wie möglich den Zugang zum *Goliath* zu verschließen und das Geld dann im Laufe der Zeit in kleinen Mengen durch das *Phoenix* hinauszubringen. Die Kerle sind schon eine ganze Weile hier ein und aus gegangen, um ihren Plan auf die Beine zu stellen.«

»Und um die ganzen ›Unfälle‹ in die Wege zu leiten«, ergänzte Van. »Denn der Verdacht und die Aufmerksamkeit der Polizei sollte sich auf die Gridiron-Show und das *Phoenix* richten.«

»Und dann wären sie irgendwann aus dem Untergeschoß

aufgetaucht«, sagte Eightball, »und hätten sich ins Fäustchen gelacht. So ein Plan wäre ganz der Geschmack von Jersey Joe Jackson. Man könnte fast glauben, daß der alte Betrüger noch am Leben ist.«

»Das will ich nicht hoffen!« Van umklammerte ihr Champagnerglas und preßte es an die Brust, als ob ihr kalt sei und sie sich daran aufwärmen wollte.

Nicky legte einen Arm um sie. »Kein abergläubischer Quatsch mehr. Das einzig nicht Greifbare in diesem Hotel – und dieser Suite – sind die Geschichte und die Erinnerungen, die damit verknüpft sind. Hey, Van, ich dachte, das Ziel dieser Party hier oben sollte sein, die Geister zu vertreiben.«

Das Lächeln seiner Frau war ein wenig zittrig. »Ich weiß. Ich versuche ja, erwachsen und tapfer zu sein, aber wenn ich diese beiden schwarzen Katzen sehe und diese Suite –«

Ein Klopfen ließ alle zusammenzucken.

»Nur die Tür«, sagte Temple ruhig und ging erneut hinüber, um sie zu öffnen. »Wen erwarten Sie noch –?«

Sie öffnete die Tür mitten im Satz und erhielt die Antwort auf ihre Frage in 3-D und Farbe. »Lieutenant Molina. Was für eine Überraschung. Kommen Sie doch herein.«

Van von Rhine löste sich von der Seite ihres Mannes, ganz die perfekte Gastgeberin. »Wie schön, daß Sie die Zeit gefunden haben, vorbeizuschauen, Lieutenant. Ich hatte keine Ahnung, wie lange die … Sache unten in Anspruch nehmen würde.« Sie ging zum Tisch hinüber, um das unberührte Champagnerglas zu holen.

Das gehört Jersey Joe Jackson hätte Temple am liebsten gerufen, aber sie tat es nicht. Statt dessen blickte sie zu Matt hinüber, der Molina mit dem gleichen vorsichtigen, skeptischen Ausdruck anblickte, den Temple in ihrer Gegenwart für gewöhnlich trug.

»Das hier ist nicht mein Fall.« Molinas Lächeln war freundlich, als sie den Champagner annahm und sich umblickte.

»Was für ein ... erstaunlicher Raum. Dazu gibt es doch bestimmt eine Geschichte, nicht wahr?«

Eine peinliche Stille hatte sich trotz Molinas Abendkleid und ihrer harmlosen Frage im Zimmer breitgemacht. Die Gebrüder Fontana erinnerten an Mungos, in deren Mitte plötzlich eine Kobra gelandet war. Sie begannen, an ihren Smokings herumzuzerren, als seien sie von einer Fliegenplage erfaßt worden.

Temple vermutete, daß es genug versteckte Waffen in diesem Zimmer gab, um die taktische Einheit des LVMPD auszustatten.

Molina schien allerdings gar nicht in der Stimmung für Gespräche über die Polizei zu sein. Sie spazierte durch den Raum wie die Besucherin einer Kunstausstellung, studierte jedes Möbelstück, den Teppich, die Rouleaus und die Vorhänge mit stiller Ehrfurcht.

»Das hier ist Jersey Joe Jacksons Suite«, erklärte Van, deren Besitzerstolz die Oberhand über ihre Angst gewann. »Er war –«

»Ich weiß, wer er war«, unterbrach Molina sie mit diesem offiziellen Gebaren, das ihr so zu eigen war. Temple verspürte eine Berührung an ihrem Arm. Sie blickte auf und sah Matt, der auf sie herablächelte. »Die Blue Dahlia paßt wunderbar hier hin, nicht wahr?«

Seine Anspielung brachte Temple zum Lachen, aber sie wurde das Gefühl nicht los, daß das *ihre* Nacht war und Molina ihr etwas davon nahm, indem sie hier auftauchte.

»Frank konnte nicht kommen?« erkundigte sich Matt plötzlich.

Molina wandte sich ihm mit einem weiteren, beunruhigend heiteren Lächeln zu. »Im Gegensatz zu mir ist er im Dienst.« Sie drehte sich wieder Nicky und Van zu. »Frank arbeitet für das FBI. Es wird Sie freuen zu hören, daß die Diebe nicht hier aus der Gegend stammen. Da auch andere Bundesstaaten das Glücksspiel inzwischen legalisiert haben, treiben sich die kriminellen Elemente, die vor Jahren aus Las Vegas geflüchtet sind, woanders rum. Eine Bande hat sich allerdings scheinbar entschieden, ihre Ambitionen hier auszuleben.« Molina schwieg einen Moment, als sei sie unentschlossen, was sie als nächstes sagen sollte. »Das ist die *eine* Theorie. Es wäre allerdings auch möglich, daß es irgendwelche Hintermänner im Ausland gibt, Gangster oder Terroristen, die Geld brauchen. Und Las Vegas hat eine Menge davon.«

»Ausländische Gangster? Terroristen?« Vans Gesicht nahm einen konsternierten Ausdruck an. »Welcher Art?«

»Machen Sie sich keine Sorgen, Mrs. Fontana. Ich habe hinsichtlich dieser Theorie einen ganz bestimmten Teil des Globus fest im Blick.«

»Den Mittleren Osten?« erkundigte sich Van mit angespannter Stimme.

»Eher den Nordatlantik«, entgegnete Molina rätselhafterweise.

Keiner erwiderte etwas auf diese erstaunliche Bemerkung, aber Temple lief es plötzlich kalt den Rücken herunter.

»Wenn die Köpfe, die hinter dieser Sache stecken, Ausländer sind, woher wußten sie dann über diese unterirdischen Gänge Bescheid?« fragte Van. »Noch nicht einmal wir selbst hatten eine Ahnung davon.«

»Ah.« Molina setzte ihr Glas auf dem Schreibtisch ab. Sie hob ihre messingfarbene Handtasche und zog eine Plastiktüte hervor, in der etwas Weißes war.

»Sie müssen hier am Ort Hilfe gehabt haben. Und ich habe ein Beweismittel mitgebracht, in der Hoffnung, daß Sie mir behilflich sein können, es zu identifizieren. Das hier wurde im Tunnel gefunden. Es scheint ein Bauplan zu sein. Er –«

»Der Plan fürs Untergeschoß!« rief Temple. »Darauf muß das Tunnelsystem abgebildet sein. Er fehlte bei dem Satz Plänen, die Van mir zur Verfügung stellte, und ich hatte schon einen Verdacht, wo er sein könnte. Wo haben Sie ihn denn her?«

»Er lag in einem der Tunnel. Wir werden ihn natürlich untersuchen lassen«, sagte Molina, »aber es scheint sich um eine Kopie zu handeln.«

»Darf ich einmal einen Blick darauf werfen?« erkundigte sich Temple.

Molina zögerte gerade lange genug, um es ein wenig beleidigend wirken zu lassen, bevor sie Temple die Plastiktüte reichte.

Temple beugte sich über den Schreibtisch und breitete den Plan mit Mühen an der Wand dahinter aus.

»Da! Sehen Sie das dunkle Rechteck auf der Tapete? Van sagte, daß an dieser Stelle lange Zeit eine Photographie der Wüste gehangen habe. Zusammengefaltet bedeckt der Plan ungefähr ein Viertel davon. Ich vermute also, daß er in dem Rahmen gesteckt hat. Irgend jemand könnte ihn entdeckt haben, als er den Rahmen auf der Suche nach Jacksons Karte auseinandernahm.«

»Jetzt, wo Sie das sagen –« Van blickte Nicky überrascht an. »Da war tatsächlich etwas auf der Rückseite von Solitaires Schatzkarte, aber wir haben nicht weiter darauf geachtet.«

»Genau wie ich vermutet habe. Deshalb habe ich Sie gebeten, das hier mitzubringen.« Sie berührte die gerahmte Zeichnung. »Ist das die Karte, die sie rahmen ließen?« fragte Temple.

Nicky und Van nickten gleichzeitig.

»Könnten Sie wohl die Rückseite herausnehmen und überprüfen, ob die Karte auf den Plan des Untergeschosses gezeichnet worden ist?« bat sie. »Ich vermute, daß es der Originalplan ist, von dem irgend jemand vor langer Zeit mal eine Kopie gemacht hat.«

Nicky zuckte mit den Schultern, drehte den Rahmen um und riß die braune Papierrückseite auf. Mit Hilfe seines

Autoschlüssels, den er in einer Bildecke ansetzte, gelang es ihm, den Plan herauszuheben.

Blasse, blaue Linien schufen ein Muster wie die durchfurchten peruanischen Ebenen, die angeblich ein Landeplatz Außerirdischer sind. *Voilà!*

Alle drängte sich um Nicky, um einen Blick darauf zu erhaschen, nur Molina war nicht beeindruckt. »Ich sagte ja, daß es sich um eine Kopie handelte. Das allein zählt.«

»Hatte Jersey Joe Jackson Freunde oder Verwandte, die in anderen Bundesstaaten lebten?« erkundigte sich Temple bei Eightball.

»Wer weiß. Jersey Joe war ein Fuchs in Menschengestalt. Er hatte es nicht gerne, wenn Leute wußten, wen er kannte und wo er lebte, und er liebte Notausgänge. Ich schätze, seine Verbindungen waren so ausgedehnt und geheimnisvoll wie diese Tunnelgänge. Jedenfalls ist es ihm glänzend gelungen, uns anderen von der *Glory Hole Gang* zu verschaukeln. So wie es *uns* noch gibt, könnten natürlich auch noch andere Geschäftspartner aus früheren Tagen am Leben sein. Vielleicht waren wir nicht die einzigen, die nach seiner Beute Ausschau gehalten haben.«

»Hmmm«, lautete Temples einziger Kommentar.

»Hmmm«, echote Molina in wesentlich zweifelnderem Tonfall.

Sie nahm das Beweisstück wieder an sich und steckte es in ihre Handtasche. Dann griff sie nach ihrem Champagnerglas und sah sich abermals mit freundlichem Interesse im Zimmer um.

Vor Matt blieb sie stehen.

»War der Mann, der hier im Hause auf den Kasinotisch stürzte, ein ehemaliger Geschäftspartner von Jersey Joe Jackson?« erkundigte sie sich. Die Frage war offensichtlich rein rhetorischer Natur. »Das möchte ich bezweifeln, aber möglich wäre es. Ob wir wohl jemals erfahren werden, wer er war oder warum er getötet wurde?« Sie wandte den Kopf über die Schulter, um Temple anzublicken. »Oder auch, wer der Mann im *Goliath* gewesen ist? Ich kann Ihnen versichern, daß ich niemals aufhören werde, eine Antwort auf diese Fragen zu suchen.«

Sie glitt auf die Tür zu.

Temple kam zu der Erkenntnis, daß dies wahrscheinlich der einzige Raum auf der ganzen Welt war, in dem die schwerfällige, gute alte Molina wie *Spider Woman* dahingleiten konnte.

»Sie werden uns doch informieren«, sagte Matt plötzlich und trat einen Schritt vor, »wenn Sie etwas über diesen toten Mann – die toten Männer – herausfinden, oder?«

»*Falls* ich etwas herausfinden sollte«, korrigierte ihn Molina. »Ich werde dem einen oder der anderen von Ihnen vielleicht noch einige Fragen stellen müssen. Gute Nacht.«

»Ich vermute, sie muß so geheimnisvoll tun«, kommentierte Matt, als sich die Tür hinter Molina geschlossen hatte, aber er machte keinen besonders glücklichen Eindruck dabei. Temple wußte nicht, was sie sagen sollte, außer, daß es an der Zeit war, ins *Circle Ritz* zurückzukehren.

Sie blickte sich nach Caviar – oder besser Midnight Louise – um und entdeckte, daß sie unter dem Sofa hervorlugte. Louie saß immer noch auf dem Kissen. Temple seufzte. Sie konnte den Helden des Abends wohl kaum zwingen, diesen satingepolsterten Luxusschoß zu verlassen. Vielleicht würde er ja lieber neben seiner Namensvetterin, Midnight Louise, die Wachkatze des *Phoenix* sein …

Louie gab keinen Laut von sich, aber er sah etwas an. Besser gesagt, er starrte. Temple bemerkte, daß sich sein Haar zu einer ebenholzschwarzen Aura aufgerichtet hatte.

Temple folgte seinem Blick und landete auf Molinas abgestelltem Glas. Sie stutzte und blickte noch einmal hin, wollte ihren Augen nicht trauen.

Das Champagnerglas, das vor Sekunden noch halb voll gewesen war, enthielt nun keinen einzigen Tropfen mehr.

Templetation

Temple war sich nicht sicher, welcher Teil des Anblicks, der sich ihr bot, als Matt seine Tür öffnete, sie mehr verblüffte: der lammfromme Midnight Louie in Matts Armen oder Matts anziehender, nackter Oberkörper, den Louie leider viel zu sehr verdeckte.

»Ich habe dich angerufen, weil du den ganzen Heimweg lang über Midnight Louies Treuebruch gejammert hast, und da dachte ich, daß du wahrscheinlich mit Erleichterung vernehmen wirst, daß er offenbar wieder nach Hause zurückgekehrt ist.«

»Aber warum zu dir und nicht zu mir?«

Matt kratzte Louie unter dem Kinn, der sich das gerne gefallen ließ.

»Vielleicht hatte er nach seiner langen Abwesenheit vergessen, in welchem Stock du wohnst. Und mein Badezimmerfenster steht immer noch wegen Caviar offen.«

»Midnight Louise«, verbesserte ihn Temple. »Ich finde das irgendwie süß.«

Matt und sie waren beide nicht richtig angezogen. Sie war barfuß und mit einem kurzen Hausanzug bekleidet heraufgeeilt, um Louie zu sehen. Und Matt war offensichtlich schon im Bett gewesen, als Louie kam, und hatte nur Zeit gehabt, in Anbetracht der Ehre des hohen Besuchs eine Hose überzuziehen.

Warum hatte er nicht auch ein T-Shirt übergezogen, wo er doch einmal dabei war?

Natürlich hatte sie ihn schon in der Badehose am Pool gesehen, aber das war draußen und in aller Öffentlichkeit gewesen. Hier drinnen war es irgendwie ... intimer.

Und es war nicht gerade hilfreich, daß Matt unbekleidet so phantastisch aussah.

Louie sprang auf das Sofa und beschnüffelte jede Ecke. Zweifellos nahm er noch die Spuren seiner Namensvetterin wahr.

Matt ging hinüber, um ihn von dort zu vertreiben, und wandte sich dann wieder an Temple. »Ich weiß, daß es schon spät ist, aber ich finde, wir müssen miteinander reden.«

»Klar.« Reden kostete nichts – etwas Seltenes in der heutigen Zeit.

Temple schob sich zum Sofa hinüber. Sie blieben beide unbeholfen davor stehen. Temple kam Matts Wohnzimmer wie eine verlassene Busstation vor, so unpersönlich und kühl war es.

»Setz dich doch«, forderte Matt sie auf und nahm als erster Platz.

Temple hockte sich steif neben ihn. Gott, sie benahm sich wie eine Idiotin!

»Ich war heute im Leichenschauhaus«, begann Matt. Er lachte angesichts dieser Gesprächseröffnung. »Du hast einen schlechten Einfluß auf mich. Ich hatte früher nie die Angewohnheit, mich auf solch makabre Angelegenheiten einzulassen. Na ja, jedenfalls, ich wollte sichergehen, daß der tote Mann aus dem *Phoenix* mein Stiefvater ist.«

»Und?« Temple war erleichtert, daß ihr Gespräch sich solch normalen Themen zuwandte.

»Es ist das eigenartigste Gefühl der Welt, auf einen Toten hinabzuschauen.«

»Besonders, wenn man ihn kannte.«

Matt blickte sie aufmerksam an. »Das ist es ja gerade. Ich bin mir nicht sicher, ob ich ihn kannte.«

»Was soll das heißen? Bist du nicht zum Leichenschauhaus gegangen, um das alles ein für allemal zu klären?«

»Ja, sicher. Aber ich hätte es besser wissen müssen. Er ist mir wieder einmal entwischt.«

»Willst du damit etwa sagen, daß die Leiche nicht Cliff Effinger ist? Molina wird durchdrehen.«

»Molina weiß schon Bescheid.«

»Wirklich? Das ändert natürlich vieles hinsichtlich des *Goliath*-Überfalls.«

»Nein, das tut es nicht. Ich sagte, ich bin mir nicht sicher. Das heißt, ich kann es nicht genau sagen. Ich bin nicht imstande, ihn zu identifizieren. Verstehst du? Ich hatte mich derart darauf eingestellt, Effinger vor mir zu sehen, daß ich die Veränderungen, die der Tod dem menschlichen Körper zufügt, gar nicht bedacht hatte. Und ich hatte ihn schließlich seit siebzehn Jahren nicht mehr gesehen! Ich war einfach nicht imstande, eine positive Identifizierung zu liefern. Das war's, Vorhang gefallen.«

»Es ist ähnlich wie mit Max«, sagte Temple langsam. »Du wirst es nie erfahren.« Nur, daß es bei Matt nicht um eine verlorene Liebe ging, sondern um verlorenen Haß.

Matt zuckte die Schultern. »Vielleicht ist es besser so. Vielleicht ist das ja Gottes Strafe für meinen unstillbaren Drang nach Vergeltung.«

»*Maxens* Verschwinden ist aber auch keine Strafe für irgend etwas. Möglicherweise ist Gott gar nicht so besonders interessiert an dir. Entschuldige, war das jetzt blasphemisch?«

Matts Lachen trug einen Anflug von Wehmut. »Nein, das ist die gute, alte, profane Realität, und ich hatte es nicht anders verdient. Diese theologische Angst, die in mir steckt, muß ermüdend sein. Deshalb wollte ich auch heute nacht noch mit dir reden.«

Temple wartete nervös, während Louie im Wohnzimmer umherstrich …

Matt wandte sich ihr zu, so daß ihre Knie – ihre nackt, seine nicht – sich beinahe berührten. Sein Arm lag hinter ihr, oben auf der Rückenlehne des Sofas. Sie fühlte sich überwältigt – sowohl von seiner Ernsthaftigkeit als auch von seiner Nähe. Nun verstand sie, warum das T-Shirt fehlte. Das Entblößen seines Körpers war eine unbewußte Metapher für das Entblößen seiner Seele. Sie wünschte nur, sie hätte einen Gurt, um sich anzuschnallen. Irgendwie hatte sie den Verdacht, daß dies eine etwas holperige Fahrt werden würde.

»In den letzten vierundzwanzig Stunden ist eine Menge geschehen«, sagte er, »aber etwas ist mir klargeworden, als ich gestern nachmittag in dieser seltsamen Kabine stand und auf den toten Körper hinabstarrte.«

»Über dich selbst?«

»Und auch über dich.«

»Oh, großartig. Ich muß mir wahrscheinlich ein anderes Parfüm zulegen. Diese Art von Assoziation sollte es eigentlich nicht wecken.« Temples Fingernagel klopfte nervös gegen ihre Zähne, ehe sie es bemerkte und die Hand auf ihren Schoß legte.

»Ich weiß, daß es seltsam klingt, aber du hast wirklich damit zu tun.« Matts Lächeln war wieder einmal ein wenig spöttisch. »Mir ist klargeworden, daß ich meine persönliche Krise dazu benutzt habe, um dich zu meiden. Genau das Gegenteil von dem also, was ich dir – und auch mir selbst – gesagt habe.«

»Trotzdem, ›Poison‹ habe ich zum letzten Mal benutzt. Und dabei hat mir die Flasche so gut gefallen.«

»Du versteckst dich wieder einmal hinter deinem Humor«, sagte er mit leicht anschuldigendem Tonfall, »aber das ist eine deiner charmantesten Angewohnheiten.«

»Wirklich? Du hältst mich für charmant?« Temple war erfreut.

»Für mehr als das. Ich habe eine Menge über jene Nacht in der Wüste nachgedacht, eine Menge über dich, darüber … dich wieder zu berühren.«

Oh, Gott, dachte Temple verzweifelt, und ihre Fingerspitzen zogen am Saum ihrer Shorts. Das ist der Moment, nach dem ich mich gesehnt habe, und charmant wie ich nun einmal bin, sitze ich hier wie gelähmt vor Freude und Angst und werde irgend etwas Dummes oder halbwegs Witziges oder überhaupt nichts sagen – was am schlimmsten wäre.

»Mache ich dir angst?«

Temple schüttelte den Kopf und zwang sich, zu reden. »Nein. Überhaupt nicht. Ich fürchte mich vor mir selbst. Das ist eine dumme Angewohnheit von mir.«

»Komisch. Ist mir noch nie aufgefallen. Ich war immer zu beschäftigt mit mir selbst. Temple, du weißt zwar schon viel von mir, aber in mir und meinem Leben ist wirklich eine Menge in Unordnung. Du bist die tapferste Frau, die ich kenne, aber bist du sicher, daß du dich auf einen Weg einlassen willst, auf dem nicht einmal Erzengel wagen würden, zu wandeln?«

»Tapfer? Ich?«

Er nickte. »In jeder Hinsicht. Mental, emotional, spirituell.«

»Ich bin nicht besonders … spirituell veranlagt.«

»Ich sagte nicht ›religiös‹. Tief in unserem Innern sind wir alle spirituelle Wesen. Und natürlich sexuelle. Du mußt dir darüber im klaren sein, daß du es mit einem ziemlich verkorksten Mann zu tun hast. Du kennst die Verhältnisse, in denen ich groß geworden bin, weißt über die Mißhandlungen Bescheid. Du weißt aber nicht, wie sehr so etwas die Selbstachtung untergräbt. Es spielte für mich keine Rolle, daß meine Noten in der Schule gut waren, mein Verhalten ach so vernünftig, daß mir die Mißhandlungen keine Furcht einflößten, ich überdurchschnittlich gut aussah. Für mich war alles außerhalb von zu Hause nur eine Lüge. Wenn die

Leute mir erzählten, daß ich klug sei oder gute Manieren hätte oder hübsch aussähe, dann glaubte ich ihnen nicht, denn ich wußte, was für eine Behandlung ich in Wahrheit verdient hatte, egal, was ich tat oder wie ich war. Ich haßte ihr Lob. Es kam mir künstlich vor. Am meisten haßte ich mein Aussehen. Ich kam mir vor wie das Bildnis des Dorian Gray auf dem Speicher.«

»Das ist schrecklich! Fürchterlich. Das ist ja wie bei einer magersüchtigen Frau, die genau so aussieht, wie Frauen heutzutage angeblich aussehen sollen: übertrieben schlank. Und trotzdem empfindet sie sich selbst, auch wenn sie nur noch ein Skelett ist, immer noch als fett.«

»Das gleiche Thema, nur eine andere Variante. Ich haßte es, wenn die Mädchen oder sogar einige der Laienhelferinnen in der Schule Bemerkungen über mein Aussehen machten.«

»Du bist Priester geworden, weil du geglaubt hast, daß du nicht gut aussiehst?«

»Nein, es ist ein wenig komplizierter. Ich hatte kein vernünftiges Vorbild für eine sexuelle Beziehung. Da gab es das dreckige, kleine Geheimnis der Gewalttätigkeiten daheim. Am meisten hatte ich Angst, so zu werden wie er, wie Cliff Effinger. Für mich war Sex gleichbedeutend mit Gewalt. Das physische Ventil des Kampfsports gewährte mir einen Einblick in die Wut, die unter meinem goldjungenhaften Betragen lauerte. Ich wollte keine sexuelle Verbindung riskieren, weil ich Angst hatte, daß sich auch dort diese Wut offenbaren würde. Vor allem wollte ich niemals Kinder, wollte niemals riskieren, daß ich einem anderen Menschen das antun würde, was man mir angetan hatte.«

»Menschen werden nicht notwendigerweise zu dem, was sie hassen.«

»Außer in Fällen von Mißbrauch. Es gibt drei Wege, die ein mißbrauchtes Kind einschlagen kann: zu einem ewigen Opfer zu werden, zum Täter oder zu einem Menschen, der die Vergangenheit überwindet. Der zuletzt genannte Weg wird selten beschritten, denn das frühe Muster ist so tief im Unterbewußtsein vergraben, so ungeheuer schwer zu überwinden! Ich habe recht, wenn ich meine eigene Wut fürchte.«

»Aber du verstehst doch den Prozeß, der sich vollzieht! Du bist dadurch imstande, anderen zu helfen.«

»Wissen ist nicht alles. Ich überrasche mich selbst immer wieder. Erinnere dich doch nur, was ich mit meiner Wohnung angestellt habe, als ich von Effingers Tod hörte.«

»Du bist auf Dinge losgegangen, aber nicht auf dich selbst oder auf andere Menschen.«

»Mutige, tapfere Temple.« Matt blickte nach unten und nahm ihre Hand, die immer noch mit dem Saum ihres Anzugs herumspielte. »Wenn ich sehe, wie spielend du alles meisterst, dann bekomme ich es wirklich mit der Angst zu tun.«

Ach verdammt, dachte Temple, vielleicht hat Matt mit seiner Ironie ja recht und das hier ist auch alles zu viel für mich. Meine eigenen Narben sind schließlich längst noch nicht verheilt.

»Die Priesterschaft hat mich also vor den Dämonen der Familie gerettet. Indem ich zu einem von ihnen wurde, hatte ich die Möglichkeit, so perfekt wie mein himmlischer Vater zu werden. Niemand fand es seltsam, daß ich Sex vermied, das gehörte ja schließlich zu den Voraussetzungen für den Job. Die Priesterschaft bot ein wunderbares Versteck, und alle lobten mich über die Maßen wegen meiner Entscheidung.«

»Und wann begann die Krise?«

»Als ich heranwuchs und mehr Sicherheit gewann, in einer Umgebung ohne Mißhandlungen zu funktionieren. Ich begann, mich auch mit anderen Dingen als meinem spirituellen Zustand der Gnade und meinem nach außen sichtbaren Verhalten zu beschäftigen. Ich entdeckte einige ziemlich quälende, unchristliche, vergrabene Emotionen.

Als ich schließlich um meine Entlassung aus der Priesterschaft bat, hatte ich einen Fall konstruiert, der ganz deutlich fehlgeleitete Motive vorwies. Dabei war das Zölibat nie ein Problem für mich. Ich hatte gelernt, selbst die schwächste, sexuelle Regung abzulenken. Heutzutage nehmen es viele Priester mit dem Kragen nicht mehr so genau, aber ich klammerte mich daran. Er war mein Ehering mit der Mutter Kirche, er hielt Frauen fern.«

»Und forderte manche heraus, jede Wette. Selbst einige Katholikinnen.«

»Teenager und ältere Frauen. Ich war der Liebling der Damen des Blumenvereins, die alle über Sechzig waren. Aber ich hätte das niemals ausgenutzt.«

»Und heute weißt du immer noch nicht, was du tun wirst?«

»Nein.«

Er hielt noch immer Temples Hand, die sie nicht einen Millimeter bewegte. Tatsächlich verharrte ihr ganzer Körper und ihr Verstand in einer Art gebannter Animation.

»Nein«, wiederholte Matt und blickte ihr geradewegs in die Augen, »aber inzwischen weiß ich zumindest, was ich tun *möchte.*«

Temple versuchte, nicht zu schlucken. »Was denn?« erkundigte sie sich leise.

Er antwortete mit einer Gegenfrage. »Würdest du es jemals in Betracht ziehen ... ich bin an all diese beschönigenden Ausdrücke nicht gewöhnt ... mit mir zu schlafen?«

»Aber ja. Das habe ich schon in Betracht gezogen. Des öfteren.« Temple erkannte in seinen Augen, daß hinter dieser Frage mehr steckte. »Aber ob ich es wirklich tun würde, hinge von etwas ab.«

»Wovon?«

»Was mit dir und mir geschieht.«

»Du müßtest doch nicht verheiratet sein, um –?«

Sie schüttelte den Kopf. »Bin ich nie gewesen. Ich hatte mir Hoffnungen gemacht. Besonders mit Max.«

Matt hob ihre Hand und küßte sie.

Temples Starre schmolz dahin wie Milchschokolade in der Sonne.

»Max war der Mann deines Lebens«, sagte er und lockte die Vergangenheit sanft aus ihr heraus, ganz so, wie sie es bei ihm getan hatte.

»Das dachte ich zumindest. Er kam für eine Wochenendvorstellung ins *Guthrie* und hat mich einfach im Sturm erobert und mit sich gerissen. Es war alles so schmeichelhaft und aufregend, und mein Leben dort hatte sich festgefahren. Aber wenn man nach solch einem Höhenflug dann plötzlich auf den Boden stürzt, ist es schon ein verdammt harter Fall.«

Matt küßte erneut ihre Hand. Seine braunen, einfühlsamen Augen waren voller Verständnis und der Faszination beginnender Verliebtheit. Niemand hatte ihn bisher so gesehen, dachte Temple. Niemand, außer mir.

»Das Problem ist nur«, sagte sie, »daß du nicht der einzige mit einem Gewissen bist.«

Er runzelte die Stirn. »Beziehungen sind die Hölle, nicht wahr?«

Temple lachte. »Das hast du gut erkannt. Im besten Fall hoffen wir, aufrichtig und ehrlich zu sein. Aber wir sind eben nur Menschen.«

»Du hast aber meine große Frage nicht beantwortet.«

»Frauen sind es nicht gewöhnt, zuerst über diese Dinge zu reden. Aber ehrlich und ohne Skrupel würde ich sagen, ja, ich kann mir vorstellen, mit dir zu schlafen, besonders, wenn wir nicht viel dabei schlafen. Außerdem fühle ich eine gewisse Verpflichtung.«

Zum ersten Mal in dieser doch recht intimen Unterhaltung machte er einen schockierten Eindruck. »Eine Verpflichtung?«

»Nun, da ich jetzt so viel über dich weiß, habe ich das Gefühl, daß es meine Pflicht ist, dich in die wirkliche Welt zu geleiten. Ich möchte nicht, daß du von einer anderen verletzt wirst.«

»Du würdest also so etwas wie eine wohltätige Handlung an mir vornehmen? Ich glaube nicht, daß ich darüber besonders geschmeichelt bin.«

»Dann sind wir ja quitt«, erwiderte Temple.

»Das alles ist sowieso rein hypothetisch«, fügte er hinzu. »Ich weiß wirklich nicht, wie ich auf den Druck einer intimen, erwachsenen Beziehung reagieren würde. Manchmal jagt mir die Intensität der Gefühle und Empfindungen Angst ein.«

»Sehr gut. Die typische Reaktion eines Heranwachsenden. Weißt du was?« Temple zog ihre Hand sanft aus der seinen.

Matt machte einen besorgten Eindruck. Dazu hatte er auch allen Grund, denn sie hatte wieder einmal einen Geistesblitz.

»Warum sausen wir nicht in unserer netten, kleinen Zeitmaschine zurück und landen nach dem Abend des Abschlußballs. Stell dir vor, es ist der letzte Sommer, bevor wir zum College gehen, und niemand auf der Welt kann uns etwas anhaben. Wir sind zwei normale Kids, und wir haben nur ein paar einfache Grundregeln. Nur Knutschen, kein Petting. Kleine, romantische Küsse, nach denen die Mädchen eh verrückt sind. Und wir haben den ganzen Sommer Zeit, um zu üben.«

»Würde dir das nicht ... schwerfallen?«

»*Dir* sollte es eigentlich schwerfallen! Aber es ist schon so oft gemacht worden und hat bisher niemanden verletzt. Wir befinden uns in den Neunzigern. Man steigt nicht mehr so schnell und gedankenlos mit jemandem ins Bett. Und außerdem ist es der Weg dahin, der Spaß macht. Glaub mir.«

Temple erfüllte sich endlich eine ihrer Lieblingsphantasien. Sie rückte näher an Matt heran, legte ihre Arme um seinen Hals und blickte tief und verliebt in seine Augen. Sie befeuchtete ihren Zeigefinger und ließ ihn sanft über seine Lippen gleiten. Erst die Oberlippe, dann die Unterlippe.

»Ich verspreche«, schwor sie mit leiser Stimme in dem Augenblick, bevor sich ihre Münder trafen, »sehr zärtlich zu sein.«

Massenhaft Anerkennung

Temple erwachte am Sonntagmorgen im Scarlett-O'Hara-Stil.

Zuerst blickte sie blinzelnd auf die cremig-weiße Decke, die in Morgenlicht gebadet war. Glücklich registrierte sie, daß sie aus einem langen, traumlosen, erholsamen Schlaf erwacht war.

Dann nahm sie langsam wahr, wo sie sich befand – in Sicherheit, in ihrem eigenen Bett. Und schließlich erfüllten sie die Erinnerungen an den Ort, wo sie vorher gewesen war.

Keine Treppe. Kein roter Teppich. Kein Clark Gable. Aber ansonsten, entschied Temple mit einem luxuriösen Gähnen und Strecken, taugte das Szenario des letzten Abends definitiv als Vorlage für einen Film.

Ein verärgertes Knurren unterbrach Temples faule Zufriedenheit. Sie blickte über ihre Decke hinweg und entdeckte einen schwarzen, undeutlichen Fleck, der Midnight Louie darstellte. Er tapste über die Deckenberge, den Kopf gesenkt und einen besitzergreifenden Ausdruck in den grünen Augen.

Sie setzte sich auf, um den großen Kater deutlicher sehen zu können.

»Du bist nicht der Herrscher über Bett und Matratze, Louie«, erinnerte sie ihn. »Du bist ein Gast, kein Gastgeber.

Du hast mich zufällig in einer Single-Zeit erwischt, aber das heißt nicht, daß ich bis zum Ende meines Lebens allein schlafen werde.«

Er blickte sie an, als wolle er sagen, *du bist nicht ›allein‹ wenn ich da bin.*

Sie hielt ihre Zunge im Zaum. Nach Louies heldenhaftem Verhalten, das er gestern abend im *Crystal Phoenix* gezeigt hatte, wäre es nicht fair, ihn jetzt an die kalte Realität des Lebens zu erinnern.

Temple streckte sich erneut, allerdings verhalten, um die Decke auf Louies Bettseite nicht allzusehr in Bewegung zu versetzen.

Also mal ehrlich! Wer hatte hier eigentlich was zu sagen? Sie oder der Kater?

Das Telefon neben ihrem Bett begann zu läuten, als wolle es der zweiten Alternative Beifall zollen.

Sie griff nach dem roten Schuh auf dem Tisch.

»Hallo«, sagte sie.

»Hallo«, erwiderte er.

Erstaunlich, was in solch wenigen Silben alles mitschwingen kann. Temples Scarlett-Lächeln lebte wieder auf, als sie sich mit dem Telefon in der Hand ins Kissen kuschelte.

»Habe ich dich geweckt?« erkundigte sich Matt mit höflicher und offenkundig besorgter Stimme.

»Überhaupt nicht.«

»Ich –«

Der Morgen danach war immer eigenartig für alle Beteiligten, außer für völlig abgestumpfte Typen natürlich. Sie zerbrach sich den Kopf auf der Suche nach den richtigen Worten, die ihm helfen könnten.

Aber bevor sie ihre kleinen, grauen Zellen überhaupt in Gang bekommen hatte, fuhr Matt auch schon ohne sie fort.

»Ich habe mich gefragt, ob du wohl Lust hättest, heute mit mir irgendwohin zu fahren.«

Temple wand die rote, gedrehte Telefonschnur um ihren

Zeigefinger und fragte sich, welches Ziel er wohl im Auge haben mochte. »Woran hattest du denn gedacht?«

»Ehrlich gesagt, habe ich mich eben erst daran erinnert, daß ich jemandem versprochen habe ... Schwester Seraphina von *Unserer Lieben Frau von Guadalupe* versprochen habe ... Würdest du mich zum Gottesdienst begleiten?«

Zum Gottesdienst. Temple blinzelte. Eine Kirche war nicht gerade der Ort, den sie sich nach seiner Einladung vorgestellt hatte. Das war nicht sehr ... romantisch. Im Gegenteil, eine katholische Messe war für jemanden wie sie eher etwas furchteinflößend.

»Wieviel Uhr ist es?« fragte sie, während sie ihre abdriftenden Gedanken in eine andere Richtung zwang.

Litt er unter Schuldgefühlen wegen letzter Nacht? Mußte er zur Sühne eine Pilgerfahrt zu der nächstgelegenen römisch-katholischen Kirche unternehmen? Die letzte Nacht war überaus angenehm gewesen, sogar vielversprechend anregend, aber kaum etwas, für das ein vernünftiger Erwachsener Buße tun mußte. Es sei denn ...

»Viertel vor neun«, sagte er mit ebensoviel Gefühl wie die Computerstimme des Weckservice eines Hotels.

»Und um wieviel Uhr beginnt die Messe?«

»Die nächste ist um zehn.«

»Heiliges ... Halleluja, dann müssen wir uns ja ranhalten. Oder besser gesagt, ich. Matt, kommt das jetzt nicht ein bißchen arg überraschend?«

»Ich habe es in der Aufregung letzte Nacht ganz vergessen.« Eine Pause unterstrich die peinliche Stille. »Über die Vorfälle bei der Gridiron-Show«, stellte er schließlich klar. »Ich hatte Schwester Seraphina versprochen, daß ich heute morgen den Gottesdienst in ULFG besuchen werde.«

»Das ist dir wichtig, nicht wahr?«

Eine weitere Pause entstand, nicht so peinlich wie die erste, eher nachdenklich. »Es ist mir schwergefallen, zu gehen. Mich selbst in einer anderen Rolle zu sehen. Natürlich hat Schwester Seraphina das gespürt und entsprechend reagiert. Aber sie hat recht. Ich muß mich damit auseinandersetzen.«

»Bist du sicher, daß du mit *mir* gehen willst?«

»Ja«, entgegnete er überzeugt.

»Okay«, erwiderte sie, meilenweit von einer solchen Sicherheit entfernt.

Matt legte den Hörer auf. Er dachte an Temple, nicht an die bevorstehende Messe. Sie hatte ihn wie immer durchschaut. Er war wirklich nervös. Und in welchem Maße trug sie dazu bei?

Benötigte er einen Puffer zwischen sich und der Kirche? Temples Gegenwart würde ihm, da sie nicht katholisch war, möglicherweise helfen, das Sakrament der Messe mit etwas Distanz zu betrachten. Seit seinem Austritt aus der Priesterschaft hatte er sich zu einem Besuch immer erst überwinden müssen. War das wohl das Resultat von Schuld oder Neid?

Eins wußte er: Es war schwer, andere Männer dabei zu beobachten, die Rituale auszuführen, die er selbst vor so langer Zeit einmal in- und auswendig gekannt hatte. Bei den Messen, die er seither besucht hatte, schien er alles wie durch das falsche Ende eines Teleskops wahrgenommen zu haben. Der Besuch der Messe betonte also lediglich seinen Status als Außenseiter.

Vielleicht wollte er Temple deshalb als Verbündete dort haben. Allerdings gab es nun eine »letzte Nacht«, über die er sich Sorgen machte. Trotz aller Bemühungen verspürte er das gleiche übertriebene Gefühl von Schuld und gereizter Selbstrechtfertigung, wie er es bei der Buße sexueller »Sünden« in der High-School empfunden hatte. Nicht etwa, daß er sich dort viele erlaubt hätte, aber Gedanken kamen und verlangten danach, als »unrein oder nicht« klassifiziert zu werden. Auch Gefühle waren dabei und nächtliche Ergüsse. All das wurde untersucht, auseinandergenommen, aus dem Bußregister gestrichen, unter harten Bedingungen bewertet und schließlich mit Scham und Selbsthaß bedacht.

Er hoffte allerdings, daß er diesmal nichts ... Bußwürdiges getan hatte. Er war so unerfahren, so verschlossen gegen alles Sexuelle gewesen, daß er immer noch nicht gänzlich sicher war. Aber eines wußte er: Er war nun »frei«. Frei, um zu heiraten, frei, um die gleichen impulsiven Fehler zu machen, die andere Männer machten, frei, Trost zu suchen im Vertrauen und der Zärtlichkeit eines anderen Menschen. Frei, einen anderen Menschen zu berühren und es als Wunder statt als Schwäche zu sehen. Er war ein gewöhnlicher Sterblicher, der entdeckt hatte, daß gegenseitiges Mitgefühl der Königsweg zur Leidenschaft ist. Und dennoch wurde er von seinen alten Ängsten gequält, die unnachgiebig an jedem Gedanken, an jedem Gefühl nagten.

Wie auch immer – er wußte, daß er um seines Seelenfriedens und seiner Gesundheit willen den alten Weg verlassen mußte.

Matt lächelte und starrte beinahe liebevoll auf sein häßliches, altes Telefon. Er konnte sich glücklich schätzen, daß er jemanden gefunden hatte, der bereit war, neue Wege mit ihm zu beschreiten.

Temple wartete in der Lobby auf ihn. In ihrem beigefarbenen, kurzärmeligen Leinenkostüm mit den passenden Pumps und einer Handtasche, die diesmal nicht die Größe des kommunistischen Chinas hatte, sah sie wie ein kleines Mädchen aus, das auf dem Weg zur Sonntagsschule war.

»Ich werde fahren«, sagte Temple, als sie an ihrem Wagen ankamen.

Sie schloß die Fahrertür auf und beugte sich über den Sitz, um seine Tür zu öffnen, bevor sie ihre vom Augenarzt verschriebene Sonnenbrille aufsetzte.

Der Wagen sprang bereitwillig an, und als sie sich in Bewegung gesetzt hatten, lächelte sie zu ihm hinüber.

Matt rollte sein Fenster hinunter, da Temple die Klimaanlage nicht eingeschaltet hatte. Eine beruhigende Brise wehte in den Wagen. Temples mühelose Wiederaufnahme ihres gewohnten alltäglichen Umgangs wischte jedes noch verbliebene Schuldgefühl beiseite.

Als sie auf den Spielplatz der Schule fuhren, der heute für die Gottesdienstbesucher als Parkplatz fungierte, betrachtete Matt die Familien, die die flachen Stufen zu den mächtigen Holztüren von *Unserer Lieben Frau von Guadalupe* emporschritten. Er beobachtete die Nonnen, die die Gemeinde an der Tür begrüßten, und fühlte sich plötzlich gehemmt, weil er mit Temple hier war. Wie würde Schwester Seraphina dies deuten? Als Affront, weil er eine nicht katholische Frau mitbrachte? Als Versuch, ihr seinen *Ex*priester-Status mit aller Macht und Deutlichkeit klarzumachen?

»Wie schön, Sie wiederzusehen, meine Liebe«, gurrte sie, als er mit Temple die Treppe hinaufkam. Schwester Immergut und gurren?

»Matt.« Schwester Seraphina nahm seine Hand in die ihre und drückte sie fest. »Ich freue mich, dich hier zu sehen.«

Er atmete leichter, nachdem sie das Spießrutenlaufen durch die Nonnen am Eingang hinter sich gebracht hatten, aber Temple drückte plötzlich seinen Unterarm, und ihre langen Fingernägel gruben sich in seine Haut.

»Oh, Gott. Ich wollte sagen, entschuldige. Da ist Molina!« flüsterte sie mit kehliger Verzweiflung. »Besucht sie immer diesen Gottesdienst?«

»Ich habe keine Ahnung.« Lieutenant Molina betrat die Kirche durch einen Seiteneingang mit ihrer Tochter, die Jeans und T-Shirt und einen trotzigen Ausdruck trug.

Matt blieb am Weihwasserbecken stehen, um den feuchten Schwamm mit seinen Fingerspitzen zu berühren, und schlug ein Kreuzzeichen.

Temple wartete, aber ihre Augen betrachteten den gelben Schwamm, der verloren in dem riesigen Becken aus rostfreiem Stahl lag.

Matt beugte sich zu ihr hinunter und begann automatisch zu flüstern. »Dieses alte Becken war früher einmal ganz mit geweihtem Wasser gefüllt, aber seit dem Trick mit der roten Farbe hat Pater Hernandez wohl doch vor den modernen Zeiten kapituliert und sich für einen mit Weihwasser vollgesogenen Schwamm entschieden. Das ist hygienischer und ökonomischer.«

»Und es schreckt Leute ab, die gerne Schabernack treiben«, fügte sie hinzu und blickte nervös zu der beeindruckenden Breite und Länge des Mittelgangs hinüber.

Dann wippte sie auf ihren moderaten Absätzen auf und ab und biß sich auf die Lippe. Matt ergriff ihren Ellbogen und führte sie hinter der letzten Bankreihe zum Seitengang hinüber. Auf halbem Weg bedeutete er ihr, in einer der Reihen Platz zu nehmen.

Sie schlüpfte hinein und setzte sich schnell. Dann schaute sie sich um. »Ich hätte mich wie eine Miss America-Kandidatin oder etwas noch Schlimmeres – eine Braut zum Beispiel – gefühlt –, wenn ich diesen riesigen Gang hätte entlanggehen müssen«, gestand sie ihm in angemessenem Flüsterton.

»Keiner beobachtet hier den anderen«, flüsterte er zurück.

»Ach, wirklich? Molina frißt uns förmlich mit ihren Blicken auf, oder hast du das etwa nicht bemerkt?«

Matt sah sich um, bis er Molina und ihre Tochter entdeckt hatte. Wenn sie sie wirklich beobachtet hatte, so tat sie es jetzt nicht mehr.

Jeder erhob sich, als Pater Hernandez eintrat – warum konnte er nicht aufhören, jede Bewegung als Teil eines Theaterstücks zu betrachten? fragte sich Matt – und Temple folgte dem Beispiel aller und spielte ihre Rolle wie eine gewissenhafte Schauspielerin.

Matt war plötzlich froh, daß sie neben ihm stand. Hier und heute war sie die unsichere Fremde, die seine Welt betrat, so, wie er gestern der Fremde in ihrer Welt gewesen war.

Und dann begann das Ritual des Gottesdienstes, die Worte und Handlungen, die so automatisch erfolgten wie das Atmen, und Matt sah zu, lauschte, dachte nach, lebte den Augenblick – was später sein würde, war in diesem Moment unerheblich.

Neben ihm las Temple mit und antwortete an den entsprechenden Stellen laut im Chor mit der Gemeinde. Sie setzte sich und stand auf, wenn es erforderlich war, sah zu, wie er die Kniebank ausklappte, und ließ sich dann so vorsichtig darauf nieder, daß er beinahe laut gelacht hätte.

Bevor Matt sich versah, begann der zentrale Teil der Messe, und Pater Hernandez hielt den Kelch und die Hostie in die Höhe. Und Matt war imstande zuzusehen, in einem passiven Sinn an etwas teilzunehmen, bei dem er sonst aktiv gewesen war. Und dank Frank Bucek fühlte er, wie sein Herz leichter wurde und sich mit Stolz auf Pater Hernandez füllte. Ein Stolz, der sich auch auf ihn selbst erstreckte, da es ihm gelungen war, die häßliche Frage zu beantworten, ohne eine skandalöse Situation herbeizuführen. Pater Hernandez war wie Christus selbst fälschlich beschuldigt worden. Im Leben ist es oft schwer, Unschuld zu beweisen, dachte Matt, aber dieser Fall war abgeschlossen.

Als es Zeit war, zur Kommunion nach vorne an den Altar zu schreiten, schob sich Matt an Temple vorbei aus der Bank und betrat den Hauptgang.

Als der Priester Matt bei der heiligen Handlung vor sich sah, da wußte er, daß Matt nicht über ihn richtete, und alles in Ordnung war.

Er kannte die Geheimnisse von Pater Hernandez und würde sie guten Gewissens für sich behalten.

Am Ende der Messe reihten Temple und Matt sich schweigend in die hinausströmende Menge ein. Er schlüpfte an der langen Reihe von Menschen vorbei, die darauf warteten, Pater Rafe nach der Messe zu begrüßen. Es ging ihm zu viel im Kopf herum. Das Verlassen der Kirche bedeutete immer wieder einen schmerzhaften Sprung ins helle Tageslicht. Hier in Las Vegas war die Sonne sogar besonders stark, beinahe blendend. Matts Augen schmerzten für einige Sekunden, und er hätte am liebsten nach seiner Sonnenbrille gegriffen.

Aber er wartete noch einen Moment und hoffte, daß sie sich an das Licht gewöhnen würden. Er wollte die Augen nicht verbergen. Das hatte er lange genug getan.

»Pater Hernandez kam mir zum Ende hin ungewöhnlich … beschwingt vor«, sagte Temple, die in der Handtasche nach ihrer Sonnenbrille suchte. Wie alle Rothaarigen mit blaugrauen Augen war sie sehr sonnenempfindlich.

»Ich glaube, er ist erleichert, daß die Probleme in der Gemeinde langsam ausgestanden sind.« Matt war sich bewußt, daß er dies in doppeltem Sinn gemeint hatte. Er ergriff Temples Arm und führte sie die flachen Vorderstufen hinunter. »Laß uns frühstücken gehen.«

»Großartige Idee.«

»Wie wäre es mit ›Fernando's‹?«

Temple blieb stehen. »Ich weiß nicht …«

»Haben sie sonntags nicht geöffnet?«

»Doch, ich glaube schon.«

Matt nahm plötzlich wahr, daß auch andere Leute ringsum stehenblieben, um miteinander zu reden, Pläne für den Sonntag zu machen. Er war noch nie zuvor Teil dieses Exodus gewesen, war immer zurückgeblieben, hatte seine Robe abgelegt, den Altar abgeräumt und über seinen sonntäglichen Tagesablauf nachgedacht, der gewöhnlich aus Besuchen und Pflichten und Papierkram bestanden hatte.

Jetzt fühlte er sich so frei wie ein Schuljunge. Aber Temple machte einen seltsam zögerlichen Eindruck.

»Hast du keine Lust, im Restaurant zu essen?« fragte er.

»Doch, aber Matt – ist dieses mexikanische Essen nicht ein wenig zu scharf für den Mund?«

Wovon redete sie denn nur? Letztes Mal hatte sie sich auf Fernandos schärfstes Gericht gestürzt. Oder ...

Matt spürte, daß seine Ohren sich plötzlich heißer anfühlten als Fernandos grüne Chillisoße.

Er begann, ebenfalls nach seiner Sonnenbrille zu kramen.

Ein Auftritt à la Max

Temple kehrte summend zu ihrer Wohnung zurück.

Sie schloß die Tür auf und hieß die vertraute Ruhe willkommen, die nur vom ständigen Gebrumme der Klimaanlage unterbrochen wurde.

Heute wurde das Gebrumme noch verstärkt, denn wer anderes lag wie ein Sultan auf dem elfenbeinfarbenen Sofa ausgestreckt als seine Majestät, Midnight Louie, der Erste?

»Du machst den Eindruck, als seiest du sehr zufrieden mit dir«, sagte sie zu dem Kater und öffnete die Balkontüren, um ein butterwarmes Rechteck Sonnenlicht hereinzulassen.

Louies Augen schlossen sich, als er seinen Kopf drehte, damit Temple sein Kinn kraulen konnte.

Er sah beinahe so zufrieden aus, wie sie sich fühlte.

Sie saß inmitten der Stille ihres Zimmers, voll bis oben hin mit Blaubeer-Pfannekuchen mit Sahne und dachte nach.

Der Gottesdienst war gar nicht so befremdlich gewesen, wie sie befürchtet hatte. Im Gegenteil, durch die Orgelmusik, den Gesang und das Sonnenlicht, das durch das Kaleidoskop der Buntglasfenster gefallen war, hatte sie ihn eher als inspirierend empfunden. Am meisten hatte sie sich darüber gefreut, daß Matt an diesem Morgen scheinbar eine

Schwelle überschritten hatte und auf dem Weg war, sein neues Leben zu akzeptieren. Und daß er sie eingeladen hatte, an dieser Veränderung teilzunehmen.

Temple kam zu dem Schluß, daß sie viel zu feiern hatte. Sie kickte ihre Schuhe in die Ecke und ließ die nylonbestrumpften Zehen über den Flokati-Teppich unter dem Sofatisch gleiten.

Louie war zurück. Matt war es gelungen, von dem falschen Weg abzubiegen. Temples Arbeit wuchs und gedieh an zwei Fronten. Zum einen arbeitete sie an ihren Ideen für die Jersey-Joe-Jackson-Attraktion im *Crystal Phoenix*, zum anderen saß sie an den Plänen für Spuds Lonnigans Restaurant am Lake Mead.

Temple ließ sich in das große, weiche Sofakissen zurückfallen und schnurrte beinahe genauso wie Midnight Louie. Er lehnte sich gegen ihre Hüfte, legte seinen großen Schwanz über ihr Bein und ließ ihn ab und zu einmal zucken.

Und, dachte Temple – angesichts ihres gerade erst erfolgten Gottesdienstbesuchs – mit einem bemerkenswerten Mangel an Nächstenliebe –, Crawford Buchanan war gründlich und in aller Öffentlichkeit bei seinem Versuch gescheitert, die Gridiron-Show an sich zu reißen und sie bloßzustellen. Ein geradezu klassisches Beispiel dafür, wie sich ein Blatt wenden konnte. Er hatte keine Ahnung ... noch nicht, aber Crawford hatte seine Niederlage im Scheinwerferlicht der Schlußnummer erlitten. Selbst die Revuegirls kicherten über seine Feigheit, nicht aufzutauchen – der tiefste Schlag für einen selbsternannten Frauenheld wie Buchanan.

Das Leben ist schön, dachte Temple und studierte Louies Ausdruck tiefster Zufriedenheit. Sie konnte sein Gefühl gut nachempfinden.

Das Leben ist simpel. Das Leben ist ... offen für alles.

Die bösen Buben, die das *Phoenix* in der Hoffnung sabotiert hatten, mit einem spektakulären Überfall davonzukommen, waren statt dessen auf spektakuläre Weise enttarnt und geschnappt worden. Der Beifall des Publikums hatte Danny Doves erste Gridiron-Show als die beste gekrönt. Offensichtlich hatte allen Temples Nummer gefallen, selbst mit den unvorhersehbaren Ergänzungen im letzten Teil, und Louie hatte den Photographen die Gelegenheit zu einem weiteren Schnappschuß geboten.

Temple gähnte, stand auf und tätschelte Louie zum Abschied noch einmal.

Sie hob ihre Schuhe auf und schlidderte auf Strümpfen ins Schlafzimmer hinüber. Matt wollte ihr endlich wieder einmal eine Unterrichtsstunde in Selbstverteidigung geben, und das war nur fair. *Sie* war schließlich in letzter Zeit immer diejenige gewesen, die den Unterricht erteilt hatte.

Sie runzelte die Stirn, nachdem sie sich den formlosen Anzug namens *gi* übergezogen hatte. Hatte sie alles? Sie blinzelte in das blendend-weiße Licht, das durch die geöffneten Balkontüren ins Zimmer drang. Es war wohl besser, sie zu schließen, man wußte ja nie. Der Schlüssel war da. Was brauchte sie noch?

Ihre Sonnenbrille.

Sie war nicht in der kleinen Handtasche gewesen. Temple sah auf die Uhr. Oh, nein, nur noch eine Minute bis zu ihrem Treffen mit Matt am Pool.

Wo hatte sie nur ihre Sonnenbrille hingelegt?

Temple stemmte ihre Hände auf die Hüften. »Komm schon, du verdammtes Ding. Zeig dich.«

Nirgendwo im Wohnzimmer eine Spur. Im Schlafzimmer? Nein, da hätte sie sie niemals mit hingenommen.

»Okay, Louie, gib's schon zu. Wo hast du meine Sonnenbrille versteckt? Hast du sie unter das Sofa geschoben?«

Sie beugte sich hinab, um den Sofabehang zu heben. Drei dicke Staubflocken, ein Lippenstift und eine Fernsehzeitschrift von ... vor vier Monaten. Hm, sie hatte in der letzten Zeit nicht gerade gründlich saubergemacht.

Temple sprang wieder auf. »Wo zum Teufel ist sie?«

»Versuch es einmal auf dem Balkon«, schlug eine tiefe Stimme in einem seidenen Schnurren vor.

Temple blickte mißtrauisch zu Louie hinüber. Konnte er jetzt etwa reden? Himmel, sie drehte wohl langsam durch!

Dann blickte sie auf.

Eine Silhouette erfüllte den Türrahmen beinahe von oben bis unten.

»Meinst du die hier?« erkundigte sich dieselbe Stimme, die ganz und gar nicht Louie gehörte, die Temple aber auch nicht unvertraut war, nun, da sie sie erneut vernahm.

Midnight Louie war nicht der einzige, der sich herabgelassen hatte, zurückzukehren.

Mit einer Spiegel-Sonnenbrille im Pilotenstil auf der Nase und mit einem Hawaiihemd bekleidet betrat Max Kinsella das Wohnzimmer und hielt Temples vermißte Sonnenbrille in der Hand.

Epilog
Louies hat beinahe das letzte Wort

Gewöhnlich habe ich das letzte Wort. (Oder beinahe das letzte Wort. Meine übereifrige »Lektorin« besteht auf ihren Privilegien.)

Zum ersten Mal aber bleibt mir kaum etwas zu sagen. Ich bin nämlich ebenso wie sie, liebe Leserschaft, geschockt und überrascht über die Wendung der Ereignisse in diesem jüngsten Abenteuer, das ich erlebt habe.

Ich habe keine Ahnung, warum dieser Max beschlossen hat, wieder aufzutauchen, oder warum er die Erlaubnis dazu erhielt, wo ich doch der Held der Stunde war und gerade eine nette, private Streichelminute mit meiner hingebungsvollen Wohnungsgenossin Miss Temple Barr genoß.

Und was Mr. Max Kinsellas Kleiderwahl betrifft, so kann ich nur sagen, daß ich bis ins tiefste über die Schäbigkeit seiner Aufmachung erschüttert bin. Ich hatte gehofft, daß Miss Temple einen besseren Geschmack hat. Hawaiihemden gehören an Hawaiianer. Punkt. Es sei denn, sie werden als Putzlappen verwendet.

Ich selbst habe immer ein elegantes, zurückhaltendes Aussehen wie das meine bevorzugt, auch wenn man mich beschuldigen mag, eine »Uniform« zu tragen. Sie werden mich niemals mit einem fluoreszierenden Halsband erwischen (was an sich schon eine äußerst widerliche Erfindung ist).

Welche Auswirkungen diese plötzliche Rückkehr auf die Menschen um mich herum hat, wage ich nicht zu spekulieren.

Mir ist in letzter Zeit bewußt geworden, daß Beziehungen weniger leicht zu kappen sind, als man denkt. Ich befinde mich in den mittleren Jahren und sollte eigentlich die Früchte meiner Arbeit genießen und so viel wie möglich ruhen. Statt dessen bin ich zwischen die Bedürfnisse und Ansprüche zweier Generationen geraten – der meines Vaters und der meiner offensichtlichen Nachkommenschaft. Was meinen prahlerisch veranlagten alten Herrn angeht, so ist mir Three O'Clock Louie nicht unangenehm, solange er seine Nase und seine Pfoten aus meinem Gebiet raushält – was also Las Vegas und die unmittelbare Umgebung bedeutet – und sich auf Temple Bar beschränkt. Temple Barr dagegen (man beachte das Doppel-»r«) und ihre Umgebung ist mein Exklusivgebiet, und das sollten sich unbefugte Typen der Gattung Mensch ebenso merken.

Und dann wäre da noch die Sache mit dieser gewissen Person, die nun unter dem Namen »Midnight Louise« bekannt ist, was mich nicht besonders amüsiert.

Ich allein sehe mich außerstande, die armen verirrten Wesen im *Crystal Phoenix* davon abzuhalten, sich in die Pfoten dieser mehr als penetranten Pussykatze zu begeben. Genausowenig, wie ich sie davon abhalten kann, den mir allzu vertrauten Namen »Midnight Louise« anzunehmen, und andere, sie so zu rufen.

Aber es ist ja wohl verständlich, daß mir diese habgierige Art und Weise, wie dieser kleine Emporkömmling sich mein früheres Gebiet unter die Krallen gerissen hat, nicht unbedingt gefällt.

Und nun vergiftet auch noch ein Unbefugter eines ganz anderen Kalibers die Atmosphäre in meinem eigenen Heim, mit einem Hemd, das aussieht, als sei es aus einem von Electra Larks knallbunten Kleiderfetzen zusammengesetzt worden.

Eigentlich ist es ja meine Absicht gewesen, meine vielen Fans mit den Feinheiten meines überstandenen Abenteuers vertraut zu machen und ihnen einen Einblick in meine Gedankengänge zu gewähren, die wieder einmal zu einer neuen Midnight-Louie-Rettungsaktion geführt haben.

Aber ich bin im Augenblick zu verwirrt, um mich solch komplizierten Denkvorgängen zu widmen.

Nur ein einziger Gedanke beschäftigt mich zur Zeit, nämlich der, daß Miss Temple Barr auch einmal erfährt, wie es ist, wenn Stimmen und Gesichter aus der Vergangenheit auftauchen und ihre längst vergessenen Nasen in aktuelle Affären und Freundschaften hineinstecken.

Ich möchte bezweifeln, daß sie über diese Tatsache glücklicher ist als ich, aber es ist nur passend, daß Wohnungsgenossen selbst ein solches Kreuz gemeinsam tragen.

Carole Nelson Douglas wäscht ihre Hände in Unschuld

So verärgert Midnight Louie auch über gewisse Entwicklungen am Schluß sein mag, so finde ich, daß es noch schlimmer hätte kommen können. Beispielsweise hätte ich zulassen können, daß er wie gewöhnlich zum Schluß noch sein Gift verspritzt. Ich bin sicher, daß er sich mit der Zeit von seinem Schock erholen wird und in den folgenden Büchern weitaus mehr über den »Mysteriösen Max« *et al.* zu sagen hat.

Außerdem weigere ich mich, in eine fruchtlose Debatte mit Louie hineingezogen zu werden. Manchmal arbeiten Autoren im Laufe ihrer Karriere mit schillernden, aber ungebildeten Individuen zusammen, die später versuchen, den ganzen Erfolg für sich einzuheimsen.

Nur allzuoft wurde meine ohnehin seltene Gelegenheit, meine beruflichen Anliegen und Techniken mit meiner Leserschaft zu teilen, durch Louies beißende Kommentare im Keim erstickt. Daher möchte ich diese Gelegenheit ergreifen, um eine oft gestellte Frage zu beantworten: »Wieviel in Ihrem Buch ist wirklich passiert?«

Abgesehen von den unumgänglichen Beiträgen von Midnight Louie schöpfe auch ich aus meinem eigenen Leben und meiner Geschichte. Viele Jahre lang schrieb ich Satirenummern für die Gridiron-Shows in dem Bundesstaat, wo ich früher lebte.

Als ich zum ersten Mal etwas für eine Gridiron-Show verfaßte, hatte ich gerade das College abgeschlossen und arbeitete im Vertrieb einer Tageszeitung. Ich reagierte auf einen allgemeinen Aufruf innerhalb des Verlags, Manuskripte für die Gridiron-Show einzureichen, ohne mir bewußt zu sein, daß man von Nichtreportern (und Nichtreporterinnen) eine solche Teilnahme gar nicht erwartete. Meine unschuldige Verwegenheit versetzte das Gridiron-Komitee in derartiges Erstaunen, daß sie mich zu dem Abendessen für die Mitwirkenden nach der Show einluden, obwohl sie meine Nummer gar nicht genommen hatten. Sie wollten mich einfach kennenlernen.

Ich war die einzige Frau, abgesehen von ein oder zwei anwesenden Ehefrauen, und landete auf dem Platz neben dem geschäftsführenden Redakteur meines Blattes. Als ich ihm mitteilte, daß ich Reporterin werden wollte, schlug er mir vor, den »Reporter-Test« in der Personalabteilung zu absolvieren.

Das tat ich und mußte feststellen, daß er lediglich aus schwer zu beantwortenden Wissenschaftsfragen und den Regeln jeglicher Sportarten, die der Menschheit bekannt sind, bestand. Selbst der Abschnitt über »Kunst« konzentrierte sich meiner Ansicht nach auf männliche Domänen: Architektur und Musik – Literatur und visuelle Künste waren ausgeschlossen. Natürlich erreichte ich kein überwältigendes Ergebnis. Aber ich hatte einen guten Eindruck bei meinem Tischnachbarn hinterlassen, und mit seiner Unterstützung wurde aus mir innerhalb von ein paar Monaten eine waschechte Reporterin, obwohl mir der Universitätsabschluß in Journalismus fehlte.

Das qualifizierte mich aber immer noch nicht, an einer Gridiron-Show teilzunehmen. Frauen waren Anfang der sechziger Jahre einfach noch nicht zugelassen, so wie auch zu vielen anderen Plätzen und Ereignissen nicht. (Selbst den Politikerinnen, die in den Shownummern auf äußerst rüde Weise karikiert wurden, war eine Teilnahme nicht erlaubt.) Da ich schon in der High-School und im College Satirenummern geschrieben hatte, dachte ich jedoch nicht daran, jetzt damit aufzuhören, nur weil es mir nicht erlaubt war, die Shows, für die ich schrieb, auch zu *sehen*. Ich schrieb also weiterhin über lokale und nationale Ereignisse und erhielt meine Gridiron-Manuskripte regelmäßig mit der Bemerkung »dreckiger« zurück.

Was für eine Art Show mochten sie da wohl abziehen? Nach zwei weiteren Jahren war ich die erste Frau, der offiziell erlaubt wurde, neben Hunderten von Männern aus Politik, Wirtschaft und Medien an einer Gridiron-Show teilzunehmen. Da fand ich es dann heraus.

Man gewährte übrigens allen Frauen schließlich den Zutritt, da die Verkaufszahlen der Eintrittskarten sanken und die Shows immer kostspieliger wurden.

Zwei weitere Jahre vergingen, bis ich die erste Frau wurde, die jemals den Vorsitz bei einer Gridiron-Show hatte. Diese Show enthielt mehrere Neuerungen: Es reichten vierzig Leute statt der üblichen acht Insider Manuskripte ein; zum ersten Mal wurde eine multimediale Diashow gezeigt, und die erste mobile Bühnendekoration kam zum Einsatz (ein babyblaues Scheißhaus auf Rädern).

Was die alten Hasen nicht im mindesten beeindruckte.

Bei der anschließend stattfindenden Party kam ein Reporterkollege auf meinen Mann und mich zu und eröffnete uns, daß »die einzig wahre, klassische Gridiron-Show« die gewesen war, bei der er den Vorsitz geführt und bei der er sämtliche Nummern innerhalb von zwei Wochen selbst verfaßt hatte. Als dieser Ausbund an Bescheidenheit einige Jahre später noch einmal zum Vorsitzenden ernannt wurde, ging die Show mit Pauken und Trompeten unter. Jedes Projekt, das den Egos einiger weniger Selbstgerechter dient, kann nicht überleben.

Ich schreibe heute keine Satiren mehr. Das muß ich auch nicht, seit ich unter die Romanautorinnen gegangen bin, was mir (beinahe) jede Freiheit erlaubt. Fiktion ist *wirklich* verrückter als die Wahrheit. Glauben Sie mir.